La crainte dans ton regard

———

Le danger en partage

JOANNA WAYNE

La crainte dans ton regard

Traduction française de
HERVÉ PERNETTE

Collection : BLACK ROSE

Titre original :
DROPPING THE HAMMER

© 2018, Jo Ann Vest.
© 2019, HarperCollins France pour la traduction française.

Ce livre est publié avec l'autorisation de HARLEQUIN BOOKS S.A.

Tous droits réservés, y compris le droit de reproduction de tout ou partie de l'ouvrage, sous quelque forme que ce soit.
Toute représentation ou reproduction, par quelque procédé que ce soit, constituerait une contrefaçon sanctionnée par les articles 425 et suivants du Code pénal.

Si vous achetez ce livre privé de tout ou partie de sa couverture, nous vous signalons qu'il est en vente irrégulière. Il est considéré comme « invendu » et l'éditeur comme l'auteur n'ont reçu aucun paiement pour ce livre « détérioré ».

Cette œuvre est une œuvre de fiction. Les noms propres, les personnages, les lieux, les intrigues, sont soit le fruit de l'imagination de l'auteur, soit utilisés dans le cadre d'une œuvre de fiction. Toute ressemblance avec des personnes réelles, vivantes ou décédées, des entreprises, des événements ou des lieux, serait une pure coïncidence.

Le visuel de couverture est reproduit avec l'autorisation de :

Homme : © ARCANGEL / YOLANDE DE KORT

Réalisation graphique couverture : E. COURTECUISSE (HarperCollins France)

Tous droits réservés.

HARPERCOLLINS FRANCE
83-85, boulevard Vincent-Auriol, 75646 PARIS CEDEX 13
Service Lectrices — Tél. : 01 45 82 47 47
www.harlequin.fr

ISBN 978-2-2804-1023-6 — ISSN 1950-2753

Prologue

Les mains de Roy Sales se resserraient autour de son cou. À califourchon sur elle, il la clouait au lit, l'empêchant de bouger. Rachel était persuadée que sa dernière heure était venue.

Tétanisée par la terreur, elle n'arrivait plus à respirer, mais elle refusait de mourir.

— Ne t'inquiète pas, jolie Rachel. Si tu fais ce que je te dis, je ne te tuerai pas.

Lentement, il relâcha son emprise sur sa gorge et partit d'un rire de dément. Elle fut prise d'une quinte de toux tandis qu'elle s'efforçait frénétiquement de reprendre son souffle.

— Inutile de résister, ma belle. Je ne te laisserai jamais partir. Tu m'appartiens. Et, au fond de toi, tu sais que tu le veux aussi.

— Lâchez-moi, l'implora-t-elle d'une voix éraillée. Je vous en supplie, lâchez-moi.

— Oui, c'est ça, ma beauté. Continue de me supplier.

Elle ferma les yeux pour ne plus voir l'éclat maléfique qui animait son regard. L'implorer ne servirait à rien. Il n'avait pas de cœur, il ignorait ce qu'était la compassion.

En se tortillant dans tous les sens, elle parvint à libérer son bras droit et lança brutalement son poing serré en avant.

En même temps, il y eut un bruit de verre brisé et

elle sentit une violente douleur dans les phalanges. Puis du sang coula sur ses doigts.

Elle hurla. De toutes ses forces.

Prise entre les draps, elle se redressa et, soudain, s'éveilla. Sur la table de nuit, l'alarme de son téléphone portable sonnait.

Bouche ouverte, elle prit de grandes inspirations. Ce n'était qu'un cauchemar. Elle était chez elle. Seule. En sécurité.

À tâtons, elle chercha son téléphone pour couper l'alarme. L'appareil était mouillé, tout comme sa main. Mais c'était de l'eau, pas du sang. Elle avait cassé le verre d'eau posé sur sa table de nuit.

Machinalement, elle sécha son téléphone avec un coin de drap en reprenant peu à peu ses esprits.

Elle étendit les jambes et contempla les reflets du soleil sur les murs de sa chambre. Tout allait bien, elle ne risquait rien. Mais, depuis qu'elle avait réellement été séquestrée pendant plusieurs jours par un psychopathe, elle faisait régulièrement des cauchemars et était sujette à des crises d'angoisse.

Si un homme qu'elle ne connaissait pas la suivait d'un peu trop près dans la rue, cela suffisait pour qu'elle panique. Parfois, quand elle montait en voiture à la nuit tombée, elle avait la sensation d'être observée et perdait ses moyens.

Il fallait absolument qu'elle parvienne à laisser derrière elle ce terrible épisode. Or, elle se sentait démunie. Jusque dans sa propre chambre, cet homme venait la hanter.

Au fond d'elle-même, elle sentait que le danger était là, tapi dans l'ombre.

1

Trois mois plus tard

— Bonjour, mademoiselle Maxwell.

La réceptionniste du cabinet lui sourit quand Rachel entra dans le vestibule.

— Vous êtes là de bonne heure, ce matin, Carrie, remarqua Rachel.

— Oui, mais c'est bien la première fois que j'arrive avant vous. Certains jours, je me demande si vous n'avez pas dormi au bureau.

— J'y ai déjà songé.

— M. Fitch, vous a précédée lui aussi, aujourd'hui. Et il a demandé que vous passiez le voir à votre arrivée.

— A-t-il dit pourquoi ?

— Non, mais je crois que c'est important.

Avec Eric Fitch, tout était important. Rien de ce qui se passait dans son cabinet ne lui échappait.

Rachel se rendit dans son propre bureau pour y laisser son manteau et son sac, puis se dirigea vers celui d'Eric, dont la porte était entrouverte. Elle frappa un coup léger. Son patron se leva et lui fit signe d'entrer.

— Carrie m'a dit que vous souhaitiez me voir ?

— Oui. La journée va être chargée mais, je l'espère, très productive. Si vous avez des rendez-vous prévus qui peuvent attendre, reportez-les.

— Eh bien, ça m'a l'air sérieux ! Que se passe-t-il ?

— Il y a une affaire très importante dont nous pourrions avoir à nous occuper et dont j'aimerais que nous parlions.

Elle se demanda pourquoi il voulait s'en entretenir avec elle mais ne lui posa pas la question. Sans un mot, elle s'installa en face de lui, dans le fauteuil qu'il lui indiquait. Il reprit sa place et se laissa aller contre le dossier de son fauteuil de cuir.

— Qui est le prévenu ? lui demanda-t-elle.

— Hayden Covey. Je suppose que vous avez appris qu'il a été arrêté hier soir.

— Oui, j'ai reçu une alerte info à ce sujet sur mon téléphone.

À l'heure qu'il était, tout le Texas devait être au courant.

Étudiant de l'université du Texas, Hayden Covey était accusé d'avoir tué sa petite amie quelques jours après qu'elle eut rompu avec lui.

C'était également le fils d'un sénateur très influent et très populaire marié à une riche héritière.

La victime s'appelait Louann Black. Étudiante également, âgée de dix-neuf ans, elle était issue d'une famille réputée dans le monde musical d'Austin.

Elle avait d'ailleurs écrit plusieurs chansons pour de célèbres interprètes et se produisait fréquemment en personne dans des clubs de la ville.

En d'autres termes, ce serait certainement le procès le plus médiatisé du Texas depuis longtemps.

— Pensez-vous que Hayden est innocent ? reprit-elle.

— C'est ce qu'il prétend, et je sais que ses parents le croient.

— Même quand les preuves sont accablantes, la plupart des parents veulent croire à l'innocence de leur enfant.

— Dans ce cas précis, il y a des preuves contre lui, mais pas accablantes. Je suis persuadé qu'un avocat habile sera capable de gagner le procès.

— Les parents de Hayden ont eu raison de s'adresser à vous. Il est indéniable que vous êtes le meilleur avocat du Texas.

— Merci. Mais, même si c'était vrai, je doute d'être l'homme qu'il faut pour le défendre. Je vais être honnête avec vous, Rachel. Le sénateur Covey et moi, nous sommes amis depuis l'école de droit, et je connais Hayden depuis sa naissance. C'est un brave gamin.

— Il a vingt ans, releva Rachel. Ce n'est plus tout à fait un gamin.

— C'est vrai. C'est un jeune homme à l'avenir prometteur. Il pourrait devenir joueur professionnel de football américain. Alors qu'il n'est qu'en deuxième année, il est déjà l'un des meilleurs joueurs de la ligue universitaire du pays.

— Mais même de grands sportifs commettent des crimes…

— Certes, mais lui n'a jamais eu affaire à la justice, à une exception près. L'an dernier, il a été arrêté à la suite d'une bagarre entre étudiants dans un bar. Et plusieurs témoins ont affirmé que ce n'était pas lui qui était à l'origine de l'altercation.

Les médias avaient évidemment ressorti cette histoire. Les témoins qui avaient défendu Hayden à l'époque étaient tous des amis à lui. Quant à l'étudiant avec lequel il s'était battu, il avait atterri à l'hôpital avec la mâchoire cassée et une commotion cérébrale.

Ce qui n'était rien comparé à la violence des coups qui avaient causé la mort de son ex-petite amie.

— Comme je vous le disais, le sénateur Covey étant un de mes amis, je crains, si je défends Hayden, que les jurés voient cela d'un mauvais œil.

— Vous avez sans doute raison, répondit Rachel, certaine que, qui que soit officiellement son avocat, Eric Fitch tirerait les ficelles en coulisses. Fort heureusement, notre cabinet dispose d'autres avocats de très haut niveau, ajouta-t-elle.

— En effet, ce qui ne me facilite pas la tâche pour arrêter mon choix. Néanmoins, hier soir, j'ai abordé la question avec mon fils et Edward. Et, tous trois, nous pensons que vous êtes la mieux qualifiée pour vous charger de ce dossier.

Complètement abasourdie, Rachel le dévisagea.

— Vous voulez dire comme avocat principal ?

— Oui. Évidemment, vous disposerez de toute l'assistance nécessaire. Mais c'est vous qui serez chargée des plaidoiries. Et vous répondrez également à la presse tout au long du procès.

Depuis qu'elle avait intégré le cabinet, après l'obtention de son diplôme, elle avait travaillé d'arrache-pied dans l'espoir d'avoir un jour une telle opportunité. Mais elle pensait que, depuis quelques mois, elle était devenue moins performante. Car, malgré tous ses efforts, elle avait des difficultés de concentration et du mal à gérer ses crises d'angoisse.

— Pourquoi moi ? demanda-t-elle.

— J'ai discuté avec mes associés. Nous sommes convaincus que vous avez le bon profil. Vous êtes douée, volontaire, et vous êtes très habile pour déterminer quelle stratégie adopter en fonction de la composition du jury. Depuis que vous êtes parmi nous, vous l'avez prouvé maintes fois.

— Mais je n'ai jamais instruit un dossier aussi important.

— C'est vrai. Cependant, vous avez montré que vous étiez à l'aise dans un tribunal. Vous n'êtes pas du genre à vous laisser impressionner par un juge ou un procureur.

Un an plus tôt, c'était sans doute vrai. Désormais, elle n'était pas sûre de pouvoir supporter sans sourciller toute la violence qui accompagnait une affaire de meurtre.

Lors de la dernière affaire d'homicide sur laquelle le cabinet avait travaillé, elle n'était qu'un membre de l'équipe parmi d'autres. Le simple fait d'avoir dû regarder des photos de la victime, qui s'était fait agresser dans un ascenseur, lui avait valu un surcroît de cauchemars et de crises d'anxiété.

Avant, sa carrière était toute sa vie. Depuis son enlèvement, les choses avaient changé. Si elle n'était pas réellement convaincue de l'innocence de l'homme qu'elle devait défendre, jamais elle ne parviendrait à plaider sa cause.

— J'apprécie énormément votre confiance, mais…
— Je sais que ce sera le plus grand défi de votre carrière, la coupa Fitch. Mais nous sommes persuadés que vous êtes prête à le relever.

Elle fixa en silence un point indéterminé devant elle. De nombreux doutes l'agitaient. Et si elle n'était pas à la hauteur ? Comment ferait-elle si elle n'était pas certaine de l'innocence de Hayden Covey ? Qu'adviendrait-il si elle perdait ses moyens devant le jury ? Si cela se produisait, ce serait à coup sûr la fin de sa carrière.

Fitch se leva et contourna son bureau pour venir se poster devant elle, le regard grave et intimidant.

— Cette affaire est très importante pour moi et pour le cabinet, Rachel. Depuis votre tragique agression, nous avons fait tout notre possible pour vous entourer et vous soutenir. Aujourd'hui, je vous demande de vous en souvenir. Ne me laissez pas tomber.

« Ne me laissez pas tomber. »

À son intonation, elle comprit qu'il s'agissait d'un

avertissement. Ce n'était pas une demande mais une injonction.

— Je comprends, dit-elle.

— Tant mieux. Je me suis donc bien fait comprendre.

— Oui, vous avez été parfaitement clair. Quand dois-je rencontrer notre client ? demanda-t-elle, même si elle n'avait pas encore officiellement accepté le dossier.

D'ordinaire, le cabinet offrait le privilège à ses avocats de rencontrer seuls le potentiel client. Pas cette fois, apparemment.

— Hayden et ses parents seront là à 10 heures. J'assisterai à cette première entrevue, annonça Fitch.

— Je vois. Est-ce tout pour le moment ?

— Oui. Cependant, je dois vous avertir que Claire, la mère de Hayden, est très affectée par cette histoire. J'espère que vous saurez lui donner l'espoir que son fils soit innocenté.

— Je ferai tout mon possible.

Eric Fitch avait obtenu ce qu'il voulait ; il acquiesça avec un petit sourire de satisfaction.

Elle se voyait offrir l'opportunité qu'elle espérait depuis tant d'années, celle pour laquelle elle avait fait tant de sacrifices.

Pourquoi alors éprouvait-elle l'envie de dire à Eric Fitch qu'il pouvait se garder son affaire ?

2

Luke Dawkins redressa son stetson et observa longuement la barrière métallique rouillée, devant lui. Le nom ARROWHEAD HILLS RANCH était toujours gravé dans le panneau de bois fixé dessus.

La dernière fois qu'il l'avait vu, c'était dans le rétroviseur du vieux pick-up acheté grâce à l'argent qu'il avait gagné en travaillant au magasin de matériel agricole local. C'était onze ans plus tôt, quand il avait dix-huit ans.

La barrière n'avait pas changé. Luke ne pouvait en dire autant de lui-même.

Comme disait l'écrivain Thomas Wolfe, l'endroit où on a grandi ne peut pas changer. Mais celui qui le quitte changera, lui.

Après quelques années à passer de petit boulot en petit boulot, il était resté huit ans dans l'armée. Cette période avait fait de lui un homme. Pourtant, revenir à l'endroit qu'il appelait naguère « chez lui » le remplissait d'appréhension.

C'était un coin vallonné du Texas où il y avait plus de vaches que d'habitants, plus de clôtures de barbelés que de routes, et quelques-uns des plus beaux ranchs de l'État.

Il n'avait rien contre cette région, mais contre un

homme en particulier qui y vivait : Alfred Dawkins. Un homme têtu, amer, froid et distant.

Son père ne serait pas ravi de le voir revenir, pas plus que lui-même n'était heureux de ce retour.

Mais ni l'un ni l'autre n'avaient le choix.

Tandis qu'il descendait de son véhicule, il sentit la rancœur lui nouer les entrailles.

Il alla jusqu'à la barrière, l'ouvrit puis remonta en voiture et entra.

Il redescendit pour refermer et prit quelques instants pour contempler le paysage. Un chien aboyait au loin, mais il savait que ce ne pouvait être Ace, le golden retriever qu'il avait élevé. Ace était mort après avoir été mordu par un serpent à sonnette. Et, si le chien ne s'était pas jeté sur le reptile, c'est lui qui aurait été mordu.

Cela s'était passé quand il avait quatorze ans. En le voyant pleurer la mort de son chien, son père s'était moqué de lui. Comme d'habitude. Pour son père, il n'avait jamais été à la hauteur. C'était une des raisons pour lesquelles il n'était plus revenu après avoir quitté le ranch.

Il entendit un corbeau croasser, puis un cheval hennir. Il tourna la tête et aperçut près d'un bosquet deux juments qui l'observaient. Son père élevait toujours des chevaux. Tant mieux.

Cela faisait longtemps qu'il n'était pas monté à cheval. Ses missions à l'étranger en tant que militaire ne lui avaient guère laissé le temps de jouer au cow-boy.

En cette fin janvier, il faisait doux pour la saison, mais il y avait du vent.

Après avoir refermé la barrière, il se remit une fois de plus au volant et roula jusqu'à la maison. Il ignorait à quoi s'attendre et dans quel état était son père avant son AVC. Pour le moment, il était encore à l'hôpital.

On lui avait dit qu'il était partiellement paralysé

du côté gauche et avait du mal à s'exprimer. Il n'était évidemment plus autonome et ne pouvait plus s'occuper du ranch.

C'était Esther Kavanaugh, une voisine de longue date, qui avait également été la meilleure amie de sa mère, qui l'avait prévenu. Ensuite, il s'était mis en relation avec l'hôpital.

Et aujourd'hui il était de retour à Winding Creek.

Tandis qu'il remontait le chemin menant à la maison, le toit apparut. Les arbres lui cachèrent le reste jusqu'à ce qu'il soit tout près.

Elle semblait plus petite que dans son souvenir. C'était une maison toute simple avec deux chambres, deux petites salles de bains, un salon, une cuisine au rez-de-chaussée, et une chambre supplémentaire à l'étage qui était l'endroit où il aimait se réfugier.

Il se gara à côté d'un véhicule recouvert d'une bâche. Probablement le vieux pick-up Chevrolet de son père, qui avait toujours aimé les Chevrolet et prenait soin de dégager les chemins du ranch pour ne pas risquer d'abîmer sa voiture quand il les parcourait.

La galerie que sa mère fleurissait abondamment avait désormais triste aspect : un pot de fleurs desséchées dans un coin, deux vieux rocking-chairs poussiéreux, et rien d'autre.

Les plates-bandes qui la longeaient, autrefois soigneusement entretenues, étaient maintenant envahies par les mauvaises herbes.

Le crépi de la façade était écaillé et tombait même par endroits. À une fenêtre, un volet battait dans le vent.

Une boule au ventre, il descendit de voiture et alla jusqu'aux marches de la galerie. Même en d'autres circonstances, repenser à sa mère, qui n'était plus de ce monde, lui aurait brisé le moral. Alors se retrouver là était encore plus dur.

Il n'avait aucune idée de ce que son père et les voisins attendaient de lui. Travailler ne le dérangeait pas, mais il n'avait pas autorité pour prendre des décisions concernant le ranch. Et il était plus que probable que, si son père avait rédigé un testament, son nom n'y apparaisse pas, même s'il était fils unique.

La porte n'était pas verrouillée. Il venait de l'ouvrir et allait entrer quand un bruit de sabots le fit se retourner. Le cavalier qui arrivait tira sur les rênes pour faire s'arrêter sa monture près d'un grand arbre.

L'homme mit pied à terre et attacha son cheval à une branche basse.

Puis il lui adressa un sourire et un signe de tête.

Luke le salua en retour en portant la main à son chapeau.

— Vous devez être Luke, dit le cow-boy qui s'approcha de lui. Esther Kavanaugh avait prévenu que vous arriveriez ce week-end, mais elle n'était pas certaine du moment exact. Alors je suis passé pour voir si vous étiez déjà là.

— Je suis bien Luke Dawkins, oui, et j'arrive à l'instant. Je n'ai pas encore eu le temps d'entrer dans la maison.

Il tendit la main au nouveau venu.

— Buck Stalling, déclara celui-ci en lui serrant la main. Je travaille pour Pierce Lawrence, du ranch Double K. Je viens ici deux fois par jour pour m'occuper des chevaux.

— Est-ce que Pierce dirige le ranch pour Esther Kavanaugh, désormais ? demanda Luke.

— Non, c'est lui le propriétaire. Mme Kavanaugh le lui a vendu il y a quelques mois.

— Ah, d'accord. Quand je lui ai parlé au téléphone, elle ne m'a pas dit avoir déménagé.

— Oh ! elle n'a pas déménagé ! Elle occupe la

maison principale et prend toujours autant soin de ses poules et de son jardin.

— Et Pierce vit dans la maison également ?

— Il y a vécu quelque temps. Maintenant, il habite celle qu'il a fait construire sur le domaine en compagnie de Grace, son épouse, qui est d'ailleurs enceinte. Mme Kavanaugh est ravie de les avoir pour voisins.

— Apparemment, tout le monde y trouve son compte ; ils se sont bien débrouillés. Mais j'ignorais que Pierce était revenu à Winding Creek.

— Vous connaissez donc bien Pierce. Je suis surpris qu'il ne m'ait pas davantage parlé de vous.

— Oh ! Ça n'a rien d'étonnant ! Nous ne nous sommes pas revus depuis le lycée. Et il avait déménagé avant la fin de l'année scolaire.

— Oui, après la mort de ses parents. Ses frères et lui ont eu de la chance que les Kavanaugh soient là pour veiller sur eux jusqu'à ce qu'ils aillent s'installer chez leur oncle dans le Kansas.

Perdre un parent était toujours une épreuve, songea Luke. Il était bien placé pour le savoir.

— Et alors, si vous vous occupez des chevaux, qui prend soin des autres animaux ?

— Dudley Miles a demandé à deux de ses hommes de veiller sur le bétail jusqu'à ce que votre père soit en mesure d'engager de nouveaux employés. À Winding Creek, il y a toujours eu une grande solidarité entre voisins.

— Oui, en effet, dit Luke.

— Je suis vraiment désolé pour votre père, reprit Buck. Je ne le connais pas très bien, mais, quand quelqu'un de la région a des ennuis, ça me touche.

— Merci de votre sollicitude. En arrivant, j'ai entendu un chien aboyer. Est-ce celui de mon père ?

— Non, ce devait être Marley, le chien d'un des cow-boys qui s'occupent des bêtes. Parfois, ils l'emmènent.

— Vous avez un beau cheval, en tout cas.

— Ah, ça ! J'aimerais bien que Lucky soit à moi. C'est le meilleur !

— Il y a combien de chevaux, au ranch ?

— Huit. Ils font la fierté de votre père. Si par malheur il ne peut plus monter, ce sera un coup dur pour lui.

— Espérons qu'il n'en sera rien.

— Oui, bien sûr.

— Et combien y a-t-il de têtes de bétail ?

— Je n'en connais pas le nombre exact, mais je dirais que votre père possède une bonne centaine de vaches. Évidemment, cela varie suivant les saisons, notamment au printemps, après la naissance des veaux.

— J'ai comme l'impression que ça représente une charge de travail considérable pour un homme qui approche les soixante-dix ans.

— Oui. Avant, il avait toujours quelques employés saisonniers. Et puis un jour, j'ignore pourquoi, il s'est mis en colère contre eux et en a renvoyé la plupart. Il a eu son attaque peu après, et les derniers ont disparu.

Cela n'étonna pas Luke. Son père était resté semblable à lui-même…

Ils bavardèrent encore quelques minutes. À la fin de la conversation, Luke était au moins rassuré sur un point : le ranch n'était pas aussi négligé que la maison.

Quand Buck fut reparti, il entra et fut immédiatement assailli de souvenirs, bons ou mauvais.

Ce fut encore pire quand il passa dans la cuisine. Il s'appuya contre le plan de travail et eut la sensation qu'une odeur de poulet grillé embaumait l'atmosphère. L'image de sa mère, qui s'activait en chantonnant dans la cuisine, ses cheveux noirs brillants sur les épaules, flotta devant ses yeux.

C'était avant que le drame survienne. Il y avait tellement longtemps.

Il repoussa ses souvenirs avant que l'amertume prenne le dessus. Il était à peine plus de 15 heures, mais, en janvier, la nuit tombait tôt.

Pour autant qu'il sache, son père était en bonnes mains et, le temps qu'il arrive à San Antonio, peut-être dormirait-il déjà. Il lui rendrait visite demain, décida-t-il.

Dans l'immédiat, il allait faire le tour du ranch à cheval.

À cette perspective, il se sentit impatient de monter. Parce que ça faisait longtemps que ça ne lui était pas arrivé, ou parce qu'il avait trouvé une excuse pour repousser le moment où il se retrouverait face à son père ?

3

Rachel ôta sa veste de tailleur bleu marine et la posa sur l'accoudoir d'un confortable fauteuil du cabinet de son psychologue avant de s'asseoir. Lors des premières séances chez lui, elle avait eu du mal à se livrer et finissait invariablement en larmes.

C'était en septembre, juste après que Sydney, sa sœur, et Tucker Lawrence, qui était depuis devenu le mari de celle-ci, l'avaient sauvée des griffes de Roy Sales. À l'époque, elle n'était que l'ombre d'elle-même et subissait des crises d'angoisse extrêmement fréquentes.

Manquant de sommeil, elle était incapable de travailler.

Le Dr Lindquist, le psychologue, lui avait assuré que, vu ce qu'elle avait subi, tout cela était normal. Peu à peu, son calme et sa bienveillance avaient eu un effet positif sur elle. Elle ne s'estimait toutefois pas encore guérie, ce qui ne manquait pas de la contrarier.

Elle avait du mal à évoquer ouvertement ce qu'elle avait vécu au cours de sa captivité. Si Tucker et sa sœur étaient arrivés ne serait-ce que deux heures plus tard, elle serait morte brûlée vive. Cela, elle ne l'avait pas digéré.

Parler de ces moments, ou même seulement y penser, les lui faisait revivre comme s'ils dataient de la veille.

Le Dr Lindquist s'installa face à elle.

— Je suis content de vous voir, Rachel.

— Merci de m'avoir reçue dans un délai aussi rapide, dit-elle.

— Quand vous m'avez appelé, j'ai eu l'impression que c'était urgent.

— En effet, admit-elle en posant les mains sur ses genoux. Ce matin, au travail, j'ai été victime d'une terrible crise.

Elle enroula les bras autour de son buste pour tenter de maîtriser sa nervosité.

— Respirez à fond plusieurs fois, lui conseilla le Dr Lindquist. Prenez votre temps. Vous êtes mon dernier rendez-vous de la journée, alors rien ne nous presse.

— Merci, mais vous risquez de regretter ce que vous venez de dire.

— Non, je vous assure que j'ai tout mon temps. Avez-vous fait de nouveaux cauchemars ?

— Non. J'en fais encore de temps en temps, mais ce n'est pas le problème. En revanche, chaque fois que je crois enfin commencer à recouvrer le contrôle de mes émotions, un événement survient et me renvoie à mes angoisses.

— Vous avez un lourd traumatisme à surmonter et, en plus, vous exercez un métier qui ne vous épargne pas sur le plan émotionnel. Il est normal que, parfois, vous rechutiez. Nous avons déjà évoqué cette question.

— Je sais. Mais cette fois c'est un peu plus qu'une rechute. Il se pourrait que j'aie ruiné ma carrière.

Le médecin croisa les jambes.

— Racontez-moi tout depuis le début.

— D'accord. Je suppose que vous avez entendu parler de l'arrestation du fils du sénateur Covey ?

— Bien sûr, il est impossible de l'ignorer. Le meurtre de sa petite amie fait l'ouverture des infos depuis plusieurs jours. J'imagine que le sénateur et son épouse sont effondrés.

— Ils sont aussi désespérés. Et ce matin mon patron, Eric Fitch, m'a appris que le sénateur était un de ses amis, ce que j'ignorais.

— J'en déduis que votre cabinet sera chargé de la défense de Hayden.

— Oui, c'est ça. Et on m'a proposé d'être son avocate.

— Comment avez-vous pris cette proposition ?

— Elle m'a totalement surprise. Et maintenant je me sens troublée, confuse, anxieuse.

Elle sentit ses muscles se crisper et une migraine s'annoncer.

— C'est typiquement le genre d'affaires qui peut propulser ou briser la carrière d'un avocat, reprit-elle. Mais c'est l'opportunité que j'attendais depuis que je fais ce métier. Et je pensais y être préparée.

— Désormais, vous en doutez. Pour quelle raison ?

— Je n'ai plus confiance en moi. Je me demande même si j'ai réellement envie de traiter une telle affaire.

Le médecin se pencha en avant.

— Continuez.

— Ce matin, le sénateur Covey et son épouse sont venus au cabinet avec leur fils pour un entretien préliminaire. Quand j'ai serré la main à Hayden, son regard froid de prédateur m'a transpercée, au point que j'en ai eu des frissons. J'ai alors eu la sensation qu'il aurait été tout à fait capable de commettre un meurtre. Pourtant, je n'en ai aucune preuve... Il n'a rien fait ni dit qui aurait pu me le laisser penser, mais, dans son regard, j'ai cru voir Roy Sales.

— Et qu'avez-vous fait ?

— Eh bien, j'ai prétendu ne pas me sentir bien, ce qui d'ailleurs n'était pas faux, et j'ai quitté la pièce.

Elle se couvrit le visage de ses mains pour dissimuler ses larmes. Sa vie avait irrémédiablement changé, et le passé était sur le point de compromettre son avenir. C'était une spirale infernale.

— S'il s'avère que Hayden Covey est coupable du meurtre de sa petite amie, vous pourrez vous dire que votre instinct ne vous a pas trompée, remarqua le Dr Lindquist.

— En effet. Mais ça n'excuse pas mon manque de professionnalisme.

— Depuis cet incident, avez-vous reparlé à votre patron ?

— Non, pas encore. Je crois qu'il a passé le reste de la matinée avec les Covey, mais il ne tardera pas à me contacter pour me demander des explications sur mon comportement. Si je ne suis pas renvoyée sur-le-champ, je pourrai m'estimer heureuse. Il m'a offert une opportunité en or, et moi je n'ai pas été à la hauteur. J'ai échoué.

— Échouer est un terme fort.

— C'est un terme que j'utilise rarement, admit-elle. Mais pour moi plus rien n'est comme avant, et j'en ai assez que mes amis et mes collègues me témoignent de la commisération à cause de ce qui m'est arrivé. Je veux qu'ils me considèrent comme leur égale.

— Je suis persuadé que la plupart d'entre eux ne veulent que votre bien.

— Je sais, mais je n'ai pas envie de vivre ainsi !

— Dans ce cas, peut-être est-ce le moment pour vous de changer de vie. Installez-vous quelque part où personne ne connaîtra votre passé.

— Vous parlez comme ma sœur, docteur. À la différence que ses conseils sont gratuits.

— Quels conseils vous donne-t-elle ?

— Elle trouve que je me mets trop de pression et que je ferais mieux de quitter le cabinet pour me laisser le temps de redevenir complètement moi-même. Loin d'un monde où on ne fait que défendre des gens accusés d'avoir commis des horreurs.

— Et qu'en pensez-vous ?

— Vous savez, docteur, parfois, j'aimerais que vous me fournissiez des réponses au lieu de m'inciter à trouver mon chemin dans le brouillard de mon existence.

À son grand étonnement, le médecin esquissa un sourire.

— Moi aussi, j'aimerais bien, parfois. Malheureusement, ça ne marche pas comme ça. Vous seule êtes en mesure d'apporter des réponses à vos interrogations. Je repose donc ma question : que vous inspire la suggestion de Sydney selon laquelle vous devriez exercer une activité moins stressante, ne serait-ce que pendant quelque temps, et, éventuellement, changer de lieu de vie ?

— Si je suivais son conseil, j'aurais le sentiment d'avoir capitulé. Que j'ai perdu et que Roy Sales a gagné.

— C'est tout ?

Comme souvent, elle se fit la réflexion que le Dr Lindquist lisait en elle comme dans un livre ouvert.

— Je reconnais qu'il m'arrive d'avoir envie de tout laisser tomber, avoua-t-elle à contrecœur. Mais travailler pour un prestigieux cabinet d'avocats, c'était mon rêve depuis la faculté de droit. Je me suis tellement investie pour le rendre tangible que je ne peux pas tout abandonner du jour au lendemain.

— Vous savez, il arrive que les rêves changent de nature.

— Ou qu'on les modifie pour vous.

— Avez-vous déjà songé à exercer un autre métier que celui d'avocate ?

— Non, pas sérieusement. Cependant, j'ai une amie qui exerce exclusivement auprès d'organisations caritatives ; elle leur donne des conseils juridiques, fiscaux. Et elle affirme qu'elle adore ça parce qu'elle a toujours le sentiment d'être du bon côté.

— Et, selon vous, c'est important ?

— Êtes-vous en train d'essayer de me faire comprendre que je devrais quitter mon travail actuel ?

— Ce qui compte, c'est ce que *vous* croyez, Rachel. Ce que je peux dire, c'est que je ne considérerais pas le fait que vous changiez de métier comme une capitulation de votre part. Simplement, changer de projet de vie, de métier, est souvent une décision très difficile à prendre.

— Je n'ai jamais vu ça sous cet angle.

— Vous êtes une jeune femme intelligente, très forte, qui a un bon instinct. Je suis sûr que vous prendrez la décision la plus bénéfique pour vous. Vous avez seulement besoin de temps pour réfléchir.

— Vous avez davantage confiance en moi que moi-même.

— Cela aussi changera. Toutefois, je me pose une question. Pourquoi Eric Fitch ne prend-il pas lui-même le dossier en main ?

— Parce qu'il craint que les liens d'amitié qu'il entretient avec le sénateur Covey influencent négativement le jury. Selon lui, je serai plus à même de convaincre les jurés de l'innocence de Hayden.

— À cause de ce que vous avez vécu ? Pour les jurés, ce ne sera pas neutre, parce qu'ils considéreront votre opinion sur Hayden à la lumière de ce que vous avez traversé.

Le commentaire du Dr Lindquist lui fit l'effet d'une gifle car, soudain, les véritables motivations d'Eric Fitch lui apparaissaient. Il ne la considérait pas comme l'avocate la plus habile du cabinet. Il se servait d'elle en partant du principe que jamais les jurés, sachant ce qu'elle avait vécu, ne la croiraient capable de défendre Hayden sans être convaincue de son innocence.

Elle en eut l'estomac noué. Bien sûr, ce n'était qu'une hypothèse, mais elle était persuadée d'avoir raison. Comment avait-elle pu ne pas comprendre plus tôt ?

Quand elle quitta le cabinet du Dr Lindquist et rejoignit sa voiture, sa décision était prise.

Si elle se dépêchait, elle aurait le temps de parler à son patron avant qu'il soit parti.

Elle ne pouvait pas rester éternellement une victime. Elle devait rendre les coups.

4

Quand Rachel sortit du parking du cabinet pour rentrer chez elle, une petite pluie fine tombait. Elle avait les nerfs encore à vif, et sursauta quand la sonnerie de son portable retentit.

Avant d'enclencher le kit mains libres, elle vérifia qui l'appelait. C'était sa sœur. Elle décrocha en se disant qu'elle n'allait pas lui annoncer la grande nouvelle avant de s'être faite à l'idée.

— Salut, Sydney. Alors, quelle est l'ambiance au FBI une veille de week-end ?

— Comme d'habitude, tout le monde court dans tous les sens et les crises à gérer s'accumulent. Mais je compte bien ne pas penser à tout ça ce week-end. Je ne vais pas tarder à arriver à Winding Creek. J'y serai pour dîner en compagnie d'Esther et de toute la famille. À quelle heure arrives-tu ?

À quelle heure elle arrivait ? Oh ! mince !

— Ce week-end, c'est la fête prénatale de Grace, c'est ça ?

— Pitié, Rachel ! Ne me dis pas que tu avais oublié !

— D'accord, je ne le dirai pas. Quand la fête est-elle prévue ?

— Demain, à 15 heures. Ça se passera chez Dani. Elle va fermer le salon de thé exprès pour nous accueillir.

C'est un véritable événement, tu sais. La moitié des femmes de la ville sera là. Tout le monde adore Grace.

— Je l'adore aussi. Mais…

— Si tu n'es pas là, elle sera terriblement déçue. En plus, toi et moi, on ne s'est pas vues depuis Noël. J'ai vraiment envie de passer du temps avec toi.

— Moi aussi, dit-elle avec sincérité. Écoute, je partirai tôt demain matin. Je suis trop fatiguée pour conduire de nuit.

— Super, même si j'espérais que tu aurais pris ton après-midi et qu'on pourrait passer la soirée à bavarder toutes les deux comme on aimait tant le faire.

— Tu veux dire avant que tu aies un merveilleux mari pour s'occuper de toi tous les soirs ?

— Exactement. Mais ce soir il participe à un rodéo à Longview, il n'arrivera pas avant demain en fin d'après-midi. La bonne nouvelle, c'est que nous avons tous deux pris notre lundi et notre mardi.

— Je vois. En fait, tu espérais seulement que je serais là pour combler son absence, répliqua Rachel sur le ton de la plaisanterie.

— Évidemment, rétorqua Sydney sur le même ton léger. Toutefois, la météo annonce de fortes pluies pour la nuit ; tu fais donc bien de ne pas prendre la route avant demain matin.

— Oh oui, je déteste conduire sous la pluie.

— Mais si je ne t'avais pas appelée tu ne serais pas venue du tout, parce que tu avais oublié. Dis-moi, il n'y a rien qui t'a dissuadée de venir, au moins ?

Sydney ne prenait jamais ce qu'on lui disait pour argent comptant. C'était de la déformation professionnelle, songea Rachel. Quoi qu'il en soit, elle avait souvent raison. Les choses n'étaient pas toujours telles qu'on les présentait.

— Qu'est-ce que tu sous-entends ?

— Rien. Je me demandais seulement si l'idée de revenir à Winding Creek ne t'avait pas fait hésiter.

— Non, prétendit-elle. Revenir à Winding Creek ne me dérange pas.

— Dans ce cas, promets-moi que, d'ici à demain, tu ne vas pas me fournir une nouvelle excuse pour ne pas venir et rester chez toi à travailler. Toi aussi, tu as besoin de souffler.

Oh ! ça, oui ! Elle n'avait pas eu l'intention d'annoncer déjà la nouvelle à sa sœur mais, d'un autre côté, il n'y avait aucune raison de garder cela secret.

— Puisque tu es en voiture, je n'ai pas besoin de te demander si tu es assise, commença-t-elle. Mais prépare-toi quand même à subir un choc.

— Tu as rencontré un homme ?

— Non. En ce moment, c'est la dernière chose dont j'ai besoin.

— Question de point de vue… Qu'est-ce que c'est, alors ?

— Pendant les prochaines semaines, je ne serai plus surchargée de travail. Depuis exactement trente minutes, je n'ai même plus de travail du tout. Ma carrière est entre parenthèses. Mais j'ai quand même embarqué deux ou trois stylos avant de quitter définitivement le cabinet.

— Tu as été virée ?

— Non, j'ai pris de court ce bon vieux Fitch. J'ai démissionné.

— Tu plaisantes ?

— Pas du tout. En fait, je crois que je suis encore tout abasourdie d'avoir donné ma démission. Cela dit, j'ai le sentiment d'avoir pris la bonne décision. Même si c'est un peu effrayant.

— Je suis impatiente de connaître tous les détails. Mais laisse-moi te dire que je te soutiens à cent pour cent. D'autant que, comme tu l'as dit, ta carrière est entre parenthèses. Elle n'est pas terminée. Tu es toujours une excellente avocate. Je suis persuadée que tu retrouveras du travail quand tu le désireras, de préférence dans un cabinet où on ne te forcera pas à bosser jour et nuit en te faisant miroiter quelques billets supplémentaires en échange.

— Je souhaite de tout cœur que tu aies raison. Nous parlerons plus longuement demain.

— J'ai encore plus hâte de te voir. Tout comme l'ensemble de la famille, d'ailleurs. Esther demande de tes nouvelles chaque fois que je l'ai au téléphone.

Esther était une femme en or. Et les trois frères Lawrence et leurs familles respectives étaient tous très attachants. Tous étaient allés s'installer à Winding Creek pour être auprès d'Esther Kavanaugh.

Mais c'était avant tout la famille de Sydney, qui s'était mariée avec un des frères Lawrence, songea Rachel. Pas la sienne.

— Pour le moment, ne dis à personne que j'ai quitté mon travail.

— Il faudra bien que j'en parle à Tucker, car nous n'avons aucun secret l'un pour l'autre, répondit Sydney. Mais je lui ferai promettre de garder cette confidence pour lui.

Qu'elle soit prête ou non, les dés étaient jetés. Rachel voyait sa nouvelle vie s'ouvrir devant elle.

Rachel observa le paysage puis chercha des yeux la barrière du ranch Double K. À son grand étonnement, elle se sentait optimiste. Du moins beaucoup plus positive qu'elle l'aurait cru.

Peut-être n'avait-elle pas encore pris conscience du fait que, pour la première fois depuis sa sortie de l'université, elle n'avait plus d'emploi. Ou alors Sydney avait raison quand elle affirmait qu'elle avait besoin de se couper du stress engendré par ses conditions de travail chez Fitch.

Malgré quelques nuages, c'était une journée ensoleillée. À la radio passait une chanson de Michael Bublé et, au lieu de s'apprêter à affronter un nouveau dimanche seule chez elle à parcourir ses dossiers, elle allait passer deux jours entiers avec sa sœur.

Elle n'avait plus rien sur le feu, à part peut-être faire un tour au bureau dans les prochains jours pour récupérer quelques affaires, et elle se sentait libre. Son patron, à qui elle avait proposé un préavis de quinze jours, lui avait répondu avec irritation que ce n'était pas nécessaire.

Il lui avait seulement demandé d'observer le silence le plus strict sur ses affaires en cours. Après l'entretien avec Eric Fitch, le fils de ce dernier était venu la rejoindre pendant qu'elle rassemblait quelques papiers et avait tout fait pour la convaincre de rester.

Il lui avait même proposé une augmentation. L'offre avait été tentante, mais pas suffisamment pour la faire revenir sur sa décision.

Perdue dans ses pensées, elle faillit rater l'entrée du Double K et freina sèchement. Esther lui avait parlé de son projet de faire installer un mécanisme d'ouverture automatique de la barrière pour qu'elle n'ait plus à sortir de sa voiture chaque fois qu'elle rentrait. Apparemment, ce n'était pas encore fait.

Elle mit au point mort, serra le frein à main et allait descendre quand elle entendit un bruit de moteur. Levant les yeux vers son rétroviseur, elle vit un vieux pick-up boueux avec un homme au volant s'arrêter derrière elle. D'instinct, elle verrouilla ses portières. Son cœur se mit à battre très fort, tandis que sa respiration devenait saccadée.

33

Le conducteur du pick-up descendit et s'approcha. Elle ôta le frein à main, engagea la première vitesse et posa le pied sur l'accélérateur. Si par malheur il tentait d'ouvrir sa portière, elle enfoncerait la barrière et ne s'arrêterait qu'une fois qu'elle aurait atteint la maison d'Esther.

Dans le rétroviseur, elle vit l'homme lui sourire et porter la main à son chapeau pour la saluer. Il ne semblait absolument pas dangereux. Bien fait de sa personne, il affichait un sourire avenant, mais cette réflexion ne suffit pas à faire disparaître totalement son appréhension.

Ses mains étaient tellement crispées sur le volant que ses phalanges blanchirent.

L'homme passa à sa hauteur mais, au lieu de taper à la vitre, continua et alla ouvrir la barrière. Il l'ouvrait pour elle. Elle prit une profonde inspiration et desserra son étreinte sur le volant.

Une fois la barrière ouverte, l'homme lui fit signe d'y aller. Elle démarra, baissa sa vitre, et le remercia au moment où elle passa près de lui.

Quand elle atteignit la maison, dont la vue finit de la rassurer, elle avait recouvré une respiration normale.

Dans la galerie, il y avait une belle balancelle garnie de coussins colorés, ainsi que des rocking-chairs installés autour d'une table ronde sur laquelle trônait un superbe bouquet de pensées. Des fleurs en pot disposées sur les marches du porche donnaient un aspect gai et chaleureux à la maison. Les visiteurs s'y sentaient immédiatement les bienvenus.

Elle se gara au bout de l'allée.

Une fois encore, l'homme qui lui avait ouvert la barrière se gara juste derrière elle. Cette fois, elle le regarda descendre de son pick-up sans la moindre crainte. La crise était passée.

— Merci d'avoir ouvert, lui lança-t-elle après être elle aussi descendue de sa voiture.

— De rien, répondit-il en désignant les bottes qu'il portait. Je crois que j'étais mieux équipé que vous pour marcher dans la boue, ajouta-t-il avec un sourire.

Il lui tendit la main.

— Luke Dawkins, reprit-il. Je suis le fils prodigue d'Alfred Dawkins, de retour à Winding Creek par devoir.

Elle lui serra la main et fut troublée par le mélange de fermeté et de douceur de sa poigne.

— Rachel Maxwell. Je suis la sœur de Sydney Lawrence. Je suis là par plaisir, pas par devoir.

Souvent, quand elle donnait son nom, une expression de commisération se peignait sur le visage de son interlocuteur. Cette fois, à son grand soulagement, il n'en fut rien. Apparemment, cet homme ne savait rien d'elle. Du moins pour le moment.

Ensemble, ils se dirigèrent vers l'entrée de la maison. Ils étaient côte à côte et leurs épaules s'effleurèrent, mais elle n'éprouva pas le besoin de s'écarter.

Avant même qu'ils aient sonné, la porte s'ouvrit. Sydney apparut, Esther juste derrière elle.

— Te voilà, dit Sydney.

Remarquant Luke, elle ajouta :

— Et tu as amené un invité.

— Pas vraiment, intervint Luke. Je suis juste arrivé en même temps.

— Mais oui, bien sûr, c'est toi, Luke ! s'exclama alors Esther, qui passa devant Sydney. Je ne t'avais pas reconnu. Te voir en compagnie de notre Rachel m'a troublée.

— Que puis-je dire ? répondit Luke. Quand le destin me fait rencontrer une jolie fille, je ne lutte pas contre.

— Tu es venu avec le pick-up de ton père…, remarqua Esther. J'espère que tu disposes d'un autre véhicule pour te déplacer, car, d'après Alfred, il démarre environ une fois sur deux.

— À vrai dire, j'ai douté d'arriver jusqu'ici, admit Luke. Mais j'ai laissé ma propre voiture à la maison de mon père. Alors, si j'arrive à rentrer avec le pick-up, je le confierai à un garage le temps de le faire réparer.

Comme Esther leur faisait signe d'entrer, Luke posa légèrement la main sur le dos de Rachel pour l'inciter à passer la première. Une fois encore, elle fut troublée, mais la sensation ne lui fut pas désagréable. Décidément, quelque chose était en train de changer.

5

Si l'ego de Luke avait été très développé, il en aurait pris un sérieux coup. En effet, il ne tarda pas à comprendre que les deux sœurs étaient tellement heureuses de se voir qu'elles en avaient presque oublié sa présence. Elles parlaient toutes les deux en même temps, passaient d'un sujet à l'autre, au point qu'il cessa vite de chercher à suivre leur conversation.

Au bout de dix minutes, toutes deux s'excusèrent et annoncèrent qu'elles devaient aller emballer des cadeaux pour une fête prénatale qui devait avoir lieu dans l'après-midi.

Il regarda Rachel s'éloigner. Elle était très attirante, et il avait repéré qu'elle ne portait pas d'alliance.

Si jamais elle restait quelque temps, il chercherait à la revoir, même s'il pensait qu'une fille comme elle ne serait probablement pas intéressée par un type tel que lui. Et puis, dès qu'il aurait décidé quoi faire concernant son père et le ranch, il repartirait.

Et, si jamais son père se rétablissait plus vite que prévu, il ne tarderait pas à se faire mettre dehors, tout simplement.

— Je suis heureuse de te voir ici après toutes ces années, lui dit Esther lorsqu'ils furent seuls. Tu es devenu un très bel homme. Ta mère aurait été fière de toi.

— Merci. Revenir ici me fait beaucoup penser à elle.

— C'était une femme formidable, et une très grande amie, même si elle était nettement plus jeune que moi. Elle me manque énormément. Mais ce n'est pas le moment de se laisser aller à la mélancolie, je me doute que tu souhaites parler des soucis de ton père.

— Oui, en effet. Pour le moment, je n'en sais pas plus que ce que vous m'avez appris au téléphone. J'ai appelé l'hôpital, mais ils sont avares de détails. Je sais qu'on l'aide à prendre sa douche le matin à 8 heures, et qu'un spécialiste lui fait faire des exercices de rééducation l'après-midi à 13 heures. C'est à peu près tout.

— As-tu parlé au médecin qui le suit maintenant ou à celui qui l'a pris en charge juste après son attaque ?

— Aux deux, mais ça ne m'a pas apporté grand-chose. Celui qui l'a pris en charge m'a décrit son attaque dans un jargon incompréhensible. Il m'a toutefois appris qu'à ce stade il était impossible de dire si mon père aurait toujours besoin de quelqu'un pour l'aider au quotidien ou s'il retrouverait son autonomie. Et j'ai rendez-vous avec l'autre, celui qui est chargé de sa rééducation, cet après-midi.

— Donc tu vas à San Antonio cet après-midi ?

— Oui. Il faut que je voie mon père pour me faire une idée de son état et pour qu'il sache que je suis là.

— Je lui ai rendu visite mercredi, annonça Esther. Il veut à tout prix rentrer chez lui, mais il est incapable de se déplacer tout seul. Et de faire sa toilette ou de se préparer à manger, évidemment.

— Vous pensez que, s'il rentre, il aura besoin d'assistance vingt-quatre heures sur vingt-quatre ?

— À court terme, c'est certain. Et, bien sûr, si tu lui proposes d'aller ailleurs qu'au ranch à sa sortie de l'hôpital, il ne voudra rien entendre.

— Mais il ne pourra pas s'occuper du ranch. Il devra embaucher un régisseur, et, à moins qu'il ait beaucoup changé au cours de ces onze dernières années, déléguer n'est pas son fort.

Luke commençait à se demander comment il allait s'en sortir.

— Je viens de préparer du café, lui dit Esther. Tu en veux une tasse ?

— Oui, merci, c'est gentil.

Il la suivit à la cuisine.

— Tu veux du sucre ou de la crème ?

— Non, merci. Je l'aime noir.

Esther remplit deux mugs et les posa sur la table. Il tira une chaise pour elle et s'installa en face.

Esther but une petite gorgée.

— Je crains que ce que je viens de t'apprendre ne t'ait pas remonté le moral… Y a-t-il d'autres choses que tu aimerais savoir ?

— Comment allait mon père avant son attaque ?

— Il n'était plus aussi vigoureux qu'avant ; il avait maigri. Mais vivre seul en permanence ne fait de bien à personne.

— Il continuait néanmoins à superviser le fonctionnement du ranch et à monter à cheval.

— Oui, en effet. Il n'aimait pas laisser quelqu'un d'autre s'occuper de ses chevaux. Il y tient comme à la prunelle de ses yeux.

Luke songea qu'il les aimait certainement plus que lui et plus qu'il n'avait aimé sa mère.

Esther baissa les yeux.

— Je suppose que le médecin t'a dit que son attaque avait également endommagé sa mémoire. Mais, de ce côté-là, ça va mieux. La première fois où Grace et moi sommes allées lui rendre visite, il ne nous a pas reconnues. Il s'est mis en colère et nous a accusées d'être là pour lui voler ses affaires.

— Eh bien, ce genre de comportement n'est pas très éloigné de ce que j'ai toujours connu chez lui.

— Mais là il y avait autre chose. Et, soudain, il nous a appelées par notre prénom, comme s'il s'était tout à coup souvenu de nous. Et il est devenu plus calme.

— À mon arrivée, hier, j'ai rencontré Buck Stalling. Il m'a appris que les derniers employés de mon père étaient partis sans demander leur reste quand ils ont su qu'il avait été victime d'une attaque.

— Oui, ils sont partis sans rien dire à personne. Pierce pense qu'ils ne se sont pas gênés pour prendre du matériel en compensation du dernier salaire qui ne leur a pas été versé.

— On dirait que mon père doit une fière chandelle à Pierce et à Dudley Miles pour s'être occupés de ses chevaux et du bétail en son absence.

— Ils l'ont fait sans arrière-pensées. Ici, on s'est toujours entraidés entre voisins, et que ton père ne soit pas quelqu'un de facile n'y change rien. Si mon Charlie était encore de ce monde, il aurait été le premier à se porter à son secours.

— Je n'en doute pas. Je suis triste de la mort de Charlie.

— C'est gentil. Je pensais qu'avec le temps il me manquerait de moins en moins, mais ça ne marche pas comme ça. Nous avons vécu près de cinquante ans ensemble, c'est comme s'il faisait partie de moi.

Luke songea que sa plus longue relation avec une femme avait duré trois mois. Bien qu'il ait du mal à imaginer passer autant de temps en compagnie de la même personne, il acquiesça.

Esther but une autre gorgée de café.

— Ce qu'il y a d'extraordinaire, c'est que, lorsqu'on pense que la vie est sur le point de s'achever, tout repart, dit-elle avec un léger sourire. Moi, je n'ai jamais eu de famille et pourtant, aujourd'hui, je suis entourée d'enfants de tous âges que j'aime autant que s'ils étaient à moi.

— Vous semblez heureuse.

— Oui, je suis comblée. Mais excuse-moi de déballer mon bonheur alors que nous parlions de ton pauvre père.

— Non, ne vous excusez pas. Je suis sincèrement content pour vous. Mais, pour en revenir à mon père, je me disais que, s'il ne vous avait pas reconnue lors de votre première visite, il n'y a aucune chance qu'il me reconnaisse, moi.

— Difficile à dire. Depuis quand n'étais-tu pas revenu à Winding Creek ?

— Près de douze ans.

— Mais depuis tout ce temps tu lui as parlé, n'est-ce pas ?

— Je l'appelle à Noël et pour la fête des Pères quand je peux. Les conversations sont toujours courtes, maladroites. De toute façon, quand je vivais à la maison, nous ne parlions pas beaucoup. La plupart du temps, quand il s'adressait à moi, c'était pour aboyer des ordres.

Esther tendit le bras et couvrit sa main de la sienne.

— Je sais que votre relation a toujours été difficile et que c'est avant tout la faute de ton père. Mais il a besoin de toi, Luke. Tu es sa seule famille et, disons-le clairement, ton père est plus doué pour se faire des ennemis que des amis.

Luke sentit un terrible poids s'abattre sur ses épaules. Il était venu chez Esther avec l'espoir qu'elle lui apprenne que la situation n'était pas aussi grave qu'il le redoutait. En fait, c'était pire, et y remédier n'allait pas être simple.

— Je vais me mettre en route pour ne pas arriver trop tard à San Antonio. D'autant que j'ai encore quelques petites choses à régler au ranch avant de partir.

Il se leva et posa son mug dans l'évier.

Esther le suivit.

— Cet après-midi, je serai à la fête prénatale de Grace, mais je serai rentrée ce soir. Si tu souhaites repasser me donner des nouvelles de ton père ou simplement parler pour évacuer la tension de la journée, n'hésite surtout pas.

— Il est possible que je repasse. Et je ne vous remercierai jamais assez pour tout ce que vous avez fait.

— Tiens, j'ai une idée ! Pourquoi ne viendrais-tu pas dîner, ce soir ? Les femmes ne feront pas de cuisine puisque la fête prénatale est en l'honneur de l'épouse de Pierce, mais Pierce et Riley ont prévu de préparer un barbecue.

— Riley Lawrence ?

— Oui, le frère de Pierce et Tucker. Je suppose que tu te souviens d'eux trois.

— Oui, je me rappelle surtout que, Charlie et vous, vous les avez accueillis pendant près d'un an après le décès de leurs parents dans un accident de la route.

Luke se souvint qu'il les avait enviés à l'époque, qu'il aurait aimé que les Kavanaugh le recueillent après la mort de sa mère plutôt que le laisser vivre auprès de son père et subir sa mauvaise humeur et ses perpétuelles récriminations.

— C'est une réunion de famille, alors, commenta-t-il.

— En quelque sorte. Cela dit, Pierce et Riley, qui sont mariés, vivent maintenant à Winding Creek. Quant à Tucker et Sydney, ils ont un appartement à Dallas, mais comme lui est toujours aux quatre coins de l'État pour participer à des rodéos et qu'elle travaille pour le FBI, ils sont autant chez eux ici qu'à Dallas.

— Si chacun y trouve son compte, c'est l'essentiel.

— Oui, je suis du même avis, dit Esther. Viens dîner avec nous ce soir, je suis sûre que les garçons seront heureux de te revoir.

— Si vous êtes certaine que je ne m'impose pas, ça me ferait très plaisir.

— Il y a toujours de la place pour un invité supplémentaire, n'aie crainte. Mais et toi, Luke, tu es marié ?

— Non. Je ne l'ai jamais envisagé, et je n'ai pas l'intention que ça change.

Esther eut un sourire entendu.

— Je me souviens avoir entendu Pierce, Riley et Tucker tenir exactement le même discours il n'y a pas si longtemps…

Luke ne répondit pas et se dirigea vers la porte.

— Ne bougez pas, je vous en prie. À plus tard, Esther, et merci encore.

— À ce soir, alors. Et ne mange pas trop d'ici là pour ne pas te gâcher l'appétit !

— Pas de problème, j'ai toujours faim.

Tandis qu'il traversait la maison, il entendit des voix et reconnut celle de Rachel, ce qui lui procura un plaisir qui le prit de court. Aller voir son père lui parut un peu moins difficile.

Bien sûr, il serait heureux de revoir les frères Lawrence et de bavarder avec eux, mais revoir Rachel était clairement ce qui lui donnait le plus envie de participer au dîner du soir.

Sydney, qui était occupée à s'appliquer du vernis à ongles, leva les yeux au moment où Rachel entra dans la chambre.

— Waouh, mais tu es superbe !

Rachel tourna sur elle-même pour exhiber sa robe, qui lui arrivait à mi-cuisses, puis prit la pose.

— Ce n'est pas trop habillé pour ce genre d'événement ?

— Non, c'est parfait. J'adore le travail sur le col.

— Le décolleté n'est pas trop plongeant ?
— Non, pas du tout, il est juste comme il faut. Et tes chaussures à talons sont géniales.
— De toute façon, c'était soit ça soit un des austères tailleurs gris ou bleu marine que je porte pour travailler. Enfin, que je portais pour travailler, plus exactement.
— Je suis heureuse de constater que tu t'habitues à l'idée de ne plus avoir de travail pour le moment. Je craignais que tu te sentes mal et que tu n'oses même pas te montrer.
— Disons que je ne suis pas certaine d'avoir complètement pris conscience de ma situation.
— Ou alors tu rayonnes précisément parce que tu en as pris conscience.
— Non, ça, c'est grâce au nouveau fond de teint que j'ai acheté la semaine dernière. J'en suis très satisfaite.
— À la façon dont Luke Dawkins te regardait tout à l'heure, je confirme que je ne suis pas la seule à trouver qu'il te met en valeur.
— Qu'est-ce que tu racontes ? Il cherchait seulement à se montrer courtois.
— Vraiment ? Pourtant, quand j'ai ouvert la porte, j'ai cru que vous étiez ensemble.
— Laisse tomber. En ce moment, ma vie est beaucoup trop chaotique pour que je puisse me permettre de regarder un homme.

Mais Sydney n'était pas dupe : évoquer Luke avait suffi à faire rougir sa sœur. Elle songea que ça ne pourrait certainement pas faire de mal à Rachel de se lier d'amitié avec un homme qu'elle appréciait. En revanche, elle doutait que, sur le plan émotionnel, elle soit prête à aller plus loin.

Rachel s'assit sur le lit.

— Esther part en même temps que nous ? demanda-t-elle, comme si elle souhaitait ne plus parler de Luke.

— Non, Pierce va passer la chercher avec Grace. Il ira aussi chercher Constance, la fille de Dani, puis il reviendra ici pour que la petite puisse jouer avec Jaci, sa fille, pendant que nous serons à la fête.

— Un véritable papa modèle, commenta Rachel. C'est vraiment une affaire de famille, par ici.

— Oui, et j'adore ça. Tiens-tu toujours à garder ta démission secrète ?

— Oui, pour le moment, je préfère. C'est le week-end de Grace, alors je ne veux pas détourner l'attention sur moi.

— Je n'ai même pas encore eu le temps de l'annoncer à Tucker.

— Quand doit-il arriver ?

— Il a appelé il y a dix minutes. Il compte partir dans une heure et devrait arriver au moment où nous reviendrons de la fête.

— Et alors tu oublieras que nous existons.

— Exactement.

Sydney songea qu'elle devrait profiter de cette conversation pour faire part à Rachel de la mauvaise nouvelle qu'elle ne lui avait pas encore annoncée.

Toutefois, elle n'arrivait pas à s'y résoudre. Cela faisait bien longtemps qu'elle n'avait pas vu sa sœur aussi détendue, et elle n'avait aucune envie de gâcher ce moment. Elle pouvait attendre vingt-quatre heures encore pour lui parler de Roy Sales.

Comme toute la ville savait ce qu'elle avait vécu, il y avait peu de chances que Rachel se sente à l'aise à une fête prénatale à Winding Creek.

Cependant, l'aspect positif était que, puisque tout le monde connaissait les détails, on évitait de lui en parler.

Au moins ne subirait-elle pas les sempiternelles

questions auxquelles elle devait répondre chaque fois qu'elle rencontrait quelqu'un pour la première fois. Elle n'aurait pas à supporter les regards pleins de compassion qui, au lieu de la réconforter, ne faisaient qu'accentuer son malaise.

Sydney et elle sortirent les cadeaux du coffre de la voiture et rejoignirent les autres convives déjà rassemblés dans le salon de Dani.

Alors que Rachel posait le paquet qu'elle avait en main sur une table déjà copieusement garnie, un cri joyeux retentit et elle sentit des bras lui entourer la taille. C'était la fille adoptive de Dani et Riley Lawrence.

— Chic, tu es venue ! Demain, tu pourras venir faire une balade à cheval avec nous. On a deux nouveaux chevaux. Et moi je m'entraîne pour faire des rodéos. Je te montrerai.

Constance, âgée de onze ans, s'exprimait avec une telle excitation que Rachel avait du mal à suivre. Mais sa joie était exactement ce qu'il lui fallait pour continuer à penser au moment présent et à rien d'autre.

— Oui, je reste toute la journée de demain, et j'ai apporté une tenue adaptée pour faire du cheval. Et j'espère bien que tu vas me montrer tes progrès en rodéo.

— Je me débrouille pas mal. Un jour, je participerai à un rodéo avec oncle Tucker.

— Je te le souhaite. Le jour où ça arrivera, je serai dans les tribunes pour t'encourager.

— Oui, mais mes parents disent qu'avant de penser à ça je dois travailler dur à l'école. Mais je déteste les maths.

Dani rejoignit sa fille et donna l'accolade à Rachel.

— Je suis très heureuse que tu sois là. Tu es vraiment superbe. Il faut absolument que je m'inspire de toi pour m'habiller.

— Laisse tomber ! Avec ton célèbre tablier taché de

farine et de chocolat, tu es la femme la plus populaire de la ville. Alors, à ta place, je ne changerais rien.

Elles rirent toutes deux de bon cœur. Puis tout le monde se tourna vers la porte quand l'invitée d'honneur arriva, accompagnée d'Esther, Pierce, et sa fille, Jaci.

Avec son ventre rond, Grace, qui était toute menue, donnait l'impression qu'elle allait accoucher d'une minute à l'autre.

Mais elle rayonnait de bonheur, et Pierce, aux petits soins pour elle, l'aida à s'installer dans le fauteuil au-dessus duquel une arche de ballons colorés avait été confectionnée.

Quelqu'un tendit une coupe de champagne à Rachel, puis la cloche de la porte retentit et un nouveau groupe de convives fit son entrée. La fête avait débuté et, curieusement, Rachel se sentit happée par l'ambiance incroyablement joyeuse.

Grace était visiblement heureuse alors que, pourtant, elle aussi avait vécu un drame. Rachel se demanda si un jour elle parviendrait à atteindre le même état.

En aurait-elle la force ?

Luke parcourut le trajet entre Winding Creek et la banlieue de San Antonio, où se trouvait l'hôpital, en quarante-cinq minutes. Il avait rendez-vous à 15 heures avec le médecin et il était 14 h 30, ce qui lui laissait du temps pour voir son père.

Le bâtiment de brique rouge était situé dans un petit parc ombragé et paisible.

Ce n'était a priori pas le pire des endroits pour se faire soigner, mais, évidemment, il n'y avait aucun rapport avec les vastes plaines d'Arrowhead Hills.

Une pancarte à l'entrée indiquait le parking, à l'arrière du bâtiment.

Une fois garé, il descendit de voiture et se dirigea vers la porte. Au moment de la pousser, l'appréhension le fit hésiter une seconde. Finalement, il entra.

Quand il avait quitté la maison, son père avait cinquante-huit ans. C'était un homme grand, large d'épaules, qu'une vie de dur labeur avait rendu très musclé. C'était aussi un homme obtus, intransigeant.

Mais, en onze ans, Luke avait changé. Pas seulement physiquement. Il était devenu moins impulsif, plus réfléchi. Alors peut-être le temps avait-il également adouci son père.

Au bout du couloir, il repéra le bureau des infirmières. Il s'avança et attendit.

Quelques instants plus tard, une jeune femme brune, qui était au téléphone, raccrocha, leva la tête vers lui et lui demanda si elle pouvait l'aider.

— Oui, je suis le fils d'Alfred Dawkins. J'ai rendez-vous.

L'infirmière, qui d'après son badge se prénommait Louise, sourit.

— Ah, parfait, nous espérions qu'un membre de la famille se manifesterait.

— Je suis venu dès que je l'ai pu. Et, avant, je m'étais assuré qu'il était en bonnes mains.

— Oui, il se remet doucement, mais ce n'est pas quelqu'un de facile. Je suis sûre que, maintenant que vous êtes là, ce sera beaucoup plus simple.

— N'y comptez pas trop. J'ai rendez-vous à 15 heures avec le Dr Carolyn Schutz.

— Très bien. Elle vous parlera des progrès de la santé de votre père. Elle n'est pas encore arrivée, mais votre père est dans sa chambre, probablement en train de regarder la télé. Vous devez être impatient de le voir.

À vrai dire, il n'était pas aussi impatient que l'infirmière le pensait. Quoi qu'il en soit, il ne pouvait repousser davantage le moment de se retrouver face à lui.

— C'est la chambre 109, juste après l'angle du couloir. S'il ne vous reconnaît pas immédiatement, ne vous inquiétez pas. Quand il reçoit des visites, il est parfois un peu perdu, au début.

— Je comprends.

— Cela dit, il lui arrive aussi de reconnaître ses visiteurs immédiatement. En revanche, il a du mal à s'exprimer ; il lui faut du temps avant de pouvoir faire une phrase complète.

— Très bien, merci. Comme ça, je sais à quoi m'attendre.

L'infirmière l'accompagna jusqu'à la porte de la chambre 109 et entra la première. Son père était au lit, vêtu d'une chemise bleue à moitié boutonnée et tachée. Il semblait extrêmement fragile et beaucoup plus vieux que Luke l'avait imaginé.

Cette vision lui provoqua un pincement au cœur. L'homme allongé là n'était en rien le père dont il se souvenait.

L'infirmière s'avança vers le lit.

— Vous avez de la visite ! lança-t-elle avec enthousiasme.

Son père émit un grognement et repoussa le drap avant de lever les yeux vers lui. Pendant quelques secondes, son regard resta vide, puis il pinça les lèvres et prit une expression hostile.

L'infirmière recula d'un pas pour qu'il puisse s'approcher.

— Vous savez qui c'est ? demanda-t-elle à Alfred.

— Oh oui ! Mais... Il est venu trop tôt. Je ne suis pas encore mort.

Voilà. Ça, c'était le père qu'il avait toujours connu.
Bienvenue chez toi, Luke Dawkins.

6

En quelques heures, Luke était passé par toutes sortes d'émotions. Appréhension, inquiétude, exaspération...

Quand il se gara devant la maison des Kavanaugh, il commençait à peine à recouvrer son calme.

Son père n'avait pas demandé à le voir et n'était pas ravi qu'il soit venu. Mieux aurait valu qu'il l'abandonne à son sort et s'en aille sans demander son reste. Ce vieil aigri n'aurait qu'à se débrouiller pour engager quelqu'un pour s'occuper du ranch ou laisser les mauvaises herbes envahir les pâturages si ça lui chantait.

Mais Luke n'avait jamais été du genre à fuir ses responsabilités, ce qui le renvoyait à son dilemme : que faire ?

Au moment de sonner à la porte d'Esther, il prit une grande inspiration et s'efforça de chasser ses pensées. Il leva la main puis hésita.

Il n'aurait pas dû venir. Après la journée qu'il avait passée, il allait être un piètre convive. Par ailleurs, à en juger d'après le nombre de voitures déjà garées devant la maison, il était en retard.

Mais, avant qu'il puisse tourner les talons, la porte s'ouvrit et Rachel Maxwell l'accueillit avec un sourire qui lui mit instantanément du baume au cœur.

Elle était décidément très séduisante. Ce matin, vêtue

d'un jean et d'un simple T-shirt blanc, elle était superbe. Là, en robe de soirée, elle était à tomber.

Certes, sa robe était très jolie, mais c'était le fait que ce soit elle qui la porte qui lui donnait autant d'allure. Le tissu épousait ses formes à la perfection, laissant deviner la naissance de ses seins sans vulgarité, soulignant sa taille et ses hanches.

Elle lui tombait à mi-cuisses, révélant des jambes au galbe parfait, des chevilles fines et des pieds délicats chaussés de talons hauts.

Son sourire était si radieux qu'il eut presque le réflexe de se retourner pour vérifier que c'était bien à lui qu'elle l'adressait. Il lui fallut quelques secondes avant d'être capable d'ouvrir la bouche.

— J'ignorais que c'était une soirée habillée. Si j'avais su, j'aurais ciré mes bottes et mis un jean neuf, dit-il en tentant d'adopter le ton le plus léger possible.

Elle éclata de rire et s'écarta pour l'inviter à entrer.

— Vous êtes très bien. D'habitude, moi aussi, je reste en jean, mais j'ai décidé de faire un effort en l'honneur de la fête prénatale de Grace, cet après-midi.

— Eh bien, c'est plus que réussi.

— Merci.

— Grace, c'est l'épouse de Pierce Lawrence, n'est-ce pas ?

— Oui. Vous la connaissez ?

— Non, je n'ai pas encore eu le plaisir de la rencontrer.

— Je suis sûre qu'elle va vous plaire. Elle est rentrée chez elle pour prendre un peu de repos après la fête, mais elle ne va pas tarder à arriver.

— Ah, et moi qui craignais d'être en retard ! Mais c'est vrai que ce matin, quand Esther m'a invité à venir dîner, elle ne m'a pas précisé d'heure.

— Ce soir, ce sont les hommes qui préparent à manger. Avec eux, il est impossible de prévoir un horaire. Et, quand ils se mettent au barbecue, ça peut durer des heures.

— Les cow-boys sont généralement des carnassiers, ils ont besoin de leur ration de viande rouge.

— Il semblerait, oui. Moi, je suis une citadine. En général, le samedi soir, c'est sushis et salade verte.

— Je vais faire comme si je n'avais pas entendu.

— Cela signifie-t-il que vous aussi vous êtes un cow-boy ?

— Eh bien, disons que, cette semaine, c'est le cas.

— Ah ! Alors vous me donnerez de plus amples explications, car vous avez piqué ma curiosité. Connaissez-vous les frères Lawrence ?

— Oui, nous avons fréquenté la même école il y a quelques années.

— Pierce et Riley sont aux fourneaux, si je peux dire. Si vous allez leur dire bonjour maintenant, vous êtes bon pour vous faire embaucher. Mais je pense qu'ils seront heureux de vous revoir.

— Ce sera un plaisir partagé.

— Alors suivez-moi.

Même de dos, Rachel était un ravissement pour les yeux. Après sa visite à l'hôpital, il n'aurait pas cru être capable d'éprouver autant d'émotion à regarder une femme. Peut-être était-ce une manifestation de son instinct de survie, à moins que ce ne soit parce qu'il n'avait pas fréquenté de femme depuis des mois.

Mais c'était plus vraisemblablement dû au fait que Rachel était naturellement très belle, et qu'elle dégageait un charme auquel il était impossible de rester insensible.

Ils traversèrent la maison et sortirent par la porte arrière, qui donnait sur le jardin. Une odeur de viande grillée montait déjà du grand barbecue installé au fond.

Il reconnut Riley, qui était occupé à retourner une côtelette d'une main et tenait une bière de l'autre.

Pierce les vit approcher et vint à leur rencontre.

— Hé ! salut, Luke ! Content que tu aies pu venir. Esther m'a dit qu'elle avait insisté pour que tu sois là.

— En fait, il a suffi qu'elle prononce le mot « barbecue » pour que je ne puisse pas refuser son invitation.

— Eh bien, tant mieux. Parce que, comme tu peux le voir, il y a de quoi faire, intervint Riley, qui désigna les plats chargés de viande à griller.

— On verra en fin de soirée s'il y en avait tant que ça, répliqua Luke. Ça fait tellement longtemps que je n'ai pas participé à un véritable barbecue texan que je compte bien me rattraper.

Riley sourit et posa sa bière pour lui serrer la main.

— Ça faisait longtemps, dis donc, commenta-t-il.

— Oui, de l'eau a coulé sous les ponts depuis le lycée.

— Je me souviens que tu étais un excellent joueur de base-ball, dit Pierce. As-tu essayé de faire carrière ?

— Non. Après le lycée, je me suis engagé dans les Marines. Et je peux dire que j'ai vu du pays.

— J'aimerais que tu me racontes ça un de ces jours, répondit Pierce.

— J'ai vécu pas mal de choses, reprit Luke. Mais prenez garde car, une fois que je suis lancé, c'est difficile de m'arrêter.

— Et comment va ton père ? demanda Riley. Tu as pu le voir ?

— Je l'ai vu cet après-midi.

— Et ça s'est bien passé ?

— Disons que ça aurait pu être pire… Comme à l'hôpital il n'a pas le droit d'avoir une arme, il n'a pas pu me tirer dessus.

— En gros, son attaque n'a pas affecté son caractère, remarqua Riley.

— Pas en mieux, en tout cas, renchérit Luke. Mais

bon, on ne va pas s'étendre sur le sujet, sinon, ça va nous couper l'appétit. En quoi puis-je vous aider ?

— C'est gentil de proposer un coup de main, mais nous nous chargeons de tout. Tu es notre invité, profite de la soirée, dit Pierce. D'ailleurs, en attendant que tout le monde arrive, Rachel et toi, vous devriez aller faire un tour pour ne pas rester dans la fumée. Mais surveille-la. Si jamais elle venait à se tordre la cheville, étant donné la hauteur de ses talons, ce serait une lourde chute.

Rachel se posa les mains sur les hanches et prit un air faussement indigné.

— Quoi ? Tu n'aimes pas mes chaussures ?

— Si, je les adore. Mais je ne savais pas qu'on pouvait marcher avec.

— Si vous allez faire un tour, ne partez pas les mains vides, lança Riley, qui sortit deux bières d'une glacière, les ouvrit et les leur tendit. Profitez du début de soirée pour mieux faire connaissance. Moi, je me charge d'éviter que Pierce se fasse roussir la moustache.

— Laisse ma moustache tranquille et occupe-toi de tes côtelettes ! rétorqua Pierce.

— Bien, je crois que nous n'avons plus qu'à laisser les cuisiniers tranquilles, intervint Rachel. Esther se repose, et je ne veux pas savoir ce que font Sydney et Tucker après être restés deux semaines sans se voir. Mais je suis sûre que, malgré mes chaussures, je réussirai à atteindre les fauteuils de la galerie.

— Je vous suis. Et à votre santé ! fit Luke, qui trinqua avec elle avant de se mettre en marche.

Cette soirée était d'ores et déjà la meilleure qu'il ait passée depuis des années.

Quand ils s'installèrent sur la balancelle, les derniers rayons du soleil produisaient une lumière dorée. L'après-midi avait été inhabituellement chaud pour une journée de janvier, mais la brise qui se levait faisait baisser la température.

Rachel frissonna et enroula les bras autour de son buste.

Sans un mot, Luke ôta sa veste en jean et la lui posa sur les épaules. Il effleura involontairement son cou et elle sentit un petit frisson la parcourir. Cependant, cette fois, la température n'y était pour rien. Elle ne comprenait pas comment sa proximité pouvait autant l'affecter.

— C'est vous qui allez prendre froid, maintenant, dit-elle. Je peux aller chercher un châle à l'intérieur.

— Vous me prenez pour une mauviette ? lança-t-il sur le ton de la plaisanterie. Et puis cette veste vous va très bien. Elle donne une touche texane à votre look.

Tous deux rirent de bon cœur. Elle devait reconnaître qu'elle se sentait à l'aise avec Luke. Si elle ajoutait à cela qu'elle vivait très bien le fait d'avoir démissionné et de se retrouver sans travail, elle pouvait commencer à se dire qu'enfin elle lâchait prise.

Du pied, Luke fit doucement osciller la balancelle.

— Vous avez vraiment une famille géniale, reprit-il.

— Ce n'est pas véritablement ma famille au sens premier du terme, mais c'est tout comme, répondit-elle. Ici, je me sens toujours chez moi.

— Je comprends. Quand j'étais gamin, j'adorais venir avec ma mère. Esther avait toujours une fournée de cookies toute prête et Charlie ne se lassait jamais de jouer au base-ball avec moi.

— Charlie devait vraiment être quelqu'un de bien. Esther parle toujours de lui avec énormément d'affection. Et les Lawrence aussi.

— Depuis l'époque où ma mère était encore de ce

monde, la famille s'est considérablement agrandie. Il va falloir que j'apprenne qui va avec qui.

— Ce ne sera pas difficile. Pierce est marié à Grace, qui est enceinte et va accoucher dans quelques semaines. Donc vous ne pouvez pas la confondre avec qui que ce soit. Pierce a une fille de six ans, Jaci, issue d'un premier mariage. C'est lui qui a sa garde en ce moment.

— Compris. Et j'ai compris que Tucker est marié à votre sœur, Sydney, que j'ai vue ce matin.

— Exact. Quant à Riley, il est avec Dani, que vous n'avez pas encore rencontrée. C'est une excellente pâtissière : c'est elle qui tient la boulangerie-salon de thé Dani's Delights, sur Main Street, à Winding Creek.

— Ont-ils des enfants ?

— En fait, ils viennent de terminer les formalités d'adoption de la nièce de Dani, Constance, qui est orpheline. Elle a onze ans et c'est une fan de rodéo. Si jamais vous restez quelque temps, vous pouvez être sûr qu'un jour ou l'autre elle insistera pour vous montrer ses progrès.

— Et comment Tucker a-t-il rencontré Sydney ?

À cette question, Rachel sentit son cœur se serrer. Elle but une gorgée de bière pour se donner le temps de répondre.

— Sydney était à Winding Creek pour les besoins d'une enquête, et Tucker était venu rendre visite à Esther et à ses frères. Ils se sont rencontrés, et voilà, ça s'est fait comme ça. Ils ont tous deux entendu les cloches sonner. Comme dans les films romantiques.

— Vous croyez au coup de foudre ?

— Pour eux, pas de doute, c'en était un. Mais c'est une exception.

Elle changea de position pour le regarder. Bien qu'il émanât de lui énormément de virilité, sa présence n'était pas intimidante. Elle n'avait jamais beaucoup apprécié la barbe pour un homme, mais lui portait un léger collier parfaitement entretenu qui lui donnait un air extrêmement sexy. Elle se surprit à se demander quelle serait la sensation s'il l'embrassait…

Interrogation totalement absurde !

— Parlez-moi de vous, Luke Dawkins, dit-elle avant d'être obligée de répondre à des questions embarrassantes.

— Oh ! Il n'y a pas grand-chose à dire.

— Tout à l'heure, vous avez dit que vous étiez cow-boy seulement pour la semaine. J'en déduis que vous ne travaillez pas dans un ranch en permanence.

— À une époque, je pensais que c'était ce que je ferais. Puis les aléas de l'existence m'ont fait prendre un autre chemin.

— Et vous engager chez les marines ?

— Oui. En soi, c'est un monde à part, mais je n'ai jamais oublié d'où je venais. Les hommes de mon unité me surnommaient d'ailleurs Cow-Boy.

— Je ne suis pas surprise. Les cow-boys du Texas ont une façon d'être particulière. Et vous avez toujours un léger accent.

— Est-ce un point négatif ?

— Je ne crois pas, non. Les cow-boys sont plutôt à la mode, surtout chez les femmes. Il suffit de jeter un œil à la couverture des romans sentimentaux dans les librairies.

— J'y penserai, fit-il en exagérant son accent.

— Et maintenant vous êtes redevenu un civil ? demanda Rachel.

— Depuis trois mois, oui.

— Vous n'avez pas eu trop de mal à vous habituer à votre nouvelle vie ?

— Si, ça a été beaucoup plus dur que je le pensais. Pourtant, c'est étrange d'avoir du mal à vivre loin des zones de combat.

— C'est ce qui vous est arrivé ?

— Sans aller jusqu'à dire que les combats me manquent, rester assis derrière un bureau toute la journée, ce n'est pas pour moi.

— Par conséquent, vous êtes revenu à vos racines.

— Pas par choix. Mon père a eu une attaque, et je suis sa seule famille. Même si on ne peut pas dire que nous avions beaucoup de contacts.

— Et pourquoi ?

— Il m'a pour ainsi dire fichu dehors quand j'avais dix-huit ans et rayé de sa vie. D'où une certaine aigreur entre nous.

— Je vois…

— Mais assez discuté de moi et de mes problèmes familiaux. Parlez-moi de vous, ou alors laissez-moi deviner : vous êtes mannequin, vous vivez à New York, vous avez un chat capricieux, et vous devez sans cesse repousser les sollicitations de vos admirateurs à coups de talons aiguilles.

— Vous êtes loin du compte ! Je vis à Houston, je n'ai ni chat ni chien. Pas même un poisson rouge. Je n'ai pas d'admirateurs, et je ne possède qu'une seule paire de talons hauts. Ils m'ont coûté cher et je ne prendrais jamais le risque de les abîmer dans une bagarre. Bref, l'un dans l'autre, je suis à peu de chose près votre égale.

— Je n'en crois rien. Pour moi, vous êtes une jeune femme mystérieuse aux nombreux secrets.

— Pas de secrets, pas de mystères. En ce moment, ma vie est un peu chaotique, et je suis venue me réfugier à Winding Creek pour le week-end afin de laisser de côté mes tracas.

— J'espère que ce n'est pas un homme qui est à l'origine de vos soucis. Si c'est le cas, je pourrais vous servir de chevalier servant pour lui régler son compte.

— Non, en ce moment, il n'y a pas d'homme dans ma vie. Et vous, vous avez quelqu'un ?

— Oh ! moi, je tombe amoureux toutes les deux semaines en moyenne !

— Vraiment ?

— Non, je plaisante. J'ai été fiancé une fois. Mais je me suis fait larguer quand je lui ai annoncé que je partais en mission en Afghanistan.

— Ça, c'est dur. Vous voulez que j'aille régler son compte à votre ex ?

— Vous le feriez ?

— Pas dans cette tenue. Je ne veux pas que ma robe soit tachée de sang.

Luke partit d'un petit rire puis étendit les jambes devant lui. Involontairement, il l'effleura de la cuisse, et, encore une fois, ce léger contact la fit frissonner.

Habituellement, quand elle éprouvait ce genre de sensations, c'était le signe avant-coureur d'une crise d'angoisse. Pas cette fois.

Seulement, elle n'était pas prête à partager de nouveau un moment d'intimité avec un homme, qu'il s'agisse de Luke ou d'un autre.

— Je devrais aller voir si on a besoin de moi en cuisine, dit-elle.

— Pourquoi ai-je l'impression que c'est un prétexte pour vous débarrasser de moi ?

— Pas du tout. Si vous voulez m'accompagner à la cuisine, vous êtes le bienvenu.

— Merci, mais je vais plutôt retourner auprès de Riley et Pierce et prendre une autre bière.

— Bonne idée.

Ils se levèrent en même temps.

— J'ai été très heureux de bavarder avec vous, Rachel. Mais je ne peux m'empêcher de penser que vous dissimulez un mystère que j'ai très envie de percer.

Sans rien ajouter, il s'éloigna. Quand il fut hors de sa vue, Rachel s'autorisa à pousser un long soupir. Depuis le début de leur conversation, elle avait lutté pour dissimuler l'effet qu'il produisait sur elle. Elle se demanda ce que le Dr Lindquist en aurait pensé.

Rachel n'atteignit pas la cuisine. Alors qu'elle s'engageait dans le couloir, elle vit arriver sa sœur.

— Rachel, tu as une minute ?

Elle sut immédiatement que Sydney souhaitait l'entretenir d'un sujet sérieux. Elle aurait dû s'en douter, tout se passait trop bien.

— Qu'est-ce qui ne va pas ?

— J'ai mis la télé pendant que Tucker prenait sa douche. J'ai vu le début du journal. C'est toi qui ouvrais les titres.

— Qu'est-ce que ça signifie ?

— Viens, allons dans ta chambre. Tucker est en train de s'habiller.

Rachel entra la première. Sydney la suivit et ferma la porte derrière elle.

— Je t'écoute, dit Rachel avec impatience.

— Tu m'as bien dit que tu avais démissionné de chez Fitch, n'est-ce pas ?

— Oui, mais je ne vois pas comment cette nouvelle pourrait bien se retrouver aux infos, ni pourquoi.

— Et pour cause. Aux infos, il n'était pas question de ta démission, au contraire. Le titre, c'était que toi, Rachel Maxwell, tu allais assurer la défense de Hayden Covey lors de son procès.

Rachel poussa un soupir exaspéré.

— Je n'arrive pas à y croire. C'est complètement fou !

— Selon le présentateur, c'est la mère de Hayden qui a fait cette annonce.

— Même si c'est Mme Covey qui a fait cette annonce, l'idée vient d'Eric Fitch, répondit Rachel en se laissant tomber sur le lit. Je suis sûre qu'il a dit au sénateur Covey et à sa femme que mon passé était à même d'influencer le jury. Il s'est servi de moi pour que le cabinet obtienne ce dossier et a évidemment omis d'informer les Covey de ma démission.

— Mais en quoi le fait de rendre ce mensonge public va-t-il l'aider ?

— Eh bien, je suppose qu'il espère toujours me faire changer d'avis ou convaincre les Covey que, même sans moi, il peut gagner ce procès. Maintenant, ce que je me demande, c'est s'il m'a également menti en affirmant que le sénateur et lui étaient très proches. Car, si c'était le cas, il n'aurait pas eu besoin de moi pour que le cabinet obtienne cette affaire.

— Tous ses calculs se sont retournés contre lui, commenta Sydney. Comment a-t-il pu croire qu'il réussirait son coup ?

— Je n'en sais rien, mais je compte bien le découvrir.

Rachel se leva et prit son portable, posé sur sa table de nuit.

— Tu veux que je te laisse seule ? lui proposa sa sœur.

— Oui. À moins que tu souhaites assister au feu d'artifice.

— Je me contenterai de ton compte rendu.

Sydney sortit et referma la porte.

Alors que Rachel allait composer le numéro, son téléphone sonna. Eric Fitch. Apparemment, lui aussi avait regardé les infos du soir.

— Bonsoir, monsieur Fitch. Je suppose que vous allez pouvoir m'expliquer pourquoi Mme Covey a annoncé que j'allais défendre son fils !

— Rachel, n'y voyez aucune espèce de conspiration contre vous. Hier, vous étiez perturbée et moi aussi.

Mais je suis sûr que nous pouvons passer outre cet épisode. Vous êtes trop précieuse à notre cabinet pour que nous vous laissions partir de cette façon.

— Ce n'est pas ce que vous disiez hier.

— C'est ce que j'affirme maintenant, et c'est ça l'important. Je suis persuadé que nous pouvons trouver un arrangement. Ce serait une terrible erreur de votre part de démissionner au moment où nous envisagions de vous attribuer le statut d'avocate associée.

Elle se laissa retomber sur le lit. Fitch ne reculait devant rien.

— Venez au bureau lundi et nous parlerons des modalités de votre promotion, reprit-il.

— Je ne suis pas en ville, et je ne compte pas retourner à Houston avant mardi.

— Dans ce cas, nous fixerons un rendez-vous à votre retour. D'ici là, évitez de parler à la presse.

— Ce sera la seule promesse que vous obtiendrez de moi.

— Bien sûr. Nous discuterons du reste plus tard. Mais arrangeons-nous pour que ces négociations ne se retrouvent pas aux infos.

— C'est à Claire Covey que vous devriez le demander.

— Je m'en charge.

Rachel ne doutait pas qu'il parlerait à Claire Covey. Et qu'il s'arrangerait pour la convaincre qu'elle n'avait pas besoin de s'adresser à un autre cabinet d'avocats.

Après avoir mis fin à la communication, elle chercha Sydney pour lui rapporter la teneur de cet entretien.

Si elle acceptait la proposition de Fitch, elle deviendrait la plus jeune avocate associée du cabinet. Tout ce pour quoi elle avait travaillé si dur pendant des années était enfin à portée de main.

Pourtant, jamais elle ne s'était sentie à ce point le cœur lourd.

7

Les côtelettes, les pommes de terre sautées, la salade verte, les cupcakes de Dani, tout avait été délicieux.

Tout avait été dévoré, et la cuisine, nettoyée et rangée depuis deux heures. Luke était néanmoins resté. Il était installé, en compagnie d'autres invités, à la grande table de la salle à manger. La conversation était joyeuse, les éclats de rire, nombreux. Il s'était rarement senti aussi bien.

Il était captivé par Rachel, qui, de son côté, semblait éviter de le regarder ou de lui adresser la parole. Mais à vrai dire, pendant le dîner, elle n'avait pas parlé à grand monde. Sydney avait tenté à plusieurs reprises d'inciter sa sœur à participer aux conversations. Chaque fois, Rachel avait lâché quelques mots puis était retombée dans son mutisme.

Elle semblait préoccupée, perdue dans ses pensées.

Esther était partie jouer avec les enfants. Quant aux frères Lawrence, ils paraissaient ne pas connaître la fatigue, contrairement à lui, qui commençait à sentir le poids des événements de la journée.

— Ce taureau avait un compte à régler avec moi, disait Tucker en accompagnant ses paroles de grands gestes. Je savais qu'il ferait tout pour me faire tomber avant les huit secondes fatidiques qu'il me fallait pour remporter le rodéo.

— Il avait bien raison, lança Riley d'un ton léger. Tu gagnes déjà assez souvent, tu n'avais pas besoin de remporter encore ce concours-là.

— Et que s'est-il passé ? demanda Dani.

— Le taureau m'a eu. Il m'a complètement ignoré. J'avais beau bouger, chercher à l'exciter, il est resté impassible. J'aurais pu rester sur lui une demi-heure sans que ça ne change rien. Si bien que les juges ont considéré que je n'avais aucun mérite à tenir sur son dos et m'ont attribué une note minable.

— Mais c'est injuste ! commenta Dani. Tu n'y pouvais rien si le taureau ne voulait pas bouger. Tu ne pouvais pas faire une réclamation ?

— Si, heureusement. Et, après concertation, les juges ont accepté que je fasse une nouvelle tentative sur un autre taureau.

— Et alors ? demanda Grace, cette fois.

— J'ai gagné !

Tout le monde lança joyeusement des bravos, même Rachel. Peut-être Luke se faisait-il des idées en la jugeant préoccupée. Elle était peut-être simplement fatiguée.

Grace se leva et se posa une main sur le ventre.

— Je suis désolée de quitter une aussi bonne compagnie, mais en ce moment non seulement je mange pour deux, mais je dors aussi pour deux. J'ai vraiment passé une excellente journée ; je ne vous remercierai jamais assez d'avoir été là et de m'avoir couverte de cadeaux, mais je dois aller me coucher.

— Je vais chercher Jaci, dit Pierce. Elle, elle ne va pas avoir envie de partir, mais tant pis.

— Vous voulez qu'on la garde et qu'elle dorme chez nous ? proposa Dani. Comme ça, elle pourra rester encore un peu et Grace pourra dormir aussi longtemps qu'elle le souhaitera demain matin.

— C'est vraiment sympa, répondit Grace. Et je suis sûre que Jaci sera ravie. Tu auras un pyjama à lui prêter ?

— Eh bien, je lui donnerai un des T-shirts de Constance. Ce sera un peu grand pour elle mais, pour une nuit, ça fera l'affaire.

— Et la balade à cheval demain matin, c'est toujours d'actualité ? demanda Sydney.

— Bien sûr ! Si, Tucker et toi, vous êtes partants, on la fait, s'exclama Pierce. Demain, normalement, il devrait faire beau et doux. Ce sera le temps parfait pour aller jusqu'à Canyon Trail. En plus, j'ai tout ce qu'il faut pour un pique-nique une fois qu'on y sera.

— Et moi j'apporterai le dessert, renchérit Dani.

— Si jamais tu apportes des petits pains à la cannelle, prévois-en une belle quantité, intervint Sydney. Mais de toute façon, quoi que ce soit, ça vaudra le déplacement.

Dani parut touchée par le compliment.

— Grace, nous ramènerons Jaci chez vous demain matin pour qu'elle puisse se changer, dit-elle.

— Parfait, fit Pierce. Mais au fait, Luke, ça te dit de te joindre à nous ? J'imagine que tu as pas mal à faire avec le ranch de ton père, mais nous devrions être de retour en fin de matinée, ce qui te laissera l'après-midi pour faire ce que tu avais prévu.

Luke réfléchit quelques instants. Avoir l'opportunité de faire du cheval avec Rachel n'était pas pour lui déplaire. Cependant, comme il se demandait si son changement d'humeur de la soirée était dû à quelque chose qu'il avait dit ou fait qui lui aurait déplu, il hésita.

— Eh bien, vous êtes tous en famille et, moi, je suis déjà venu m'incruster parmi vous ce soir. Alors, je ne veux pas abuser.

— N'aie crainte. Demain, c'est juste une balade à cheval. Et, comme dit le proverbe : plus on est de fous, plus on rit, répliqua Riley.

— Je ne sais pas si cette opinion est partagée, remarqua Luke en se tournant vers Rachel.

Après une brève hésitation, elle acquiesça.

— Vous êtes évidemment le bienvenu. Se balader à cheval dans le canyon de bon matin, c'est vraiment une expérience géniale. Il ne faut pas rater ça.

Son ton n'était pas totalement enthousiaste, mais il s'en contenterait.

— Dans ce cas, je serai des vôtres, dit-il. Dois-je venir avec mon propre cheval ? D'après ce que j'ai vu, le ranch de mon père est plutôt bien pourvu.

— Ne te tracasse pas pour ça, à moins que tu veuilles vraiment prendre un des chevaux de ton père, répondit Riley. Nous te fournirons une monture et tout l'équipement nécessaire.

Sur ce, Pierce et Grace se levèrent pour aller souhaiter bonne nuit à leur fille puis revinrent saluer tout le monde avant de partir.

— Je crois que je vais moi aussi aller me coucher, annonça Rachel. La journée a été longue. Bonne nuit à tous. À demain matin.

— Aurez-vous besoin que je vous apporte une paire de bottes ? lui lança Luke sur le ton de la plaisanterie.

— Mais non ! Je monte avec mes talons hauts, bien sûr, répliqua-t-elle, un sourire aux lèvres.

Son expression le fit complètement fondre. Il n'en fallait décidément pas beaucoup pour qu'il succombe à son charme.

— Pourtant, si vous voulez passer un peu de temps dans un ranch, il vous faudra des bottes de cow-girl.

— Le jour où je déciderai de m'installer dans un ranch pour de bon, j'y penserai. Promis.

Luke partit d'un petit rire puis se leva.

— Bien. Je vais vous laisser pour la nuit. Merci encore pour cette soirée, c'était vraiment très agréable.

— Évidemment, nous ne pouvons pas rivaliser avec la cuisine d'Esther, mais je trouve que nous ne nous en sommes pas trop mal sortis, remarqua Pierce.

— Personne ne peut rivaliser avec la cuisine d'Esther, renchérit Sydney.

— Mais Esther ne peut pas rivaliser au tir avec toi, ma chérie, intervint Tucker en se penchant pour donner un petit baiser à Sydney.

Rachel, qui n'avait pas encore quitté la pièce, s'approcha de Luke.

— Au fait, votre veste est restée dans ma chambre. Je vais la chercher avant que vous partiez.

— Entendu, je vous attends. Merci.

Luke sortit dans la galerie et s'appuya à la rambarde pour attendre Rachel.

Elle le rejoignit une minute plus tard ; elle avait troqué ses talons hauts contre une paire de pantoufles bleues.

— Félicitations, Luke Dawkins ! s'exclama-t-elle en lui tendant sa veste. Non seulement vous avez survécu à cette soirée, mais en plus vous avez tenu tête aux frères Lawrence, qui sont pourtant redoutables quand ils se retrouvent tous les trois ensemble. Je suis impressionnée.

— Eh bien, pour ma part, je n'aurais pas cru m'entendre dire cela mais je dois avouer que, au moins ce soir, je suis heureux d'être de retour à Winding Creek.

Avoir fait la connaissance de Rachel y avait largement contribué. Toutefois, il était certain que, quand son père rentrerait chez lui, ce serait une autre histoire.

Mais il écarta cette dernière pensée. Il était tout près de Rachel, dans le calme de la nuit, et n'avait pas envie de gâcher ce moment.

— Je vous ai trouvée très pensive pendant le dîner, dit-il. Est-ce à cause de votre vie chaotique, à laquelle vous avez fait allusion plus tôt dans la soirée ?

— Oui, mais je compte bien y remédier.

— Si vous souhaitez en parler à quelqu'un qui ne fait pas partie de votre famille, je suis là.

Ce commentaire était idiot, songea-t-il aussitôt. Contrairement à lui, Rachel avait une famille sur laquelle elle pouvait compter. Pourquoi aurait-elle hésité à se confier à ses proches ?

Elle écarta une mèche de cheveux de son visage et leva les yeux vers le ciel étoilé.

— Que savez-vous de moi exactement ? lui demanda-t-elle.

— Est-ce une question piège ?

— Pas complètement.

Incapable de résister, il lui prit la main. Il n'aurait pas été surpris qu'elle la libère mais, comme elle n'en fit rien, il éprouva immédiatement une envie ardente de la protéger. Mais la protéger de quoi ? De qui ?

— Je sais que vous êtes très belle et très sympathique, commença-t-il. Que devrais-je savoir d'autre, Rachel ?

— Rien que vous ne découvrirez assez tôt.

Elle avait dit cela avec un tel fatalisme qu'il se sentit complètement démuni. Elle recula, appuya son dos contre la porte et posa la main sur la poignée.

— Je ferais mieux d'y aller. Demain, nous devons nous lever tôt.

— Eh bien, bonne nuit, alors.

Il tenta de tourner les talons et de s'éloigner, mais n'y parvint pas. Elle était tellement attirante, tellement irrésistible !

Il avança d'un pas, lui posa doucement deux doigts sous le menton pour l'inciter à lever les yeux. Comme elle ne détournait pas la tête, il se pencha en avant et effleura ses lèvres des siennes. Ce n'était même pas un véritable baiser, à peine une esquisse. Pourtant, ce contact suffit à le faire basculer dans un autre monde.

Rachel passa les bras autour de son cou et l'embrassa

franchement. C'était un baiser avide, plein de ferveur. Il fut tout près d'en perdre la tête. Sa respiration s'accéléra, et il eut envie de la serrer contre lui. Mais, quelques secondes plus tard, elle s'écarta et lui posa une main sur le torse pour le repousser doucement.

— À demain, murmura-t-elle avant d'ouvrir la porte et de disparaître à l'intérieur.

Le moins que l'on puisse dire, c'était qu'il était pressé de voir le jour se lever.

L'aube pointait à peine, mais Rachel se dit qu'il était inutile qu'elle continue à se retourner dans tous les sens. Elle ne se rendormirait pas. Elle était agitée ; sa vie prenait un tour qui lui échappait totalement.

Deux jours plus tôt, elle avait un travail et une brillante carrière devant elle. Son quotidien était réglé, elle savait de quoi serait fait le lendemain. Certes, elle savait aussi qu'il lui faudrait encore du temps pour mettre définitivement derrière elle le souvenir de Roy Sales, mais elle faisait des progrès constants.

Deux jours plus tôt, elle ne faisait pas les titres des journaux parce qu'elle allait prétendument défendre Hayden Covey lors d'un procès retentissant. Un procès au cours duquel il serait constamment question de violence et de terreur, soit tout ce qu'elle cherchait à bannir de ses souvenirs.

Les gens observeraient ses moindres faits et gestes, on lui poserait des questions, la presse à scandale ne se priverait pas de rappeler ce qu'elle avait vécu.

Deux jours plus tôt, elle ne connaissait pas Luke Dawkins, elle ignorait qu'un simple contact innocent avec lui suffirait à lui procurer des frissons d'excitation.

Elle n'avait échangé qu'un baiser avec lui et s'était retrouvée avec l'envie ardente de vivre davantage.

C'était complètement fou.

Elle repoussa les couvertures, se leva, alla jusqu'à la fenêtre et ouvrit les volets. Un petit nuage gris effilé barrait l'horizon. Tout suivait son cours normal : le jour succédait à la nuit, les saisons venaient les unes après les autres.

Dire qu'elle aurait aimé que sa vie soit aussi immuable aurait été exagéré. Mais elle ne pouvait pas continuer à laisser le souvenir de Roy Sales influencer ses réactions.

Une fois qu'elle aurait déterminé ce qu'elle désirait profondément, elle devrait être en mesure de se battre pour l'obtenir. Elle passerait quelques jours supplémentaires à Winding Creek pour se donner le temps de mettre de l'ordre dans tout ça. Ensuite, elle se rendrait à Houston pour affronter Eric Fitch sans détour.

Quant à Luke Dawkins, il n'y avait rien à décider à son sujet. Dès qu'il saurait ce qu'elle avait vécu, il la considérerait différemment. Et, comme on parlait de nouveau d'elle aux infos, il ne tarderait pas à l'apprendre. Alors, il aurait pitié d'elle, puis il passerait à autre chose.

Qui pourrait lui en vouloir ? Elle était trop fragile sur le plan émotionnel, personne n'était prêt à porter un tel fardeau.

Rachel, Sydney et Dani buvaient leur café en regardant Jaci et Constance se courir après autour du corral pendant que les hommes sellaient les chevaux.

Dans le ciel maintenant complètement dégagé, le soleil brillait de tous ses feux. L'air était vif, mais seule une légère brise soufflait. Rachel songea que c'était vraiment une matinée idéale pour une balade à cheval.

Cependant, Luke n'était pas venu.

C'était exactement ce qu'il lui fallait pour recouvrer sa lucidité. Le baiser de la veille au soir ne signifiait rien. Elle avait déjà de nombreux problèmes à gérer, et Luke avait les siens.

Pourtant, elle ne pouvait s'empêcher de tourner régulièrement les yeux vers le chemin par lequel il aurait dû arriver.

Pierce se mêla au jeu des enfants. Il courut après Jaci, l'attrapa et la souleva du sol dans un éclat de rire.

— Allez, il est temps de se mettre en selle ! annonça-t-il. Nos montures s'impatientent.

Riley sortit de l'écurie avec un autre cheval.

— Constance, ton cheval est prêt. Et il est ravi de faire de l'exercice.

— Jaci et Constance sont vraiment adorables, commenta Sydney. Elles sont matures pour leur âge, elles n'ont pas peur d'aller vers les autres, et elles sont tellement gentilles ! Ça me donne envie d'avoir moi aussi des enfants.

Cette dernière phrase retint l'attention de Rachel.

— C'est la première fois que je t'entends dire ça.

— Oui, mais ne t'emballe pas. Je ne suis pas encore prête, répondit Sydney. Pour le moment, mon boulot reste ma priorité. Mais j'y pense.

— J'étais dans le même état d'esprit que toi jusqu'à ce qu'on recueille Constance, intervint Dani. Maintenant, je n'imagine plus la vie sans elle.

— Les filles montent déjà très bien, remarqua Rachel.

— Pierce et Riley les emmènent le plus souvent possible avec eux. Ils leur apprennent à connaître les chevaux, à bien les traiter. Si elle le pouvait, Constance passerait davantage de temps avec les chevaux qu'avec ses copines d'école.

Tucker sortit de l'écurie avec une jument sellée et harnachée.

— Allez, il est temps d'y aller, mesdemoiselles !

Rachel, je te présente Moonbeam, dit-il en caressant le chanfrein de l'animal.

— Elle est superbe.

— Et très docile, je suis sûr que tu vas adorer la monter.

— Vous entendez mon merveilleux mari ? s'exclama Sydney. Il passe son temps aux quatre coins de l'État pour ses rodéos, et pourtant il connaît tous les chevaux du ranch sur le bout des doigts.

— Que veux-tu, j'ai de multiples talents, répliqua Tucker avec légèreté.

— Et modeste, en plus !

— Ne devrait-on pas attendre Luke ? demanda Dani.

— Il m'a appelé il y a deux minutes, répondit Pierce. Il a découvert une brèche dans une clôture et a décidé de la réparer avant que les vaches risquent d'aller paître dans un pré qui n'appartient pas au ranch de son père.

— Pas de chance, il va rater les petits pains à la cannelle, dit Riley.

— Et l'occasion de chevaucher en compagnie de belles jeunes femmes, ajouta Tucker.

— Oh ! détrompez-vous, il va faire son possible pour venir quand même, reprit Pierce. Mais il a dit que, s'il n'était pas là quand on serait prêts, il ne fallait pas l'attendre.

Rachel se sentit soulagée. Au moins, il n'avait pas évité de venir pour ne pas la voir. À moins que cette fameuse brèche dans une clôture ne soit qu'une bonne excuse. Quoi qu'il en soit, elle n'aurait pas à affronter son expression interrogatrice et son regard plein de sollicitude si jamais il avait appris ce qui lui était arrivé quelques mois plus tôt.

Elle s'approcha de la jument qui lui était destinée. Elle n'était pas une cavalière aussi expérimentée que les autres, mais elle savait quand même monter. De toute façon, quand on vivait au Texas, c'était dur d'y échapper.

Ils venaient tout juste de se mettre en route lorsqu'ils entendirent un bruit de moteur. C'était Luke. Immédiatement, Rachel se sentit de bien meilleure humeur.

— Allez-y, lança Riley, qui fermait la marche. Luke et moi, nous vous rattraperons.

Dix minutes plus tard, Rachel commençait à se sentir bien en selle quand Luke la rejoignit et se porta à sa hauteur.

Elle tourna la tête pour le regarder et sentit immédiatement son pouls s'emballer. Il aurait dû y avoir une loi pour interdire à un homme d'avoir une allure aussi sexy !

Il porta la main à son stetson pour la saluer. Dans le soleil matinal, les traits de son visage se dessinaient parfaitement. Sa veste en jean était ouverte et révélait un T-shirt noir qui mettait en valeur son torse musclé.

Elle prit une grande inspiration pour se donner une contenance.

— Je suis heureuse que vous ayez finalement pu vous joindre à nous, dit-elle.

— Moi aussi.

— Avez-vous eu le temps de réparer votre clôture ?

— Sommairement. Il faudra que je la remette complètement en état, mais ça vaut pour à peu près tout sur le domaine du ranch, en dehors de l'écurie. Apparemment, mon père avait décidé de choyer ses chevaux au détriment du reste. Certains corps de bâtiment tombent en ruine. Mais assez parlé de mes soucis.

Il tendit le doigt vers sa gauche.

— Admirez la vue.

Elle suivit du regard la direction indiquée. Depuis leur départ, ils ne faisaient que monter régulièrement.

Sous eux s'étendaient de vastes étendues luxuriantes et vallonnées.

— C'est magnifique, fit-elle.

Soudain, un grand cerf et deux daims sortirent du couvert des arbres et s'immobilisèrent sur le chemin, quelques mètres devant eux. Rachel tira sur les rênes pour faire s'arrêter sa monture. Le cerf resta quelques secondes impassible à la regarder, puis il se retourna et disparut de nouveau dans les bois, les deux daims derrière lui.

— J'avais oublié à quel point la nature était belle dans ce coin du Texas, commenta Luke. Les animaux la parcourent librement, il n'y a pas d'embouteillages, l'air est pur, ça sent la terre.

— Oui, la vie à la campagne a beaucoup à offrir, renchérit Rachel. Je devrais revenir ici plus souvent, mais je n'arrive jamais à trouver le temps.

— C'est précisément pour cette raison que vous devriez y revenir plus souvent. D'autant plus qu'Esther a un don pour que les gens se sentent bien chez elle.

— Oui, un véritable don.

Pierce fit demi-tour pour revenir à leur hauteur.

— Un souci ?

— Non, répondit Luke. Nous nous étions arrêtés pour profiter du paysage.

— Le paysage va devenir encore plus beau quand nous aurons atteint le canyon, assura Pierce. Nous ferons une pause pour manger un morceau. Esther nous rejoindra là-bas en voiture, c'est elle qui a les provisions.

— Je suis sûr que, quand nous arriverons sur place, j'aurai les crocs et que je serai rassasié pour un bon moment quand nous repartirons, dit Luke.

Ils se remirent en route. Luke et Pierce parlèrent de choses et d'autres.

Rachel les laissa discuter et fit accélérer la cadence à sa monture pour rattraper Sydney.

— Luke et toi, vous êtes restés ensemble un moment, commenta sa sœur.

— Seulement quelques minutes.

— Et que penses-tu de lui, en dehors du fait qu'il est terriblement sexy ?

— Vraiment ? Je n'avais pas remarqué.

— Tu es sérieuse ? Tu es sûre que tu n'aurais pas besoin de lunettes ?

— Je plaisantais, avoua Rachel. Je t'accorde qu'il est sexy. Et que c'est quelqu'un d'intéressant.

— Et l'attention qu'il te porte ne te trouble pas ?

— Non, pas du tout. Mais c'est peut-être parce que vous êtes tous là avec moi.

— Moi, je crois que c'est bon signe. Petit à petit, tu laisses cette affreuse expérience derrière toi.

— Je souhaite de tout cœur que tu aies raison. Ça fait quatre mois, maintenant.

Mais ne se faisait-elle pas des illusions ? Ici, elle était dans un cocon ; la vraie vie ne tarderait pas à la rattraper.

Esther les attendait à un endroit stratégique avec une vue imprenable sur Creek Canyon, suffisamment loin du bord des falaises pour que Constance et Jaci puissent jouer sans danger.

Luke connaissait le canyon. Cependant, il ne l'avait jamais vu depuis ce versant.

Rachel mit pied à terre sans avoir besoin d'aide et mena sa monture jusqu'à un petit bosquet de châtaigniers. Elle tendit les rênes à Pierce, qui avait déjà attaché son cheval et celui de Jaci à une branche basse.

Il n'y avait pas d'eau pour les chevaux mais, le long

du parcours, ils s'étaient arrêtés deux fois pour les laisser boire dans un ruisseau.

Sur le plateau de son pick-up, Esther avait disposé des thermos de café et de chocolat chaud. Tous se servirent, après quoi les femmes se chargèrent de sortir la nourriture et la vaisselle, tandis que Luke et Riley allaient chercher du bois mort et préparaient le feu.

Une fois celui-ci allumé, Pierce fit cuire des œufs avec du bacon et du chorizo, et une délicieuse odeur monta dans l'air.

Cela faisait bien longtemps que Luke n'avait pas pris un repas de ce type en pleine nature.

Il profita du bien-être qu'il éprouvait et admira longuement le paysage. Puis son regard se posa sur Rachel, et il ne put plus l'en détourner. Bien qu'elle soit citadine, elle était parfaitement à sa place dans cet environnement.

Elle était naturellement belle. Qu'elle soit maquillée ou pas n'y changeait rien.

— Ma belle-sœur a le chic pour attirer les regards, dit soudain Tucker, qui le prit complètement par surprise.

Sa contemplation de Rachel l'absorbait tellement qu'il ne l'avait pas entendu approcher. Il était inutile qu'il nie l'avoir dévorée des yeux.

— Oui, elle est très belle.

— Ma femme semble croire que, Rachel et toi, vous n'êtes pas indifférents l'un à l'autre.

— Eh bien, je ne sais pas ce qu'il en est pour elle, mais c'est vrai que je la trouve fascinante. C'est un problème ?

— Ça pourrait en être un.

— Elle n'est pas mariée, pourtant, si ?

— Non. Et en d'autres circonstances je serais le premier à dire qu'elle est assez grande pour savoir qui elle doit fréquenter ou pas. Mais il y a quelques mois elle a vécu une expérience traumatisante. Et elle n'y était absolument pour rien. Alors je ne voudrais pas la voir souffrir de nouveau. C'est tout.

— Je la connais à peine. Je n'ai pas l'intention de m'imposer à elle. Donc, si c'est ce qui t'inquiète, je peux te rassurer. C'est Sydney qui t'a demandé de venir me parler ?

— Non, pas du tout. Sydney est d'avis que vous ne pouvez que vous faire du bien mutuellement, Rachel et toi. Moi, je tenais seulement à te faire savoir que, sur le plan émotionnel, elle est encore très vulnérable.

— Je te sais gré de m'avertir. Y a-t-il autre chose que je devrais savoir ?

— Probablement, mais je laisserai à Rachel le soin de t'en parler. Cela dit, si j'étais toi, je ne l'inciterais pas trop à se confier, ce serait mieux que ce soit elle qui en prenne l'initiative.

— Je suivrai ton conseil. Merci.

Voilà que le mystère s'épaississait. D'habitude, il aimait percer les mystères. Cette fois, ce n'était pas le cas, car il sentait que celui-ci affectait encore Rachel.

Tucker retourna auprès du feu pour s'occuper des tortillas.

Rachel aidait Esther à garnir les assiettes de mets qui paraissaient plus alléchants les uns que les autres, avocat et diverses préparations. Il se dirigea vers elles, puis changea d'avis. Une idée venait de le traverser.

S'éloignant du petit groupe, il sortit son téléphone, tapa « Rachel Maxwell » sur Google et lança la recherche. De nombreux liens apparurent.

Il commença sa lecture et, à chaque phrase, sentit l'émotion et la colère l'envahir.

Rachel avait de quoi être vulnérable ; elle avait vécu l'enfer.

8

Roy Sales arpentait la salle commune de télévision quand il entendit la présentatrice du journal télévisé prononcer son nom. Il s'arrêta et fixa l'écran sur lequel était apparue sa photo.

— Rachel Maxwell, une des victimes du kidnappeur du Texas, va assurer la défense de Hayden Covey, accusé de meurtre.

Bon sang ! Avait-il bien entendu ?

— La ferme ! lança-t-il au vieillard assis devant la télé et qui marmonnait sans cesse des propos incohérents, couvrant presque la voix de la présentatrice.

L'image de Rachel s'afficha. Oui, c'était bien elle. Elle était comme au premier jour où il l'avait vue, avant qu'il l'enlève et l'enferme chez lui.

Il avait du mal à entendre ce que disait la présentatrice. Les infirmiers gardaient la télécommande et contrôlaient le volume sonore, comme ils contrôlaient tout le reste.

Il en comprit toutefois assez pour saisir de quoi il était question. Son sang ne fit qu'un tour. Comment osait-elle défendre ce gosse de riches après la façon dont elle l'avait traité, lui, Roy Sales, après son arrestation ?

Il se remémora les mots qu'elle avait utilisés : « mentalement instable », « monstre », « fou », « psychopathe ».

C'était à cause d'elle qu'il se retrouvait dans cet asile

psychiatrique, mais elle n'allait pas tarder à avoir de ses nouvelles. Ce n'était pas terminé. Il était plus malin que l'ensemble des soi-disant médecins qui le traitaient.

Il n'avalait pas les médicaments abrutissants qu'on lui donnait tous les matins. Il faisait semblant.

Bientôt, il serait dehors. Il avait un plan. Et alors il en finirait avec Rachel Maxwell.

Il prendrait son temps. Son calvaire serait long, elle le supplierait jusqu'à son dernier souffle. Puisqu'elle l'avait traité de monstre, il se comporterait comme tel.

— Regarde, maman, murmura-t-il. Tu seras fière de moi.

9

Rachel avait beau avoir apprécié la première partie de la balade, elle était heureuse de rentrer. Avant même qu'ils aient quitté le canyon, elle avait remarqué le changement de comportement de Luke.

Il était venu s'asseoir à côté d'elle pour manger, mais la conversation avait été maladroite, hésitante. Surtout, au moment du départ, il avait pris soin de ne pas rester près d'elle.

Avant le repas, elle l'avait vu s'éloigner pour consulter son téléphone. Peut-être avait-il lu une nouvelle info qui venait de tomber ; il était à parier que Hayden Covey et elle feraient les titres pendant quelques jours au moins.

Et, s'il avait été fait mention d'elle, on avait forcément parlé de son passé et de son enlèvement par Roy Sales.

Alors qu'elle s'apprêtait à mettre pied à terre, Luke vint se poster à côté d'elle et lui proposa sa main.

— Prête à rafraîchir la selle ?

— Si c'est une expression locale pour me demander si je suis prête à descendre de cheval, la réponse est oui.

— Gagné ! C'est bien le sens de l'expression. Avez-vous besoin d'aide ?

— Non, merci, ça va aller.

Sans lâcher les rênes, elle serra le pommeau de selle et sortit le pied droit de l'étrier. La jument était habituée et ne bougea pas. Elle put mettre pied à terre sans problème.

Elle s'étira et épousseta son pantalon avant de caresser affectueusement le chanfrein de la jument.

— Vous avez aimé la balade ? demanda Luke.

— Beaucoup. Et vous ?

— Oh oui ! C'était exactement ce qu'il me fallait pour me redonner goût à la vie de cow-boy. Je suis vraiment touché que votre famille et vous m'ayez proposé de vous accompagner.

De toute évidence, il faisait des efforts pour garder un ton léger. Elle lui en était reconnaissante, mais n'était toutefois pas dupe.

Il tendit la main pour prendre les rênes.

— Je vais ramener la jument à l'écurie.

— Merci.

Alors qu'elle allait s'éloigner, il la retint par le poignet.

— Une fois que les chevaux seront tous à l'écurie, pourrons-nous parler un petit moment en privé ?

Elle haussa les épaules.

— Ce ne sera pas nécessaire.

— Je ne compte pas vous y forcer, mais j'aurais bien aimé vous parler.

Sans doute éprouvait-il le besoin de lui apprendre ce qu'il avait découvert sans la froisser. Et peut-être était-ce nécessaire, tout compte fait, car il était possible qu'elle aussi, à cause de sa fragilité, change subitement d'attitude sans même en avoir conscience.

— Comment l'avez-vous appris ? demanda-t-elle sans prendre la peine de préciser de quoi elle parlait.

— J'ai fait une recherche sur Internet, répondit-il sans hésiter. Ce n'est pas vraiment un secret.

— Je sais, c'est de notoriété publique. Si vous aviez vécu au Texas ces derniers mois, vous connaîtriez même les détails les plus sordides.

— Je n'ai aucune envie de les connaître. J'ai seulement une question.

— Une seule ? D'habitude, les gens en ont des centaines.

— Où est Roy Sales ? En prison, j'espère.

— Non. Ça s'est passé il y a maintenant quatre mois, mais hélas ! il a été déclaré irresponsable et ne peut pas être jugé. Il est interné dans un hôpital psychiatrique quelque part entre ici et Houston. Il est censé y recevoir un traitement approprié.

— Espérons-le. Écoutez, je sais que vous êtes ici pour rendre visite à votre famille, mais j'aimerais bien que vous me consacriez un peu de temps.

— Dans l'immédiat, je voudrais surtout aller prendre une douche.

— Bien sûr. Je ne dis pas que je veux que vous restiez avec moi maintenant. Et je vous promets que je ne vous fais pas cette demande à cause de ce que vous avez vécu, si c'est ce que vous redoutez.

— De quoi voulez-vous parler, alors ?

— De nous.

— Il n'y a pas de « nous », Luke. Nous venons de nous rencontrer. Je vis à Houston et, vous, vous devez rester ici, à Winding Creek, pour vous occuper de votre père.

— D'accord. Mais, à moins que je me sois complètement fourvoyé, il me semble que nous éprouvons une légère attirance l'un pour l'autre.

— Vous dites ça à cause du baiser d'hier soir ? Je peux vous expliquer. Enfin, non... En fait, je ne sais pas comment l'expliquer. Mais ça ne sert à rien de tenter de comprendre pourquoi ça s'est passé. Je pense que nous nous sommes seulement laissé emporter, c'est tout.

— Et pourquoi ne pas tenter de déterminer si ce n'était pas un peu plus que ça ? Je ne parle pas de faire l'amour, ne vous méprenez pas, mais nous pourrions passer du temps ensemble, sortir boire un verre, bavarder, nous promener... Ça nous ferait du bien.

Il dit tout cela d'un ton naturel, mais pour elle, depuis son enlèvement, plus rien ne se faisait naturellement. Chercher à savoir ce qu'il y avait réellement entre eux était potentiellement dangereux. Le bon sens lui soufflait de le repousser.

Pourtant, elle ne pouvait nier avoir envie de le revoir.

— Je vous inviterais bien à la maison, reprit Luke, mais il faut d'abord que je trouve le temps de faire un ménage de fond. Je ne sais pas si la vue de mon père a drastiquement baissé ou s'il s'est habitué à vivre dans la saleté, mais je vous jure que ce n'est vraiment pas terrible.

— Vous allez me prendre pour une folle, dit Rachel, mais je trouve la perspective de devoir décrasser des sols et des murs et de dépoussiérer des meubles très attrayante. Faire de l'exercice physique sans avoir à réfléchir, voilà ce qu'il me faut.

— Je n'aurais pas cru qu'une avocate de votre niveau s'intéresserait aux tâches ménagères.

— Je ne suis pas une snob, même s'il est vrai que ça fait longtemps que je n'ai pas passé une journée ou au moins un après-midi à faire du ménage.

— Je peux y remédier, répliqua-t-il sur un ton léger. Non, sérieusement, je serais vraiment heureux de passer un peu de temps avec vous.

— J'ignore ce qu'a prévu ma sœur, alors je ne vous promets rien. Sydney et moi, nous ne nous voyons pas souvent. Mais, désormais, elle consacre aussi du temps à son mari. J'aurai donc peut-être un moment. Je vous rappellerai pour confirmer.

— Appelez-moi quand vous voulez. Je dois m'occuper

du comptage du bétail, mais dès que je recevrai votre appel je rentrerai.

— Esther a-t-elle votre numéro ?
— Oui, et Pierce aussi. On doit se voir dans la semaine pour qu'il m'explique dans les grandes lignes comment gérer un ranch.

La jument, qu'il tenait toujours par la bride, se mit à secouer la tête.

— C'est une façon de me faire comprendre qu'elle perd patience, reprit Luke. À plus tard. J'attends votre appel, ajouta-t-il avec un sourire avant de tourner les talons pour emmener la jument à l'écurie.

Rachel le regarda s'éloigner. Son sourire l'avait touchée. Il avait décidément un énorme pouvoir sur elle.

Il pensait qu'elle plaisantait quand elle lui avait dit qu'elle aimerait bien avoir un grand ménage à faire pour se vider la tête. Or, il n'en était rien. Faire quelque chose d'utile, qui lui permettrait de se dépenser physiquement sans penser à rien d'autre, lui serait très bénéfique.

Cependant, faire du ménage ensemble, ce n'était pas terrible, pour un premier rendez-vous.

Mais ce ne serait pas un rendez-vous galant. Si elle était d'accord pour devenir son amie, elle n'était pas prête à aller plus loin.

Voyant que Sydney l'avait attendue pour retourner à la maison, Rachel se dépêcha de la rejoindre.

— Tu as le rouge aux joues, commenta Sydney.
— Les effets du grand air.
— Bien essayé. Mais ne serait-ce pas plutôt l'effet de Luke Dawkins sur toi ?
— Je ne vois pas de quoi tu parles.
— Moi, je crois que, au contraire, tu le sais très

bien. Il est impossible de ne pas remarquer les regards que vous vous adressez.

— Nous nous connaissons à peine !

— Il n'est pas nécessaire de se connaître depuis longtemps pour qu'une attirance mutuelle se manifeste.

— Je n'ai pas le temps de penser à une quelconque attirance en ce moment. Pour qui que ce soit.

Sydney passa son bras sous celui de sa sœur.

— Je comprends, mais il n'y a rien de mal à apprécier la compagnie d'un bel homme comme Luke, qui, en plus, semble être quelqu'un de bien.

— Comment le sais-tu ?

— Selon Esther, lors de sa carrière dans les Marines, il a obtenu plusieurs décorations. Et là il n'a pas hésité à tout laisser de côté pour venir s'occuper de son père, malade, qui n'est pourtant pas quelqu'un de facile et qui l'a quasiment fichu dehors alors qu'il était encore presque ado. Esther l'aime bien, et j'ai une grande confiance en son jugement.

— Tu sembles avoir beaucoup réfléchi à tout ça, Sydney. Ce qui signifie que tu passes trop de temps à te soucier de moi.

— Pas à me soucier, mais à t'encourager. Passer du temps avec un homme ne signifie pas que tu dois te précipiter dans son lit. Si ça doit arriver, ce sera ton problème. Ce n'est pas à moi de décider si tu te sens prête ou pas, tu es une grande fille.

— Merci de me faire confiance à cet égard. Tu sais, sur de nombreux sujets, le Dr Lindquist et toi, vous êtes du même avis. Tu aurais fait une bonne psychologue.

— Ou alors c'est lui qui aurait dû devenir agent du FBI. Je regrette qu'il ne soit pas là en ce moment.

— Pour m'encourager à me jeter dans les bras de Luke ?

— Non. Mais il serait meilleur que moi pour t'annoncer

de mauvaises nouvelles, dit Sydney avec une expression qui indiquait que les mots lui pesaient.

Rachel fut immédiatement inquiète.

— Quelles mauvaises nouvelles ?

— Rien de terrible ni d'urgent, mais…

— Inutile d'essayer d'enrober les faits, la coupa Rachel.

— D'accord. J'ai reçu un appel mercredi du Dr Kincaid.

— Tu as des ennuis de santé ? demanda Rachel avec appréhension.

— Non, pas du tout. Le Dr Kincaid est le psychiatre de Roy Sales.

Entendre ce nom causa des frissons désagréables à Rachel.

— Pitié ! Ne me dis pas qu'il a été déclaré inapte à être jugé et remis en liberté.

— Non, il est toujours interné. Tu ne crains rien. Je m'en suis assurée, c'est l'avantage pour toi d'avoir une sœur qui fait partie du FBI.

— Pourquoi t'a-t-il appelée, alors ?

— Il cherchait à entrer en contact avec toi, mais, comme tu as récemment changé de numéro de téléphone, il ignorait comment te joindre.

— Je n'ai pas l'intention de donner mon numéro à n'importe qui. Et, apparemment, tu ne l'as pas communiqué à ce médecin.

— Non, mais j'ai promis de te transmettre un message de sa part.

— Quel est ce message ?

— Il n'est pas entré dans les détails et a insisté sur le fait qu'il souhaitait te parler. D'après lui, c'est très important.

— Il n'a pas voulu te dire pourquoi ? Je pensais que, comme tu fais partie du FBI, même un médecin ne pouvait pas se réfugier derrière le secret médical pour refuser de donner des détails.

— Ce n'est pas aussi simple. Bref, son message, c'est qu'il voudrait te parler, et de préférence en personne.

— En personne. C'est-à-dire qu'il veut que je me rende à l'hôpital psychiatrique où Roy Sales est interné ? Jamais de la vie !

— Il a ajouté que, si nécessaire, ce serait lui qui se déplacerait.

— Ça n'a aucun sens. Je ne vois pas ce que je pourrais encore lui apprendre sur Sales. Il a certainement pu déterminer depuis longtemps que c'est un fou dangereux.

Rachel s'arrêta.

— Tu as eu le temps de réfléchir à la demande de ce médecin, et j'ai confiance en ton jugement. Alors vois-tu une seule bonne raison pour que j'accepte de rencontrer le psychiatre de Sales ?

— Je pense qu'il pourrait y en avoir une, oui.

— Laquelle ?

— Plus tôt Roy Sales sera en mesure d'être jugé, plus tôt tu pourras mettre définitivement cette histoire derrière toi. Si tu détiens des éléments, sans même en avoir conscience, qui permettraient de le déclarer apte à être jugé par un tribunal, alors ça vaut le coup de parler à Kincaid.

— Tu penses que je devrais l'appeler ?

— Ce n'est pas à moi de prendre la décision, Rachel. Je ne veux que le meilleur pour toi. Mais, si tu acceptes de le rencontrer, j'aimerais t'accompagner.

— En tant que sœur ou en tant qu'agent du FBI ?

— Les deux, mais avant tout en tant que personne qui refuse de continuer à voir Roy Sales tourmenter sa sœur.

— Tout ça me fait une drôle d'impression, avoua

Rachel. Ce médecin t'a-t-il dit s'il avait parlé à d'autres victimes de Sales ?

— Je lui ai posé la question, oui. Il m'a répondu que, jusque-là, il n'en avait rien fait parce qu'il n'en avait pas vu l'utilité.

Rachel donna un coup de pied dans un caillou.

— En d'autres termes, je suis un cas à part ? Kincaid pense que je pourrais savoir sur Sales des choses que les autres victimes ignorent ?

— C'est l'impression que j'ai eue. Peut-être pense-t-il également que, comme tu es avocate, tu as davantage l'habitude d'analyser le profil de criminels, ce qui fait de toi une source d'information plus fiable.

— Oui, bien sûr, ça peut expliquer son désir de me rencontrer.

— Tu n'es pas obligée de décider tout de suite si tu es d'accord pour le rencontrer ou pas, d'autant que tu as d'autres soucis. Prends ton temps, pèse le pour et le contre. Et n'oublie pas que rien ne te force à accepter.

— Si j'accepte, ce sera parce que j'aurai acquis la certitude que le rencontrer pourrait contribuer à faire en sorte que Sales ne puisse plus jamais s'en prendre à quiconque.

— Bien sûr.

— Je vais réfléchir à la possibilité d'appeler le Dr Kincaid, bien que, pour le moment, je sois encore dubitative. Au fait, s'il t'a téléphoné mercredi, pourquoi ne m'en parles-tu qu'aujourd'hui ?

— J'attendais le bon moment et, comme tu venais de démissionner de ton travail, je ne voulais pas en rajouter.

— Je te remercie de m'avoir accordé un répit.

— Et, encore une fois, ne te sens pas forcée de traiter la question maintenant. Si d'ailleurs tu la traites.

Rachel songea qu'elle serait incapable de balayer le

sujet d'un revers de main. De toute façon, entendre le nom de Roy Sales avait suffi à assombrir sa journée.

Elle avait la désagréable impression que, d'une manière ou d'une autre, Sales tirait les ficelles pour tenter de la ramener à lui.

Sa folie était réelle, ce qui ne signifiait pas qu'il n'était pas assez intelligent pour manipuler un psychiatre.

Que n'aurait-elle donné pour le rayer de sa vie et de sa mémoire ! Malheureusement, ce n'était pas possible.

L'après-midi au Double K s'étirait tranquillement. Esther s'était installée sur le canapé pour regarder un film à la télévision, Sydney et Tucker avaient profité de la température inhabituellement douce pour la saison pour se rendre à une fête dans le village voisin.

Ils avaient proposé à Rachel de les accompagner, mais elle était bien consciente qu'ils l'avaient fait avant tout par politesse et comprenait qu'ils avaient besoin de se retrouver tous les deux. Leurs emplois respectifs ne leur permettaient pas d'être ensemble tous les jours, alors, quand ils se retrouvaient, c'étaient des moments privilégiés.

Sydney tenait à son travail au FBI. Elle aimait l'adrénaline et même le danger qui y étaient liés, tout comme Tucker ne pouvait se passer du rodéo.

Apparemment, ils avaient réussi à trouver un mode de vie qui leur convenait, et il lui arrivait de les envier.

Elle aussi pensait naguère avoir trouvé son équilibre, mais, désormais, elle n'était même plus certaine d'avoir envie d'accepter la promotion que lui offrait Eric Fitch. Car ses priorités avaient changé. Elles ne cessaient d'évoluer.

Appeler Luke la tentait, mais elle hésita. Depuis sa conversation avec Sydney, elle ne se sentait pas bien.

C'était comme si Roy Sales s'en prenait émotionnellement à elle.

Luke avait envie de mieux la connaître. Inéluctablement, son attirance pour lui ne ferait que croître si elle le côtoyait. Mais comment parviendrait-elle à gérer cela alors qu'elle n'avait pas le contrôle de ses émotions ? Hormis des soucis, elle n'avait rien à lui offrir. Et elle l'appréciait trop pour devenir un fardeau supplémentaire pour lui.

Renonçant à l'appeler, elle alla chercher son sac à main et ses clés de voiture. Elle avait besoin de sortir faire un tour.

Alors qu'elle venait de se garer dans la rue principale de la petite ville, son téléphone sonna. Elle coupa le contact et décrocha en descendant de voiture.

— Allô ?
— Rachel ? Je suis heureux de vous entendre.
— Luke.

Au son de sa voix, elle avait senti son pouls s'emballer.

— Je suis désolée, je ne vous ai pas appelé.
— Oui, du coup, j'ai décidé de prendre l'initiative. Que diriez-vous d'aller faire un tour ? J'aimerais voir à quel point la région a changé depuis mon départ.
— Et que diriez-vous de vous attaquer au ménage, plutôt ?
— Oh ! je vous assure qu'il y a de quoi se décourager ! Je ne sais même pas par où commencer.
— Par la cuisine, bien sûr. C'est toujours là que la saleté s'incruste le plus.
— Je commence à croire que vous ne plaisantez pas.
— Mais non, je ne suis on ne peut plus sérieuse. Je n'ai plus envie de penser à rien, et j'ai besoin de me dépenser physiquement.

— Eh bien, dans ce cas, laissez-moi le temps de faire quelques courses et, ensuite, je passe vous prendre.

— Je suis déjà en ville, je vous propose d'acheter les produits nécessaires moi-même et de venir chez vous. Et n'ayez crainte, je ne vous facturerai pas les heures de travail au prix fort.

— J'aurais dû deviner que c'était un piège !

— N'oubliez pas que vous avez affaire à une avocate.

Ils rirent de bon cœur puis il lui donna les indications pour se rendre au ranch de son père. Elle s'apprêtait à remonter en voiture quand deux jeunes garçons qui mangeaient une glace passèrent à sa hauteur, suivis par leurs parents, qui marchaient le sourire aux lèvres en se tenant par la main.

Une scène typique d'un dimanche après-midi dans une petite ville tranquille du Texas.

Pourtant, c'était précisément dans cette petite ville qu'un psychopathe avait rôdé et choisi ses victimes. Ce souvenir lui provoqua comme d'habitude une bouffée de panique, et elle se mit à regarder nerveusement autour d'elle.

Aucun endroit au monde n'était vraiment sûr.

Elle resta quelques secondes immobile à inspirer et expirer à fond pour recouvrer son calme. Puis elle monta en voiture, démarra et prit la direction de la supérette.

En plus de divers produits nettoyants et des gants en caoutchouc, elle acheta des fruits pour le cas où ils auraient besoin de faire une petite pause pour reprendre des forces.

Une fois sortie, elle appela Sydney afin de la prévenir de ses projets. Celle-ci ne répondit pas. Elle lui laissa donc un message et prit la route.

Elle se sentait encore nerveuse. Mais à quel danger pouvait-elle bien s'exposer en faisant du ménage avec Luke Dawkins ? se demanda-t-elle pour se rassurer.

10

Luke ouvrit le four pour une ultime inspection.

— Plus une tache de graisse ! Comme neuf et prêt à servir, dit-il. À mon avis, ça fait des années que ce n'était pas arrivé. Je me demande même s'il ne restait pas un morceau de la pizza que j'avais réchauffée il y a onze ans encore collé à la paroi.

— Beurk ! fit Rachel, qui vint se poster à côté de lui pour regarder à l'intérieur du four. Je suis impressionnée. S'il y avait quelque chose à réchauffer dedans à l'instant, je ne serais pas contre.

— Quoi ? Pour ruiner mon travail de décapage ? protesta-t-il. Interdit de toucher à ce four pour le moment !

— Même pour une pizza ?

— Quelques exceptions sont possibles.

Tandis qu'il remettait des conserves dans le placard débarrassé de ses miettes et de sa poussière, elle s'appuya contre le plan de travail, lui aussi d'une propreté impeccable.

— Maintenant que nous avons jeté tout ce qui était périmé, il va vous falloir refaire des provisions, remarqua-t-elle.

— Oui, madame, mais un autre jour. Pour aujourd'hui, je crois que ça va suffire.

— Ne me dites pas qu'une demi-journée de ménage est pire qu'une journée chez les marines !

— La seule différence, c'est que vous me retenez en otage avec un balai, pas un fusil.

Il finit de ranger, contempla un instant le résultat, puis s'approcha d'elle et lui posa les mains sur la taille.

— Savez-vous à quel point vous êtes sexy ?

— Je suppose que vous dites ça parce que l'odeur du détergent vous fait tourner la tête.

— Vous croyez ?

Il inspira à fond.

— Je doute que ce soit ce parfum qui m'enivre.

Il était sincère. Elle était terriblement sexy et il adorait être avec elle. Néanmoins, maintenant qu'il savait ce qu'elle avait vécu, il devait admettre, ainsi qu'elle l'avait redouté, qu'il avait du mal à en faire abstraction.

Il aurait aimé se trouver nez à nez avec son ravisseur et lui régler son compte. Cela n'arriverait certainement pas, mais savoir que ce type n'avait pas été jugé et condamné pour ce qu'il avait fait le contrariait. C'était certainement un type pourri jusqu'à l'os, mais à quel point était-il réellement fou ?

Comme Tucker le lui avait dit, Rachel était vulnérable. Après ce qu'elle avait vécu, rien d'étonnant à cela. Mais elle était intelligente, et pleine d'énergie.

— Wonder Woman en jean, dit-il.

Elle s'écarta pour sortir de ses bras et ferma la porte du placard.

— Vous invoquez une femme aux super pouvoirs pour vous libérer de moi ?

— Non, c'est de vous que je parlais. Vous êtes fantastique. Levée à l'aube pour aller faire une balade à cheval et, au coucher du soleil, vous êtes encore pleine de vigueur alors que, moi, je suis là à serrer les dents pour maintenir la cadence.

— Pour moi, ce n'est pas du travail. C'est une thérapie.

Par ailleurs, au retour de votre père, il faudra que la maison soit en ordre. Quand doit-il revenir ?

— Je n'en sais rien. J'ai rendez-vous demain avec son médecin. Ensuite, je passerai le voir. Étant donné la façon dont il m'a accueilli hier, je ne suis pas sûr qu'il veuille rentrer si je suis encore là.

— Vous noircissez le tableau.

— Attendez de l'avoir rencontré pour vous faire un avis. Ça me donne une idée… Ça vous dirait de venir en ville avec moi, demain ? Dès qu'il vous verra, il oubliera jusqu'à mon existence, ce qui ne sera pas plus mal.

— Quel âge a-t-il ?

— Soixante-neuf ans. Mais il est encore suffisamment alerte pour apprécier la vue d'une jolie femme.

Luke ouvrit le réfrigérateur et en sortit deux bières. Il les décapsula et lui en tendit une.

Elle but une gorgée puis regarda autour d'elle pour admirer leur travail de l'après-midi.

— Tous les éléments de la cuisine ont recouvré leur éclat. Les étagères ne sont plus graisseuses, l'évier brille, les placards sont rangés fonctionnellement, la fenêtre est propre, le ventilateur est dépoussiéré, et le sol a été nettoyé.

— Sans vous, je n'y serais jamais arrivé. Je dirais même que je n'aurais pas eu le courage d'essayer. Que diriez-vous d'aller nous asseoir dehors ? Je n'ai plus de dos, j'ai besoin de me reposer.

— Il faut encore que je vous présente ma facture.

— Vous me faites peur. À moins que nous puissions trouver un arrangement ?

— Laissez tomber.

***

Rachel avait beau être fatiguée, chaque fois que Luke la regardait ou l'effleurait, elle sentait son cœur s'emballer.

À un moment, il avait enlevé sa chemise pour ne pas risquer de la tacher avec l'un des détergents, et elle avait pu constater qu'il était plus que bien fait de sa personne.

Il ne faisait cependant pas que la séduire physiquement. Elle appréciait son sens de l'humour, la virilité qu'il dégageait sans chercher à en jouer ni faire preuve de machisme, ce qu'elle détestait.

Malgré tout, elle restait sur ses gardes, comme si elle redoutait que, si elle se laissait aller au bien-être qu'elle ressentait auprès de lui, toutes les craintes qu'elle gardait en elle viennent la ronger comme un acide.

Ils sortirent de la maison pour aller s'installer dans la galerie. Le soleil était déjà bas mais, comme la veille, il faisait encore très doux.

Au moment où elle allait s'asseoir dans un vieux rocking-chair, elle vit un gros scorpion juché sur un bras. Elle poussa un cri et eut un brusque mouvement de recul.

Luke réagit sans tarder. D'un geste vif, il fit tomber le scorpion du fauteuil. Dans le même temps, Rachel s'était d'un bond perchée sur la rampe et avait levé les pieds pour éviter qu'ils soient à portée du dard de l'insecte.

— Tuez-le ! s'exclama-t-elle.

Il attrapa un pot en terre cuite et, sans hésiter, écrasa le scorpion avec. Le pot se brisa en mille morceaux. Le scorpion se recroquevilla sur lui-même puis, finalement, resta immobile.

Luke éclata de rire.

— Je ne vois pas ce qu'il y a de drôle ! lança-t-elle sur un ton de reproche.

— Ce n'est pas la présence du scorpion qui me fait

rire mais votre cascade pour monter sur la rampe. Vous faites du rodéo, vous aussi ?

Elle reposa les pieds au sol.

— Très drôle ! Et moi qui m'apprêtais à vous dire que vous étiez mon héros…

— Oh ! un scorpion, ce n'est rien ! Attendez de voir comment je m'y prends avec un serpent à sonnette.

— Je vous crois sur parole. Je n'ai pas besoin de démonstration.

Elle s'approcha du pot brisé, se baissa et commença à rassembler les plus gros morceaux en prenant soin de vérifier qu'il n'y avait pas d'autres bestioles cachées dans la terre.

— Laissez les morceaux sur la première marche, lui dit Luke après l'avoir aidée à ramasser, je vais chercher un sac-poubelle.

Elle s'exécuta puis repéra un tuyau d'arrosage raccordé à une arrivée d'eau. Exactement ce qu'il lui fallait pour nettoyer la terre avant que quelqu'un marche dedans et ruine leurs efforts pour décaper le sol de la cuisine en laissant des traces partout.

Après avoir déroulé le tuyau, elle le pointa sur le sol puis ouvrit l'eau. En quelques secondes, la terre avait disparu.

Pendant qu'elle y était, elle décida de nettoyer l'ensemble de la galerie et les fauteuils en bois.

Concentrée sur sa tâche, elle n'entendit pas la porte s'ouvrir et ne vit pas Luke revenir.

Quand elle se retourna pour arroser l'un des poteaux de la galerie, Luke poussa un petit cri de surprise et passa les mains sur son visage dégoulinant d'eau.

Sa chemise et son jean étaient également mouillés.

Elle détourna vivement le jet.

— Oh ! pardon !

— Pardon ? Trop tard ! Vous m'avez déclaré la guerre !

Il s'avança vers elle d'un air faussement menaçant.

Elle recula, l'aspergea de nouveau puis lâcha le tuyau et partit en courant. Il le ramassa le tuyau et la visa à son tour. Un instant plus tard, ils se retrouvèrent tous deux trempés de la tête aux pieds.

Quand Luke referma le robinet, ils riaient tous deux de bon cœur. Rachel songea que cela faisait bien longtemps qu'elle n'avait pas autant ri, et aussi spontanément.

Cette réflexion lui causa une émotion inattendue. Elle sentit sa gorge se serrer et son rire se transforma en larmes.

Luke reprit instantanément son sérieux et s'approcha d'elle, l'air inquiet.

— Qu'est-ce qui ne va pas ? Je vous ai fait mal ? Vous êtes en colère ?

— Non, répondit-elle entre deux sanglots. Je ne sais pas ce qui m'arrive, j'ignore pourquoi je pleure.

Elle s'attendait à ce qu'il se sente démuni et prenne ses distances. La compagnie d'une femme secouée d'une crise de larmes inexpliquée alors que, quelques secondes avant, ils s'amusaient comme deux enfants avait de quoi déstabiliser. Au lieu de cela, il la serra contre lui avec affection et la tira doucement vers la maison.

— Si vous ressentez le besoin de pleurer, alors ne vous retenez pas. Je suis là, je reste avec vous.

Une fois à l'intérieur, il l'incita à s'asseoir sur le canapé et s'installa à côté d'elle, sans la lâcher.

— Je ne comprends pas ce qui m'arrive, dit-elle entre deux sanglots. Je suis désolée.

— Vous n'avez pas à vous excuser, Rachel. Vos émotions sont à fleur de peau, c'est tout à fait normal. Le moment est peut-être venu de ne pas chercher à paraître plus forte que vous l'êtes et de ne plus retenir la douleur et les peurs que vous gardez en vous, mais au contraire de tout laisser sortir.

— Vous avez sans doute raison, admit-elle.

Pour la première fois depuis son enlèvement, elle éprouvait la sensation qu'il était enfin possible pour elle de se libérer de son fardeau.

11

— Je ne saurais dire à quand remonte la dernière fois où j'ai mangé de la soupe au poulet en boîte, dit Rachel.

Luke s'essuya les lèvres avec sa serviette en papier.

— Moi non plus. Mais c'est meilleur que dans mon souvenir.

— Heureusement que c'est mangeable. Sinon, après l'inventaire des provisions, je ne sais pas sur quoi nous aurions pu nous rabattre.

— Oui, comme vous me l'avez suggéré tout à l'heure, il va falloir que j'aille faire un plein de courses. Je ne peux tout de même pas compter uniquement sur Esther et les frères Lawrence pour me nourrir. Même s'il faut reconnaître qu'avec eux on mange bien.

— Et encore, vous n'avez pas goûté au sorbet à la pêche d'Esther ! C'est un véritable régal.

Consciente du fait qu'en dessous elle ne portait rien, Rachel tira sur la grande couverture en coton dans laquelle elle s'était enroulée.

Lorsque Luke l'avait raccompagnée à l'intérieur, elle tremblait. Parce que ses vêtements étaient mouillés, mais surtout à cause des émotions qui l'étreignaient.

Il avait insisté pour qu'elle enlève ses vêtements pour ne pas prendre froid, lui avait donné la couverture et indiqué la salle de bains. Pendant qu'elle prenait une douche, il avait mis ses vêtements au sèche-linge et lancé un programme rapide.

Quand elle l'avait rejoint dans la cuisine après sa douche, ses cheveux étaient encore humides. Une boîte de mouchoirs en papier était posée sur le plan de travail. Apparemment, il s'était préparé à ce qu'elle soit prise d'une nouvelle crise de larmes.

Pendant son absence, il s'était changé et avait enfilé un jean et un pull bleu ciel. Elle remarqua qu'il était pieds nus. Sans qu'elle puisse dire pourquoi, ce détail rendait la scène plus intime, lui donnait l'impression de se trouver avec un ami de longue date et non avec un homme qu'elle connaissait à peine et auquel elle s'apprêtait à se confier.

Elle prit une nouvelle cuillerée de soupe mais, cette fois, eut du mal à l'avaler. L'image de Roy Sales s'était mise à flotter devant ses yeux et lui donnait la nausée.

— Vous pouvez parler dès que vous vous sentirez prête, dit Luke, qui avait peut-être remarqué son changement d'expression. Mais je ne vous presse pas, ajouta-t-il. Je pense seulement que, si vous gardez trop de choses en vous, elles finiront par vous ronger de l'intérieur.

— Je l'ai découvert à mes dépens, avoua-t-elle. Je me demande seulement par où commencer.

— Par le commencement ?

— Vous avez une logique implacable.

— Je suis quelqu'un de simple.

Ça, elle n'en croyait rien. Mais elle lui faisait confiance, et c'était le plus important.

— C'était le 8 septembre, un vendredi. Je sortais de chez moi. Quelques jours plus tôt s'était achevé un long et difficile procès que nous avions gagné. J'avais réservé un petit séjour détente dans un établissement thermal à Austin, et j'allais prendre la route.

— Vous y alliez seule ?

— Oui, je le fais souvent. Ou, plus exactement, je le faisais souvent. Depuis mon enlèvement, je n'ai plus jamais pris la route seule, sauf il y a quelques jours pour venir ici. Et c'est seulement parce que Sydney a insisté et que j'avais très envie de la voir. Ce jour-là, j'ai d'abord fait étape à La Grange, et ensuite, le lendemain, sur la recommandation du propriétaire de la chambre d'hôte où j'avais passé la nuit, je suis venue à Winding Creek.

— C'était la première fois que vous veniez à Winding Creek ?

— Oui. Il y a quelques mois, ni moi ni Sydney ne connaissions Esther ni les frères Lawrence. Je me suis arrêtée pour prendre un thé et une pâtisserie au salon de Dani, et c'est ainsi que j'ai fait sa connaissance. C'est un détail important car, par la suite, cela a permis à Sydney de me retrouver.

— Heureusement que vous avez fait cette pause.

— Oui, en effet. Quand j'ai quitté le salon, il était encore tôt et j'ai décidé de suivre la petite route si belle qui traverse la campagne pour rejoindre la nationale.

Mais elle n'avait jamais atteint la nationale.

— Alors que j'étais sortie de la ville, un homme au volant d'un pick-up a commencé à klaxonner pour attirer mon attention puis a fait de grands gestes pour me demander de m'arrêter sur le bas-côté.

— Il était seul ?

— Oui. J'ai essayé de comprendre ce qu'il voulait me dire par ses gestes. Pendant un moment, j'ai été tentée de m'arrêter, mais je n'en ai rien fait car je trouvais son attitude étrange. De plus, ma voiture fonctionnait tout à fait normalement.

— Et il n'y avait personne d'autre sur la route ?

— Non, personne. Et aucune habitation visible. Rien que des pâturages à perte de vue et des bêtes dans les prés.

À mesure que son récit progressait, elle sentait l'angoisse gonfler en elle. Elle inspira profondément avant de reprendre la parole.

— J'ai décidé de continuer à rouler, et éventuellement de m'arrêter dans une station-service une fois que j'aurais rejoint la nationale. Alors j'ai accéléré pour rouler aussi vite que possible sur cette route sinueuse.

— Et il ne vous a pas lâchée ?

— Non. Il est resté juste derrière moi. J'ai commencé à avoir peur qu'il tente de me faire quitter la route. Puis j'ai entendu une explosion. J'ai regardé dans le rétroviseur et j'ai vu des étincelles et de la fumée.

— Des coups de feu ?

— Non.

Elle avait de plus en plus de mal à parler. Depuis sa déposition à la police, c'était la première fois qu'elle évoquait ce qui s'était passé en donnant autant de détails.

— J'ai cru que c'était mon réservoir qui fuyait et qui s'était enflammé. J'ai paniqué. Je me suis arrêtée sur le bas-côté et me suis précipitée hors de ma voiture.

— C'était ce qu'espérait ce type, je parie.

— Oui. J'ai su après coup qu'il avait usé de la même stratégie avec ses autres victimes. Avant que j'aie le temps de comprendre, il s'est jeté sur moi et m'a frappée. J'ai perdu connaissance. Quand j'ai recouvré mes esprits, j'étais dans l'obscurité et j'avais très mal à la tête.

Luke marmonna une série de jurons.

— Je ne suis pas forcément en faveur du port d'armes mais, pour une fois, c'est dommage que vous n'en ayez pas eu une sur vous.

— Je n'aurais pas su m'en servir.

— Eh bien, je veux croire que vous ne croiserez plus jamais la route d'un psychopathe comme Sales. Mais continuez, je ne veux pas vous interrompre.

— Le reste, c'est un cauchemar. Vous êtes sûr d'avoir envie de l'entendre ?

— C'est pour vous que ce sera le plus pénible. Vous vous sentez capable de poursuivre ?

— Oui, ça va.

Ce n'était pas tout à fait vrai mais, désormais, elle n'avait plus le droit de reculer.

— J'étais allongée sur le sol, j'avais mal, et j'ignorais totalement où je me trouvais. Je savais seulement que l'homme qui m'avait attaquée ne devait pas être loin. Il n'y avait pas de fenêtre dans la pièce, la seule source de lumière provenait du mince espace sous la porte. Je me doutais qu'elle était verrouillée, mais il fallait que je vérifie. Alors je me suis déplacée comme je le pouvais. Pour rien, puisque, comme je le soupçonnais, la porte était fermée à clé. Je n'ai jamais eu aussi peur de ma vie, et je souhaite de tout cœur ne plus jamais me sentir dans le même état.

Luke prit ses mains entre les siennes, mais elle les libéra, se leva et se mit à arpenter la cuisine. Il fallait qu'elle arrive à relater ce douloureux épisode sans son aide, sans s'appuyer sur la force qu'il dégageait.

Elle chercha à rassembler ses pensées ; son angoisse lui faisait perdre ses mots.

Enfin, elle réussit à lui parler du rire de maniaque de Sales, de la cruauté froide de son regard, des longues périodes pendant lesquelles elle restait sans manger ni boire, de la peur qui ne la quittait jamais et qui la tétanisait chaque fois qu'elle entendait des pas de l'autre côté de la porte.

Elle lui avoua également qu'elle n'avait cessé de prier pour que Sydney la retrouve avant qu'il soit trop tard.

Enfin, elle s'arrêta devant la fenêtre et regarda dehors.

— Je n'étais pas la seule prisonnière de Sales, reprit-elle. Il y avait trois autres femmes, mais je ne les ai jamais vues. Finalement, il a mis le feu à l'endroit où il nous retenait. Il voulait nous faire brûler vives. Il m'est désormais impossible de voir des flammes ou de sentir une odeur de fumée sans repenser à cette nuit. Je ne sais pas si ça cessera un jour.

Elle réussit à trouver la force de se retourner pour regarder Luke. Il avait les traits tirés, les mâchoires serrées.

— Le kidnappeur du Texas, dit-il.

— C'est le FBI qui lui a donné ce nom. Je l'ai appris seulement après ma libération. Pour moi, c'était un monstre.

— Il mérite davantage ce titre que celui d'homme.

— C'est le mal incarné. Je suis persuadée qu'il n'a pas changé. Comment pourrait-il en être autrement après tous les crimes qu'il a commis ? Il a tué une fugueuse qui vivait dans la rue à San Antonio ; il a assassiné Charlie, le mari d'Esther, de sang-froid, dans sa grange. Esther a découvert Charlie mort, une balle dans la tête.

— Sales a assassiné Charlie Kavanaugh ? Bon sang ! Je n'en savais rien.

— Vous deviez être en mission à l'étranger quand c'est arrivé. C'est une autre très longue histoire. Sydney serait plus à même que moi de vous la raconter.

Elle ferma les yeux pour retenir ses larmes.

— Deux semaines de captivité m'ont marquée à jamais. Charlie a été assassiné, et Esther aura du chagrin jusqu'à la fin de ses jours.

Incapable de se contrôler plus longtemps, elle se cacha le visage dans ses mains tandis que les larmes roulaient sur ses joues. Revivre ce cauchemar ne lui avait fait aucun bien. Comment avait-elle pu espérer le contraire ?

Elle entendit le raclement de la chaise de Luke sur le sol et le bruit de ses pas alors qu'il s'approchait d'elle.

Il lui posa les mains sur les épaules pour l'inciter à lui faire face.

— Vous êtes une des personnes les plus courageuses que j'aie rencontrées, Rachel, et je vous jure que ce ne sont pas des paroles en l'air.

À l'aide d'un mouchoir, il sécha ses larmes.

— Non, je ne suis pas courageuse ! Je n'arrive pas à me débarrasser de mon angoisse. Roy Sales n'arrêtera jamais de me hanter.

— Détrompez-vous. Je suis sûr que vous surmonterez ce traumatisme. Ce n'est qu'une question de temps.

Il sortit d'autres mouchoirs en papier de la boîte.

— Tenez.

Elle accepta les mouchoirs, s'essuya les yeux et inspira à fond.

Luke la prit dans ses bras et elle posa la tête sur son épaule.

— Je suis désolée, murmura-t-elle.

— Ne le soyez pas. Si cela vous fait du bien, vous pouvez pleurer sur mon épaule toute la nuit.

— Merci. Lu…

Il l'interrompit en posant doucement ses lèvres sur les siennes. Sa voix intérieure lui hurla que ce n'était pas le bon moment, pas le bon endroit, mais son corps l'ignora.

Elle avait besoin de la présence de Luke, besoin de sentir sa force. Besoin de lui.

Le baiser se prolongea, encore et encore, et la transporta dans une autre dimension.

Elle passa les bras autour de son cou, explora son dos musclé.

Il chuchota son nom.

Elle se sentit fondre.

Alors, sans qu'elle ne fasse rien, la couverture de coton autour d'elle se défit et tomba au sol.

12

Le souffle court, Luke regarda Rachel.

Elle laissa tomber les bras le long de son corps, sans chercher à ramasser la couverture. Un désir identique à celui qu'il éprouvait lui embrasait les yeux.

Il devait lutter de toutes ses forces pour ne pas la prendre dans ses bras et la posséder. Là, sur la table, contre le mur, n'importe où.

Il serra les poings pour ne pas la toucher.

Jamais il n'avait à ce point désiré une femme.

Cependant, sa voix intérieure lui criait de résister. Elle venait de lui raconter le pire épisode de sa vie, elle lui avait livré ses peurs, elle était vulnérable. S'ils faisaient l'amour, ce serait certainement une formidable expérience pour lui. Elle, en revanche, risquait de le regretter après coup.

Il parvint à trouver la force de détourner les yeux. Se baissant, il ramassa la couverture et l'en recouvrit.

— J'ai l'impression de remballer le plus beau cadeau que j'aie jamais reçu, avoua-t-il.

Cet aveu était sincère, mais il refusait d'être le type qui avait profité de sa fragilité. Il ne voulait pas être une aventure d'un soir qui, de plus, lui laisserait des regrets par la suite. Pour lui, elle comptait beaucoup trop.

Le téléphone que Rachel avait laissé près de l'évier

se mit à sonner, ce qui le dispensa de donner des explications.

Elle traversa la cuisine pour aller jeter un coup d'œil à l'écran.

— C'est Sydney.

— Vous devriez répondre, lui conseilla-t-il. Elle est peut-être inquiète de ne pas vous voir rentrer.

Elle prit la communication.

— Salut, Sydney.
— Salut. Où es-tu ?
— Chez Luke Dawkins. Je t'ai laissé un message pour t'avertir.
— Oui, mais c'était il y a plusieurs heures. Tout va bien ?
— Oui, je vais bien.
— Tu as dîné ?
— Oui, oui, ne t'en fais pas.

Elle évita de lui dire qu'elle avait mangé de la soupe en boîte, enroulée dans une couverture.

— Je ne veux pas me montrer trop intrusive, mais quand comptes-tu rentrer ?

— Ne t'inquiète pas, ce n'est pas intrusif. Je vais partir de chez Luke d'ici une demi-heure au plus tard.

— Très bien. Je suis impatiente que tu me racontes ton après-midi.

— Là, tu deviens intrusive.

— Non, je joue du privilège d'être ta sœur.

Sydney et elle s'étaient toujours tout dit. Rachel songea néanmoins que, cette fois, elle garderait quelques détails pour elle. Elle omettrait par exemple de lui raconter ce qu'elle avait éprouvé quand elle s'était retrouvée nue devant Luke, qu'elle aurait aimé qu'il lui fasse l'amour sans hésiter, sans gêne.

Mais ce n'était pas le genre de Luke. C'était un type bien, respectueux, délicat.

Quand elle eut raccroché, Luke, qui s'était absenté, revint dans la cuisine, ses vêtements à elle sur le bras.

— Tenez, mieux vaut vous rhabiller. Si cette couverture venait à tomber de nouveau, je ne répondrais plus de rien.

— De toute façon, je vais devoir y aller.

— Je vous raccompagne.

— Ce ne sera pas nécessaire.

— Oh que si ! Je manquerais à tous mes devoirs si je vous laissais rentrer seule après la tombée de la nuit dans cette région isolée. Et, si vous êtes toujours d'accord pour m'accompagner demain à San Antonio voir mon père, je passerai vous chercher à l'heure qui vous conviendra.

— Je suis sûre que vous n'aurez pas besoin de moi.

— Peut-être pas, mais ça me ferait vraiment plaisir d'y aller avec vous. Et j'aimerais aussi que vous me donniez votre avis sur l'état de santé de mon père. Si le temps se maintient, nous pourrons aussi en profiter pour faire une petite balade le long du fleuve.

— Votre proposition a d'un seul coup beaucoup plus d'attrait.

— Si vous le voulez, je peux continuer à plancher sur le programme de la journée.

Elle sourit, prit ses vêtements et alla jusqu'à la salle de bains pour se changer. Au moment d'y entrer, elle se retourna :

— J'ai seulement une question, Luke. Pourquoi ne m'avez-vous pas touchée alors qu'il était clair que la tension sexuelle entre nous était à son paroxysme ?

— Je dois d'abord vous dire que ne pas vous toucher a été une des plus rudes épreuves qu'il m'ait jamais fallu surmonter. Mais je suis conscient que vous ouvrir à moi à propos de Roy Sales vous a énormément coûté. Alors je ne voulais pas qu'il y ait de confusions ni profiter de mon statut de confident pour devenir votre amant.

— En d'autres termes, vous me protégez ?

— Oui, mais pas seulement. Quand nous ferons l'amour, et je peux vous assurer que c'est un de mes plus chers désirs de voir ce moment arriver, je veux que vous ne pensiez à personne d'autre que moi.

Pouvait-elle encore douter d'être en train de tomber amoureuse de Luke Dawkins ?

— Alors, tout ce que vous demandez, c'est la perfection.

— Exactement.

— Asseyez-vous, le Dr Riche va vous recevoir dans quelques minutes.

Rachel s'installa au bout du canapé bleu que leur indiquait l'infirmière, tandis que Luke prenait un magazine sur une pile avant de s'asseoir à côté d'elle.

Lors du trajet jusqu'à San Antonio, une légère gêne avait prévalu. Luke s'était efforcé sans grand succès d'entretenir une conversation banale. L'attirance qui flottait entre eux depuis la veille était toujours là, et ils avaient du mal à en faire abstraction.

Luke se demandait encore où il avait puisé la force de résister à son désir pour Rachel quand la couverture était tombée.

Maintenant que tous deux avaient admis éprouver de l'attirance l'un pour l'autre, qu'allaient-ils faire ? Elle se débattait avec des peurs qu'il ne comprenait pas entièrement. À son avis, il était impossible de véritablement comprendre sans avoir vécu une expérience de ce genre.

Et il ne voulait en aucun cas lui faire du mal.

S'ajoutait à cela son père, qui avait besoin d'aide mais

n'en voulait pas. Un père qui avait toujours vécu selon ses propres critères, sans se soucier des autres, et qui, soudainement, se retrouvait incapable de s'assumer.

Dans un tel contexte, il voyait mal comment une relation durable pourrait s'instaurer entre Rachel et lui. D'autant qu'ils menaient des vies très différentes. Elle était une avocate en vue de Houston ; lui, un ex-marine qui avait du mal à retrouver sa place dans la vie civile.

— Vous êtes sûr d'avoir envie que j'assiste à l'entretien avec le médecin ? lui demanda Rachel. Si vous voulez, je peux vous attendre ici.

— Que vous entendiez de bonnes ou de mauvaises nouvelles de la bouche du Dr Riche ne me dérange pas, répondit-il. Et, encore une fois, j'aimerais vraiment que vous me donniez votre avis sur la façon dont je dois gérer la situation.

— Je ne sais pas si mon avis vous sera d'une grande utilité. Je n'y connais rien en procédures de soins... Mon champ d'expertise, ce sont les gens suspectés de crimes. Même si, désormais, il est permis de douter de mes compétences dans ce domaine également.

— Pourquoi dites-vous ça ?

— C'est une longue histoire. Une histoire compliquée.

Avec elle, tout semblait compliqué. Ce qui ne faisait que la rendre encore plus intrigante.

— Comme j'ai déjà eu l'occasion de le dire, vous êtes une femme pleine de mystères.

— Je dirais plutôt une femme aux abois. Je vous expliquerai plus tard. Pour le moment, c'est votre père qui doit nous occuper.

À peine avait-elle dit cela qu'une infirmière ouvrit la porte de la salle d'attente pour leur demander de la suivre.

— Bien, il faut y aller, marmonna Luke, tendu.

Rachel lui prit la main et la pressa. Il se sentit instantanément mieux. Il était vraiment content qu'elle soit là.

On les conduisit jusqu'à un petit bureau dont les murs étaient couverts de diplômes encadrés. Un homme, qui devait avoir entre quarante et cinquante ans, les accueillit courtoisement.

— Bonjour, je suis le Dr Riche, déclara-t-il en tendant la main.

— Luke Dawkins.

Il serra la main tendue du médecin, qui salua ensuite Rachel.

— Avez-vous un lien de parenté avec M. Dawkins ? lui demanda-t-il.

— Non.

— C'est une amie, intervint Luke. Elle est avocate, ajouta-t-il. Alors n'hésitez pas à vous exprimer sans rien omettre. J'espère qu'elle sera à même de me guider et de m'éviter des erreurs pour tout ce qui concerne les démarches que je devrai entreprendre afin que mon père reçoive les meilleurs soins possibles.

— Vous pourriez en effet avoir besoin de conseils, confirma le médecin, même si, pour ma part, je m'en tiendrai aux aspects strictement médicaux. Il y a déjà pas mal de sujets à couvrir, je vous propose donc de nous y mettre sans attendre.

— Entendu. Je vous demanderai seulement d'éviter d'user de termes trop spécifiques. J'aimerais pouvoir comprendre du mieux possible.

Le médecin prit effectivement soin d'éviter de recourir plus que nécessaire au jargon médical pour lui expliquer les causes possibles et les conséquences de l'attaque dont son père avait été victime. Il insista sur le fait que son rythme cardiaque était parfois irrégulier et détailla les possibilités pour y remédier.

— Comme j'ai eu l'occasion de vous le dire au

téléphone, l'attaque de votre père n'a pas été d'une gravité extrême et, avec le bon traitement, son état devrait s'améliorer rapidement, même s'il n'est pas certain qu'il recouvre l'ensemble de ses capacités.

— Et quel genre de traitement devra-t-il suivre ?

— Il faudra qu'il continue à faire de l'exercice pour recouvrer l'usage de son côté gauche. Pour ne pas perdre l'équilibre, au moins pendant quelque temps, il devra marcher avec une canne et se servir d'un fauteuil roulant pour de plus grands déplacements.

— Utilise-t-il un fauteuil roulant en ce moment ? Quand je suis venu le voir, samedi, il était dans son lit.

— La plupart du temps, il refuse. Par conséquent, quand il souhaite se déplacer, quelqu'un doit être avec lui pour l'aider. C'est un homme très têtu.

— Ça, je le sais. De quoi d'autre aura-t-il besoin ?

— Eh bien, il lui faudra un thérapeute pour lui apprendre à se servir de ses couverts malgré sa paralysie partielle, à ouvrir des boîtes de conserve, ce genre de choses. Et il faudra qu'il réapprenne également à articuler, même si ses difficultés de langage sont en partie liées à ses absences au niveau de la mémoire ; nous verrons si, avec le temps, cet aspect s'améliore.

— À vous entendre, son rétablissement n'est pas pour tout de suite.

— C'est pourquoi vous devrez prendre des dispositions pour que votre père suive cette thérapie chez lui. Mais il ne peut pas vivre seul. Cela pourrait en effet prendre plusieurs mois pour qu'il redevienne autonome.

— Plusieurs mois ?

— Oui. Mais, si tout va bien, il recouvrera progressivement ses capacités. Une alternative aux soins à domicile serait de lui trouver un établissement de long séjour. Certains disposent de différents services, et les patients passent de l'un à l'autre à mesure qu'ils redeviennent autonomes.

— Il n'acceptera jamais que je le place dans ce type d'établissement, déclara Luke, qui pensait tout haut.

Le médecin sourit.

— En effet, je pense que ce sera très difficile de le convaincre.

— Et, à votre avis, dans combien de temps pourra-t-il de nouveau vivre chez lui avec un minimum d'aide ?

— Ce serait malhonnête de ma part de vous donner un délai, monsieur Dawkins. Trop de facteurs entrent en jeu. En revanche, je peux vous affirmer que votre père ne sera certainement plus jamais en mesure de diriger un ranch comme il a pu le faire jusqu'ici.

Cette dernière affirmation porta un coup sévère au moral de Luke. Diriger un ranch, pour son père, c'était toute sa vie. C'était plus important que sa famille.

Il en avait toujours voulu à son père de faire passer le ranch avant sa mère ou lui. Pourtant, aujourd'hui, il ne pouvait s'empêcher d'avoir pitié de lui.

— Dès la semaine prochaine, vous pourrez organiser le retour de votre père chez lui ou prendre des dispositions pour le faire admettre dans un établissement de convalescence.

Luke eut la sensation que les murs se refermaient sur lui. Que lui, ou qui que ce soit d'autre, prenne la direction du ranch d'Arrowhead Hills achèverait son père. Il en avait la conviction.

— Je ne peux pas prendre une telle décision aujourd'hui, dit-il. Je ne suis même pas certain que mon père soit d'accord pour me laisser vivre au ranch. Nous ne sommes pas en très bons termes. Depuis une dizaine d'années, nous nous sommes seulement parlé au téléphone. Et, chaque fois, c'est moi qui l'ai appelé.

— Voilà qui complique les choses, remarqua le

Dr Riche. Peut-être l'assistante sociale vous aidera-t-elle à trouver une solution. Et, heureusement, vous avez votre amie pour vous aider pour tous les aspects juridiques.

Exactement ce dont Rachel avait besoin ! Voilà qu'il allait ajouter ses problèmes aux siens.

Il écouta ce que le médecin avait encore à lui dire, mais ses pensées étaient focalisées sur Rachel. Tant qu'il n'aurait pas trouvé une solution pour son père, il devrait se tenir en retrait. Il n'avait pas le droit de lui faire porter son fardeau.

Une fois encore, Alfred Dawkins était en train de ruiner sa vie.

Rachel dut presque courir pour rester à la hauteur de Luke, qui traversait le parking à grands pas pour rejoindre sa voiture. Néanmoins, malgré sa contrariété, il n'oublia pas de lui ouvrir sa portière.

— Excusez-moi, mais je suis furieux. C'est idiot de ma part, j'en suis conscient. On ne peut pas échapper à la fatalité.

— Je vous comprends, croyez-moi.

— Je sais. Et je me sens très mal à l'aise de vous avoir entraînée dans mes soucis. Même si, comparés à ce que vous avez traversé, ils sont bien modestes.

— Il vaudrait peut-être mieux que nous n'allions pas voir votre père maintenant, dit-elle tandis qu'ils sortaient du parking. Je pense que vous avez besoin d'un peu de temps pour réfléchir aux options qui s'offrent à vous.

— Oui, bonne idée. Je vais me donner encore onze ans.

— Dans mon esprit, c'était plutôt une heure ou deux.

— Ah, vous, les avocats, vous êtes toujours tellement pragmatiques ! Vous avez faim ?

— Pas vraiment. Quant à vous, si vous avez l'estomac aussi noué que votre mâchoire est serrée, je doute que vous soyez capable d'avaler quoi que ce soit.

— C'est vrai. En revanche, j'ai soif. Un verre en terrasse au bord du fleuve, ça vous dit ?

— Excellente idée.

La circulation était fluide, et il ne leur fallut pas longtemps pour atteindre leur destination.

Les parasols colorés des terrasses donnaient un air de vacances aux rives du fleuve. Elle avait toujours aimé venir là.

C'était l'endroit idéal où flâner et se détendre.

Hélas ! Pour eux, ce n'était pas le moment idéal. Elle sentait que Luke avait le cœur lourd. Il n'avait jamais été proche de son père et, après ce que lui avait appris le médecin, il était possible qu'il n'arrive jamais à le connaître et le comprendre.

Il allait devoir apprendre à faire avec, à prendre en charge un homme qui ne lui témoignait aucune sympathie et ne lui serait peut-être jamais reconnaissant. Elle aurait voulu l'aider mais ne voyait pas comment faire. D'autant qu'elle avait beaucoup de problèmes à gérer de son côté.

Ils marchèrent une bonne dizaine de minutes avant d'aviser une terrasse tranquille. S'il était d'humeur à parler, l'endroit serait propice.

— Ici, ça vous plaît ? lui demanda-t-il.

— Oui, c'est très bien.

C'étaient les premières paroles qu'ils échangeaient depuis qu'ils étaient descendus de voiture.

Une serveuse leur indiqua une table et prit leur commande. Elle s'éloignait quand le téléphone de Rachel sonna.

Elle consulta l'écran. Voyant que c'était Eric Fitch, elle rejeta l'appel.

— Un admirateur trop insistant ? lança Luke sur le ton de la plaisanterie.

— Un ex-patron trop insistant, plutôt.

— Vous avez changé récemment de travail ?

— On peut dire ça.

— Voilà que vous renouez avec vos explications énigmatiques.

La serveuse revint avec leurs consommations. Elle les posa sur la table puis, au lieu de s'en aller, resta quelques secondes à dévisager Rachel.

— Vous ressemblez à cette avocate qu'on voit beaucoup à la télé ces jours-ci, dit-elle. Celle qui doit défendre le fils du sénateur Covey.

— Vraiment ? Eh bien, c'est la première fois que je passe aussi près de la célébrité, mais ce n'est pas moi, répondit-elle sur un ton léger.

— Tant mieux. Parce que, si vous voulez mon avis, ce type est coupable. Avec les riches, c'est toujours la même histoire. Ils s'imaginent qu'ils peuvent faire n'importe quoi et que leur argent leur permettra de ne pas en répondre.

— S'il est coupable, espérons qu'il ne s'en sortira pas, cette fois, dit Rachel.

— Il est coupable, je le sens. Dès que j'ai vu sa photo à la télévision, j'ai eu l'intuition qu'il avait le mal en lui.

Un frisson parcourut l'échine de Rachel. Elle tourna la tête pour dissimuler son trouble. Le commentaire d'une serveuse qui n'avait jamais rencontré Hayden Covey n'aurait pas dû la mettre dans cet état.

— Excusez-moi, je vous laisse, reprit la serveuse, qui devait avoir remarqué qu'elle n'était pas bien. Si vous souhaitez manger quelque chose, faites-moi signe.

Rachel se mordit la lèvre inférieure pour conjurer sa crise de panique.

Luke tendit la main et la posa sur les siennes.

— Vous avez les mains glacées.

— Je sais. Donnez-moi une minute, je vais me reprendre, dit-elle d'une voix tremblante.

— Ne laissez pas les propos de cette serveuse vous atteindre. J'imagine que son commentaire vous a rappelé Roy Sales. Mais ce n'étaient que des paroles en l'air.

— Je sais.

Elle prit une profonde inspiration puis expira lentement.

— Je suis bien l'avocate qu'elle a vue à la télévision, poursuivit-elle. Et, quand je me suis retrouvée devant Hayden Covey, moi aussi, j'ai lu de la cruauté dans son regard.

— Vous allez le défendre ?

— Je n'ai pas encore officiellement accepté. En fait, j'ai démissionné vendredi du cabinet Fitch, où j'exerçais, précisément pour ne pas avoir à le défendre. Mais mon patron n'a pas pour habitude qu'on lui dise non.

— Et vous en êtes où, maintenant ?

— Entre deux eaux... Je pensais que ma démission avait été acceptée. Et puis, samedi soir, l'épouse du sénateur Covey a annoncé à la presse que moi, Rachel Maxwell, qui avais été enlevée et séquestrée par le kidnappeur du Texas, j'allais défendre son fils.

— Elle a fait une déclaration en ces termes-là ?

— Selon Sydney, oui. Moi, je ne l'ai pas entendue.

— En gros, elle a cherché à influencer le jury avant même le début du procès.

— Vous comprenez vite.

— Pour rester en vie, il faut apprendre à lire la stratégie de l'ennemi.

— Avez-vous d'autres règles des marines à me soumettre ?

— Quelques-unes, oui. Et je suis toujours en vie, ce qui tend à prouver qu'elles sont adaptées. Alors que comptez-vous faire ?

— Soit accepter ce que me propose mon patron, à savoir une substantielle augmentation assortie d'un poste d'avocate associée au sein du cabinet, en mettant de côté que c'est quasiment du chantage pour me forcer à défendre Hayden Covey, soit l'appeler pour lui dire qu'il peut s'asseoir sur son offre. Ce qui reviendrait à ruiner tous les efforts que j'ai faits pendant des années pour devenir avocate associée dans un prestigieux cabinet de l'État.

— Et, malgré une décision aussi importante à prendre, vous êtes ici avec moi ? De deux choses l'une : ou vous êtes masochiste, ou je suis l'homme le plus chanceux du monde.

— Il y a quelques minutes, vous ne vous sentiez pas aussi chanceux, lui rappela-t-elle.

— Tout est relatif. Et vers quelle décision tendez-vous ?

— Je change constamment d'avis. Mon intention est de me rendre à Houston pour constater si une révélation me frappera quand je me retrouverai devant la porte du cabinet Fitch.

— Je vous accompagne, dit-il sans hésiter.

— Vous devez penser à votre père.

— Demain, il sera toujours à l'hôpital. Et je peux m'absenter une journée du ranch, puisque j'ai engagé du personnel.

— N'êtes-vous pas allé un peu vite en besogne ?

— Les hommes que j'ai engagés travaillaient pour Adam McElroy avant qu'il vende la moitié de ses chevaux l'été dernier. Pierce me les a chaudement recommandés, et son avis me suffit.

— Pour un homme qui prétend jouer au cow-boy seulement à titre temporaire, vous vous investissez beaucoup.

— C'est comme une seconde nature. Mais ne changeons pas de sujet, revenons à vous.

— Je ne vous ai pas tout dit…, avoua-t-elle à contrecœur.

Désormais, elle n'avait plus de raisons de lui dissimuler quoi que ce soit. Elle but une gorgée de son cocktail.

— Le Dr Kincaid a appelé ma sœur pour entrer en contact avec moi.

— Attendez, j'ai raté un épisode. Qui est le Dr Kincaid ?

— Le psychiatre qui suit Roy Sales.

— Mais pourquoi veut-il prendre contact avec vous ?

— Je me pose la même question. Il semble croire que je pourrais lui apprendre quelque chose qui lui permettrait de mieux comprendre l'esprit tortueux de Roy Sales.

— C'est tout de même délicat. Vous ne lui devez rien, et vous ne devez surtout rien à Roy Sales. S'il vous appelle, vous allez accepter de lui parler ?

— Oui.

Elle n'aurait su dire pourquoi elle avait répondu aussi catégoriquement par l'affirmative. Mais, même si devoir parler de nouveau de Roy Sales lui pesait, elle avait besoin d'aller de l'avant. Ces trois derniers jours passés à côtoyer Luke l'en avaient convaincue.

Elle avait survécu à Sales et ne le laisserait pas gagner a posteriori. Si elle restait prisonnière du passé, elle perdrait l'opportunité de se libérer de son emprise et passerait à côté de sa vie.

Évidemment, elle n'en était pas à se dire que Luke était l'homme de sa vie, mais il avait néanmoins éveillé en elle des sentiments refoulés.

Et, des hommes comme lui, elle n'en croiserait pas tous les jours.

— Je doute d'avoir quoi que ce soit d'utile à apprendre au Dr Kincaid, mais, s'il y a la moindre possibilité que je détienne un élément qui permettra de le traduire en justice au plus vite, alors ça vaut le coup d'essayer, expliqua-t-elle.

Elle but une nouvelle gorgée puis sortit son téléphone de son sac à main.

— Vous comptez l'appeler maintenant ?
— Oui, avant de changer d'avis.

Elle composa le numéro du médecin, qui décrocha à la troisième sonnerie.

Après quelques formules de politesse, celui-ci en vint au fait :

— Il est important pour moi de voir Roy Sales vous parler en personne.

13

Luke aurait bien aimé entendre les arguments du Dr Kincaid, mais il devait se contenter des réponses et des réactions de Rachel. Cela lui suffit toutefois pour comprendre que l'issue de cet appel ne serait pas positive.

Comme par mimétisme, des nuages noirs vinrent obscurcir le ciel et faire baisser la température. Autour d'eux, les autres clients terminaient leur déjeuner et réglaient l'addition pour partir avant qu'une averse survienne.

Selon la météo, un front froid remontait et de fortes pluies étaient annoncées pour la soirée. Tout poussait à croire que la pluie n'attendrait pas la fin de journée. Au Texas, il était courant que le temps change très vite.

Il n'aurait pas détesté se retrouver sous la pluie avec Rachel, mais il était plus raisonnable qu'ils ne s'attardent pas trop.

De toute façon, peu importait ce qu'ils faisaient ; il appréciait d'être avec Rachel.

Il y avait bien longtemps — peut-être même n'était-ce jamais arrivé — qu'une femme ne l'avait pas à ce point fasciné. Il était conscient de s'attacher trop vite et de manière trop importante à elle, mais il n'y pouvait rien. La nuit précédente, il n'avait cessé de penser à elle, aux sentiments qu'il lui portait, et il n'avait quasiment pas dormi.

En outre, il devait prendre sur lui pour ne pas la toucher. S'il le faisait, il ne pourrait en rester là. Et, évidemment, s'il l'embrassait de nouveau, il aurait intensément envie de faire l'amour avec elle.

La patience s'imposait. Si cela devait se produire, il faudrait qu'elle soit prête. Qu'elle ait autant envie de lui que lui d'elle. Que Dieu fasse que ce moment arrive vite !

Elle mit fin à sa communication.

— Une conversation charmante, dit-elle avec aigreur.

— D'après ce que j'ai entendu, ce psychiatre veut que vous alliez voir Sales en personne ?

— Oui. Et il veut aussi que je lui parle.

Luke fut contrarié.

— Mais vous avez refusé, n'est-ce pas ?

— Disons que je n'ai pas clairement donné mon accord. Cependant, si je me décide à coopérer, je peux me rendre là-bas demain matin.

— Mais qu'espère-t-il démontrer en vous infligeant cette épreuve ?

— Il pense que soit Sales est obsédé par ma personne, soit il tente de se jouer de lui. Il a insisté sur le fait que cette entrevue serait cruciale pour qu'il donne son avis sur l'aptitude de Sales à être jugé ou pas.

— J'avais pourtant l'impression que c'était clair : Sales est un psychopathe qui vous a torturée mentalement et a tenté de vous tuer.

— Oui, mais soit Sales ne se souvient de rien ou n'a pas conscience que retenir une personne prisonnière est mal, soit c'est un grand manipulateur. Personnellement, j'opte pour la seconde option.

— De quoi dit-il se souvenir, exactement ?

— Selon lui, dans son souvenir, j'étais avec lui de mon plein gré et il y avait un lien très fort entre nous. Il est évident qu'il est mentalement dérangé, mais je ne crois pas une seconde qu'il ignorait ce qu'il faisait quand il nous a enlevées et retenues en captivité, ses autres victimes et moi. D'ailleurs, il était suffisamment sain d'esprit pour nous retenir dans un endroit isolé et garder en permanence sur lui la clé des pièces où nous étions enfermées.

— Ce qui signifie qu'il est suffisamment sain d'esprit pour affronter un procès, ajouta Luke.

— Je suis d'accord. Et, si passer quelques minutes avec ce monstre peut amener à ce résultat, je surmonterai l'épreuve. Parce que j'ai besoin que cette histoire arrive enfin à son terme.

— Est-ce une façon de me dire que vous avez l'intention d'honorer ce rendez-vous ?

— Je me laisse la possibilité de changer d'avis, mais, sinon, oui. Comme je dois aller à Houston, je peux faire un crochet en chemin. Ce n'est pas très loin.

— Moi, je trouve que ça fait beaucoup. Vous allez enchaîner deux rendez-vous très éprouvants. Vous êtes certaine de tenir ?

— Non, je n'en ai pas la certitude. Mais je suis déterminée à reprendre le contrôle de mon existence. Je n'espère pas oublier Roy Sales définitivement, ni arrêter de faire des cauchemars de temps en temps, mais au moins mettre ces mauvais souvenirs derrière moi et ne plus être sujette à des crises de panique intempestives.

Elle rangea son téléphone dans son sac à main et se leva.

— En parler avec vous m'a fait énormément de bien, mais ce n'est pas encore assez. Je dois me libérer de mes angoisses.

— Je suis là, Rachel. Si vous avez besoin de soutien, quel qu'il soit, vous pouvez compter sur moi.

— Eh bien, alors, commençons par ne plus parler de Roy Sales aujourd'hui. Profitons d'être là ensemble.

Touché par ses propos, il lui prit la main.

— Y a-t-il autre chose dont vous ayez envie ?

— Vous. J'ai envie de vous, Luke Dawkins.

Les premières gouttes de pluie s'abattirent soudain sur les parasols. Il l'entraîna dans le restaurant.

L'averse était tellement subite que, le temps qu'ils se mettent à l'abri, Rachel avait déjà les cheveux mouillés. Il les lui repoussa doucement en arrière.

La serveuse s'approcha d'eux.

— Souhaitez-vous vous installer à une table ?

— Un instant, répondit Luke. Attendez-moi une minute, Rachel, je reviens.

Il sortit sous la pluie, le cœur battant. Il fallait toujours donner à une femme ce qu'elle désirait sans attendre.

Rachel vit Luke revenir en courbant l'échine pour se protéger de la pluie, un grand sourire sur le visage. Aucun homme n'aurait dû avoir le droit d'être aussi séduisant.

Il lui tendit une clé d'hôtel.

— Qu'est-ce que c'est ?

— *Room service*. Nous pouvons aller nous mettre à l'abri, prendre une douche, nous sécher et manger un morceau en toute intimité.

— Vous avez pris une chambre pour...

Elle ne termina pas sa phrase. Après tout, c'était elle qui lui avait dit avoir envie de lui. Et c'était la vérité. Il n'avait fait que la prendre au mot.

Ils allaient se retrouver seuls dans une chambre équipée d'un lit aux draps frais.

Si elle ne le voulait plus, il fallait qu'elle le lui dise maintenant.

Son pouls s'emballa. Elle leva les yeux, croisa son regard et se sentit fondre. Elle n'éprouva aucune crainte, n'eut aucune hésitation ; elle était avec Luke Dawkins. Un homme bien. Sexy. Capable de la protéger.

— J'adore le *room service*, dit-elle.
— Vous êtes sûre ?
— On ne peut plus sûre.

Quand ils entrèrent dans la chambre, elle avait la tête qui tournait légèrement sous l'effet de l'émotion.

Son regard se posa sur le lit. Elle n'avait pas peur, mais elle n'avait pas ses repères habituels. Luke la prit alors dans ses bras et l'embrassa avec sensualité. Très vite, elle eut ardemment envie de ne pas en rester là.

Il la souleva du sol, la porta jusqu'au lit et la déposa délicatement ; il lui ôta ses chaussures avant de retirer les siennes.

Debout à côté du lit, il enleva sa chemise et la posa sur une chaise. Dans la lumière tamisée, sa peau bronzée prenait un éclat doré.

Le désir monta en elle, s'accrut inexorablement quand il déboutonna son jean. Il s'en débarrassa négligemment.

S'allongeant à côté d'elle, il s'attaqua aux boutons de son chemisier. Elle fut tentée de l'aider pour aller plus vite mais ne voulut pas briser la solennité de l'instant. C'était leur première fois ensemble, les préliminaires étaient importants.

Quand enfin ils furent tous deux entièrement nus, il commença à déposer de petits baisers partout sur son corps.

Elle posa une main sur son dos, puis sur son ventre, descendit plus bas et sentit son érection.

— Maintenant, dit-elle tout bas. Je ne peux plus attendre.

— Je n'ai pas envie de te faire mal, ma chérie. Si

jamais tu ne te sens pas bien, dis-le-moi. Je ne supporterais pas de te blesser.

Ses paroles l'émurent tant qu'elle en eut les larmes aux yeux. Elle se sentit déborder d'amour.

— Jamais tu ne pourras me faire de mal, Luke.

Et, évidemment, elle avait raison. Leur première fois ensemble fut magique en tout point. Chaque seconde resterait gravée dans son esprit.

Plus tard, quand ils firent appel au *room service*, tout fut parfait également. Ils mangèrent un assortiment de tapas accompagné d'une margarita, se firent mutuellement goûter ce qu'ils avaient dans leur assiette, échangèrent des plaisanteries, rirent beaucoup.

— Un après-midi parfait ? lui demanda-t-elle quand vint le moment de se rhabiller.

— Je ne sais pas. Je te le dirai quand nous en aurons passé quelques milliers d'autres comme celui-ci.

Aller voir son père après avoir passé un moment de rêve avec Rachel donnait à Luke la sensation de se faire chasser du paradis. Cependant, ils étaient venus à San Antonio pour le voir, et il n'avait pas le droit de s'esquiver.

Il était un peu plus de 14 h 30 quand il s'engagea dans le couloir menant à la chambre de son père. Rachel avait pris quelques minutes pour appeler Sydney ; sa sœur et elle étaient très proches.

Il était préoccupé. Il ne voyait pas en quoi le fait que Rachel se retrouve de nouveau face à Roy Sales pourrait faire avancer positivement les choses. Si Sydney était d'accord avec lui, peut-être parviendrait-elle à la faire renoncer à son projet de visite.

La porte de la chambre de son père était entrouverte. Il frappa un petit coup pour s'annoncer puis entra. Il trouva son père assis dans son lit, calé contre les oreillers. La télévision était allumée, mais le son était tout bas.

Il enleva son stetson et le posa sur une chaise près de la fenêtre.

— Salut, papa, dit-il. Comment tu te sens ?

Son père le regarda brièvement puis reporta son attention sur la télévision.

Il se rapprocha du lit.

— Tu me reconnais ?
— Ouais.
— Tant mieux. Tu passes une bonne journée ?
— Nan.
— Il a beaucoup plu, reprit Luke, histoire de dire quelque chose.
— Qui s'occupe…

Son père eut une hésitation, fut pris d'une quinte de toux, puis parvint à terminer sa phrase.

— … des chevaux ?
— Les chevaux sont en bonnes mains. Pierce Lawrence y veille. Il m'a aidé à trouver des hommes compétents pour m'aider.
— Pierce.
— Oui. Il m'a chargé de te dire que tout va bien à Arrowhead Hills.
— Un type bien.
— Oui, pour sûr.

Il y eut un nouveau petit coup frappé à la porte. Luke tourna la tête et fit signe à Rachel d'entrer.

Elle sourit et s'approcha.

— Bonjour, monsieur Dawkins.

Alfred eut une expression confuse.

— J'ai déjà pris mes… médicaments. Vous êtes une nouvelle infirmière ?

— Tant mieux si vous avez pris vos médicaments ;

non, je ne suis pas infirmière, je suis une amie de Luke. Je m'appelle Rachel.

— Ah.

— Luke m'a beaucoup parlé de vous, continua-t-elle. Je suis très heureuse de vous rencontrer enfin.

Alfred recommença à regarder la télévision.

— Ne laissez pas Luke vendre mes chevaux, marmonna-t-il.

Apparemment, il s'adressait à Rachel, mais il ne la regardait pas.

— Luke ne ferait jamais cela, répondit-elle. Il en prend grand soin. J'ai visité votre ranch. C'est très beau.

— La maison est en désordre.

— Plus maintenant, intervint Luke. Rachel a fait un grand ménage.

— Luke m'a aidée, ajouta Rachel.

— Vous aimez les chevaux ?

— Oui.

— Vous savez monter ?

— Je ne monte pas souvent, mais je suis capable de tenir en selle, oui.

— Il faut que je rentre. Les chevaux ont besoin de moi.

— Il faut d'abord que tu te rétablisses, lui rappela Luke.

Alfred tenta de se redresser, mais son coude gauche se déroba et il bascula de côté. Une grimace de frustration lui tordit le visage.

Luke en eut mal au ventre. Son père était sec, un peu brutal dans sa façon de parler, mais il avait également peur. Sans doute comprenait-il qu'il ne retrouverait plus jamais la vie qu'il avait menée jusque-là.

Même si leur relation n'avait jamais été au beau fixe, Luke était bouleversé.

— Il faut que je rentre, insista Alfred. Les chevaux ont besoin de moi.

— Bien sûr, répliqua Luke.

Il songea que c'était surtout son père qui avait besoin de ses chevaux. La décision qu'il ne se sentait pas capable de prendre quelques heures plus tôt lui apparut alors naturellement.

— D'ici quelques jours, je viendrai te chercher pour te reconduire à la maison, papa. Je vais me charger de tout préparer pour ton retour. Je te le promets.

Son père se détourna, mais Luke eut le temps de voir une larme couler sur son visage.

— Ta mère ne sera pas là, dit Alfred d'une voix étranglée.

Luke sentit lui aussi ses yeux le piquer. Décidément, les émotions et les sentiments étaient des choses étranges.

Rachel contourna le lit pour venir se poster à côté de lui et lui prit la main.

— Je ne savais même pas que j'avais autant de sentiments en moi, lui confia-t-il.

— Moi, si.

Le silence s'abattit sur la chambre jusqu'à ce qu'une infirmière frappe un petit coup à la porte avant d'entrer. Elle apportait une collation. Luke et Rachel se présentèrent.

— Prend-il tous ses repas dans sa chambre ? lui demanda Luke. Vous devez disposer d'une salle à manger commune, non ?

— Bien sûr. Votre père y prend son petit déjeuner et le déjeuner. En revanche, il préfère dîner dans sa chambre. N'est-ce pas, monsieur Dawkins ?

— Trop parlé.

Luke n'aurait su dire si cela signifiait que, pour son père, s'exprimer était difficile ou s'il voulait dire qu'il y avait trop de monde dans sa chambre et qu'il souhaitait être tranquille. Un peu des deux, peut-être.

Quand l'infirmière prit congé, Rachel tendit une

serviette en papier à Alfred, lui versa un verre d'eau et approcha le plateau pour qu'il puisse se servir sans effort.

Alfred esquissa un sourire. Visiblement, il aimait bien Rachel. Mais qui aurait résisté ?

— Nous allons te laisser finir de manger tranquillement, dit Luke.

Son père saisit maladroitement son verre et renversa de l'eau sur sa chemise. Il ne parut pas s'en apercevoir. Rachel prit une autre serviette en papier et la lui posa sous le menton pour qu'il ne se mouille pas davantage.

Luke et elle dirent au revoir et se dirigèrent vers la porte. Alors qu'ils étaient sur le point de sortir, la voix d'Alfred leur parvint.

— Meurtrier.

— Pardon ? lui demanda Luke en se retournant.

— Meurtrier, répéta Alfred, qui désigna la télévision du doigt.

C'était un flash infos. Le visage de Hayden Covey s'affichait à l'écran.

Rachel saisit la télécommande et monta le son.

Le juge avait fixé le montant de la caution de Covey à un million de dollars.

Luke émit un sifflement.

— Pour un étudiant, ça fait beaucoup d'argent à sortir !

— Oui, mais il a vingt ans, précisa Rachel. Légalement, ce n'est plus un adolescent, et, pour un suspect accusé de meurtre, ce n'est pas un montant exceptionnel.

— De toute façon, dans son cas, j'imagine que ce n'est pas un souci, reprit Luke. Son père a les moyens de verser la caution. Pour toi, qu'est-ce que ça change ?

— Eh bien, si Eric Fitch m'a définitivement remplacée par l'avocat qui a négocié le montant de la caution, je suis officiellement à la recherche d'un nouvel emploi.

Ce qui ne serait pas plus mal, songea Luke. Cependant, il n'était pas prêt à considérer que c'était fait.

Tandis que Luke se garait derrière la voiture de Sydney, Rachel avait l'esprit agité. Depuis quatre mois, elle avait la sensation d'être prisonnière d'un espace-temps dans lequel elle se débattait pour en bloquer l'accès à Roy Sales, tout en finissant invariablement par être rattrapée par ses angoisses.

Depuis quelques jours, elle avait néanmoins réussi à franchir un palier. Pour la première fois, elle avait raconté son enlèvement et sa captivité sans rien dissimuler. Et maintenant elle était sur le point de se retrouver de nouveau face à Roy Sales, de son plein gré. Étrangement, au lieu de la tétaniser, cette idée lui donnait du courage.

Luke coupa le contact et lui prit la main.

— Tu es sûre que tu n'as pas envie de passer la nuit chez moi ?

— Non, ce ne serait pas raisonnable, mais je t'assure que je ne te quitte pas de gaieté de cœur. Je n'oublierai jamais cette journée, et je t'en remercie.

— Moi non plus, je ne l'oublierai jamais. C'est bien pour ça que j'ai envie de la prolonger.

— C'est vraiment tentant, mais il faut absolument que je parle à Sydney. J'ai besoin de son avis sur mon intention de rencontrer Sales puis mon patron demain. Et, toi, je te rappelle que tu as officiellement décidé de rester à Arrowhead Hills, ce qui signifie que tu dois t'occuper du ranch. En tout cas, quand tu as promis à ton père de le ramener à la maison, c'est ce que j'ai compris.

— Tu ne t'es pas trompée, même s'il s'avérait peut-être que j'ai commis la plus grosse erreur de ma vie.

— Moi, je crois que tu as pris la bonne décision.

— Tu me le rediras quand je commencerai à tourner en rond et à m'arracher les cheveux.

— Je n'y manquerai pas. Tu sais, si tu as faim, je suis sûre qu'Esther a quelques restes en réserve.

— C'est gentil, mais je vais rentrer. Pierce m'a laissé un message pour me prévenir qu'Esther lui avait donné un panier de provisions pour moi et qu'il y avait de quoi tenir un siège de plusieurs semaines.

— Quand as-tu reçu ce message ?

— Pendant que tu prenais ta douche à l'hôtel. À ce moment-là, j'aurais donné cher pour ne pas rentrer ce soir. Pour ne pas rentrer avant plusieurs jours, même, et rester là-bas avec toi…

— Un bon cow-boy ne délaisse jamais son ranch aussi longtemps, répliqua-t-elle sur un faux ton de reproche.

— Il te reste encore beaucoup à apprendre sur les cow-boys. Passer un après-midi en compagnie d'une jolie femme leur fait toujours reconsidérer leurs priorités.

Il lâcha sa main et ouvrit sa portière.

— Tu n'es pas obligé de me raccompagner à la porte, tu sais.

— Je ne veux pas manquer de t'embrasser pour te dire bonsoir.

Il descendit de voiture, la contourna et lui ouvrit sa portière.

— Tu es sûr que tu veux me conduire à Houston demain ? Tu as du travail et, en plus, ils annoncent de fortes pluies pour la matinée.

— Le travail se fera sans moi, ne t'inquiète pas. Buck Stalling va mettre à l'essai les nouveaux employés conseillés par Pierce pendant le reste de la semaine. Et Dudley Miles m'a assuré que je pourrais lui demander de mettre quelques hommes à ma disposition en cas de besoin. Par ailleurs, le mois de janvier n'est pas la période de l'année où il y a le plus d'activité.

— D'accord, mais la météo risque de ne pas être avec nous.

— S'il pleut trop fort, nous partirons plus tard que prévu. Appelle-moi dès que tu seras prête. Je refuse de te laisser seule alors que tu vas revoir Roy Sales.

Il la prit dans ses bras et l'embrassa. Ce fut encore plus dur pour elle de le quitter pour la soirée.

Avant même qu'elle ait atteint la porte, Sydney vint à sa rencontre, l'air préoccupé.

— Quelque chose ne va pas ? lui demanda Rachel.
— Tu as de la visite.
— Qui est-ce ?
— Claire Covey. Elle est en pleine détresse et dit qu'elle doit absolument te parler au plus vite.

14

Rachel entra dans le bureau au bout du couloir. Il était sobrement meublé d'une petite table de travail, d'un fauteuil et d'une chaise placée près de la fenêtre.

Claire Covey attendait, debout à côté du fauteuil. Elle avait apparemment recouvré son calme, mais ses yeux étaient rouges et elle serrait des mouchoirs en papier froissés dans ses mains.

En dépit de ses yeux gonflés, Claire était une très belle femme à l'allure distinguée, avec des cheveux blonds courts coupés de manière très sophistiquée.

Elle était vêtue d'un jean et d'un petit pull simples mais qui portaient néanmoins la marque d'un créateur de mode, et le sac à main posé sur la table était un Gucci.

— Bonjour, dit Rachel. Que puis-je faire pour vous ?

— Bonjour. Merci de me recevoir. Je sais tout de vous et de ce que vous avez traversé. Et je vous admire pour avoir surmonté cette épreuve.

— Merci, mais j'imagine que vous n'êtes pas venue ici pour me dire cela.

— Non. J'ai besoin de votre aide. La police accuse mon fils de meurtre, vous le savez. Il est innocent, mais ils n'en ont rien à faire ; les policiers veulent le faire condamner coûte que coûte.

Là-dessus, elle se laissa tomber dans le fauteuil, éclata en sanglots et se prit le visage entre les mains.

Rachel lui laissa une minute pour se ressaisir. Elle comprenait ses craintes ; c'était une mère qui aimait son fils.

— Vous croyez sincèrement à l'innocence de Hayden ?

— Oui. Je sais qu'il est innocent. Jamais il ne ferait de mal à quiconque. Cette fille le harcelait, elle ne cessait de l'appeler à n'importe quelle heure du jour ou de la nuit. Et ensuite Hayden la voyait avec d'autres garçons.

Adresser des reproches à la victime était une méthode de défense fréquente mais qui ne menait généralement nulle part.

— Je crois que vous devriez parler de cela à votre avocat.

— C'est vous qui étiez censée défendre Hayden, répliqua Claire Covey. Eric Fitch nous a promis que ce serait vous. Si vous affirmez que Hayden est innocent, le jury vous croira. Jamais vous ne défendriez un monstre. Pas après ce que vous avez vécu.

— Le jury aurait en effet raison de penser cela. Jamais je ne défendrais quelqu'un qui est accusé de meurtre sans être convaincue de son innocence. Mais, défendre un client, ce n'est pas seulement tisser des liens avec le jury.

— Eric nous a assuré que vous étiez une avocate de grand talent. Que vous représentiez la meilleure chance pour Hayden d'être acquitté.

— Eric a peut-être quelque peu exagéré. Et quand vous a-t-il finalement appris que je ne défendrais pas votre fils ?

— Cet après-midi. Il a appelé vers 14 heures et nous a dit que vous aviez quitté le cabinet pour raisons personnelles. Alors je suis venue pour vous supplier de ne pas laisser tomber Hayden. Faites en sorte que sa vie ne soit pas ruinée, faites qu'on ne me l'enlève pas !

De nouveau, elle éclata en sanglots.

Rachel se demanda si Eric Fitch avait finalement renoncé à la réintégrer au sein du cabinet et à lui offrir la promotion qu'il lui avait promise au téléphone ou s'il s'était seulement couvert pour le cas où elle refuserait son offre.

Cherchait-il à s'assurer que les Covey ne s'adresseraient pas à un autre cabinet d'avocats si elle ne revenait pas ?

— Qui a négocié la libération sous caution ?

— Eric. Il souhaite finalement être l'avocat principal, expliqua Claire.

— C'est quelqu'un qui a indéniablement beaucoup d'influence. Personne d'autre que lui ne serait parvenu à obtenir la libération sous caution de votre fils dans un délai aussi bref.

— Je me fiche de son influence comme de la réputation de mon mari ! Tout ce qui m'intéresse, c'est mon fils. Si je dois me mettre à genoux devant vous, je le ferai. Je vous paierai aussi cher que vous le désirerez, vous n'avez qu'à me donner un chiffre. Mais, par pitié, sauvez mon garçon !

Rachel sentit son cœur se serrer. Face à elle se tenait une mère aux abois, et elle n'y était pas indifférente. Bien sûr, Claire Covey refusait de croire à la possibilité que Hayden soit coupable parce que c'était son fils, mais rien ne disait non plus qu'elle se trompait en affirmant qu'il était innocent. Rachel l'avait jugé d'un seul regard, et ce qu'elle avait ressenti n'était peut-être que le reflet de ses peurs.

— Acceptez au moins de parler à Hayden, reprit Claire. Vous comprendrez qu'il est incapable de tuer quelqu'un. Vous verrez que c'est un gentil garçon. J'en suis persuadée.

Comment dire non à une requête aussi simple et spontanée ?

— D'accord, je le rencontrerai. Mais je ne vous

promets rien de plus. Et, même si je venais à accepter de défendre Hayden, je refuse de m'engager à le faire forcément en collaboration avec le cabinet d'Eric Fitch.

— Je m'en moque.

— Pourtant, il pourrait survenir des litiges légaux. Je risque d'être accusée d'avoir démissionné du cabinet Fitch dans le seul but de leur ravir une affaire.

— Ce qui est en jeu, c'est l'avenir de mon fils. Alors je ne vois pas en quoi chercher à ce qu'il soit défendu au mieux serait contraire à l'éthique.

— Votre mari acceptera-t-il de retirer cette affaire au cabinet Fitch ?

— Il fera ce que je lui dirai de faire.

Si elle acceptait de défendre Hayden, non seulement elle aurait beaucoup de travail, mais elle serait exposée à de nombreuses critiques, potentiellement violentes.

— Quand pensez-vous que Hayden sera libéré ?

— Si tout se passe bien, il devrait sortir demain. Mais Eric m'a avertie que ça pourrait prendre quelques jours supplémentaires.

— Je dois me rendre à Houston demain et j'y serai certainement jusqu'à mercredi après-midi. Si Hayden est libéré avant, appelez-moi et nous fixerons un rendez-vous. Mais je ne tiens pas à ce que cette entrevue ait lieu dans les locaux du cabinet Fitch.

— Je conduirai Hayden où vous le souhaiterez.

— Très bien. Nous verrons cela plus tard.

De nouvelles larmes coulèrent sur les joues de Claire.

— Vous n'imaginez pas à quel point c'est important pour moi.

Rachel en avait tout de même une petite idée, mais elle n'avait pas le droit de prendre une décision sous le coup de l'émotion. Défendre un homme accusé de meurtre, ce n'était pas une question d'états d'âme.

— J'espère pouvoir vous aider, Claire. Je souhaite

sincèrement être en mesure de répondre à vos attentes. Mais gardez en mémoire que, pour le moment, j'ai uniquement accepté de rencontrer votre fils. Nous verrons ce qui ressortira de cette entrevue.

Quand Claire se leva pour prendre congé, elle tremblait, et Rachel craignit un instant de la voir s'évanouir. Elle tendit le bras pour l'aider à garder l'équilibre, et Claire Covey s'appuya contre elle, la tête sur son épaule.

Rachel pria pour que Hayden soit bel et bien le jeune homme que sa mère voulait voir en lui. Mais, au fond d'elle, un gros doute subsistait.

Rachel s'était douchée et avait mis son pyjama quand Sydney vint la rejoindre dans sa chambre.

— Désolée de ne pas être venue te voir plus tôt, mais j'aidais Esther à se vernir les ongles de pied. Et puis je me suis dit que tu aurais peut-être besoin d'un peu de temps pour te remettre après la visite de Claire Covey.

— Oh ! je ne sais plus ce que je dois penser !

— Tu veux me dire ce qu'elle voulait ?

Rachel lui fit un résumé.

— Quand Eric Fitch va apprendre que tu pourrais lui subtiliser cette affaire, il va devenir fou.

— Je ne lui subtilise rien du tout.

— Je sais. Mais, lui, tu ne le convaincras pas du contraire.

— Est-ce une façon de me dire que, d'après toi, je ne devrais pas accepter de défendre Hayden Covey ?

— Non. C'est plutôt une façon de dire que j'aimerais bien être là pour voir la réaction de Fitch quand il comprendra que sa tentative de te manipuler s'est retournée contre lui.

— Bah ! Ce n'est pas si grave que ça.

— Pour moi, ça l'est. Est-ce que tu penses qu'il pourrait porter plainte contre toi ?

— Mon contrat a été renouvelé il y a un peu plus d'un an. Avant de le signer, je l'avais fait relire par une amie spécialisée dans le droit du travail. Si elle y avait décelé une clause potentiellement problématique en cas de démission, elle m'en aurait avertie.

— Donc tu es certaine que Fitch ne peut pas t'accuser de lui avoir volé un client pour monter ton propre cabinet ?

— Non, car ce n'est pas mon intention. Et Claire Covey est prête à attester que c'est bien elle qui m'a sollicitée, et non l'inverse. La question en suspens est plutôt de savoir si j'ai réellement envie de défendre son fils ou pas.

— Je ne peux pas répondre à ta place, dit Sydney. Cependant, si tu as démissionné, ce n'est pas parce que tu ne voulais pas le défendre, mais parce que ton patron cherchait à se servir de toi.

— C'est vrai, c'est le véritable motif de ma démission.

— Cet aspect étant éclairci, as-tu envie de défendre Hayden Covey ?

— Pas si je ne suis pas certaine de son innocence. Le meurtre de sa petite amie a été commis avec une brutalité atroce. Lire le rapport du légiste suffit à me rendre malade.

— Même si le FBI n'est pas impliqué, je verrai si je peux dénicher des éléments susceptibles de t'éclairer.

— Tout ce que tu pourras trouver me sera utile.

— J'aimerais rester avec toi encore quelques jours, mais je dois me rendre dans le Wisconsin pour les besoins d'une enquête.

— Bien, alors désormais c'est moi qui vais m'inquiéter pour toi, et non l'inverse.

— Non, tu n'as pas à te faire de souci. Je ne serai pas seule sur place ; je serai en totale sécurité.

Rachel avait du mal à se convaincre que sa sœur ne se mettait jamais en danger.

— Demain, j'ai moi aussi une grosse journée. Avant d'aller à Houston, je dois passer voir le Dr Kincaid. Et Roy Sales.

— Oh ! Je n'aime pas ça ! Je comprends que tu aies accepté de parler au Dr Kincaid, mais pourquoi dois-tu voir Roy Sales ? Si j'avais su que Kincaid te demanderait ça, je ne t'aurais même pas dit qu'il cherchait à te joindre.

— Je n'en crois rien. Tu es incapable de dissimuler quoi que ce soit, ce n'est pas dans ta nature. Et puis je considère que, s'il y a la moindre chance qu'une entrevue avec Roy Sales débouche sur la tenue de son procès, je dois la saisir.

— Je n'en suis pas convaincue, mais bon, fais comme tu le souhaites. Mais, si jamais tu ne te sens pas bien, n'hésite pas à revenir ici. Esther sera ravie de t'accueillir.

— De toute façon, je compte rester à Houston seulement une nuit.

— C'est vrai ? Est-ce en lien avec Luke Dawkins ?

— C'est lui qui me conduit à Houston. Il tient à m'accompagner ; il considère que je vais avoir une journée éprouvante et qu'un peu de soutien moral ne me fera pas de mal.

— C'est généreux de sa part. Et c'est certainement une bonne idée.

— C'est quelqu'un de bien.

— Je n'en doute pas. J'espère seulement que régler tes problèmes et t'engager en même temps dans une relation sérieuse n'est pas trop pour toi.

— Y a-t-il vraiment un bon moment pour entamer une relation sérieuse ?

— Eh bien… Disons que certaines périodes sont plus propices que d'autres.

— Quand tu as rencontré Tucker, tu crois que c'était le moment idéal ? Il venait de perdre son meilleur ami et, toi, tu étais à ma recherche et tu faisais tout ton possible pour me retrouver avant qu'il soit trop tard.

— C'est vrai, tu as raison. Quand nous nous sommes rencontrés, Tucker et moi n'avions absolument pas la tête à tomber amoureux. C'est l'amour qui s'est imposé à nous. Nous avons seulement été suffisamment lucides pour ne pas résister.

— En ce qui me concerne, je veux me montrer pragmatique et ne pas tirer de plans sur la comète, dit Rachel. Mais j'apprécie beaucoup Luke, et j'aime être avec lui. Et ça me fait énormément de bien.

En vérité, cela lui faisait plus que du bien, et elle était de toute évidence en train de tomber amoureuse de lui. Elle était également impatiente de refaire l'amour avec lui. Mais, ça, il était encore trop tôt pour qu'elle en parle à sa sœur.

— Ne te fais pas de souci pour moi, Sydney. Je ne suis pas complètement guérie, je ne le serai peut-être jamais, mais je fais des progrès. Tucker et toi, vous m'avez sauvé la vie. Je compte en profiter et, pour le moment, j'ai envie de partager mon temps avec Luke.

— Message reçu. Tiens-moi au courant de la façon dont se sont passées tes entrevues avec Sales et Hayden Covey. Et de tes projets professionnels.

— Je n'y manquerai pas. Mais il y a peu de chances que, finalement, j'accepte la proposition d'Eric Fitch de rester à son cabinet.

— Quoi que tu décides, je te soutiendrai. Dans la vie, il y a plus important que le boulot.

— C'est amusant que ce soit toi qui dises ça, répliqua

Rachel avec malice. Mais je garderai tes propos en mémoire.

— Je suis vraiment heureuse que nous ayons passé ces quelques jours ensemble.

— Moi aussi. Luke et moi, nous n'avons pas encore décidé à quelle heure nous partirons, mais je ne pense pas que ce soit avant que tu sois levée.

— Hélas ! Moi, je pars dans...

Sydney consulta sa montre.

— ... environ trente minutes. Je dois prendre l'avion très tôt demain pour le Kansas, et, comme Tucker n'avait pas envie qu'on se sépare aussi vite, nous avons réservé un hôtel pour la nuit à proximité de l'aéroport.

— Bien. Alors je te dis au revoir.

Rachel serra sa sœur dans ses bras.

— Prends soin de toi.

— Toi aussi. Et si tu en éprouves le besoin n'hésite pas à m'appeler, à n'importe quelle heure. Et oublie ce que je t'ai dit sur ta relation avec Luke. L'important, c'est que tu sois heureuse. Je t'aime, petite sœur.

— Moi aussi, je t'aime.

Et, ça, ça ne changerait jamais.

Roy Sales regarda Eddie faire craquer ses phalanges puis plonger l'index dans son verre d'eau comme s'il s'agissait d'une paille.

— Enlève ton doigt, se plaignit Doug, un autre pensionnaire de l'hôpital. Tu n'as pas de manières.

— Ici, les manières, elles servent à rien, rétorqua Eddie. Mais je vais bientôt me tirer. Mon fils a un yacht et il veut que je vienne habiter dessus avec lui.

— Mais bien sûr, intervint Roy. Je viendrai t'y rendre visite.

— Ça ne te plairait pas. Mon fils Rick interdit

qu'on fume ou qu'on picole. Il ne tolère même pas les gros mots.

— Quel intérêt d'aller vivre avec lui, alors ? fit Doug. Autant aller en taule.

— La taule, c'est pour les imbéciles, répliqua Eddie.

Roy sourit. Dans d'autres circonstances, Doug et Eddie lui auraient tellement tapé sur les nerfs qu'il serait retourné dans sa chambre pour ne plus avoir à les supporter.

Il n'aurait jamais imaginé penser cela un jour, mais ne plus travailler pour Dudley Miles lui manquait. Bien que le boulot ait parfois été éprouvant, il avait au moins une maison à lui et davantage de liberté.

Il n'avait pas l'intention de recommencer à travailler pour Miles, mais ne comptait pas pour autant quitter le Texas tout de suite. Avant, il avait encore une affaire à régler. Tuer Rachel Maxwell ne serait pas seulement une façon de prendre du bon temps. C'était devenu une nécessité. Pour mériter le titre d'homme, il devait se venger.

Tandis que ces pensées le traversaient, Doug continuait de déblatérer et de se plaindre de la nourriture qu'on leur servait. Il n'avait pas tort mais ce ne serait bientôt plus un problème pour lui.

Jusque-là, il avait joué le jeu, tel un boxeur voulant faire croire à son adversaire qu'il était tout près du K-O. Il n'avait pas perdu son temps et avait vite découvert qui serait prêt à l'aider et comment s'assurer le concours de cette personne.

Tout était prêt. Ce n'était plus qu'une question de patience. Si tout se passait bien, la semaine prochaine au plus tard, il serait dehors.

Il leva la tête et vit le Dr Kincaid s'approcher de lui. Il devait avoir une annonce à lui faire, car ce n'était pas dans ses habitudes de venir le voir si tard.

— Bonsoir, dit le médecin, s'adressant à eux trois.
— Vous faites des heures sup ? lui demanda Eddie.
— Non, je suis venu parler à Roy. Vous voulez bien nous laisser quelques minutes ?
— Nous pouvons aller dans ma chambre, proposa Roy.

Si on pouvait appeler cela une chambre… C'était malgré tout plus confortable qu'une annexe commune de ranch. Il disposait d'un lit douillet, d'un oreiller et de chaises propres. Il y avait même un petit bureau et une armoire.

Le médecin acquiesça et le suivit. Roy s'assit sur le lit, le Dr Kincaid s'installa sur une chaise.

— J'espère que je n'ai pas d'ennuis, dit Roy. Je n'étais pour rien dans la dispute qui a éclaté pendant le déjeuner.

— Non, il n'y a pas de problème. En fait, j'ai une surprise pour vous.

Roy ne mordit pas à l'hameçon et attendit qu'il continue.

— Demain, vous allez avoir de la visite.

Ça, c'était un choc. Jusque-là, les seules visites qu'il avait reçues étaient celles de journalistes curieux à la recherche d'anecdotes croustillantes et de cet imbécile d'avocat. Et encore, toutes les demandes n'étaient pas acceptées.

— Vous ne voulez pas savoir de qui il s'agit ?
— Vous allez me l'apprendre, sinon, je suppose que vous ne seriez pas ici.
— Vous avez raison. Rachel Maxwell sera là demain matin.

Roy déglutit. C'était la dernière personne à laquelle il aurait pensé.

— Que veut-elle ?
— Je lui ai demandé de venir.

Il aurait dû deviner qu'elle ne venait pas de son plein gré.

— Vous ne cessez de me répéter qu'entre vous deux il y avait un lien très fort. Alors je me suis dit que cela vous ferait plaisir de la revoir.

— Eh bien, avec les femmes, on ne sait jamais trop à quoi s'en tenir. Elle voulait partir avec moi mais, ensuite, elle a menti à la police et prétendu que je la retenais contre sa volonté. Et je suppose qu'elle continuera de mentir à ce sujet.

— Peut-être pas. Vous verrez bien. Quoi qu'il en soit, j'ai préféré vous annoncer sa visite pour que vous ne soyez pas pris de court.

— Et, quand elle sera là, vous resterez avec nous ?

— Est-ce ce que vous souhaitez ?

— Je m'en fiche.

— Alors nous en déciderons demain, quand Rachel sera là.

Le médecin lui parla encore quelques minutes puis s'en alla.

Roy ôta ses chaussures et s'allongea sur le lit. Rachel Maxwell allait venir. Sans doute ne se sentait-elle pas très bien après avoir raconté autant de mensonges sur lui. Il n'était pas aussi mauvais qu'elle l'avait affirmé. Elle attendait qu'il vienne la voir et voulait toujours qu'il reste le plus longtemps possible. Ensuite, quand il avait eu le dos tourné, elle l'avait trahi.

Il n'avait eu d'autre choix que la laisser dans la maison et d'y mettre le feu.

Il chercha à se remémorer son allure le jour où il l'avait vue pour la première fois à Winding Creek. Il revit ses cheveux qui scintillaient dans le soleil, ses grands yeux. Jamais il n'avait vu plus beaux yeux.

Il ne voulait pas lui faire de mal, mais elle n'avait cessé de le repousser.

Il n'avait toujours pas envie de la tuer, cependant, elle l'avait trahi. Tout comme les autres, elle l'avait traité de monstre.

— Que dois-je faire, maman ?
— *Sois patient. Le moment venu, nous aviserons.*

15

Un éclair soudain réveilla Rachel, qui avait fini par succomber à un sommeil agité tandis qu'une pluie régulière crépitait sur le toit de la maison. Quelques secondes plus tard, le tonnerre gronda et fit vibrer les fenêtres.

Pendant un moment, la pièce fut consécutivement plongée dans l'obscurité puis brusquement éclairée tandis que des ombres dansaient sur les murs.

Elle frissonna et tira la couverture sur elle. Apparemment, le front froid annoncé était bien là. Alors qu'une tenue légère et des manches courtes suffisaient ces jours derniers, il allait falloir ressortir les pulls pendant quelque temps, avant, peut-être, de remettre des T-shirts prochainement. C'était ça, la météo du Texas.

Bien qu'elle soit blottie sous les couvertures, une odeur de café vint lui chatouiller les narines. Sans doute l'orage avait-il réveillé Esther, qui, de toute façon, se levait toujours aux aurores. Elle prétendait que le coq de sa basse-cour avait toujours été son seul et unique réveil.

Esther adorait ses poules. Le fait qu'elles donnent des œufs n'était qu'un bonus.

Rachel tendit la main pour prendre son téléphone et regarda l'heure. 5 h 10. Elle regarda de nouveau pour s'assurer de ne pas s'être trompée.

Elle avait dormi sept heures et, sans l'orage, elle ne se serait pas réveillée. Elle n'avait pas dormi aussi longtemps depuis…

Depuis que Roy Sales s'était imposé de force dans sa vie.

Et maintenant voilà qu'elle avait accepté de le revoir et de lui parler. Elle avait accepté de se retrouver de nouveau face à son regard froid, dénué d'empathie. Et elle commençait à craindre de le regretter.

En soupirant, elle repoussa les couvertures et se leva. De sombres souvenirs s'insinuaient dans son esprit mais, cette fois, elle ne laisserait pas la peur la paralyser.

Grâce à Luke, en s'ouvrant à lui, elle s'était libérée de ses angoisses. Elle était heureuse de l'avoir pour ami, et même plus. Toutefois, elle n'était pas naïve au point de se convaincre qu'ils passeraient le reste de leur vie ensemble. Mais elle n'avait pas besoin de ça.

Pour le moment, elle se contentait du plaisir d'être avec lui.

Pieds nus, elle alla jusqu'à la fenêtre et ouvrit les volets. Une forte pluie tombait. Rouler dans de telles conditions ne serait pas prudent. Si tout se passait bien, la tempête serait loin quand ils seraient prêts à prendre la route pour Houston. Sydney et Tucker avaient bien fait de partir la veille au soir.

Elle s'étira, enfila sa robe de chambre, puis suivit l'odeur de café. Des voix masculines lui parvinrent. Luke ? Non, il ne pouvait pas être arrivé si tôt et alors que la tempête battait son plein.

Quand elle entra dans la cuisine, elle découvrit Pierce attablé avec un homme qu'elle ne connaissait pas. Tous deux étaient en tenue de travail, comme prêts à partir dans les champs.

Pierce se tourna vers elle et la salua.

— Bonjour, Rachel. J'espère que nous ne t'avons pas réveillée.

— Non, c'est l'orage qui a eu raison de mon sommeil. Tout va bien ?

— Oui, oui, ça va, même si Grace n'a pas beaucoup dormi. Elle commence à avoir du mal à trouver une position confortable la nuit et doit fréquemment se lever pour aller aux toilettes.

Esther, qui était elle aussi debout, remplit un mug de café et le lui tendit.

— Rachel, je ne crois pas que tu connaisses Buck Stalling, dit-elle en désignant du regard l'homme assis face à Pierce.

— Non, nous ne nous sommes jamais vus, même si j'ai déjà entendu ce nom de la bouche de Luke.

— Buck est un des meilleurs cow-boys de la région, intervint Pierce. On pourrait dire de lui qu'il murmure à l'oreille des chevaux, pour citer un titre célèbre.

— Ne l'écoutez pas, répliqua Buck Stalling avec modestie. Tout ce que je sais, c'est Pierce qui me l'a appris.

Esther secoua la tête.

— En tout cas, une chose est sûre, vous n'êtes pas plus raisonnables l'un que l'autre, dit-elle en s'adressant à Buck et Pierce. Quelle idée de vouloir à tout prix sortir par ce temps ! Ce n'est pas comme si les vaches avaient besoin d'un ciré !

— C'est surtout des chevaux que nous devons nous occuper. L'orage les a sûrement stressés, dit Buck. Mieux vaut passer les voir et leur parler doucement pour les rassurer.

— Vous reviendrez prendre le petit déjeuner, n'est-ce pas ? demanda Esther. Je pensais préparer du bacon grillé et des crêpes.

— Tu n'as pas ton pareil pour trouver les bons

arguments, commenta Pierce, mais je ne te promets rien. Tout dépendra de ce que nous découvrirons. Il y a quelques pâturages que je dois inspecter. Normalement, j'ai fait le nécessaire pour que l'eau de pluie soit bien drainée, mais je dois vérifier.

— C'est mieux de partir l'estomac plein, marmonna Esther, qui comprit néanmoins qu'il était inutile d'insister.

Buck et Pierce se levaient déjà pour enfiler leur veste.

— J'espère que Grace s'est rendormie, dit Pierce. Si jamais je ne suis pas revenu à 7 heures, l'une de vous deux peut-elle lui passer un coup de fil pour lui demander si elle va bien et si elle a besoin que je repasse à la maison pour aider Jaci à se préparer avant de partir à l'école ? Je ne vous demande pas de vous en occuper, n'hésitez surtout pas à m'appeler si vous sentez que Grace a besoin de mon aide, et je reviendrai illico.

— Oui, bien sûr, pars tranquille, répondit Esther. De toute façon, même si tu ne me l'avais pas demandé, j'aurais appelé Grace. Les médecins ont beau dire qu'elle ne sera pas à terme avant deux semaines, on ne sait jamais.

— Merci beaucoup. À plus tard, et restez bien au chaud.

Sur ce, Buck et Pierce s'en allèrent par la porte arrière. Esther les suivit et tendit une thermos de café à Pierce.

— Et soyez prudents.

— Comme toujours. Et, encore une fois, n'hésite pas à m'appeler si nécessaire.

— Je n'y manquerai pas.

— C'est courageux de sortir par ce temps, remarqua Rachel une fois qu'Esther fut revenue dans la cuisine.

— Oui, c'est ça, la vie d'un ranch. En cinquante ans de vie commune avec Charlie, j'ai appris que les bêtes passaient avant tout et tout le monde. On finit par s'y faire. Et pour rien au monde je n'aurais troqué cette vie pour une autre. Jamais je ne me serais imaginé vivre en ville, où on ne connaît même pas ses voisins. Ce n'est pas une façon de critiquer ta vie à toi, Rachel, c'est seulement une façon de dire qu'elle ne m'aurait pas convenu.

— Tu sais, il m'arrive parfois de me demander si elle me convient à moi…

Ce matin, elle se posait la question. Cependant, elle n'était pas certaine non plus qu'elle se ferait à la vie à la campagne.

Il y eut un nouveau coup de tonnerre, très puissant.

Luke était-il lui aussi dehors, à vérifier que ses bêtes allaient bien ? Si c'était le cas, il devait regretter de lui avoir proposé de la conduire à Houston. Comme l'avait dit Esther, les bêtes primaient sur tout le reste.

Sa vie à elle était à Houston. Celle de Luke était ici, du moins, pour le moment. Elle avait du mal à concevoir que ces deux modes de vie puissent s'accommoder l'un de l'autre.

Cela dit, sauf si Eric Fitch et elle trouvaient un terrain d'entente, elle n'aurait plus ni travail ni mode de vie défini.

Jamais elle ne s'était trouvée dans une telle situation.

Une heure plus tard, le ciel était moins chargé et les roulements du tonnerre indiquaient que l'orage s'éloignait. Il pleuvait néanmoins encore très fort. Rachel se dit que, si ça ne se calmait pas, elle devrait reporter au lendemain son déplacement à Houston.

Au départ, elle avait prévu de porter un tailleur gris. Étant donné les conditions météo, elle y renonça et enfila un jean noir et un pull.

Elle mit également une paire de bottes qui avaient déjà fait leurs preuves sur des sols boueux et détrempés.

Si elle comptait revenir ensuite à Winding Creek, il faudrait qu'elle passe à son appartement pour y prendre quelques vêtements plus chauds.

Mais elle ne pourrait pas rester au-delà du week-end suivant, sans quoi ce serait abuser de l'hospitalité d'Esther.

Elle trouva cette dernière dans la cuisine, occupée à décortiquer des noix de pécan.

— Il y a encore du café, si tu en veux, lui dit Esther.

— Merci. Tu as des nouvelles de Grace ?

— Non, mais elle doit être levée. Il y a bien longtemps que nous n'avons pas eu une telle pluie. Ça me rappelle une fois, il y a longtemps, où nous avons bien cru que nous allions devoir écoper avec des seaux.

Rachel se versa du café.

— J'espère que nous n'en arriverons pas là.

Il y eut alors un bruit de pas du côté de la porte arrière.

— Ah ! fit Esther. Il semblerait que Pierce soit de retour !

Mais, quand la porte s'ouvrit, ce fut Luke qui fit son apparition. Il portait un ciré dégoulinant et ses bottes étaient maculées de boue, même s'il avait pris soin de les racler avant d'entrer.

Esther se leva, attrapa une serviette et se dirigea vers lui.

— Mon Dieu, Luke, on dirait que tu es venu à la nage !

— C'est presque ça, oui, répondit Luke. Ne vous embêtez pas avec la serviette, je suis trop trempé pour entrer dans la maison.

— Mais bien sûr que si, tu peux entrer. Ce n'est que de l'eau, je passerai un coup de serpillière, et ce sera réglé.

— Je ne peux pas rester longtemps, répondit Luke, qui s'avança prudemment.

— Il y a un souci ? voulut savoir Rachel.

— Pierce vient de m'appeler. Il m'a dit qu'il y avait eu une coulée de boue dans le canyon et qu'elle avait emporté la clôture des pâturages.

Esther se couvrit la bouche des deux mains.

— Et les bêtes vont bien ?

— Pour la plupart, oui, mais quelques veaux ont paniqué et ont glissé. Buck et Pierce se chargent de les sortir du canyon mais, à deux, ils ne peuvent pas tout faire. J'ai proposé d'aller les aider.

— Ont-ils prévenu Riley ? lui demanda Esther.

— Oui, il est déjà en route avec son 4x4. Et Pierce m'a dit qu'il y en avait un autre dans la grange.

— Absolument. La clé est sur le contact, et il doit y avoir des cordes dans le coffre, précisa Esther.

— J'en ai apporté. Pierce voulait seulement que je passe vous prévenir et vous dire de ne pas vous inquiéter de ne pas le voir revenir pour le petit déjeuner. Et il voudrait également que Grace soit prévenue et rassurée.

— Je vais te donner une thermos de café à emporter et quelques gâteaux. Ça vous redonnera des forces.

Tandis qu'Esther rassemblait tout cela, Rachel s'approcha de Luke.

— Je suis désolé, dit-il. Je ne sais pas combien de temps ça prendra, mais ne va pas à Houston sans moi.

— Ne t'inquiète pas, tout ira bien.

— Non, j'insiste. Je refuse que tu te retrouves toute seule face au malade qui t'a déjà fait du mal. Promets-moi de ne pas partir seule, sinon, je reste.

Luke était inquiet, mais il exprimait un instinct protecteur bienveillant, pas possessif. Elle en avait la conviction et en fut touchée.

— Je te le promets. Maintenant, file, cow-boy. Les veaux ont besoin de toi.

Il l'embrassa avec ferveur.

Esther revint avec une thermos et une boîte en plastique, qu'elle lui tendit. Il remercia et partit sans attendre.

Pierce avait besoin de lui, et il tenait à lui apporter son aide. Au fond de lui, Luke était un véritable cow-boy.

Et, elle, elle était très attachée à lui. Les choses devenaient plus claires.

— Les hommes ne seront pas de retour avant le déjeuner, commenta Esther.

— Tu crois vraiment que ce sera aussi long ?

— Oui, c'est probable. Dans la vie d'un ranch, ce genre d'incident est monnaie courante. Je serais incapable de dire combien de fois j'ai dû annuler un repas à la dernière minute à cause d'une urgence avec les animaux.

— Ça ne doit pas être facile à vivre.

— C'est comme tout, on s'y fait. Et puis je savais que Charlie m'aimait et son sens des responsabilités me rendait fière. Et me rassurait.

Rachel songea que Luke avait lui aussi cet effet-là sur elle. Il la rassurait. Avant de le rencontrer, elle avait oublié ce que se sentir en sécurité signifiait.

— Je vais nous préparer une omelette au bacon et une salade de fruits.

— Oh ! non, ne te donne pas tout ce mal ! Quelques toasts à la confiture, pour moi, ce sera très bien.

— Tu es sûre ? Dans ce cas, ça me suffira également. J'ai été contente d'avoir Sydney et Tucker ce week-end, dit Esther. Et t'avoir toi, c'était la cerise sur le gâteau.

— J'espère que je n'abuse pas de ton hospitalité.

— Ne t'inquiète pas de ça. Au contraire, je suis heureuse d'avoir quelqu'un. La maison est beaucoup trop grande pour une vieille femme comme moi.

— Merci.

— Et Luke, tu en penses quoi ?

— C'est quelqu'un de bien.

— Quand il était enfant, il était déjà adorable. Sa mère et moi, nous étions de très grandes amies. Elle avait environ vingt ans de moins que moi mais, dès notre première rencontre, nous nous sommes bien entendues.

— Quel âge avait Luke à sa mort ?

— Huit ans. Sa mère était très attachée à lui. Plus encore qu'à Alfred.

— Que s'est-il passé entre eux ?

— Eh bien, quand ils se sont rencontrés, ils étaient très amoureux l'un de l'autre. Mais Alfred est vite devenu jaloux. Maladivement jaloux. Et ça faisait ressortir ce qu'il y avait de pire en lui. Il voulait que son épouse reste constamment à la maison, qu'elle ne voie personne. Et, évidemment, elle ne pouvait pas le supporter. Elle a donc fini par partir. Et, alors qu'elle avait l'intention de revenir chercher Luke, elle a été tuée dans un accident de la route.

Esther sortit un mouchoir et s'essuya le coin des yeux.

— Je n'arrive toujours pas à en parler sans avoir les larmes aux yeux.

Rachel comprit mieux ce que ressentait Luke envers son père. Sans doute considérait-il qu'il lui avait fait perdre sa mère. Pourtant, quand son père avait eu besoin de lui, il était revenu.

Luke Dawkins était décidément un homme à part.

Rachel profita d'une accalmie pour se rendre chez Pierce et Grace. Elle s'engagea sur le chemin caillouteux qui menait à leur maison. De l'eau dégoulinait en rigoles, mais elle put arriver sans encombre.

Il n'y avait pas de garage, mais Pierce et ses frères

avaient construit un abri qui permettait de ne pas laisser la voiture en plein air jour et nuit par tous les temps. Elle se gara, se dirigea vers la porte et frappa. L'air froid et humide la fit frissonner. Elle aurait supporté son manteau, qui, hélas, était resté à Houston.

Jaci lui ouvrit la porte et fit un tour sur elle-même pour lui faire admirer son tout nouveau ciré jaune à fleurs et ses bottes assorties.

— Superbe ! Tu es prête à aller danser sous la pluie.

— Je voulais sortir, mais maman a dit non. Moi, je ne vois pas l'intérêt d'avoir un ciré si je ne peux pas sortir sous la pluie.

Elle fit un second tour sur elle-même pour appuyer ses propos.

— Mais tu ne veux pas que tes jolies bottes se retrouvent toutes pleines de boue, n'est-ce pas ? lui demanda Rachel.

— Une fille doit faire ce qu'elle a à faire. C'est ce que dit ma cousine Constance.

— Mais toi, petite demoiselle, tu dois faire ce que papa et maman te disent de faire, intervint Grace. Et nous t'avons expliqué qu'il faisait trop froid aujourd'hui, et que la pluie était trop forte pour que tu ailles sauter dans les flaques avant de partir à l'école.

Jaci poussa un petit soupir mais acquiesça.

Grace se laissa tomber sur une chaise. Elle était pâle et semblait fatiguée.

— Comment te sens-tu ? lui demanda Rachel.

— Je suis épuisée. En ce moment, une bonne nuit de sommeil me ferait plus de bien que gagner à la loterie nationale.

— Oui, tu as l'air fatigué, confirma Rachel. Tu as pris ton petit déjeuner ?

— J'ai mangé la moitié d'un yaourt. Je n'ai pas faim, ce matin.

Rachel trouva que ce n'était pas très bon, mais elle n'allait pas forcer Grace à manger alors qu'elle-même n'avait pas beaucoup d'appétit.

— Et Jaci ? Elle a déjeuné ?

— J'ai mangé du beurre de cacahuètes. C'était super bon ! s'exclama Jaci.

— C'est ce qu'elle voulait, expliqua Grace d'un air qui indiquait qu'elle n'avait pas eu la force de lui tenir tête.

— Une fois de temps en temps, ce n'est pas méchant, dit Rachel, compréhensive.

Elle était davantage inquiète au sujet de Grace. La perspective de voir Roy Sales et Eric Fitch lui semblait maintenant tout à fait secondaire. Elle se souciait beaucoup plus de Grace et des hommes qui, en ce moment même, devaient batailler pour porter secours aux bêtes. Elle était la première étonnée de ce changement d'attitude.

— Tu devrais peut-être appeler le médecin, histoire de ne pas prendre de risques, suggéra-t-elle à Grace. Ce serait embêtant que tu attrapes un virus alors que tu es si proche du terme.

— Si je sens vraiment que ça ne va pas mieux, je l'appellerai. Mais je crois que je suis avant tout fatiguée. Une vraie nuit de sommeil peut faire des miracles.

— Mon frère va bientôt arriver, intervint Jaci. C'est pour ça que maman devient si grosse.

— Et j'espère que tu seras une grande sœur modèle, répondit Rachel. Dis-moi, tu veux que je t'accompagne jusqu'à la route pour attendre le bus ?

— Oui ! Je peux y aller avec Rachel, maman ?

— Bien sûr, mais rien ne presse, le bus n'arrivera pas avant vingt minutes. Tu ne veux pas aller relire tes devoirs en attendant ?

— Non, je n'ai pas besoin de les relire. Je préfère commencer un coloriage.

Elle s'éloigna et Rachel et Grace se retrouvèrent seules.

— Entre le bébé qui va arriver et Jaci, tu vas avoir de quoi t'occuper. Tu te sens prête ?

— Pour être tout à fait honnête, ça me fait parfois peur. Jaci et moi, nous avons tissé des liens très forts et je ne veux surtout pas les abîmer. Mais, un nouveau-né, ça demande évidemment beaucoup d'attention. Pierce a beau chercher à me rassurer, j'ai peur que Jaci se sente délaissée.

— Tu es très bien entourée, lui fit remarquer Rachel. La famille est très solidaire.

— Oui, c'est vrai. D'ailleurs, si tu vivais plus près, ce serait encore mieux. Et si finalement tu acceptes de défendre Hayden Covey, tu auras toi aussi besoin d'être soutenue et entourée.

— Ah, tu es au courant de ça ?

— Oui. Tout le monde en parle et les infos ont diffusé des reportages sur le sujet toute la journée d'hier. Personne au sein de la famille ne t'en parlera directement, pour ne pas te donner l'impression de s'immiscer dans tes affaires, sauf si c'est toi qui en prends l'initiative.

— En fait, les médias sont allés beaucoup trop vite en besogne. La vérité est que je n'ai pas encore pris ma décision.

Grace se leva en grimaçant et se posa une main sur le ventre.

Rachel s'inquiéta.

— Tu as des contractions ?

— Je ne pense pas. J'étais chez le médecin pas plus tard qu'hier, et il m'a affirmé que le travail ne commencerait pas avant une semaine, voire deux.

— Tu as déjà eu mal avant ?

— C'est la seconde fois, admit Grace. J'ai déjà eu mal ce matin, au lever.

— Je n'y connais absolument rien mais, à mon avis, tu devrais appeler le médecin. Ou au minimum Esther.

— Je le ferai si…

Grace ne termina pas sa phrase. Elle s'immobilisa alors qu'un liquide coulait le long de ses jambes.

— Tu es en train de perdre les eaux, dit Rachel. Appelle le médecin. Moi, je préviens Esther et Pierce.

À peine quelques minutes après que Rachel eut raccroché, Esther se présenta à la porte.

— Ils veulent que je me rende à la maternité immédiatement, annonça Grace, qui avait eu l'assistant du médecin en ligne.

— Je t'emmène, dit Rachel. C'est d'ailleurs ce qu'a suggéré Pierce. Il nous rejoindra là-bas dès que possible.

— Esther, je peux te confier Jaci ? demanda Grace.

— Bien sûr.

Quelques minutes plus tard, Grace et Rachel étaient en route pour la maternité.

Roy Sales et Eric Fitch attendraient. La naissance d'un bébé était plus importante qu'eux.

16

Le lendemain, mercredi, Luke arriva peu après 8 heures. Il était fourbu, après les efforts de la veille pour secourir les bêtes.

Le soleil brillait de nouveau, et Rachel et lui devaient aller à Houston. Sur le chemin du retour, ils s'arrêteraient pour rencontrer un homme qu'il aurait préféré voir mort.

Il s'était levé à l'aube pour travailler sur le ranch. Quelques heures supplémentaires de sommeil ne lui auraient pas fait de mal mais il ne se plaignait pas. Il était même plutôt heureux.

Esther lui ouvrit la porte et l'invita à entrer.

— Je suis ravie de constater que tu tiens encore debout, lui dit-elle.

— J'ai passé plusieurs années chez les marines, alors ce n'est pas une journée de travail intense qui va m'abattre.

— Tant mieux. Parce que, hier, tu as réellement passé une journée typique de propriétaire de ranch. Hier soir, Pierce n'a d'ailleurs pas tari d'éloges sur toi.

— Ah bon ? Moi, je l'ai seulement entendu dire un nombre incalculable de fois à quel point il était heureux d'avoir un fils.

— Oui. Charlie. Ils l'ont baptisé ainsi, et j'en suis extrêmement touchée. Je suis sûre que, là où il est, mon Charlie est fier.

— En tout cas, quand je l'ai déposé à l'hôpital, hier soir, Pierce était le plus fier des papas.

— C'est vrai, et il était fou de joie, renchérit Esther. Et, avec le bébé dans les bras, Grace avait tout d'un ange. Allez, viens, suis-moi dans la cuisine, que je t'offre un bon café. Rachel sera prête d'une minute à l'autre.

— Merci.

Il avait secrètement espéré que Rachel renoncerait à son projet de voir Roy Sales, mais, la veille au soir, elle lui avait clairement fait comprendre qu'elle était déterminée.

Esther lui versa un mug puis le lui tendit.

— Tu veux de la crème ou du sucre ?

— Non, merci. Noir, c'est très bien.

Il but une gorgée.

— Il est excellent.

— Rachel m'a dit que tu envisageais de ramener ton père à la maison au plus vite et de rester jusqu'à ce qu'il soit bien pris en main ?

— Oui, c'est l'idée.

— C'est vraiment bien de ta part. Je sais que, ton père et toi, vous avez eu des relations difficiles, mais il a toujours été fier de toi.

— Alors il l'a bien caché.

— J'ai quelque chose pour toi que je garde depuis très longtemps. Alfred m'avait demandé de te le remettre à sa mort. Là, je considère qu'il est passé suffisamment près d'y rester pour que je te le donne. Ne bouge pas, je reviens.

Rachel entra dans la cuisine avant le retour d'Esther. Comme chaque fois, il lui suffit de poser les yeux sur elle pour être bouleversé. Il l'embrassa et éprouva une émotion qui allait bien au-delà du simple désir sexuel.

— Bonjour, cow-boy, dit-elle. À moins que la journée d'hier t'ait convaincu de fuir cet univers ?

— Non, je m'accroche. Au grand dam de mes muscles.

En vérité, la veille, il avait envié Pierce et son mode de vie. Jamais il n'avait rencontré un homme qui semblait autant dans son élément que lui.

Grace et lui étaient très amoureux l'un de l'autre, et leur famille ne cessait de s'agrandir. Ils avaient tout pour être heureux. Il aurait aimé vivre la même expérience.

Esther les rejoignit, avec à la main une enveloppe cachetée.

— Je ne sais pas ce qu'elle contient, mais Alfred tenait à ce que tu en hérites. Je ne fais que te la transmettre un peu plus tôt que prévu.

Luke prit l'enveloppe mais ne l'ouvrit pas.

— Depuis combien de temps est-elle en votre possession ?

— Ton père doit me l'avoir remise un ou deux ans après ton départ.

Luke songea qu'il n'y avait aucune raison de tout arrêter pour lire cette lettre. Il avait plus urgent à faire, notamment soutenir Rachel, qui s'apprêtait à vivre une journée difficile.

S'il avait eu le choix, le programme du jour aurait été différent, mais Rachel était convaincue de la nécessité de ce qu'elle allait entreprendre et il n'était pas le mieux placé pour la contredire.

L'important était qu'elle cherche à aller de l'avant. Elle méritait de se sentir en sécurité et d'être en mesure de vivre sa vie pleinement, qu'il en fasse partie ou pas.

Le Dr Kincaid arriva tôt pour voir ses patients, notamment Roy Sales. La veille, après avoir appris que, finalement, Rachel Maxwell ne viendrait pas comme c'était prévu, Sales était devenu agressif et on avait dû lui faire prendre de force un calmant.

Aujourd'hui, le médecin souhaitait prendre le temps nécessaire pour le préparer à la visite de Rachel. Plus il côtoyait Roy Sales, plus il était perplexe sur son état mental ; certains jours, il était persuadé que Sales n'était pas à même d'être jugé. À d'autres moments, il était au contraire convaincu qu'il savait précisément ce qu'il faisait et simulait la folie.

Il espérait que, face à l'une de ses victimes, son comportement lui en dirait davantage sur sa condition exacte.

Alors qu'il allait quitter son bureau, le téléphone sonna.

— Docteur Kincaid, heureusement que vous êtes arrivé tôt, ce matin.

— Un problème ? demanda le médecin, qui sentit de l'agitation dans la voix du directeur de l'hôpital.

— Lors de la ronde, ce matin, nous avons découvert qu'un de nos patients n'était plus dans sa chambre. Nous le cherchons partout mais, pour le moment, nous ignorons où il est.

— Quel patient ?

Le Dr Kincaid retint son souffle ; il avait l'intuition de savoir déjà de qui il s'agissait.

— Roy Sales. Il est forcément dans l'enceinte de l'hôpital, c'est impossible qu'il ait échappé aux différents points de contrôle. Jamais personne ne s'est enfui d'ici.

— L'infirmière de nuit a-t-elle signalé un quelconque problème ?

— Non. Apparemment, la dernière visite à sa chambre a eu lieu à 3 h 15. Et, à ce moment-là, il était encore dans son lit.

— J'arrive tout de suite.

Même s'il n'avait aucune envie d'en arriver là, si par malheur Roy Sales n'était pas vite retrouvé, Rachel Maxwell devrait être avertie.

***

Luke et Rachel étaient à environ une heure de route de l'hôpital quand le portable de Rachel sonna. C'était Sydney.

La veille, elles avaient déjà parlé au téléphone, principalement de l'accouchement de Grace.

Cet accouchement imprévu qui s'était finalement bien terminé avait été un événement très particulier sur le plan émotionnel, et Rachel avait été heureuse de s'être trouvée en première ligne.

— Salut, Sydney.

Sa sœur ne prit même pas la peine de la saluer en retour.

— Où es-tu ?
— Sur la route de Houston.
— Luke est avec toi ?
— Oui, bien sûr, nous avons pris sa voiture.
— Tant mieux. Mets le haut-parleur, j'aimerais qu'il entende également ce que je vais dire.

Rachel s'exécuta.

— Qu'est-ce qui se passe ?
— As-tu toujours le projet de t'arrêter en chemin pour voir Roy Sales ?
— Oui, mais nous n'arriverons pas avant une bonne heure.
— Tu dois changer tes plans. Ne va surtout pas là-bas.
— Que s'est-il passé ? demanda Luke d'une voix tendue.
— Roy Sales a disparu.
— Disparu ? Vous voulez dire qu'il s'est échappé ?
— Pour le moment, le directeur de l'hôpital se contente de dire qu'ils ignorent où il est. Il est possible qu'il se cache quelque part dans l'enceinte de l'établis-

sement. La sécurité y est drastique, et personne ne s'en est encore évadé.

Le cœur de Rachel se mit à battre à tout rompre. Elle avait du mal à respirer. Une nouvelle crise d'angoisse était sur le point de s'emparer d'elle et, cette fois, pour une bonne raison.

— Ça me coûte de t'annoncer ça, Rachel, mais je n'avais pas le choix, continua Sydney. Et, à mon avis, tu ferais mieux de ne pas repasser chez toi à Houston.

— Chez moi...

Elle avait du mal à faire des phrases construites.

— Vous devriez faire demi-tour et retourner à Winding Creek.

— Mais je mettrais tout le monde en danger, je ne peux pas faire ça !

— Je veillerai sur Rachel, intervint Luke. Je ne la quitterai pas une seule minute. Comptez sur moi.

— Tu ne sais pas à qui tu as affaire, Luke, répliqua Rachel.

— Je suis un marine, je suis capable de me mesurer à un type dangereux. Et je suis armé. J'ai un permis, bien sûr.

— Faites attention, reprit Sydney. Comme je vous l'ai dit, pour le moment, il y a peu de risques qu'il ait réussi à sortir de l'enceinte de l'hôpital. Mais nous ne sommes sûrs de rien. Je vous tiendrai au courant dès que j'aurai plus de précisions.

— Oui, rappelez-nous au plus vite.

— Je n'y manquerai pas. Prenez soin de ma sœur, Luke.

— N'ayez crainte, je ne lui ferai pas défaut.

— Je t'aime, Rachel, dit Sydney.

Rachel tremblait tant qu'elle n'eut même pas la force de répondre.

À la première aire de repos, Luke s'arrêta. Il coupa le contact et prit la main de Rachel entre les siennes.

— Tout va bien, je suis là. Je t'assure que tu ne risques rien.

Progressivement, elle recouvra une respiration normale. Ses tremblements se calmèrent.

— C'est à cause de moi qu'il s'est échappé, murmura-t-elle d'une voix incertaine. Au fond de moi, j'ai toujours su que je n'en avais pas fini avec cette histoire. Ce ne sera pas terminé tant que l'un de nous deux ne sera pas mort.

— Je n'ai aucune envie qu'on en arrive là, mais, si l'un de vous doit perdre la vie, je jure que ce ne sera pas toi. Tu veux toujours passer à ton appartement ?

— Oui. Tu n'as qu'à me déposer là-bas et repartir. C'est dangereux de rester avec moi.

— Arrête tout de suite ces inepties. Je n'irai nulle part sans toi. Nous resterons le temps que tu prennes quelques affaires et, ensuite, tu rentreras avec moi. Inutile de discuter.

— Si tu étais raisonnable, tu ferais tout pour être loin de moi au plus vite.

— C'est trop tard, ma chérie. Je ne te laisserai plus.

Il l'embrassa pour la dissuader de continuer à protester.

Mais, cette fois, il sentit qu'il n'arrivait pas à chasser complètement la peur.

Luke regarda la longue file ininterrompue de véhicules à l'arrêt devant eux.

— Cette route est toujours aussi encombrée ?

— Habituellement, il y a des bouchons aux heures de pointe, pas à cette heure. Il doit y avoir un accident quelque part.

— Et toutes les voies seraient fermées ?

— Normalement, il y a au moins une voie rapidement dégagée pour que la circulation ne soit pas totalement interrompue.

Il sentait que Rachel faisait de son mieux pour ne pas se laisser assaillir par les mauvais souvenirs. Elle avait beau être forte, le type qui l'avait séquestrée pendant deux semaines avait toujours le pouvoir de la terroriser, et ça le mettait en rage.

— La circulation a beau y être un vrai cauchemar, reprit-elle, il y a toujours des gens qui se sentent chez eux à Houston.

— Je n'en ferai jamais partie.

Il s'en voulut de la brusquerie de sa réplique. Houston, c'était chez elle, et elle avait besoin d'être rassurée.

— Excuse-moi. Je suis sûr que Houston offre d'autres aspects beaucoup plus attrayants. Il y a une bonne équipe de base-ball, une équipe de football américain, et le plus grand stade de rodéo couvert du pays, il me semble.

— Il y a aussi des théâtres, la philharmonie, et de magnifiques musées… Le plus triste, c'est que je consacrais tellement de temps à mon travail que je ne profitais que rarement de tout ça. Le cabinet Fitch, jusqu'à récemment, c'était ma vie.

— Était-ce ton patron qui exigeait que tu travailles autant ?

— Eh bien, à mes débuts, j'ai vite compris que, pour entrer dans les bonnes grâces de la direction, il ne fallait pas compter ses heures, se montrer disponible à tout moment. Mais je dois aussi admettre qu'il n'a jamais été nécessaire de me forcer la main. J'avais une tendance naturelle à me noyer dans le travail.

— À t'entendre, tu étais bonne pour finir en burn-out.

— Oui, probablement. Hier encore, je me disais que

cette tendance à trop travailler m'a fait négliger mes amis, ma famille, et de nombreux aspects du quotidien.

— Peut-être as-tu besoin d'avoir quelqu'un à tes côtés pour te rappeler les plaisirs de la vie.

Elle sourit.

— Ou m'asperger avec un jet d'eau pour me ramener sur terre et me réapprendre à rire ?

— Ou encore quelqu'un qui soit là pour t'offrir une chambre d'hôtel avec room-service.

— Tout m'ira très bien. Merci d'être là et de m'aider à surmonter mon angoisse. Apprendre que Sales s'est peut-être évadé m'a littéralement renvoyé mon traumatisme à la figure. Un traumatisme que je n'ai pas encore surmonté.

— Ce qui ne veut pas dire que tu es faible, mais seulement que tu es quelqu'un de normal.

Enfin, la file de voitures se remit à avancer. Quelques minutes plus tard, ils comprirent l'origine du ralentissement. Deux voitures de police bloquaient une voie tandis qu'un véhicule endommagé était treuillé sur une dépanneuse. Un autre avait apparemment heurté la glissière de sécurité.

— La bonne nouvelle, c'est que nous ne sommes plus très loin de chez moi, dit Rachel. Prends la prochaine sortie et, ensuite, au premier feu, ce sera à droite.

Rachel ne dit plus rien, sauf pour lui indiquer où tourner. Luke pensa à Sales. Il avait espéré que Sydney les rappellerait pour leur annoncer qu'on l'avait retrouvé.

Quelques instants plus tard, Rachel lui indiqua de s'engager dans le parking souterrain d'une résidence. Elle sortit de son sac une télécommande qui lui permit d'ouvrir la porte.

Une fois garés, ils descendirent de voiture et prirent l'ascenseur pour se rendre à son appartement. Dès qu'ils furent à l'intérieur, Luke regarda autour de lui, impressionné.

— Alors là, ça, c'est ce qu'on appelle un bel appartement ! Tu as hérité d'une somme importante ou ton boulot paye vraiment bien ?

— Non, pas d'héritage. Et cet appartement ne m'a pas coûté aussi cher qu'on pourrait le croire. Il est très sûr et très pratique à tous points de vue. C'est important, quand on vit en ville.

Il était d'une propreté impeccable et pas un seul objet ne traînait. Un agréable parfum de vanille flottait dans l'air.

— J'ai du mal à croire que la femme qui vit ici a récuré ma cuisine il y a trois jours à peine.

— Sydney dit toujours que j'ai hérité du gène de la propreté.

Elle ôta ses chaussures.

— Fais comme chez toi. Si tu veux un verre, il y a du vin dans le réfrigérateur et du whisky dans le minibar. Désolée, mais je n'ai pas de bière.

— Un whisky, ce sera parfait. Qu'est-ce que je te sers ?

— Rien pour le moment.

Luke décida de visiter d'abord l'appartement. Il entra dans la chambre. À sa grande satisfaction, elle était équipée d'un grand lit.

Toutefois, à moins qu'ils reçoivent de bonnes nouvelles de la part de Sydney, ce ne serait pas la journée idéale pour en profiter. Mais il était avec Rachel, c'était le plus important.

Et il ne repartirait pas à Winding Creek sans elle. Tant que Roy Sales ne serait pas de nouveau enfermé, il ne la quitterait pas d'une semelle.

*
* *

La sonnerie de son téléphone fit sursauter Rachel. Elle s'empressa de traverser le salon pour décrocher, et fut extrêmement déçue en voyant que c'était Claire Covey.

— Hayden est rentré à la maison, annonça cette dernière. Vous aviez dit qu'il serait possible pour vous de le rencontrer aujourd'hui, c'est la raison de mon appel.

— Oui, je sais que je vous ai dit cela mais, hélas, le moment est mal choisi.

— Je vous demande de nous accorder ne serait-ce que quelques minutes. Nous pouvons vous retrouver n'importe où à Houston, à l'heure que vous souhaiterez. Une fois que vous aurez parlé à Hayden, je me sentirai plus légère.

Claire était heureuse que son fils soit sorti de prison et débordait d'optimisme. Encore une fois, il était difficile de la repousser.

— Hayden détient des éléments dont la police ne fait pas mention, insista Claire.

— Quel genre d'éléments ?

— Ce serait mieux qu'il vous les livre en personne. Il est innocent. Après avoir parlé avec lui, vous aussi en serez convaincue. S'il vous plaît… Il a tellement peur ! Il a besoin d'avoir quelqu'un qui soit de son côté, en dehors de son père et moi.

— Mais vous comprenez bien qu'aujourd'hui ce ne sera qu'une simple entrevue. Je ne prendrai aucune décision ferme pour la suite, répondit Rachel. Pour diverses raisons, je ne peux pas m'engager aussi vite.

— Hayden n'a pas tué Louann Black. Que vous faut-il de plus ?

— J'ai besoin d'avoir la certitude qu'il ne me dissimule rien. Ce n'est pas un jeu. Je ne pourrai accepter aucun mensonge, aucune omission de sa part. Et il se pourrait qu'il ne soit pas à l'aise pour collaborer avec moi.

— Il dira la vérité. Il n'a rien à cacher.

Hayden Covey était peut-être innocent, comme le clamait sa mère. Ou alors c'était un meurtrier violent qui méritait de payer pour son crime.

Elle n'arrivait toujours pas à faire abstraction de la mauvaise impression qu'il lui avait faite lors de leur rencontre dans le bureau d'Eric Fitch. Mais elle ne pouvait pas non plus écarter la possibilité que cette impression ait été influencée par ce qu'elle avait vécu à cause de Roy Sales.

— Très bien. Si vous êtes disponible, je peux vous rencontrer dès à présent.

— Merci beaucoup. Donnez-moi votre adresse et nous arrivons au plus vite.

Rachel la lui communiqua.

Hayden Covey était soit innocent soit un psychopathe. Elle espéra de tout cœur ne pas commettre une terrible erreur.

17

Rachel s'assit face à Hayden Covey dans le petit bureau qui jouxtait la salle à manger. Claire Covey et Luke étaient sortis sur le balcon pour ne pas les déranger.

Claire aurait aimé participer à l'entrevue, mais Rachel avait posé ses conditions.

Rachel n'eut pas la même réaction que le vendredi précédent, quand elle avait vu Hayden. En d'autres termes, ils repartaient de zéro.

— Parlez-moi de vous, Hayden.

— Je croyais que nous devions discuter de la façon dont la police tente par tous les moyens de me faire accuser de ce meurtre. Pour la seule raison qu'ils n'aiment pas mon père.

— Nous y viendrons. Mais j'aimerais d'abord mieux vous connaître.

— Eh bien, je suis joueur de football américain dans l'équipe de l'université du Texas. Je suis pressenti pour être recruté par une franchise. On me prédit un grand avenir.

— Le football, c'est très important pour vous ?

— Oui, bien sûr. Ça me plaît et je me débrouille bien.

— Et quels sont vos autres centres d'intérêt ?

— Je suis bon en sport de manière générale. Selon mon père, je suis un athlète-né. Je suis discipliné, je ne manque aucun un entraînement. Et je ne me blesse jamais.

— Mais, en dehors du sport, vous n'avez pas d'autres activités ?

— Quand je ne fais pas de sport, en général, je traîne avec les gars de l'équipe.

— Et que faites-vous ?

— Oh ! des trucs de mecs, quoi !

— Vous sortez souvent avec des filles ?

— Assez souvent, oui.

— Parlez-moi de Louann Black.

Hayden changea nerveusement de position.

— Ce qui s'est passé entre nous n'a rien à voir avec ce que raconte la police, je vous le jure.

— Que s'est-il passé entre vous ?

— Nous sommes sortis ensemble plusieurs mois. Nous avons passé du bon temps, mais ça n'a jamais été sérieux.

— Louann aurait-elle souhaité que votre relation devienne sérieuse ?

— Non, c'était une fêtarde. Elle buvait trop. Et elle voulait que je lui procure des drogues. Ça allait trop loin.

— Pourtant, vous n'avez pas rompu avec elle.

— Disons que je comptais le lui annoncer. Elle l'a appris par une de ses copines et, finalement, c'est elle qui m'a largué. Rien de grave.

Du moins jusqu'à ce que Louann se fasse tuer.

— Quand vous avez appris qu'on l'avait tuée, vous avez dû ressentir un choc.

— Oui, mais je n'étais pas avec elle ce soir-là. Je ne l'avais pas revue depuis plusieurs jours. J'ai des témoins qui vous le confirmeront.

Il avait des témoins, mais aussi de l'argent. Et, les témoins, ça s'achetait.

Ils discutèrent pendant près de deux heures, et

Hayden changea au moins trois fois de version pour décrire sa relation avec Louann. Ce n'était pas bon signe. Cependant, parfois, il arrivait qu'un accusé dise ce qu'il pensait qu'on souhaitait l'entendre dire. C'était une attitude guidée par la peur.

Et, à l'évidence, Hayden avait peur. Rachel n'était pas convaincue de son innocence, mais il était encore trop tôt pour qu'elle ait un avis tranché. Il fallait qu'elle entreprenne des recherches sur Hayden et Louann, qu'elle épluche les rapports de police. Ensuite seulement, elle serait en mesure de prendre une décision.

Au sein de la police de Houston, elle avait un ami enquêteur qui pourrait l'aider à comprendre certaines choses. Dès que Claire et Hayden seraient partis, elle l'appellerait.

Mais, avant, elle aurait bien aimé apprendre que Roy Sales était de nouveau sous bonne garde.

Il était près de 22 heures ; Rachel s'était déjà douchée et avait passé une nuisette en satin quand Sydney rappela.

Elle décrocha à la première sonnerie et mit le haut-parleur pour que Luke puisse suivre la conversation.

— Dis-moi que tu as de bonnes nouvelles.

— J'en serais la première ravie, mais le directeur de l'hôpital s'en tient à sa version initiale. Selon lui, Sales se cache quelque part dans l'enceinte de l'établissement, car il est impossible qu'il ait franchi tous les contrôles de sécurité.

— Il dit ça parce qu'il ne connaît pas Roy Sales, mais je ne suis pas dupe.

— Oui, moi aussi, je doute sérieusement qu'il ait raison. Si l'hôpital se décidait à faire officiellement appel au FBI, je pourrais me rendre sur place et obtenir des infos de première main. As-tu décidé de rester à Houston pour la nuit ?

— Oui. Luke et moi, nous sommes à mon appartement. Je ne sais pas encore ce que nous ferons demain, mais je n'avais pas envie de reprendre la route de nuit.

— Tant que Sales n'a pas été localisé, tu ne dois surtout pas rester seule.

— Je resterai en permanence avec elle, intervint Luke.

— Tu vois, tu ne dois pas t'inquiéter pour moi, renchérit Rachel.

— Je n'arrive pas à me sentir rassurée. Je te rappellerai demain matin, ou même avant si j'ai de nouvelles infos. De ton côté, n'hésite pas à m'appeler non plus si nécessaire. À n'importe quelle heure.

— Entendu. Je ne peux pas m'empêcher de me demander si le fait que je ne sois pas allée voir Sales hier, comme c'était prévu, a joué un rôle dans sa tentative d'évasion.

— Ne va surtout pas te mettre en tête que c'est ta faute s'il s'est échappé.

— Non, c'est juste une interrogation.

Une interrogation qui ne la quittait pas et qu'elle n'arrivait pas à repousser.

Même après avoir raccroché, cette question continuait à la tarauder. Elle arpenta la chambre de long en large puis finit par s'asseoir sur le lit à côté de Luke. Elle remarqua qu'il avait posé son arme sur la table de nuit.

— Tu sembles inquiète, dit-il en lui passant un bras autour des épaules. As-tu peur que je ne sois pas de taille à affronter Roy Sales ?

Elle réfléchit avant de répondre.

— Les souvenirs de ce que j'ai vécu avec Sales sont tellement épouvantables que la peur s'empare de moi sans prévenir. Mais ta présence me fait le plus grand bien, je te le jure.

— Alors tâchons de dormir. Comme on ne sait pas ce que demain nous réserve, mieux vaut nous reposer. Et puis ce sera la première fois que nous dormirons ensemble.

Il tira le drap et se glissa dessous.

Rachel hésita.

— Avec toi, je me sens en sécurité, mais je ne suis pas certaine d'être capable de me laisser de nouveau emporter par la magie, comme lundi dernier.

— N'aie crainte, je n'exige absolument rien de toi, tu sais.

Elle s'allongea à côté de lui. Il roula de côté pour être face à elle et lui passa doucement le revers de la main sur la joue.

— Nous n'en avons jamais parlé et rien ne nous oblige à le faire maintenant, mais, quand j'imagine Sales posant les mains sur toi, je sens une immense colère s'emparer de moi.

— Il m'a terrorisée, poussée à bout, mais il n'a jamais cherché à abuser de moi sexuellement, dit-elle, comprenant que c'était une question qu'il n'osait pas lui poser ouvertement. Ce n'est pas un pervers sexuel. C'est quelqu'un qui a besoin de se sentir tout-puissant. Et il s'adresse constamment à sa mère, comme si elle le voyait agir, comme s'il voulait lui montrer à quel point il est fort. Je ne sais pas quelle a été la nature de sa relation avec elle, mais sa névrose vient certainement de là.

— Je donnerais cher pour me retrouver face à ce type et lui donner une correction.

Elle se tourna et ils se serrèrent l'un contre l'autre. Elle sentait le torse vigoureux de Luke contre son dos, sa respiration sur sa nuque.

Des émotions contradictoires l'envahirent. Elle n'avait plus aucun contrôle sur sa vie et, pourtant, jamais elle ne s'était sentie autant à sa place que dans les bras de Luke.

Rachel se réveilla dès les premières lueurs de l'aube. Elle avait dormi si profondément qu'il lui fallut quelques secondes pour se souvenir où elle se trouvait. Elle roula de côté, tendit le bras pour toucher Luke, et fut déçue de constater qu'il n'était plus là.

Elle se leva, se rendit à la salle de bains et s'aspergea le visage d'eau froide. Malgré son inquiétude liée à Sales, elle avait particulièrement bien dormi.

Elle trouva Luke dans la cuisine, planté avec perplexité devant la cafetière.

— Je voulais préparer du café et te l'apporter au lit, mais ta cafetière a refusé de me livrer ses secrets, dit-il.

— Attends, laisse-moi faire.

Une minute plus tard, elle lui tendit une tasse pleine.

— Je préparerais bien le petit déjeuner mais, dans ton réfrigérateur, il n'y a guère que du beurre, du ketchup et deux ou trois autres condiments, reprit-il. Et ce n'est pas plus reluisant dans les placards.

— Je ne cuisine pas souvent et, la plupart du temps, pour le petit déjeuner, je m'achète un bagel sur la route du bureau. Ça me permet de tenir jusqu'à l'heure du déjeuner.

— Ne le dis pas à Esther, sinon, la prochaine fois que tu prendras le petit déjeuner chez elle, elle te forcera à avaler une double ration d'œufs au bacon.

— Si j'étais aussi bonne cuisinière qu'elle, je changerais mes habitudes.

— Quels sont les projets pour la journée ? demanda Luke.

— Eh bien, je ne peux pas t'empêcher de retourner

au ranch, je sais que tu as à faire. Et peut-être veux-tu aussi rendre visite à ton père.

— Si, toi, tu as encore à faire ici aujourd'hui, comme aller voir ton patron ou rencontrer de nouveau Hayden Covey, ne t'en prive pas. Je peux rester absent du ranch encore une journée.

— En fait, j'aimerais en savoir davantage sur le meurtre de Louann Black avant de revoir Hayden et sa mère. Et, avant de décider de mon avenir au sein du cabinet Fitch, je dois déterminer si j'accepte de défendre Hayden ou pas.

— Si tu démissionnes pour de bon, as-tu déjà des idées sur ce que tu feras ensuite ?

— Quelques-unes.

La sonnerie de son téléphone, resté dans la chambre, retentit. Elle s'empressa d'aller répondre.

C'était le Dr Kincaid. Elle pria pour qu'il lui annonce une bonne nouvelle.

18

— Bonjour, docteur Kincaid.
— C'est vous, mademoiselle Maxwell ?
— Oui, et j'espère que vous allez m'annoncer une bonne nouvelle.
— J'aurais bien aimé. Malheureusement, je crains que ce soit l'inverse.
— Alors Roy Sales s'est bel et bien échappé de l'hôpital ?
— Nous n'en avons pas la preuve formelle mais, après avoir fouillé partout plusieurs fois, nous n'avons trouvé aucune trace de lui.
— Je craignais que ça se passe ainsi. Je vous remercie de m'avoir tenue au courant.
— Il y a une autre raison à mon appel. J'ignore ce que vous diront les autorités, mais moi je travaille auprès de Sales depuis plusieurs mois. Et, ce qu'il en ressort, c'est que vous l'obsédez et que, selon lui, vous l'avez trahi.
— C'est une drôle de façon de décrire ce qu'il m'a fait subir !
— Selon moi, c'est quelqu'un de très perturbé, et je crains qu'il cherche à s'en prendre à vous. Que ce soit pour se venger ou pour plaire à sa mère. Alors, à mon avis, tant qu'il n'aura pas été arrêté, vous devriez demander à bénéficier d'une protection rapprochée.

— Avez-vous fait part de vos craintes à d'autres personnes que moi ?

— Oui, je l'ai dit à l'administration de l'hôpital ainsi qu'à votre sœur, Sydney. Je pense qu'elle saura quelles mesures prendre pour assurer votre sécurité.

— Oui, bien sûr. J'ai une question à vous poser : à votre avis, que je ne me sois pas présentée à l'hôpital avant-hier, comme c'était prévu, a-t-il poussé Roy Sales à s'évader ?

— On ne peut pas écarter cette possibilité mais, d'un autre côté, il est clair qu'il fomentait ce projet d'évasion depuis longtemps. Donc, même si ça l'a poussé à en accélérer la mise en œuvre, l'idée était en lui, sans que vous y soyez pour quelque chose.

— Je vois. Merci encore de votre appel. Je dois vous laisser, j'ai un double appel et je suis sûre que c'est ma sœur. Il faut que je réponde. Au revoir.

— Au revoir. Et, si vous avez la moindre question, n'hésitez pas à me rappeler.

— Entendu.

Elle coupa la communication et prit l'appel de Sydney. Celle-ci lui confirma avoir parlé au Dr Kincaid puis lui prodigua ses conseils :

— Ne panique pas. Je suis persuadée que l'ensemble des autorités du Texas sont mobilisées pour mettre la main sur Sales.

— D'après toi, que dois-je faire ?

— Engage un garde du corps. Je t'enverrai une liste de sociétés fiables auxquelles t'adresser. Il te faudra quelqu'un de disponible vingt-quatre heures sur vingt-quatre.

— J'ai déjà un garde du corps.

— Sauf qu'il me semblait qu'il devait diriger un ranch et s'occuper de son père.

— C'est vrai.

Attendre davantage de Luke n'aurait pas été raisonnable.

— Envoie-moi la liste des sociétés de sécurité privée. J'engagerai quelqu'un.

Elle commençait à peine à reprendre les rênes de son existence et n'allait certainement pas laisser Sales tout ruiner encore une fois.

— Ça ne me plaît pas, dit Luke. Je respecte le point de vue de ta sœur, mais elle se trompe.

— Tu ne dois pas te sentir obligé de rester avec moi, Luke. Rentre au ranch. Je m'arrangerai pour récupérer ma voiture chez Esther plus tard.

— Pourquoi ne veux-tu pas comprendre qu'il est hors de question que je te laisse seule ici ? D'autant plus que c'est beaucoup plus prudent pour toi de retourner à Winding Creek avec moi.

— Tu as un ranch à diriger, et moi je ne ferai que te gêner.

— Au diable le ranch !

— Tu ne penses pas ce que tu dis, et je n'ai pas le droit de te laisser te sacrifier pour moi.

— Si tu ne reviens pas à Winding Creek, je ne repars pas non plus. Que ce soit bien clair.

— Tu es sûr de ne pas avoir hérité du caractère borné de ton père ?

— Me provoquer ne me fera pas changer d'avis.

Pour tout dire, elle n'avait pas envie qu'il change d'avis. Elle voulait se rendre à Arrowhead Hills avec lui, dormir dans ses bras toutes les nuits, et prendre son petit déjeuner en sa compagnie tous les matins. Elle était même prête à apprendre à faire des pancakes et des œufs brouillés s'il le fallait.

— Je rentrerai avec toi à une seule condition.

— Laquelle ?
— Tu me laisses faire appel à une société de sécurité privée, non seulement pour moi mais aussi pour Esther.
— Pourquoi ? Roy Sales connaît Esther ?
— Il a tué son mari.
— Tu as raison. Si tu veux engager des gardes du corps, fais-le. Mais tu seras à Arrowhead Hills, pas à Houston.
— Marché conclu.

Il ne lui restait plus qu'une démarche à faire avant qu'ils puissent quitter Houston.

Le poste de police était en ébullition, mais Matt s'arrangea pour consacrer quelques minutes à Rachel. Ils se retrouvaient souvent à travailler sur les mêmes dossiers, et, même s'ils poursuivaient des objectifs différents, ils avaient un grand respect mutuel. Matt était l'un des meilleurs enquêteurs de la police de Houston.

Rachel aurait bien aimé que Luke puisse participer à leur discussion mais elle craignait que, ne le connaissant pas, il hésite à lui parler aussi ouvertement que s'ils étaient seuls.

Bien sûr, il n'avait pas le droit de lui livrer des infos qui n'avaient pas été rendues publiques. Ses explications lui permettraient cependant d'y voir plus clair, elle en avait la conviction.

Il sortit de son armoire une pile de dossiers qu'il déposa sur son bureau déjà encombré.

— Je t'en prie, assieds-toi.

Elle obtempéra.

S'appuyant dos au mur, il croisa les bras.

— J'aimerais te dire que je suis heureux de te voir, mais j'ai plutôt envie de te demander si tu n'as pas perdu la tête.

— Pour quelle raison ?

— Eh bien, l'ensemble des médias annonce que tu t'apprêtes à défendre un infâme meurtrier. Je ne t'apprends rien.

— Dois-je en conclure que, selon toi, Hayden Covey est coupable ?

— Sans l'ombre d'un doute. As-tu lu le rapport de police ?

— Pas encore. En dépit de ce que racontent les médias, je ne suis pas officiellement son avocate.

— Ce qui signifie que tu n'as pas non plus vu les clichés de la scène de crime, n'est-ce pas ?

— Non.

— J'ai rarement vu des photos aussi repoussantes. La victime a été lacérée sur tout le corps ; il y avait suffisamment de sang pour remplir une baignoire.

— Il prétend être innocent.

— Ce n'est pas vrai. Nous avons largement assez de preuves pour l'envoyer à l'ombre pour le reste de ses jours, et il le sait. Il compte sur ses parents pour le sortir d'affaire. J'imagine qu'il compte également sur toi, désormais.

— Pour le moment, je n'ai pas trouvé de motif solide pour expliquer ce meurtre. Il y a beaucoup de on-dit, mais rien de concret.

— Oh ! je peux t'assurer qu'au cours du procès tu en entendras, des motifs ! Il est coupable. C'est un malin, et il est difficile de le déstabiliser quand on l'interroge. Hayden Covey est quelqu'un d'extrêmement retors, mais il est coupable et sera condamné. Et, si tu assures sa défense, ta crédibilité en prendra un sacré coup.

— Je me souviendrai de cette mise en garde.

— Sinon, j'ai entendu dire que Roy Sales s'était échappé de l'hôpital psychiatrique où il est traité, ou du moins qu'il avait disparu. Lui aussi mérite de comparaître devant un jury et d'être condamné.

— À qui le dis-tu ?

— Sois tranquille, il ne restera pas longtemps en cavale. L'ensemble des forces de l'ordre du Texas veut lui mettre la main dessus.

— Oui, c'est ce qu'on m'a dit.

— En attendant, sois prudente. Je doute qu'il tente de s'en prendre à toi ou à ta sœur, mais avec ce genre d'individu on ne sait jamais à quoi s'attendre.

— Je serai prudente. Et merci de m'avoir donné ton point de vue sur Covey.

— De rien. Je t'assure que c'est le reflet exact de ma pensée. Je suis très sérieux.

Elle se leva. Matt lui tendit une grande enveloppe avant de la raccompagner à la porte.

— Un peu de lecture. À ne pas consulter le soir avant de t'endormir, à moins que tu aies envie de faire des cauchemars. Ce n'est pas un document confidentiel, mais évite néanmoins de dire que c'est moi qui te l'ai remis. Le contenu est trop atroce pour qu'on le transmette tel quel aux médias.

Avant même que Luke ait quitté sa place de stationnement, Rachel, installée sur le siège passager, ouvrit l'enveloppe et en sortit un dossier.

À peine eut-elle posé les yeux sur le premier cliché qu'elle referma vivement le dossier.

Luke s'arrêta.

— Qu'est-ce qui ne va pas ?

Elle prit la photo et la lui tendit sans la regarder.

Il poussa une série de jurons.

— S'il y a la moindre probabilité que Hayden Covey soit coupable de cette boucherie, je ne veux pas que tu le revoies sans que je sois présent !

Que Hayden Covey soit innocent ou pas, celui qui

avait fait ça devait à tout prix être condamné. Et, si elle ne parvenait pas à se convaincre au plus profond d'elle-même de l'innocence de Hayden, elle serait incapable de le défendre.

Elle tira son téléphone de son sac et appela Claire Covey.

— Je détiens de nouveaux éléments, et je souhaiterais voir votre fils au plus vite.

— Il n'est pas à la maison et je ne sais pas du tout quand il rentrera. Pouvez-vous attendre jusqu'à demain après-midi ?

— Non, je serai déjà à Winding Creek.

— Dans ce cas, je peux l'emmener là-bas. Où pouvons-nous vous rencontrer ?

— Cette fois, j'aimerais qu'il vienne seul.

— Entendu. Je réserverai une chambre d'hôtel et nous resterons à Winding Creek aussi longtemps que vous le jugerez nécessaire. Tant que vous n'aurez pas officiellement accepté de défendre Hayden, je ne connaîtrai pas le repos.

— Alors j'aimerais voir votre fils demain à 14 heures.

Rachel expliqua à Claire comment se rendre au ranch d'Arrowhead Hills. Bien qu'elle ait de plus en plus envie de refuser cette affaire, elle donnerait à Hayden une ultime chance de la convaincre de son innocence.

Elle remit rapidement la photo dans le dossier, puis le dossier dans l'enveloppe, qu'elle posa sur la banquette arrière.

Luke et Pierce remplirent leur mug de café et sortirent s'installer dans la galerie de la maison de Pierce. Rachel, qui avait longtemps tenu le petit Charlie dans ses bras en lui chantant des berceuses, était restée à l'intérieur avec Esther et Grace.

— Nous avons eu de mauvaises nouvelles de Roy Sales, dit Luke à Pierce. Apparemment, il a réussi à s'échapper de l'hôpital psychiatrique où il était détenu.

— Oui, je sais. Sydney et Tucker m'en ont parlé. Le shérif Cavazos aussi, d'ailleurs. Et la nouvelle a fuité sur Internet. J'imagine qu'elle va faire les titres des infos du soir à la télé. Il est impossible de faire en sorte qu'une info soit tenue secrète très longtemps.

— Oui, ils ont réussi à tenir vingt-quatre heures, c'est déjà énorme, renchérit Luke. Je suppose que tu sais aussi que Sydney s'est arrangée pour que ton ranch et le mien soient placés sous surveillance.

— Elle m'a dit que la surveillance concernerait le ranch et la maison d'Esther, et que des gardes du corps seraient affectés à la protection de Grace et Esther. Je lui ai dit que, selon moi, il n'était pas nécessaire de surveiller mon ranch, d'autant que j'ai assez de personnel pour ça.

— Et qu'a-t-elle répondu ?

— Elle s'est arrangée pour que Tucker m'appelle directement. Il pense qu'il vaut mieux suivre les recommandations de Sydney, qui est déjà très inquiète pour Rachel, histoire de ne pas la contrarier. De toute façon, il faut espérer que ce n'est que pour quelques jours et que Sales sera rapidement repris.

— Et Esther, elle n'a pas protesté ?

— J'en suis le premier surpris, mais non. En plus, elle va rester quelques jours chez nous pour nous aider à nous occuper de Charlie. Elle s'est montrée très philosophe et ne manque pas d'humour. Elle dit à qui veut l'entendre qu'avoir un garde du corps pour l'aider à donner à manger aux poules et ramasser les œufs est un luxe dont tout le monde ne peut pas se prévaloir.

Imaginer Esther et son garde du corps dans le poulailler fit rire Luke.

— Il nous faudra absolument une vidéo de ça ! Et Grace, elle est d'accord pour avoir cette protection rapprochée ?

— Elle dit que le seul garde du corps dont elle a besoin, c'est moi, mais elle ne s'oppose pas à l'idée. De plus, comme Jaci passe quelques jours chez Riley et Dani, elle n'aura pas l'occasion de voir des hommes armés tourner autour de la maison et d'être effrayée.

— À quelle heure ces hommes sont-ils censés arriver ?

— 17 heures.

— Oui, chez moi aussi.

— Si Rachel souhaite rester chez nous, nous avons toute la place qu'il faut, proposa Pierce.

— Je crois qu'elle préfère rester avec moi.

— Oui, je m'en doutais. Et ça me va très bien. Je sais qu'elle est en bonnes mains.

Il était 16 heures quand Rachel et Luke finirent de ranger tout ce qu'ils avaient acheté à l'épicerie. Le réfrigérateur et le garde-manger regorgeaient maintenant de provisions.

Même s'il savait qu'il ne fallait pas s'enflammer, Luke avait la sensation que Rachel et lui s'installaient ensemble. Cette sensation lui plaisait. Et ce serait encore mieux quand, ce soir, elle dormirait dans son lit.

Rachel observa le contenu du réfrigérateur.

— Tu aimes le ragoût de bœuf ?

— Comme tout le monde, non ?

— Je vais appeler Esther et lui demander sa recette. Son ragoût est absolument délicieux, et je suis sûre qu'elle a des tuyaux à me donner sur les ingrédients à rajouter et le temps de cuisson idéal pour que ce soit parfait.

— Ne te donne pas tant de mal. Nous pouvons nous contenter de faire griller deux steaks.

— Non, un ragoût, c'est ce qu'il nous faut. Un bon plat réconfortant.

Il fut tenté de lui rappeler qu'il leur restait une heure avant que la cavalerie débarque et qu'ils pourraient mieux utiliser ce temps, mais ce n'était pas le moment. Il ne voulait surtout pas lui donner l'impression qu'elle l'attirait seulement physiquement, et elle avait d'autres soucis.

Tandis que Rachel se mettait à faire la cuisine, il prit une bière et sa veste et sortit.

Il se rappela alors que la lettre que lui avait donnée Esther était toujours dans la poche arrière de son jean. Il la sortit, observa l'enveloppe pendant quelques secondes, puis finalement l'ouvrit.

Il s'assit sur les marches et commença sa lecture.

Fils,

Si tu lis ces lignes, c'est que je suis mort. Toutefois, il y a certaines choses que je dois te dire. Je n'ai pas été l'homme que j'aurais voulu être. Sinon, pour toi comme pour moi, tout aurait été différent.

Tu n'as pas connu l'homme qui m'a élevé, et je ne cherche pas à me défausser sur lui. Cependant, c'était quelqu'un d'exécrable et j'ai tout fait pour ne pas lui ressembler. Hélas ! Je n'ai pas réussi.

Je n'ai jamais été capable de vous le montrer, mais je vous aimais, ta mère et toi. Plus que tout au monde. Et je ne t'ai jamais dit non plus que j'étais fier de toi. Pourtant, c'est la vérité.

Je n'ai qu'Arrowhead Hills à te donner. Si tu n'en veux pas, vends-le et garde l'argent. Tu mérites de mener la vie qui te correspond. J'aimerais seulement que tu t'assures, si tu les vends, que les chevaux finiront en de bonnes mains.

Mon testament est dans un coffre à la banque sur Main Street.

Alors même que j'écris ces lignes, les regrets me dévorent. Quand je serai mort et enterré, personne ne me pleurera et c'est normal. Je te demande de ne pas finir comme moi, fils. Si tu tombes amoureux, montre chaque jour à cette femme combien tu l'aimes.

Alfred Dawkins

PS : J'aurais dû venir te voir jouer, ce jour-là.

Luke battit plusieurs fois des paupières pour retenir les larmes qui lui embuaient les yeux. Il replia la lettre et la remit dans sa poche.

Elle ne changeait pas tout, mais c'était la première fois qu'il avait une idée de ce que son père avait dans la tête et le cœur. La première fois qu'il lui disait qu'il l'aimait et qu'il était fier de lui.

Le parking de la supérette de quartier était quasiment vide. Roy vit une femme se diriger vers sa voiture pour y déposer ses courses et son sac à main.

Il attendit qu'elle ouvre la portière avant et s'installe au volant pour approcher discrètement par-derrière. Quand elle ferma sa portière et mit le moteur en route, il s'empressa d'ouvrir la portière arrière et de se glisser sur la banquette.

La femme sursauta.

— Que... Que voulez-vous ? lui demanda-t-elle d'une voix chevrotante.

— Que vous me déposiez un peu plus loin.

— Qui êtes-vous ?

— Votre pire cauchemar.

Il sortit son couteau et le brandit devant elle.

Elle hurla.

D'un geste vif, il lui posa une main sur la bouche et lui appliqua la lame sur la gorge.

— Silence, sinon, je vous égorge. Faites exactement ce que je vous dis, et il ne vous arrivera rien. Laissez tourner le moteur et sortez de la voiture. Et si vous appelez la police je reviendrai vous tuer.

Il enleva sa main et retira la lame. Elle se rua hors de la voiture, se mit à courir comme une folle, se tordit la cheville et tomba. Sa tête heurta le sol. Violemment.

Roy ne chercha pas à déterminer si elle s'était gravement blessée ou pire ; il bondit sur le siège conducteur et démarra sur les chapeaux de roues. Il se cacherait jusqu'à la tombée de la nuit puis se rendrait à Winding Creek en empruntant les petites routes. Il avait déjà perdu trop de temps. Tout ça pour apprendre que Rachel avait démissionné de son travail. Et elle n'était pas chez elle, à Houston. Il n'avait remarqué aucun signe de mouvement et, même à la nuit tombée, son appartement était resté plongé dans le noir.

Il n'avait pas jugé utile de prendre le risque d'y entrer par effraction pour découvrir qu'elle n'était effectivement pas là.

Si elle n'était pas à Houston, il y avait tout lieu de croire qu'elle se trouvait au ranch Double K, à Winding Creek. Esther Kavanaugh avait certainement accepté de l'héberger et, avec un peu de chance, il découvrirait Esther et Rachel seules dans la vaste maison.

Entendre répéter à chaque flash infos qu'il était impossible qu'il ait réussi à sortir de l'enceinte de l'hôpital psychiatrique hypersécurisé le ravissait. Ils l'avaient sous-estimé. Comme d'habitude.

Il posa le couteau sur le siège passager et passa le doigt le long de la lame. Dire qu'il n'avait même pas eu besoin de s'en servir pour s'échapper ! Le surveillant le plus corrompu de l'établissement avait tout arrangé.

Il l'avait fait sortir en le cachant à l'arrière d'un véhicule transportant des déchets médicaux que personne ne souhaitait voir de près, et encore moins toucher.

Roy, lui, n'avait pas eu peur.

À présent, il ne lui restait plus qu'à assassiner quelqu'un pour le compte de ce surveillant afin de s'assurer qu'il ne parlerait jamais.

Mais, avant, il se chargerait de Rachel Maxwell. Ceux qui l'avaient trahi devaient payer.

Maman serait fière de lui.

19

Luke prit une bouchée de ragoût et sentit sa langue prendre feu. Il se força à avaler.

— Mmm !
— Ça te plaît ?
— J'adore. C'est peut-être un peu épicé et salé mais, moi, c'est comme ça que j'apprécie un plat.

Rachel prit également une bouchée mais, au lieu d'avaler, elle se leva d'un bond, se précipita à l'évier et recracha.

— Mais c'est épouvantable ! Comment peux-tu dire que tu adores ça ?
— Euh… Je cherchais à faire preuve de tact…
— Je ne comprends pas ! J'ai pourtant suivi la recette d'Esther à la lettre. Mais c'est vrai qu'elle n'utilise pas de mesures précises, ses consignes c'est une pincée de ceci, une pointe de cela. Une dizaine de piments.
— Une dizaine de piments ? Mais quel genre de piments ?
— Des *jalapeños*.
— Elle t'a dit de mettre une dizaine de *jalapeños* ?
— Oui, mais je n'en avais pas assez alors j'ai rajouté le piment broyé que nous avons acheté tout à l'heure.
— Je comprends pourquoi c'est aussi fort.

Rachel posa les yeux sur la recette qu'elle avait notée.

— Oups ! Je crois que je me suis mal relue… C'était

un ou deux piments, pas dix. Je ne sais pas comment j'ai pu ne pas m'en rendre compte. Pourtant, je me suis dit que, dix, ça faisait beaucoup.

— Je suis sûr que, sans cette petite erreur, ce ragoût aurait été délicieux.

— Je pense que je ferais mieux d'éviter d'en proposer aux hommes de la société de sécurité.

— Si tu veux qu'ils continuent à être en mesure de te protéger, mieux vaut éviter, en effet. Je vais nous préparer des sandwichs. En dehors d'une salle de bains, les gardes du corps ont apparemment tout ce qu'il faut dans leur camionnette équipée.

— Oui, ils m'ont assuré qu'ils n'avaient besoin de rien. Mais un sandwich, moi, je ne suis pas contre. Je peux aussi faire griller du bacon, et je suis très douée pour couper les tomates.

— Et pour mettre des toasts à griller, tu te défends ?

— Tu te moques de moi.

Il lui sourit, s'approcha d'elle pour la prendre par la taille puis l'embrassa dans le cou.

— Jamais je n'oserais me moquer de toi. Que dirais-tu si j'allais faire du feu dans la cheminée pendant que tu prépares le bacon et les tomates, histoire d'ajouter une touche romantique à notre dîner gastronomique ?

— Tu sais que nous devons nous préparer à avoir un peu moins d'intimité, n'est-ce pas ? Un des gardes peut frapper à tout moment à la porte parce qu'il a besoin d'aller aux toilettes.

— Oui, je sais. Mais il y a quelque chose dont je dois te parler, et j'aimerais profiter du fait que nous sommes seuls pour le faire.

— Tu m'as l'air bien sérieux, tout à coup. Est-ce à propos de Roy Sales ?

— Non.

— Alors tu peux aller allumer le feu.

***

Rachel serra les dents et sentit son estomac se nouer tandis qu'elle retournait le bacon. Lorsqu'un feu démarrait, elle avait toujours cette réaction ; elle n'arrivait pas encore à s'en débarrasser.

Mais elle était avec Luke. Elle ne risquait rien, elle arriverait à surmonter ses craintes.

Au moment où ils s'installèrent ensemble devant le feu crépitant dans la cheminée, serrés l'un contre l'autre pour manger leur sandwich, sa peur avait disparu. Luke parla de tout sauf de Roy Sales et de la présence des hommes à l'extérieur.

Quand ils eurent fini de manger, il se leva pour attiser le feu. Avant de se rasseoir, il sortit une enveloppe de sa poche et la lui tendit.

— Esther m'a donné cette lettre mardi. Elle était censée me la remettre seulement après la mort de mon père, même si je me demande pourquoi il était si sûr qu'il mourrait avant elle et pour quelle raison elle a finalement décidé de ne pas respecter sa volonté... Toujours est-il qu'elle l'a fait.

— Le contenu doit être très intime. Tu es certain d'avoir envie que je la lise ?

— Oui, absolument.

Elle sortit la lettre de l'enveloppe, la déplia et commença sa lecture. Avant même d'être arrivée au bout, elle eut les yeux brillants.

— En quelques mots, il te confie des choses essentielles. C'est l'expression d'une vie entière de regrets.

— Oui, exactement.

— La relation entre vous deux a toujours dû être difficile.

Il se rapprocha d'elle.

— En fait, nous n'avons jamais eu de relation à

proprement parler. Je n'ai pas souvenir d'avoir eu une seule conversation importante avec mon père. Je ne l'ai jamais entendu m'adresser autre chose que des reproches. Au point que j'en suis venu à faire des choses dans le seul but de le contrarier.

— Ta mère a dû elle aussi avoir beaucoup de peine.

— J'ai jugé mon père indirectement responsable de sa mort. Par son comportement, c'est lui qui l'a poussée à partir. Et elle est morte avant que nous ayons l'opportunité de repartir à zéro, elle et moi.

— Mais, quand ton père affirme qu'il vous a toujours aimés, ta mère et toi, il semble sincère. J'imagine que ça ne te laisse pas indifférent.

— Non, en effet. J'ignore si nous arriverons à avoir des rapports qui ressemblent à une relation père-fils, mais il est possible que nous réussissions à vivre à proximité l'un de l'autre en bonne entente. Au moins, j'ai envie d'essayer.

Elle serra sa main dans la sienne et une larme roula sur sa joue.

— À quoi fait-il référence dans le post-scriptum ?

— L'équipe de base-ball de mon lycée, dont je faisais partie, jouait un match important du championnat du Texas. Je savais que plusieurs superviseurs de la ligue universitaire seraient là pour me voir jouer. Pour moi, c'était le plus grand jour de ma vie. Un jour qui aurait pu faire basculer le cours de mon existence.

— Et pourquoi n'est-il pas venu ?

— Les travaux de printemps allaient débuter, et il avait engagé des saisonniers avant que la date du match soit arrêtée. Quand je lui ai appris que je ne serais pas là pour le début des travaux, il a explosé. Pour lui, le ranch comptait plus que tout, et il partait du principe qu'il devait en être de même pour moi. Il a dit que, si je persistais à vouloir participer à ce match, ce n'était pas la peine que je revienne à la maison ensuite.

— Et tu l'as pris au mot ?
— Oui.
— Et qu'est devenue cette opportunité de devenir joueur professionnel de base-ball ?
— Je l'ai anéantie moi-même, puisque je ne me suis pas inscrit à l'université. Après le match, je suis parti pour Austin et, après avoir fait quelques petits boulots, je me suis engagé dans les Marines. À cette époque, je refusais d'admettre que je souffrais du fait que mon père ne se soit jamais intéressé à moi. J'étais en colère et je refusais de voir plus loin.

— Si pour toi c'était un jour déterminant, tu ne pouvais que souffrir parce que ton père n'était pas là et te tournait le dos. Tu n'avais que dix-huit ans.

— Le pire, c'est que, maintenant que je suis de retour ici, je me rends compte que le travail dans un ranch me plaît énormément. J'imagine que, comme mon père, j'ai ça dans le sang. Mais, à l'époque, j'en avais assez de la vie qu'il me faisait mener.

— Tellement de souffrance, tellement de malentendus et d'années perdues…, dit Rachel.

Luke lui passa un bras autour des épaules et l'attira à lui.

Au moins, maintenant, il savait ce qu'il souhaitait faire de sa vie. Elle, elle n'en savait encore rien, mais elle doutait d'avoir envie de poursuivre sa carrière d'avocate.

C'était pourtant un noble métier. Beaucoup de gens innocents échappaient à une condamnation injuste grâce à un avocat qui savait mettre en lumière les incohérences ou les failles d'un dossier d'accusation.

Mais, pour elle, ce n'était plus un métier adapté. En

tout cas pour le moment. Peut-être ne le serait-ce plus jamais. Seul l'avenir le dirait.

En revanche, en ce qui concernait Hayden Covey, elle n'avait pas le droit de tergiverser. Ce n'était pas juste pour ses parents et lui. Et, qu'elle ait raison ou tort, elle n'était pas convaincue de son innocence. Eric Fitch le représenterait beaucoup plus efficacement qu'elle.

Il fallait qu'elle appelle Claire Covey pour l'informer de sa décision.

Désormais, son seul souci était un fou dans la nature qui voulait sa mort.

Au petit matin, le téléphone de Rachel sonna, la tirant du sommeil. Elle se redressa et prit son téléphone, posé sur sa table de nuit.

— Allô ?
— Bonjour, ici le shérif Cavazos. Je vous appelle au sujet de Roy Sales.

20

Rachel fut gagnée par l'appréhension.
— Que se passe-t-il avec Roy Sales ?
À côté d'elle, Luke se redressa également.
— Il est mort, annonça le shérif.
Elle crut avoir mal compris. Dans son esprit, Sales ne pouvait pas mourir. C'était lui qui donnait la mort et ruinait des vies.
— Vous êtes sûr ?
— Certain, puisque c'est moi qui ai pressé la détente.
— Sales est mort, chuchota-t-elle à Luke. Si vous le permettez, je vais mettre le haut-parleur pour que Luke puisse vous entendre, dit-elle au shérif Cavazos.
Évidemment, si quelques personnes à Winding Creek ignoraient encore que Luke et elle étaient ensemble, ce ne serait plus longtemps le cas. Mais ce n'était pas son souci premier.
— Comment est-ce arrivé ? reprit-elle.
— Eh bien, j'ai eu une bonne intuition. Je me suis dit que, si Sales revenait à Winding Creek pour se venger, il irait d'abord chez Esther. Et, comme les hommes de la société de sécurité que vous avez engagés surveillaient l'entrée du Double K, j'ai demandé à mes hommes de surveiller les accès plus en amont sur la route qui y mène.
— Pourtant, selon le psychiatre qui suivait Sales,

celui-ci chercherait avant tout à s'en prendre à Rachel, intervint Luke, surpris.

— Oui, mais nous pensons qu'il s'est rendu chez elle à Houston et a constaté qu'elle n'y était pas.

— Comment le savez-vous ? demanda Rachel.

— Un homme qui correspond au signalement de Sales a volé une voiture après avoir agressé sa propriétaire, pas très loin de votre appartement. Grâce aux renseignements qu'elle a pu donner à la police de Houston, qui ont bien sûr été transmis à l'ensemble des forces de l'ordre du Texas, nous en avons conclu qu'il s'agissait bien de Sales. Le véhicule volé a été abandonné à une quinzaine de kilomètres de Winding Creek.

— Ce qui signifie qu'il a changé de voiture avant d'arriver ici, remarqua Luke.

— Absolument. Et il savait que Rachel et sa sœur passaient pas mal de temps chez Esther Kavanaugh. Il était donc logique qu'il se rende chez elle.

Rachel prit une profonde inspiration puis expira lentement.

— J'ai du mal à me convaincre que Roy Sales n'est plus de ce monde, avoua-t-elle.

— Après ce qu'il vous a fait endurer, c'est tout à fait compréhensible, répondit le shérif. Mais ça ne pouvait pas finir autrement. Je suis juste satisfait d'avoir réussi à le neutraliser avant qu'il ait eu le temps de commettre de nouveaux crimes.

— Je dois admettre que je suis moi aussi soulagé, renchérit Luke.

— J'imagine que vous auriez bien aimé lui régler son compte vous-même, Luke, reprit le shérif. Je crois néanmoins que c'est mieux pour tout le monde que ce soit moi qui me sois retrouvé en première ligne.

— Sans doute, fit Luke.

— Je vais aller chez Pierce et Esther pour leur

annoncer la nouvelle, leur apprit le shérif. Avec un peu de chance, Esther m'offrira un peu de son délicieux café. Après une nuit aussi longue et éprouvante, ça ne me ferait pas de mal.

— N'ayez crainte, en plus de ses remerciements, Esther vous offrira largement de quoi vous réconforter, j'en suis sûre, dit Rachel. Et je vous prie de croire que moi aussi je vous suis reconnaissante. Je suis encore sous le choc et j'ai du mal à trouver les mots pour vous exprimer ma gratitude, mais elle n'en est pas moins grande.

— Je me joins à ces remerciements, ajouta Luke. J'envisage de m'installer définitivement à Winding Creek, alors, si un jour vous avez besoin de moi, n'hésitez pas, il vous suffit de m'appeler.

— Soyez prudent quand vous faites une telle offre, répliqua le shérif. Même dans une petite ville comme Winding Creek, on a parfois besoin de renforts. Alors, avoir un ancien marine sous la main, ce pourrait être tentant.

— J'espère néanmoins que vous n'aurez pas à en arriver là, intervint Rachel. J'aspire à la tranquillité.

— Je vous comprends. En tout cas, pour le moment, il n'y a plus à s'inquiéter. Je vais d'ailleurs dire à Pierce qu'il peut demander aux types qui surveillent son ranch de s'en aller. Je vous laisse, je me mets en route sans attendre. À bientôt.

Rachel reposa son téléphone et se jeta dans les bras de Luke. Bien sûr, le traumatisme lié à ce qu'elle avait vécu ne disparaîtrait pas comme par magie, mais désormais elle était encore plus convaincue d'arriver à le surmonter.

Ils restèrent enlacés un long moment. Eux aussi pouvaient aller annoncer aux gardes qui surveillaient la maison que leur mission était terminée. Et Rachel espérait bien ne plus jamais avoir besoin de faire appel à eux.

D'où il était, caché par la végétation, Hayden Covey vit une fourgonnette blanche avec deux hommes à bord quitter le ranch d'Arrowhead Hills. Celui qui occupait le siège passager descendit pour ouvrir la barrière puis la referma avant de remonter dans la fourgonnette, qui s'éloigna. Il n'avait pas une allure de cow-boy.

Il portait des lunettes de soleil stylées, un T-shirt noir à manches longues et un jean impeccable. Il arborait également un semi-automatique à la ceinture.

Sans l'ombre d'un doute, il s'agissait d'un agent de sécurité.

Si elle recourait à des agents de sécurité, cela signifiait que la petite avocate devait vraiment avoir peur. Et également que le cow-boy qui lui servait d'escorte, le dénommé Luke, n'était pas de taille à la protéger seul.

De toute façon, il n'avait pas l'intention de s'en prendre à lui. Il préférait se retrouver en tête à tête avec sa cible et prenait toujours soin avant d'agir de s'assurer qu'il n'y aurait pas de complications. Il allait apprendre à cette garce ce qu'il en coûtait de le passer au gril pour, au final, faire savoir qu'elle ne le défendrait pas.

Les flics qui enquêtaient sur le meurtre de son ex lui avaient déjà fait comprendre qu'ils ne le croyaient pas et ne lui cachaient pas leur mépris. Il ne supporterait pas d'être en plus lâché par cette femme. En outre, puisqu'elle avait déjà un psychopathe aux basques, personne ne le soupçonnerait jamais, lui, de l'avoir tuée.

Il mit ses écouteurs et se laissa stimuler par le rythme des basses ; il avait conduit toute la nuit, mais il fallait qu'il reste éveillé encore quelques heures.

Peu après, il vit arriver plusieurs véhicules. Vu

l'heure, ce devaient être les hommes qui travaillaient au ranch. Ils seraient occupés et ne lui poseraient pas de problème.

Il patienta encore un peu puis, comme tout semblait redevenu calme, il regagna sa voiture, roula jusqu'à la barrière, descendit l'ouvrir puis se remit au volant et se dirigea vers un épais bosquet où il dissimula sa voiture.

Un véhicule volé, évidemment, qui ne permettrait jamais à la police de remonter jusqu'à lui.

21

Rachel enleva les draps du lit de la chambre d'Alfred. Ils avaient besoin d'être lavés ou, plus exactement, de finir à la poubelle. Elle en achèterait d'autres en ville ou sur Internet.

Dans son esprit, la meilleure façon d'accueillir Alfred à son retour était de faire en sorte que la maison soit impeccable du sol au plafond. En ce qui concernait les aspects purement pratiques, Luke avait son idée.

Il était parti voir les employés qui s'occupaient des chevaux et comptait se rendre ensuite en ville pour se procurer du matériel.

Il y avait fort à faire dans la maison, mais elle se sentait légère et gaie.

Maintenant qu'elle était hors de danger, elle n'avait plus de raisons de rester à Winding Creek. Sauf qu'elle n'avait plus de travail et que rien ne l'obligeait à retourner au plus vite à Houston. Mais, surtout, elle restait pour être avec Luke, même si elle n'allait pas jusqu'à espérer qu'il lui demande de partager sa vie de façon permanente. Il y avait encore trop d'éléments incertains pour qu'ils fassent des projets d'avenir.

Alors qu'elle était dans la salle de bains et s'apprêtait à mettre une machine en route, elle entendit le grincement de la porte d'entrée.

— Déjà de retour ? demanda-t-elle. Tu as oublié quelque chose ?

Il y eut un bruit de pas, mais pas de réponse. Elle retourna à la cuisine et y découvrit Hayden Covey, un porte-documents à la main.

Ses vêtements étaient froissés, comme s'il avait dormi avec, et il regardait autour de lui avec méfiance.

— Je ne vous attendais pas ce matin, dit-elle. Votre mère ne vous a pas dit que je l'avais appelée hier ?

— Le coup de fil pour lui annoncer que vous me laissez tomber et que vous avez vos propres problèmes ?

— Vous savez que ce n'est pas ce que j'ai dit. Je lui ai tout expliqué en détail. Je sais qu'elle était déçue et inquiète, mais je pensais qu'elle avait compris que je n'étais pas en position de vous représenter efficacement. Eric Fitch fera du bien meilleur travail que moi.

— Elle a parfaitement compris. Nous avons compris tous deux. Vous avez déjà conclu que j'étais coupable.

Il posa son porte-documents sur la table.

Rachel croisa son regard et, comme lors de leur toute première rencontre, elle y décela un éclat maléfique. Elle sentit sa bouche s'assécher.

— J'ai décidé de venir m'expliquer en personne, reprit-il.

— Que voulez-vous m'expliquer ?

— Comment ça se passait entre Louann et moi. Louann n'était pas la petite étudiante innocente qu'on décrit partout. Elle aimait le sexe, violent de préférence, avec menottes, fouet, et j'en passe. Vous voyez ce que je veux dire ?

Rachel sentit un frisson glacé lui parcourir l'échine.

— Je ne me plains pas, poursuivit-il. Elle voulait que je lui fasse mal, et je lui ai donné ce qu'elle voulait. Mais ce n'était pas encore assez. Alors elle a trouvé quelqu'un d'autre, un type gentil qui la traitait comme une demoiselle, disait-elle. Et elle n'a plus voulu me voir.

— Cela a dû vous affecter, remarqua Rachel d'une voix incertaine.

— Pas tant que ça. Louann n'était pas extrêmement douée au lit. Et elle était jolie, sans plus. Mais ce qui m'a mis hors de moi, c'est qu'elle a commencé à aller raconter n'importe quoi sur mon compte sur tout le campus. Elle disait que j'étais un vicieux, que j'étais capable de n'importe quoi quand je me mettais en colère.

— Si ce n'étaient que des mensonges, je comprends que vous ayez été blessé.

Rachel tentait de faire preuve d'empathie pour le pousser à continuer à parler.

— Je ne pouvais pas supporter qu'on dise du mal de moi. Je suis la vedette de l'équipe de football, et, si tout se passe bien, je passerai pro.

Lentement, Rachel recula jusqu'au plan de travail. À côté d'elle se trouvait un tiroir où étaient rangés des couteaux.

— C'est pour cette raison que vous l'avez tuée ? osa-t-elle demander.

— Je l'ai mise en garde, mais elle ne m'a pas écouté. Mais vous auriez dû entendre comme elle a hurlé quand j'ai commencé à la lacérer avec le couteau de chasse ! À ce moment-là, elle a enfin compris ses erreurs.

D'un geste vif, elle ouvrit le tiroir et en sortit un grand couteau, qu'elle brandit.

— Sortez d'ici. Maintenant !

— Sinon quoi ? Vous allez me tuer ? Je n'en crois rien.

Il tourna néanmoins les talons et commença à s'éloigner. Le cœur de Rachel battait à tout rompre, elle avait l'estomac noué. Évidemment, elle n'avait aucune envie de se servir de ce couteau, mais, si elle n'avait pas le choix, elle n'hésiterait pas.

Soudain, avant qu'elle ait le temps de réagir, Hayden fit volte-face, attrapa quelque chose dans son porte-documents et, d'un même mouvement, lui saisit le poignet et se jeta sur le sol en l'entraînant.

Il l'immobilisa de son corps et elle tenta vainement de lui échapper. Il était trop fort. Elle se mit à hurler, dans l'espoir que quelqu'un l'entende et vienne à son secours.

Personne ne vint.

À force de se débattre, elle réussit à libérer un de ses bras et lui lacéra le visage de ses ongles. Elle luttait pour survivre, pour voir encore une fois Luke.

C'est alors qu'elle vit que Hayden tenait une corde dans sa main droite. C'était ce qu'il avait pris dans son porte-documents avant de se jeter sur elle.

Furieux, il lui assena un coup de poing à l'estomac qui la fit se plier en deux de douleur. Tandis qu'elle cherchait à reprendre son souffle, il la retourna sur le ventre et lui attacha les mains dans le dos.

— Vous ne vous en sortirez pas, Hayden. En vous en prenant à moi, vous ne faites qu'ajouter un clou à votre cercueil.

— Vous vous trompez. Jamais on ne me soupçonnera de vous avoir éliminée. J'ai un alibi. En ce moment même, je suis avec des amis. Ils me couvriront, comme chaque fois. Par ailleurs, je vous rappelle que vous avez un malade aux trousses. Tout le monde pensera qu'il a fini par vous retrouver.

— Mais Roy Sales est mort !

— Fermez-la, espèce de menteuse !

— Ce n'est pas un mensonge. Il a été tué par le shérif du comté il y a quelques heures.

— Je ne vous crois pas. J'ai tout étudié minutieusement. Je vais mettre le feu à la maison, comme Sales l'aurait fait. D'une certaine façon, je ne fais que lui donner un petit coup de main.

Elle se tortilla pour l'empêcher de lui attacher les chevilles, mais cela ne servit à rien.

Il fixa ensuite la corde à un pied de la table puis la fit rouler sur le dos pour qu'elle le voie sortir un petit bidon d'essence de son porte-documents et en déverser méthodiquement le contenu autour d'elle.

— Prête pour le feu d'artifice, petite avocate ?

La terreur s'empara d'elle. Bien qu'il n'ait même pas encore craqué une allumette, elle avait déjà la sensation que des flammes dansaient devant ses yeux et qu'une odeur de fumée lui emplissait les narines.

De nouveau, elle était en enfer.

Luke avait déjà parcouru quelques kilomètres, mais le fait que la barrière à l'entrée du ranch n'ait pas été refermée le taraudait. Les employés de ranch refermaient toujours les barrières derrière eux. C'était pour ainsi dire inscrit dans leurs gènes.

Les hommes qui travaillaient pour lui étaient tous arrivés après le départ des agents de la société de sécurité. Alors qui d'autre pouvait bien être entré sur le domaine ? Et pourquoi ?

Il appela Rachel, qui ne répondit pas.

Roy Sales était mort. Pourquoi penser que quelqu'un d'autre viendrait au ranch avec de mauvaises intentions ? Qu'il se tracasse autant à propos de cette barrière était certainement un reste de la paranoïa qu'avait instillée Roy Sales en lui, mais il n'arrivait pas à se débarrasser de son inquiétude.

Il fit demi-tour et reprit la direction de la maison.

Il appela encore une fois Rachel.

De nouveau, il n'obtint pas de réponse. Enfonçant la pédale d'accélérateur, il roula aussi vite que possible.

Quand il arriva, tout semblait normal. Il descendit de sa voiture et se dirigea en hâte vers la porte d'entrée, qui, malgré la température encore fraîche, était entrouverte.

Il la poussa et eut l'impression de basculer dans un cauchemar.

Une odeur d'essence flottait dans l'air, et Hayden Covey était penché au-dessus de Rachel, une allumette à la main, se délectant de la terreur qu'il lui inspirait. Il était tellement absorbé par ce qu'il faisait qu'il ne l'avait pas entendu entrer.

Luke sortit son revolver et le pointa devant lui.

— Lâchez cette allumette, ou je vous abats sans hésiter !

Covey se retourna et blêmit en le voyant. Sa main se mit à trembler.

Mais au lieu de le supplier de l'épargner, comme Luke pensait qu'il allait le faire, il craqua l'allumette. Tout son corps était maintenant secoué de spasmes incontrôlés. Il était terrorisé, mais il tenait la vie de Rachel entre ses mains.

Au cours de sa carrière dans les Marines, Luke s'était retrouvé maintes fois dans des situations dangereuses et extrêmement délicates. Pourtant, jamais il n'avait eu aussi peur.

S'il tirait, l'allumette tomberait et embraserait l'essence répandue. Il ne disposerait alors que de quelques secondes pour sauver Rachel.

Mais il y arriverait. Il n'avait pas droit à l'échec.

Il arma son revolver.

Covey entendit le cliquetis caractéristique ; il se releva d'un bond, lâcha l'allumette et se précipita vers la porte arrière.

Luke se jeta sur l'allumette et l'éteignit du pied avant

que l'essence s'enflamme. Au même instant, Covey glissa sur l'essence et perdit l'équilibre. Sa tête heurta le coin du plan de travail et il s'affala, assommé.

Méfiant, Luke garda son arme pointée sur lui, ramassa le couteau qui était près de Rachel et s'empressa de trancher les cordes qui lui enserraient chevilles et poignets.

— Tu es blessée ? lui demanda-t-il.
— Non. J'ai mal au ventre, mais ça va passer.

Il l'aida à se lever puis, de son bras libre, la serra contre lui. Tant d'émotions l'avaient submergé qu'il n'arrivait plus à parler. Alors il continua de tenir Rachel enlacée, comme s'il ne voulait plus jamais la lâcher.

Elle désigna Covey d'un mouvement de la tête.
— Il est mort ?
— Non, il respire. Il est manifestement venu pour s'en prendre à toi.
— Oui, son intention était de m'éliminer. Et il m'a avoué avoir tué Louann.
— Heureusement, en arrivant, il a laissé la barrière ouverte.
— Pardon ?
— Je t'expliquerai plus tard. Nous devrions contacter le shérif. Notre patient ne va pas tarder à reprendre conscience.
— Je vais l'appeler, dit Rachel.

À contrecœur, il la laissa s'écarter de lui. Il était passé tout près de la perdre. Il n'imaginait même pas ce qu'il aurait ressenti si le pire était survenu.

Un quart d'heure plus tard, le shérif, flanqué de deux adjoints, fit son entrée. Un de ses hommes repartit avec Covey dans une ambulance.

Lorsque le shérif et son autre adjoint s'en allèrent à leur tour après avoir pris leur déposition, Luke avait décidé quoi faire. Ça ne pouvait plus attendre.

Son père n'avait jamais su trouver les mots et l'avait

regretté toute sa vie. Il refusait de commettre la même erreur. Toutefois, si Rachel le repoussait, le coup lui serait fatal.

Il s'approcha d'elle et ouvrit les bras. Elle s'offrit à son étreinte sans hésiter.

— Je t'aime, Rachel. Je sais que ce n'est sans doute ni le lieu ni le moment mais tant pis, je me lance. As-tu déjà envisagé de te marier avec un cow-boy ?

— Non, jamais. Et jamais je n'y songerais, sauf si, le cow-boy en question, c'était toi.

— Tu m'as fait peur ! J'ai cru que mon cœur allait s'arrêter.

— Même si ta question n'était pas aussi directe, la réponse est oui, Luke Dawkins. Oui, j'accepte de t'épouser. Je t'aime de tout mon cœur. J'ai encore du mal à réaliser que ça a pu arriver aussi vite, mais je sais ce que je ressens.

Il l'embrassa avec passion.

Pour la première fois depuis longtemps, Rachel pouvait penser à l'avenir sans crainte, bien au contraire.

La prochaine fois qu'elle irait en ville, elle s'achèterait une paire de bottes. Car elle n'était pas près de repartir.

MELINDA DI LORENZO

Le danger en partage

Traduction française de
CHRISTINE MAZAUD

BLACK ROSE

HARLEQUIN

Titre original :
CAPTIVATING WITNESS

© 2017, Melinda A. Di Lorenzo.
© 2019, HarperCollins France pour la traduction française.

Prologue

Les quatre garçons se tenaient là, gauches, mal à l'aise, aucun d'eux n'osant faire le premier pas, ou même parler.

Brayden Maxwell, qui se savait le plus posé du groupe, n'arrivait pas non plus à dire un mot. Il passait d'un pied sur l'autre, ne pensant qu'à se débarrasser du costume de guignol que sa mère l'avait forcé à endosser, et à s'enfermer dans sa chambre pour cogner sur sa batterie. Le problème était que, plus tôt dans la semaine, l'huissier et ses sbires étaient venus saisir la batterie. Le téléviseur et la table de cuisine toute neuve avaient suivi, mais c'était la batterie qui lui manquait le plus. C'était un cadeau de son père. Le dernier avant que l'homme magnifique qu'il était, toujours entre deux blagues, entre deux éclats de rire, se fasse tuer en service.

Quel désastre ! Brayden n'avait que quinze ans, mais il ressentait ce drame comme une terrible injustice. Trois policiers morts. Quatre gosses, y compris lui et son petit frère, sans père. Plus personne avec qui faire du catch, plus personne avec qui faire de l'œil aux jolies filles.

Plus personne pour payer les foutues factures.

Il fit la grimace en pensant à sa mère, qui n'aimerait pas qu'il emploie le mot « foutues ». Même pas qu'il l'ait pensé. Ne pas jurer, ne pas tricher, ne pas mentir, c'étaient des choses importantes pour elle. Elles venaient en tête de liste des péchés qui justifiaient une punition. Pour l'heure, c'était le cadet de ses soucis. Il avait bien plus grave en tête.

Cela faisait un an que leurs pères étaient morts, et l'auteur de ces crimes allait s'en sortir sans un jour de prison.

C'était pour ça qu'ils étaient ensemble aujourd'hui. Pour entendre le verdict qui allait être annoncé publiquement. Pour assister leurs mères — des veuves, maintenant, même si ça faisait tout drôle d'appeler ainsi des femmes de trente-cinq ans —, et regarder l'ignoble poseur de bombe de Freemont City sortir, triomphant, du tribunal. Son visage serait dissimulé aux caméras, son identité, tenue secrète à cause de son âge, mais cela ne changeait rien. La suite était évidente : il allait retourner à sa vie de tous les jours alors que, pour eux quatre, tout avait changé.

Non, rien n'était plus comme avant.

Brayden regarda les trois autres garçons qui étaient avec lui dans la salle et sentit le poids de la responsabilité qui lui incombait dorénavant, être leur chef.

Anderson Somers était le plus gentil. Le plus lent à se mettre en colère. Celui dont l'intelligence sautait aux yeux.

Harley était son propre frère. Un petit Maxwell de deux ans son cadet. Sensible, toujours dans l'empathie et en train de gribouiller.

Rush Stephenson était grand et fort et avait un an de plus que Brayden et Anderson. Il était connu pour avoir la tête près du bonnet. À la moindre occasion, il démarrait…

Brayden, quant à lui, était sans doute le plus avisé. Celui qui analysait les situations et élaborait des plans. Celui qui n'hésitait pas à passer le premier et n'avait pas peur de prendre les coups quand leurs combines tournaient mal.

Voilà pourquoi ils avaient besoin de lui pour organiser la suite.

Il finit par se racler la gorge et dit :

— On n'est pas à un enterrement.

— C'est bien imité, répliqua Anderson.

— C'est même pire, renchérit Harley sans lever les yeux de ses pieds.

Voir le malaise de son jeune frère attrista Brayden. Il avait eu beau faire, il n'était pas parvenu à apporter à cet enfant ce que leur père lui avait donné à lui.

— J'ai loupé, se désola-t-il, avec trop d'amertume pour un garçon de quinze ans.

Il prit sa respiration et dit tout haut ce que tous pensaient tout bas.

— Il faut qu'on sache qui c'est.

Rush cracha sur le plancher gris de poussière.

— Je me fous de savoir son nom ! Je veux juste lui tordre le cou.

— Comme nous tous, rétorqua Brayden. Mais comme t'es le seul à *arriver* à son cou...

— Pas drôle, grogna Harley.

Brayden soupira, porta un doigt à sa bouche puis, se rappelant qu'il avait promis à son père de ne plus se ronger les ongles, baissa la main.

— C'est pas une blague. Enfin, pas vraiment. Je veux le massacrer, ce type, comme Rush. Mais papa — comme tous nos pères — aimerait qu'on fasse les choses correctement.

— C'est quoi, correctement ?

Comme toujours, Rush était furieux.

— Tu n'as donc rien vu, Bray ? La justice est pourrie et...

— Non, ce n'est pas toute la justice, l'interrompit Anderson.

— C'est quoi, alors ? intervint Harley.

— On s'en fiche. Tout ce que je sais, c'est que c'est un assassin et qu'il ne va pas pourrir en prison comme il devrait ! vociféra Rush.

Brayden leva la main.

— En fait, ce sont ses avocats qui sont intelligents. Ils ont trouvé une faille quelque part, un vide juridique, et il n'ira pas en prison. Pas pour ça, en tout cas.

Les yeux écarquillés, Anderson le fixa.

— Pourquoi ? Tu crois qu'il a commis d'autres crimes ?

— Pas toi ? lui répondit Brayden. Si t'es normal, tu balances pas une bombe dans un poste de police.

— Bon, alors, qu'est-ce que tu veux faire ? demanda Rush.

— Je veux qu'on l'attrape.

— Nous-mêmes ? dit Harley. Quand on sera assez vieux pour essayer, on sera déjà trop vieux pour faire quelque chose.

Brayden faillit botter les fesses de son frère.

— On aura dans les vingt ans. On ne sera pas morts.

Un silence plana, étrange.

— En principe, laissa tomber Rush.

C'était vrai, hélas ! Certaines personnes mouraient jeunes. Leurs pères, par exemple. Celui d'Anderson, qui finissait la fac quand Anderson était né, venait d'avoir vingt-neuf ans.

— Bray, c'est quoi, ton plan ? reprit Rush.

Le sourire aux lèvres, Brayden sortit des fiches de sa poche et en tendit une à son frère et à chacun de ses amis.

Anderson, le premier, leva les yeux du feuillet.

— Tu veux qu'on devienne flics ?

Brayden opina.

— Je veux qu'on soit flics. Et je veux qu'on le traque et qu'on ne le lâche plus jusqu'à ce qu'il soit en taule.

Nouveau silence. Brayden aurait pu dire ce que chacun pensait. Rush devait ronger son frein à la pensée d'entrer dans la police. Anderson devait intégrer l'idée, lentement, et peser le pour et le contre. Harley devait détester ce plan, le trouver trop difficile, trop éloigné dans le temps et trop assuré d'échouer.

Ce fut son frère qui parla le premier.

— C'est OK pour moi.

— Toi ? s'étonna Brayden.

— Ouais. Papa serait fier de moi. C'est ce qu'il voudrait.

— J'en suis, moi aussi, dit Rush en même temps qu'Anderson se joignait à eux.

— C'est une assez bonne idée.

Satisfait, Brayden ne put retenir un soupir de soulagement.

— C'est parfait.

Un dernier silence plana, court, cette fois. Puis tous se remirent à parler, non à cause du stress ou de la peur ou de la tristesse à la pensée du drame passé, mais parce que ce projet, si éloigné dans le temps qu'il semblait irréel, libérait la tension qu'ils avaient accumulée. Et les faisait redevenir, pour un certain temps du moins, de simples ados.

1

Quinze ans plus tard

Reggie Frost mit le lave-vaisselle en marche et jeta un coup d'œil à l'horloge accrochée au mur du restaurant Frost, le *diner* de sa famille. Bien qu'il ne soit même pas 20 heures, elle était déjà épuisée. Et en retard d'une heure sur son planning.

Deux serveuses grippées n'étaient pas venues travailler ; elle les avait donc remplacées. Au déjeuner, ça avait été de la folie, la bousculade. Le dîner, en revanche, avait été calme à mourir et elle allait bientôt pouvoir fermer. Grâce au ciel, les vendredis, en dehors de la saison touristique, étaient toujours cool. Un autre soir, elle aurait été coincée au restaurant par les oiseaux de nuit. Dans une ou deux semaines, quand l'invasion de Whispering Woods par des touristes venus de tous les horizons allait commencer, elle aurait de la chance si elle finissait avant minuit.

Sa chance aussi était que, ce soir, commençait le gala Garibaldi.

Organisée par Garibaldi, justement, la fête débutait par un feu d'artifice. Ceux qui n'étaient pas pris ailleurs devaient déjà s'agglutiner autour du stand de barbes à papa, gratuites, ou jouer des coudes afin d'avoir les meilleures places pour assister au spectacle son et lumière, qui, d'ailleurs, n'allait pas tarder.

Même avant de savoir qu'elle serait retenue au *dîner*, Reggie n'avait pas prévu d'assister à ces festivités tardives. Elle avait un autre projet. Un projet dont elle n'avait encore parlé à personne, dont elle ne parlerait que s'il réussissait. Et, pour qu'il aboutisse, elle devait se faire remarquer par Jesse Garibaldi. Il fallait à tout prix qu'il sache qu'elle s'impliquait autant que lui dans la vie de la communauté. C'était à cette fin qu'elle avait proposé son aide pour la réunion famille-amis, le lendemain matin.

Si elle voulait maquiller, sans perdre sa bonne humeur, deux cents frimousses barbouillées de barbe à papa collante, être efficace au restaurant pour le coup de feu de midi, et participer ensuite au dîner du samedi puis danser toute la nuit, il fallait qu'elle soit bien reposée. La perspective du dîner lui souriait le plus. La soirée, à laquelle le maître de maison assistait toujours, promettait d'être très chic. Les invités, triés sur le volet, étaient tous des collaborateurs de Garibaldi. Le but de Reggie était de lui parler directement pour lui présenter sa requête avec l'espoir qu'il morde à l'hameçon. Sans compter qu'elle pourrait boire et se restaurer gratuitement.

Impatiente que la machine ait fini son cycle de lavage, elle tapa du pied.

Dès que le lave-vaisselle aurait terminé et qu'elle serait allée vider la poubelle dehors, elle pourrait fermer. Tout était rangé, le sol, lavé. Elle en était sûre, sa grand-mère, décédée depuis longtemps, qui avait ouvert ce restaurant à une époque où l'endroit se trouvait en pleine forêt, aurait été heureuse de le voir aussi propre.

Et, se dit-elle, *ça montrera à papa ce dont je suis capable.*

— Ça lui apprendra à me traiter de tire-au-flanc, grommela-t-elle.

À vrai dire, elle ne lui en voulait pas. C'était un reproche affectueux. Elle avait déjà quitté cette petite ville par deux fois. La première, pour suivre des études de psychologie. La deuxième, pour suivre un amoureux. Mais ni l'un ni l'autre de ces départs ne l'avaient menée bien loin, et son père se moquait régulièrement d'elle à propos de son inconstance.

Finalement, le temps passé loin de Whispering Woods lui avait permis de réfléchir à sa vie et de conclure qu'elle préférait, et de loin, l'esprit village de sa petite ville à l'anonymat d'une grande cité. Qu'elle préférait même l'idée d'hériter plus tard la direction du *diner* à celle de gérer un jour d'hypothétiques futurs patients. Elle en était même convaincue, elle en apprendrait bien plus sur l'âme humaine au contact des clients du restaurant que dans des livres.

Le tout mis bout à bout, elle pensait qu'elle serait plus heureuse en s'établissant dans cette petite ville touristique.

Malgré les vaisselles et tout le reste, pensa-t-elle.

Comme s'il l'avait entendue, le lave-vaisselle annonça par un petit *clac* qu'il avait terminé et qu'elle pouvait le vider. Les assiettes dans le placard, les tasses sur les crochets, les couverts dans leur casier... En quelques minutes, tout était à sa place. Contente que ce soit fini, elle prit le sac-poubelle pour aller le jeter dans le conteneur, dans la ruelle derrière le *diner*.

Encore cinq minutes, se dit-elle, *et tu seras sur le chemin du retour. Une demi-heure et tu seras dans ton bain. Et demain soir, à toi le champagne et les petits canapés ! Et peut-être un toast à ta victoire.*

Mais à peine avait-elle ouvert la porte et mis les pieds dehors qu'un de ses talons se coinça entre deux pavés.

Emportée par son élan, elle tomba, lâchant le sac, qui s'éventra sous son regard navré. Les détritus, mêlés aux serviettes en papier, détrempées, se répandirent par terre. Évidemment, à côté du grand conteneur, leur destination première.

— La barbe ! jura-t-elle.

Elle commençait à se relever quand un bruit de pas précipités la fit s'immobiliser. Une seconde plus tard, il y eut un cri étouffé, accompagné du bruit sourd de quelque chose — quelqu'un — qui heurtait l'autre côté du grand conteneur. Le couvercle tressauta sous le choc, comme pour protester.

Puis une voix d'homme, étranglée par la peur, s'éleva.

— Je le jure ! Je jure que j'allais rien dire !

Un autre homme répondit aussitôt, d'un ton sarcastique.

— Le truc, c'est qu'il y a deux minutes tu m'as dit qu'il n'y avait rien à dire. Alors, c'est quoi, la vérité ?

Elle entendit comme un sanglot.

— Les deux.

— Les deux ?

— Oui !

— Ça va pas, ça, mon pote. T'aurais jamais dû revenir. T'étais prévenu de ce qui t'arriverait si tu remettais les pieds ici.

La grosse poubelle remua encore. Voyant une silhouette, plutôt mince, se dresser derrière, Reggie se recroquevilla sur elle-même. L'homme prit la fuite, mais l'autre le poursuivit et, plus rapide, le rattrapa.

Reggie se risqua à jeter un bref coup d'œil et en oublia presque d'étouffer un « oh ! » de stupeur.

Le premier homme lui était inconnu, mais pas le deuxième, qui était jeune, grand, fort, et en uniforme de policier. Il se nommait Chuck. Chuck Delta. Recruté pour prêter main-forte à la police pendant la saison touristique, arrivé il y a peu à Whispering Woods, il venait régulièrement prendre son petit déjeuner au *diner*. Un bagel et un café.

Que faisait-il là ? En mission ? L'homme qu'il avait empoigné par le col avait-il commis un délit ? Devait-elle se manifester ? Avant d'avoir répondu à la dernière question, elle eut la réponse aux précédentes.

— T'es censé protéger les gens, dit l'homme menu. Et je n'ai rien fait de mal.

Le policier hocha la tête.

— Peut-être pas cette fois. Mais je te reconnais, et ça me suffit.

Il s'approcha de l'inconnu et lui plaqua la main sur la bouche pour le faire taire. Dans une vaine tentative pour lui échapper, l'inconnu se débattit et se retrouva cloué au mur.

Ça va mal se terminer, se dit Reggie.

À la seconde où cette pensée lui traversait la tête, elle se concrétisa.

Il y eut un éclat de métal.

Une détonation sourde.

Un cri étouffé.

Épouvantée, Reggie recula sans se soucier des ordures répandues autour d'elle. Une boîte de soupe, qui avait échappé au tri sélectif et aurait dû finir ses jours dans l'autre poubelle, roula sur le sol. La voyant filer dans le caniveau avec le *cling cling* caractéristique des canettes vides, elle se pétrifia.

Paniquée, elle releva les yeux juste au moment où l'inconnu basculait en avant et où Chuck Delta se penchait vers lui. Sans réfléchir, mue par l'instinct de survie, elle se leva d'un bond et partit à toutes jambes vers l'autre bout de la ruelle.

Vite vite, vite vite, vite vite, se répétait-elle au rythme de ses pas. En quelques secondes, elle déboucha dans la rue.

Cours-cours. Cours-cours. Cours-cours…

Il y eut un crissement de pneus et une odeur de caoutchouc brûlé. Son cerveau n'eut pas le temps de réagir ; un cri d'effroi s'étrangla dans sa gorge. Une belle voiture noire fonçait sur elle.

Emportée par son élan, Reggie ne parvint pas à s'arrêter. Se mordant la lèvre jusqu'au sang — pouah ! c'était écœurant ! —, elle heurta le phare avant gauche. Ou fut-ce le phare qui la heurta ? La douleur, violente, monta jusqu'à son cerveau, et elle s'abattit sur l'asphalte.

Non !

Elle ne pouvait pas rester là. Il fallait qu'elle continue. Avec effort, elle tenta de se relever, agitant les mains dans l'espoir de trouver quelque chose, n'importe quoi pour y prendre appui. Et elle trouva. Une main tiède. Deux mains, même. L'une qui lui prit la main droite, l'autre qu'on posa sur son épaule.

La main était grande. Large. Et très forte.

Un homme, se dit-elle.

Instinctivement, après la scène dont elle venait d'être témoin, elle voulut le repousser.

Mais ses lèvres remuaient. Il lui disait quelque chose. Des mots qu'elle ne comprenait pas. Et son regard, couleur chocolat et aussi doux que ses mains, était fixé sur elle. Il semblait sincèrement inquiet, plutôt sympathique, et lui rappelait quelque chose. Mais était-ce suffisant ? Elle se redressa pour jeter un coup d'œil vers l'entrée de la ruelle, et tout se mit à tourner.

— Aidez-moi, dit-elle dans un filet de voix.

Il répondit quelque chose qui sonnait comme :

— J'essaie.

— S'il vous plaît…, ajouta-t-elle.

Il changea d'expression, passant d'inquiet à étonné, puis de nouveau à inquiet. Très inquiet. Il ne lui demanda rien, s'accroupit pour la prendre dans ses bras et la souleva. Serrée contre sa poitrine, elle ferma les yeux, priant le ciel qu'il la garde contre lui, loin de la scène de folie à laquelle elle venait d'assister.

Brayden Maxwell inhala une bouffée d'un parfum légèrement épicé. Plaisant. Comme était plaisant le fait d'avoir, blottie contre lui, la fille qu'il reconnaissait pour l'avoir vue faire le service dans le petit restaurant tout proche.

Reggie, lui semblait-il.

Il regarda sa blouse, à laquelle était accroché un badge. C'était bien ça, Reggie.

Deux minutes plus tôt, il était au téléphone avec son frère et lui disait que tout était calme. Que leur plan « roulait ». Finalement, après dix jours et demi de recherches, il était certain, à deux cents pour cent, qu'ils avaient localisé leur cible. L'homme qui, des années plus tôt, s'en était sorti sans le moindre dommage mais les avait laissés, eux, blessés presque à mort.

Et voilà ce qui m'arrive, pensa-t-il.

Qu'avait-elle vu qui lui ait fait peur au point qu'elle se jette presque sous ses roues ? Lui-même n'avait rien remarqué.

Mince ! Il l'avait à peine vue arriver. Heureusement, il avait juste eu le temps de l'éviter. Enfin, pas tout à fait, puisqu'elle avait heurté assez brutalement son pare-chocs. Mais trois secondes d'inattention de sa part et...

Il secoua la tête à la pensée de ce qui aurait pu se produire et inspira une nouvelle fois la douce odeur qu'elle dégageait.

De la cannelle ? Sans doute d'un gâteau du *diner*.

Il la regarda mieux. Au restaurant, elle souriait tout le temps pendant son service. Un grand sourire qui illuminait tout son visage. Un visage parfait, avec des yeux brillants et verts comme les prés en Irlande, mais qui étaient fermés en ce moment, même si ses paupières battaient par instants. Tout son corps tremblait un peu.

De toute évidence, elle était choquée. Pas un choc au sens médical du terme, mais autre chose, une grande détresse émotionnelle.

De toute façon, ce n'était pas bon.

Plissant les yeux, il regarda ce qui se passait dans la rue. À droite. À gauche. Et une fois encore. Rien de suspect a priori. Le ciel était sombre, et les lampadaires, peu nombreux dans cette petite ville, pas encore allumés. On était entre chien et loup, et la visibilité était faible.

Il scruta une fois de plus les alentours, sans rien remarquer. Son instinct, malgré tout, passa en mode alerte. Décidant de ne pas perdre de temps à chercher, ou à imaginer, quelque chose qui n'existait pas, il observa Reggie. Elle était encore effrayée. Blessée, peut-être. Même si son état nécessitait des soins, pourquoi lui avait-elle demandé son aide ?

— Très bien. Allons quelque part où vous vous sentirez en sécurité, proposa-t-il.

Où ? Il n'en savait rien, mais son expérience auprès de personnes traumatisées lui avait appris qu'il fallait les éloigner du lieu de l'événement.

Il jeta un coup d'œil à sa voiture et se dit qu'il valait mieux l'installer sur la banquette arrière, où elle serait mieux allongée qu'assise à l'avant. Ses tremblements redoublèrent tandis qu'il ouvrait la portière. Alors que la température de la soirée, assez douce, prêtait plutôt à se découvrir, elle se mit à claquer des dents.

Elle était vraiment en état de choc.

— J'ai une couverture dans le coffre, dit-il à voix basse pour ne pas l'effrayer. Allongez-vous, je vais la chercher. D'accord ?

Elle fit un petit signe de tête qui voulait dire oui. Il

alla donc prendre dans le coffre une couette qu'il venait de laver à la laverie automatique. Elle était encore tiède de son passage dans le sèche-linge.

Il retourna auprès de Reggie. En la bordant, il constata qu'il lui manquait une chaussure. Il regarda vers l'endroit d'où elle avait surgi, sans rien voir qui ressemble à un soulier.

— On verra ça plus tard, marmonna-t-il pour lui-même. Je veux que vous restiez allongée, bien tranquille, ajouta-t-il plus haut à l'intention de Reggie. C'est possible ?

Elle hocha encore la tête.

— Bien, reprit-il.

Il posa la main sur sa jambe et nota qu'elle tremblait déjà moins.

— Ça va aller, vous verrez. Je vous le promets.

Après s'être installé au volant, il démarra et s'engagea dans la rue déserte. Tout en conduisant, il s'interrogea sur la direction à prendre.

Chez le médecin du coin ? Il était trop tard, son cabinet devait être fermé.

Chez elle ? Il ignorait son adresse.

Le restaurant où elle travaillait ? Pas mal, sauf si c'était de là qu'elle s'était enfuie. L'avantage ? C'était tout près.

Et pourquoi ne pas aller dans le petit chalet qu'il louait ? Il réfléchit. Son *home*, temporaire, était à l'écart de tout. Évidemment, il n'avait pas prévu d'y recevoir des invités ! Il était là pour remplir une mission, c'était la seule raison de sa présence. Faire la connaissance d'une ravissante serveuse n'était pas au programme.

Avoir failli l'écraser non plus !

Il soupira. Non, cela n'était pas sur sa liste de choses à faire. Trouver une solution à un imprévu, en revanche, l'était. C'était le moment de faire preuve d'à-propos.

Un œil dans le rétroviseur, il accéléra. Reggie avait disparu sous la couette ; il ne voyait plus qu'une petite mèche de cheveux qui dépassait. Attendri, il sourit.

Au même instant, un flash de lumière rouge et bleue dans le rétroviseur capta son attention. Son sourire se figea. Une voiture de police lancée à toute allure arrivait sur eux, sirène hurlante et gyrophare en action. À cette vitesse, elle allait bientôt l'emboutir ! Un homme seul, en uniforme de policier, était au volant.

Quelque chose dans l'apparition de ce *cruiser* l'intrigua. En général, quand il travaillait sur un dossier concernant plusieurs juridictions, son patron prenait soin de prévenir les autorités locales. Brayden savait que ça n'avait pas été le cas pour l'affaire qui l'intéressait. Son chef, le capitaine de la police de Freemont City, l'avait autorisé à entreprendre son enquête en toute discrétion.

L'homme qu'il avait dans le collimateur s'était implanté à Whispering Woods. Il avait le maire dans sa poche, pas mal de biens au soleil, et la police locale ferait certainement l'impossible pour que le plus en vue des citoyens du pays ne soit pas inquiété. Le dossier et la présence de Brayden devaient rester aussi secrets que possible.

Le policier lui fit signe de se ranger sur le côté. Il obtempéra, baissa sa vitre et attendit, non sans une certaine impatience, que l'autre arrive.

La jeunesse du policier l'étonna, tout comme son allure. Rasé de près, propre et raide. Sans doute frais émoulu de l'académie de police et désireux de faire ses preuves.

Il se força à sourire et prépara ses papiers.

— Bonsoir.

— Bonsoir, monsieur.

Le jeune policier regarda vaguement les documents et les lui rendit.

— Vous n'êtes pas d'ici. Vous êtes de passage ?

La question surprit Brayden, qui n'en laissa rien paraître. Personne n'était « de passage » à Whispering Woods. On y accédait par une seule route et, tout autour, il n'y avait que des montagnes plantées de sapins.

— Une envie subite d'aventure, dit-il. J'ai loué un des petits chalets près du ruisseau pour quelques jours.

— Ah.

— Eh oui ! Je roulais trop vite ?

Le policier secoua la tête.

— Non. J'enquête sur une plainte pour nuisance.

Brayden ne releva pas, évidemment, mais il se dit que c'était sûrement un novice pour livrer ce genre d'information sans qu'on ne lui ait rien demandé.

— Je dois faire attention à quelque chose ?

— Non, répondit le bleu. Vous n'avez rien vu de suspect ? Juste maintenant.

Brayden se força à rire.

— Ici ? Je suis là depuis une semaine, et je peux dire que je n'ai vu personne mal se conduire. Pas même un écureuil.

Le jeune policier sembla se détendre.

— C'est vrai que c'est calme, par ici. Je suis de Freemont City. Là-bas, c'est quand même plus animé.

Freemont. Tiens, tiens…

En entendant le nom de la ville où il habitait, Brayden avait retenu un sursaut. La coïncidence était d'autant plus troublante qu'il ne croyait pas aux coïncidences… Malgré tout, se raisonna-t-il, Whispering Woods se trouvait à trois cents kilomètres au nord d'Oregon City, et bien qu'elle soit à l'écart des sentiers battus c'était tout de même une destination touristique fréquentée. Il se dit qu'il fallait qu'il garde l'info en mémoire, pour plus tard… Qui sait ?

— Vaut toujours mieux faire attention, dit-il. Même dans les petites villes.

— Je ne vous le fais pas dire.

Le policier se gratta le nez puis recula.

— Bonne soirée.

— À vous aussi.

Il redémarrait quand le jeune flic le rappela.

— Monsieur ?

Il crut qu'il allait lui poser une question sur la forme allongée à l'arrière, mais non. À la place, il lui tendit une carte professionnelle.

— C'est ma ligne directe. Si vous voyez quelque chose, pas besoin de passer par les chefs, appelez-moi direct.

— OK.

Poussant un soupir de soulagement, Brayden reprit la route et, tandis qu'il s'éloignait, ce qu'il vit dans son rétroviseur faillit lui faire faire une embardée. La jeune recrue retournait à son *cruiser* avec, accrochée à sa ceinture et battant sur ses fesses, une chaussure de femme.

2

Reggie ne disait mot. D'une part, elle était encore terrifiée, d'autre part, elle avait mal à la tête. De plus, elle ne savait que dire à cet inconnu qui l'avait soulevée comme une plume et déposée à l'arrière de sa voiture avec une délicatesse surprenante de la part d'un homme aussi grand et aussi fort. Mais pourquoi avait-il caché sa présence sous la couette à Chuck, le policier ?

Oui, pourquoi avait-il fait ça ? Les gens normaux ont recours à la police quand il y a un problème. Voir une femme paniquée se jeter sous ses roues en était un, non ?

Dans le fond, il n'est peut-être pas normal, se dit-elle.

Un peu inquiète, elle essaya de sortir la tête de son cocon. Elle ne le voyait pas bien, juste assez pour constater qu'il regardait la route, l'air concentré. Il n'était pas bien rasé et sa barbe ajoutait à la dureté de ses traits. Ses mains étaient crispées sur le volant. De toute évidence, il était tendu. Peut-être pour avoir menti au policier ? Ou pour autre chose ?

En tout cas, il lui rappelait quelqu'un. S'il pouvait tourner un peu la tête, elle le verrait mieux. Profitant de ce qu'il jetait un regard dans le rétroviseur latéral, elle étudia vite son visage. Il avait une grande bouche et le nez qui allait avec. Des yeux marron clair, tirant sur le doré, avec des cils noirs et fournis qui faisaient ressortir la couleur peu banale de ses yeux. C'était vraiment le plus bel homme qu'elle ait jamais vu et, c'était sûr, elle l'avait déjà croisé quelque part, mais où ? Et pourquoi un touriste lambda mentait-il à un policier ?

Elle ferma les yeux une seconde dans l'espoir de se rappeler où elle l'avait vu. Rien à faire. Sa rencontre avec le pare-chocs de cette voiture avait dû la sonner, pour qu'elle ait ainsi perdu la mémoire. Quand elle releva les paupières, il fixait de nouveau la route et elle ne le voyait plus que de profil. C'était préférable, car elle n'aurait pas pu le regarder encore longtemps…

Apparemment, ton coup à la tête n'a pas amoché ta libido, se dit-elle.

Elle se glissa de nouveau sous la couette, se disant qu'au lieu de se laisser distraire par la belle gueule de son chauffeur il valait mieux qu'elle s'inquiète de ce qu'il allait faire d'elle, car elle n'avait pas la moindre idée de l'endroit où il l'emmenait, ni de ses intentions. Quelque chose lui disait qu'elle pouvait lui faire confiance, mais avait-elle raison de se fier à son instinct ? Si on lui avait demandé vingt minutes plus tôt si Chuck était un garçon gentil, elle aurait sans doute répondu oui sans se poser de questions.

Son ton furieux lui revint en mémoire, et elle se remit à trembler. Elle ne connaissait pas l'homme qui était au volant mais, pour l'heure, elle aimait mieux être avec lui que là-bas, dans la ruelle. En espérant qu'elle ne se trompe pas !

— Oh ! mon Dieu ! gémit-elle soudain, se rappelant brusquement le deuxième homme qu'elle avait vu.

Son « chauffeur » jeta un coup d'œil par-dessus son épaule.

— Que se passe-t-il ?

— Il faut qu'on retourne là-bas. L'homme… L'autre…

Elle essaya de s'asseoir, mais la tête lui tournait.

— Qu'y a-t-il ? Tenez-vous tranquille, voyons.

Elle secoua la tête et crut s'évanouir.

— Je ne peux pas. Ça tourne.

— Tenez-vous tranquille, je vous dis. Respirez.

Elle ferma les yeux et, suivant son conseil, inspira à fond. L'autre homme. Le canon sur sa tempe. Qu'était-il devenu ? Avait-il survécu ? Il fallait peut-être demander qu'on lui porte secours. Non, pas « peut-être ». Sûrement. Oui, sûrement.

Mais demander à qui ?

La police ? Il n'en était pas question.

— Il faut qu'on y retourne, répéta-t-elle.

— Ça ne me semble pas une bonne idée.

— Il le faut ! En tout cas, *moi*, je veux retourner.

— On arrive bientôt à mon chalet.

— À votre chalet ?

— Je n'avais pas d'autre idée. Maintenant, dites-moi ce qui vous arrive.

Hésitant à lui raconter ce qui s'était passé, elle se mordit nerveusement la lèvre.

— Il faut que j'y aille. Il y a une vie en jeu.

Elle chercha son regard dans le rétroviseur. Il ne semblait pas étonné. En tout cas, moins qu'elle l'aurait cru.

— Et votre vie ?

— Pardon ?

— Le flic, là…

Ces trois mots lui donnèrent des frissons. Elle serra la couette très fort.

— Oui. C'était Chuck Delta.

— Eh bien, ce Delta… Il avait votre chaussure.

Elle regarda ses pieds et se rappela qu'elle avait perdu une chaussure dans sa fuite. Que Chuck l'ait n'était pas une bonne nouvelle, mais elle verrait ça plus tard. Dans l'immédiat, il y avait plus urgent : porter secours à une victime. S'il n'était pas déjà trop tard…

— Bien. Dites-moi où vous voulez que je vous emmène, et je fais demi-tour.

— Au restaurant Frost.

— C'est bon. Mais, je vous préviens, si je sens qu'il y a un danger, je file. Même si je dois foncer sur le flic de tout à l'heure.

— D'accord, dit-elle, soulagée qu'il accepte, même sous condition.

Elle ferma les yeux et se laissa bercer par le ronronnement du moteur. Une des choses qu'il venait de dire lui revint tout à coup en mémoire. Il avait parlé de son chalet.

Mais bien sûr, c'était lui !

— Mardi, table 5. Deux œufs, un toast, dit-elle en rouvrant les yeux.

Il tourna un instant la tête pour la regarder et sourit, un large sourire qui révéla de belles dents.

— D'habitude, je suis plutôt Max, mais c'est bien aussi.

Elle se sentit rougir.

— Pardon.

— Ne vous excusez pas. Les clients ne portent pas de badge, eux. Je suis même flatté que vous vous rappeliez mon menu, ajouta-t-il.

— Oui, et vous avez même laissé vingt dollars de pourboire à une des filles, qui se plaignait du prix des couches pour son bébé. Elle en a parlé pendant des heures... De ça... et de vous et de votre projet d'ouvrir des chambres d'hôtes.

— Ah. Mon étalage de richesse. C'est faux. J'aurais dû me méfier.

— C'est bien, d'être généreux.

— Ça me fait plaisir d'aider les gens, dit-il en jetant un coup d'œil dans le rétroviseur. C'est vrai.

Il attendait manifestement un commentaire mais, ne sachant trop que dire, elle choisit une réponse facile.

— Merci de m'avoir emmenée et de me ramener.

— De rien. Et d'ailleurs nous sommes arrivés.

La tête lui tournait toujours un peu, mais elle se redressa pour regarder par la vitre. La rue était déserte. Elle avait beau savoir que c'était parce que Garibaldi possédait tout le quartier et que la plupart des gens devaient être en train d'assister au spectacle son et lumière, elle se remit à trembler. Même la vue coutumière du restaurant familial ne parvenait pas à chasser l'impression de malaise qu'elle ressentait.

— Vous voyez quelque chose qui ne vous plaît pas ? demanda Max.

— Je ne vois rien du tout, mais ça me déplaît quand même. Ça vous ennuie de faire le tour ? Je voudrais voir la ruelle.

— Pas de problème.

Très lentement, il fit le tour. Reggie vit tout de suite que la ruelle était vide.

Sauf si le corps est derrière la grosse poubelle, se dit-elle.

La gorge nouée, elle posa la main sur la poignée de la portière.

— Qu'est-ce que vous faites ? lui demanda Max en s'arrêtant.

— Il faut que j'aille voir.

— Voir quoi ?

Ignorant sa question, elle ouvrit sa portière. Son chauffeur marmonna quelque chose d'incompréhensible et, rapide comme l'éclair, sortit de l'auto et se campa devant elle.

— Voir quoi ? répéta-t-il.

— Si le corps est là.

Il écarquilla les yeux puis son expression s'assombrit.

— Non, on ne va pas voir s'il y a un corps.
— Si.
— Non. C'est le travail de la police.
— Sauf si le corps est l'œuvre de la police.
— Le nommé Delta ?

Elle opina et grimaça car sa tête lui faisait mal.

— Il y avait un revolver et un autre homme, et, policier ou pas... je suis sûre que ce qui s'est passé n'était pas légal.
— Raison de plus pour ne pas aller voir.
— J'y vais, Max. Il le faut. Imaginons qu'il soit encore vivant et ait besoin d'aide !

Mécontent, il hésita puis soupira.

— OK. J'y vais.
— Non. Moi.
— Vous ne voyez pas que vous ne tenez pas sur vos jambes ? Vous allez tomber, voyons ! Et si quelqu'un est caché là derrière et ne tient pas à vous voir...

Elle faillit répliquer qu'elle tenait très bien debout, mais elle aurait menti.

— Je ne veux pas que vous preniez de risques à ma place.
— J'ai l'habitude des situations périlleuses.
— Si vous croyez que vous me rassurez en disant ça !
— Ça veut simplement dire que je peux faire face, quoi qu'il arrive de l'autre côté de la poubelle.
— Vous êtes sûr ?
— Cent pour cent sûr.
— D'accord, alors, dit-elle, résignée.

Il la regarda pendant quelques instants, comme s'il réfléchissait, puis alla ouvrir la boîte à gants pour en sortir quelque chose, qu'il lui tendit.

— Un revolver ? s'exclama-t-elle en voyant de quoi il s'agissait. Mais je n'en veux pas !

— Vous avez peur. Or, je vais vous laisser seule quelques minutes. Avec ça, vous vous sentirez en sécurité.

— Mais je ne sais même pas m'en servir !

— C'est facile, je vais vous montrer. Vous armez, puis vous visez et vous tirez.

Il lui fit une première démonstration puis une autre et lui dit d'essayer. Elle ne bougea pas.

— Parfait, fit-il.

Comment osait-il dire que c'était parfait ?

Moins d'une heure plus tôt, elle se réjouissait à la perspective de la réunion famille-amis du lendemain, et voilà qu'elle se trouvait dans la voiture d'un inconnu avec une arme sur les genoux ! Et l'inconnu lui disait que tout allait bien pour elle et voulait lui imposer de prendre le revolver.

— Allez, reprit-il. Je vais vous aider à passer devant.

Comme elle saisissait la main qu'il lui tendait, elle sentit des picotements remonter le long de son bras. Des picotements tellement forts qu'elle ne sentit plus que ça et oublia le chaos qu'elle avait dans la tête. Surprise, elle lâcha sa main et le regarda. Éprouvait-il la même chose ? Apparemment, il lui avait simplement tenu la main en ne pensant qu'à l'aider à sortir de la voiture.

Tentant de se persuader que ce qu'elle avait ressenti n'était qu'un effet secondaire du choc qu'elle avait subi, elle le laissa lui reprendre la main et l'aider à s'installer sur le siège du passager. N'empêche que, lorsqu'il lui lâcha la main, elle éprouva une impression d'abandon.

— La clé est sur le contact, dit-il. Si je ne suis pas revenu dans cinq minutes, prenez le volant et filez. Vite et le plus loin possible pour que, quand vous appellerez police secours, votre appel arrive dans une autre ville.

Elle ouvrit la bouche pour protester, mais il avait déjà fermé la portière.

Désemparée, elle le regarda s'éloigner et disparaître à l'angle du bâtiment.

Tel un avion furtif qui passe sans qu'on le voie, Brayden longea le mur de briques du restaurant Frost. Tout était bien en place dans sa tête, chaque élément dans sa case. Depuis la chaussure accrochée à la ceinture du pantalon du jeune policier, jusqu'au lien éventuel entre lui et la situation actuelle, en passant par sa rencontre avec la jolie serveuse aux yeux verts fascinants. Sans oublier les drôles de picotements qu'il avait ressentis quand il lui avait pris la main. Mais, ça, mieux valait oublier. Il n'aurait sûrement pas l'occasion de les observer de nouveau.

Il continua d'avancer. Bien qu'il lui ait laissé son revolver, il ne craignait rien. Il se savait capable de gagner dans un corps à corps. Même dans le cas où son adversaire serait armé, il avait la technique pour le désarmer sans faire beaucoup d'efforts. Au pire, il pouvait se servir du couteau glissé dans sa botte.

À son avis, il n'allait avoir besoin ni de son couteau ni de ses poings. Malgré le calme — peut-être un trop grand calme — qui régnait, il n'était pas inquiet. Son instinct le trompait rarement. Après huit ans dans la police, dont quatre comme inspecteur, il se fiait à son flair.

Arrivé près de la grande poubelle, il s'arrêta pour écouter. Il n'y avait pas un bruit.

Quasiment certain qu'il n'allait rien trouver, mais prudent tout de même, il avança encore. Le silence était total. Tout à fait détendu, cette fois, il balaya les lieux du regard. Rien d'anormal. La ruelle était propre. Presque trop propre. Rien ne traînait. Il regarda plus attentivement. Décidément, non, il n'y avait rien de spécial. Et pourtant... Il aurait dû y avoir des choses...

Il plissa le front.

L'arrière d'une demi-douzaine de boutiques donnait sur la ruelle. Comment pouvait-elle être aussi propre ? Impossible. Sauf si...

Cette fois, son instinct tira la sonnette d'alarme.

Sauf si on l'avait nettoyée.

Entre le moment où il avait *ramassé* Reggie et celui où il avait fait demi-tour pour revenir, il s'était passé un peu plus d'une demi-heure. Si quelqu'un était venu faire le ménage, à supposer que la serveuse n'ait pas rêvé, il l'avait fait à toute vitesse. Ce qui voulait dire qu'il avait pu oublier des indices sur la scène du crime supposé. Des pièces à conviction, des preuves...

Il reprit son inspection, un inventaire des lieux très minutieux, cette fois. Les murs, le sol, centimètre carré par centimètre carré... Toujours rien. Convaincu que rien n'avait pu lui échapper mais troublé par une espèce de force qui lui disait de rester, il repartit malgré tout vers la voiture. C'est alors qu'il la vit, à moitié écrasée sous la porte en face de la poubelle : une boîte de soupe en conserve avec une étiquette reconnaissable entre toutes.

Après un rapide coup d'œil alentour, il s'approcha. À cet instant, quelque chose attira son attention. Juste au-dessus de la conserve, sur le mur, à hauteur de la poitrine, il y avait une tache, une traînée, plutôt, petite et rougeâtre. Quelques pas encore pour mieux voir et confirmer ce qu'il subodorait ; c'était du sang. Depuis le début de sa carrière, il en avait vu suffisamment pour pouvoir l'affirmer avec certitude.

Il recula pour avoir une vue d'ensemble. On avait essayé de masquer les traces du nettoyage en les barbouillant de poussière. Un œil non entraîné n'aurait rien vu. Le sien était exercé. D'ici à quelques jours, tout aurait plus ou moins disparu.

En temps normal, il aurait appelé la police, mais pouvait-il lui faire confiance ? Si ce que lui avait raconté la serveuse était vrai, un policier au moins était dans le coup. De plus, il ignorait par quoi s'était soldé le coup de feu. L'homme était-il toujours en vie ? Si oui, il restait peut-être encore une chance de le sauver, bien que ce soit douteux. S'il n'était pas mort lorsque le ménage avait eu lieu, il n'avait pas dû vivre bien longtemps. Un coup de feu dans une ruelle ne pouvait être un avertissement, c'était une exécution.

Décide-toi.

Après une hésitation, il prit son téléphone portable. Ce n'était pas le moment de s'apitoyer sur la mort probable d'un être humain, il fallait agir. *Clic, clic,* il prit une série de photos de la tache sur le mur, sous tous les angles. Puis une vue générale de la ruelle. Il tapota sur le clavier et envoya ses photos à une adresse mail qui ne servait qu'à ce type de communication. Ensuite, il s'accorda un instant de réflexion. Il y avait peu de chances pour qu'une petite ville comme Whispering Woods abrite deux maîtres du crime. En conséquence…

Cet événement devait avoir un lien avec l'ordure qui avait tué son père. Et, si par extraordinaire les deux affaires n'étaient pas liées, il ne devait pas négliger pour autant ce qui venait de se passer. Surtout si un homme était mort, comme Reggie le pensait.

Reggie !

Il fallait qu'il retourne à la voiture. Cela faisait cinq bonnes minutes qu'il était parti, et il ne se voyait pas faire vingt-cinq kilomètres à pied pour rentrer au chalet. Son mobile rangé dans sa poche, il repartait quand une explosion retentit. Aussitôt assailli par un flot de mauvais souvenirs, il se pétrifia.

La bombe. L'écho. Les débris. Le visionnage de la bande-vidéo avec le bruit de l'explosion qui ne l'avait plus jamais quitté.

Le poste de police éventré, une horreur qui occultait tout le reste. Et lui, adolescent, comprenant que son père si admiré, son copain, souvent, son complice, parfois, venait d'être tué.

Une deuxième explosion eut lieu, qui ébranla tout dans la ruelle. Stupéfait, Brayden se jeta contre le mur et se baissa, tout en essayant de trouver l'origine du bruit. Tout semblait calme. Il n'y avait pas l'ombre d'une fumée.

Bon sang ! Qu'est-ce qui avait bien pu…

Troisième explosion. Cette fois, le bruit provenait du bout de la ruelle, là où Reggie l'attendait dans la voiture.

Pris de panique, il partit en courant. En quelques secondes, il déboucha dans la rue. Sa voiture était là, intacte, et Reggie, où il l'avait laissée. En approchant, il vit qu'elle était inquiète, mais guère plus que tout à l'heure. Une quatrième bombe explosa puis, presque simultanément, trois coups de feu. Brayden s'immobilisa, les yeux en l'air. Au-dessus de sa tête, le ciel s'illumina brusquement tandis que des étoiles retombaient sur la ville. Comprenant alors que les bombes n'en étaient pas, il ne put retenir une exclamation :

— Un feu d'artifice !

Soulagé, il se moqua de sa méprise et de lui-même.

Drôle de façon de rester calme sous la pression, inspecteur Maxwell ! se dit-il en se dirigeant vers la voiture.

Il ouvrit sa portière et se mit au volant.

— Ça va ? lui demanda Reggie en le regardant.
— Très bien.
— Vous êtes sûr ?

Il se força à sourire et répondit d'un ton badin.

— C'est la femme qui s'est jetée sous mes roues qui me demande ça ?

— On dirait ! En tout cas, vous, vous êtes vert.

Il hésita. Devait-il lui parler de la réaction excessive qu'il venait d'avoir et lui en expliquer la raison ?

Non, il y avait plus urgent. Il fallait qu'il se concentre sur son objectif, le seul qui comptait pour l'instant : l'éloigner de cet endroit avant que quelqu'un revienne et constate que d'autres étaient passés par là…

— Je vous jure que je vais bien, affirma-t-il avec aplomb.

— Vous avez vu quelque chose, dans la ruelle ? Un cadavre ?

— Pas de cadavre, mais j'ai vu autre chose. Et je pense qu'il vaudrait mieux ne pas traîner ici. Et, compte tenu du fait que Chuck-le-Flic avait votre chaussure, je pense qu'il serait bon que vous ne retourniez pas chez vous. Du moins pour le moment. Une objection ?

— Votre chalet ?

— Il est loin de tout. Pas facile d'accès. Si quelqu'un est après vous, il ne vous retrouvera jamais là.

Elle fit la moue et soupira. Mais, avant même qu'elle ait dit oui ou non, il démarra.

3

La nuit était pour ainsi dire tombée. Le paysage qui défilait derrière la vitre, pareil à une gouache où se fondaient les verts et les bruns, devenait de plus en plus indistinct.

Bien qu'elle ait grandi à Whispering Woods, Reggie n'avait jamais eu l'occasion, ou la curiosité, de s'aventurer du côté des petits chalets qui offraient un abri idéal aux amoureux de la nature. Il fallait vraiment vouloir y aller pour les dénicher, à la limite de la ville mais dans la partie la plus inaccessible de la montagne.

Ils abritaient autrefois des bûcherons qui les considéraient comme leurs maisons. Celui que Max louait, comme ceux qui l'entouraient, était vieux et rustique.

— C'est assez pittoresque, par ici, dit-elle.

Il commençait à faire d'autant plus sombre que la route était bordée de forêts.

— Et ça me plaît, poursuivit-elle.

Dans la première clairière, il y avait quatre petits chalets. Plus loin, un peu à l'écart, s'élevaient deux maisons en rondins, nettement plus grandes, séparées par une haie de près de deux mètres. Des sapins et des mélèzes, dont les cimes se rejoignaient pour former une voûte au-dessus des toitures, les entouraient.

Max passa devant les six maisons et continua par un chemin de terre à peine carrossable jusqu'à un autre chalet dont Reggie n'aurait jamais soupçonné l'existence. Une grande terrasse et un panneau « BIENVENUE » accueillaient les visiteurs. Devant la rambarde de la terrasse étaient alignés des pots de fleurs. À droite, une balancelle et des rocking-chairs tendaient les bras aux voyageurs épuisés par la route. De l'autre côté, il y avait une table et des chaises en fer forgé. Des rideaux protégeaient les fenêtres des regards indiscrets, et du toit sortait une cheminée en métal.

— *Home, sweet home*, dit Max. Ne bougez pas. Je fais le tour et je vous aide.

À peine eut-elle le temps de défaire sa ceinture de sécurité qu'il avait contourné la voiture, ouvert sa portière et lui tendait la main.

— Merci, dit-elle, agacée par la bouffée de chaleur qui lui montait aux joues.

— Tenez-moi par la taille, proposa-t-il.

Elle s'exécuta et rougit de plus belle. Sous l'effet de l'émotion, alors qu'ils n'avaient pas encore monté une marche, elle trébucha. Il la rattrapa instantanément et la serra contre lui.

— Ça va ? lui demanda-il, marquant un temps d'arrêt.

Elle fit un petit oui de la tête.

— OK.

Sans doute ne la crut-il pas, mais il n'insista pas, se bornant à resserrer davantage son étreinte pour l'aider. Elle constata alors qu'elle adorait ce contact.

Elle n'était pas de ces filles faciles prêtes à coucher avec le premier venu. Elle se considérait même comme un peu froide avec les hommes, plus prompte à les repousser qu'à sauter dans leur lit. En tant que serveuse dans un restaurant d'une ville touristique, elle ne manquait pas d'occasions ; en haute saison, été et hiver, des vagues d'hommes plus ou moins bien intentionnés déferlaient sur la ville. Elle avait commis une erreur. Une fois. On ne l'y reprendrait pas. Une expérience fâcheuse avait suffi. Elle en avait tiré la leçon. Dorénavant, elle gardait ses distances. C'est tout juste si elle voyait ceux qui paradaient sur les trottoirs skis sur l'épaule, ou sur leur VTT. Surtout maintenant qu'elle avait fêté les catherinettes. Les pirouettes sans lendemain, juste pour prendre du plaisir, n'étaient pas ce qu'elle recherchait.

Encore que, à voir sa réaction au contact de Max... Elle était tentée de penser que toutes les parties de son corps n'avaient pas reçu le message.

Quant à savoir ce que Max avait ou n'avait pas perçu... Mystère.

Prenant sa respiration pour tenter de calmer son cœur qui s'emballait, elle s'apprêta à poser le pied sur la première marche. Au lieu de la bouffée d'air frais qu'elle espérait, elle inspira une bouffée de parfum. Un mélange acidulé et épicé qui lui mit l'eau à la bouche. Troublée, elle trébucha encore, rata la marche. De nouveau, Max la rattrapa, mais, en même temps, sa veste s'entrebâilla et un téléphone tomba sur l'escalier. Elle regarda l'écran et se redressa.

— Vous avez dit que vous vous appeliez Max..., murmura-t-elle.

Elle montra l'appareil du doigt.

— Je vois écrit Brayden sur l'écran.

— Ah oui. Je...

Sans lui laisser le temps de finir sa phrase, elle prit ses jambes à son cou et se mit à courir, courir... Elle perdit la chaussure qui lui restait mais ne s'arrêta pas pour la reprendre. Découvrir que l'homme qui l'avait sauvée lui avait menti la terrifiait.

Un homme était mort, tué par balle. Juste derrière le restaurant de sa famille. Celui qui l'avait abattu n'était pas n'importe qui. C'était un policier. Peut-être ne l'avait-il pas vue ? Mais rien ne le garantissait,

Et maintenant… Maintenant, elle ne savait plus où aller. Elle était piégée, loin de la ville, avec un homme qui lui avait menti sur son nom. Elle s'était laissé abuser par son empressement à l'aider et, naïve, n'avait pas imaginé qu'il pourrait avoir une idée derrière la tête.

Ce n'est qu'un nom, lui dit une petite voix dans sa tête.

Elle balaya l'air devant elle pour chasser cette pensée. Seulement un nom ? Peut-être. Mais pourquoi tricher sur son identité ?

Pour l'instant, peu importait le pourquoi. Ce qui comptait, c'était lui échapper. Elle passa en courant devant les petits chalets. Les cailloux, les aiguilles de pin et le reste lui blessaient les pieds. Elle continua malgré tout, ignorant les coupures, les griffures, et sans pousser un cri, jusqu'à ce qu'elle débouche sur la route.

Je fais quoi ? se demanda-t-elle alors. *Je prends la route ou par le bois ?*

Par la route, elle retournait en ville, mais Max — non, Brayden — se douterait qu'elle essaierait de rentrer chez elle. Non, la route, ce n'était pas sûr. Elle souffla, pensa à son père dans son bungalow. Mais l'endroit était-il sûr ? Et si Chuck venait voir si elle était là ?

Elle refoula ces pensées et se tourna vers la forêt. C'était moins risqué que la route, et elle trouverait toujours un moyen de se cacher le temps de décider de la suite.

— Reggie !

L'appel la fit détaler. Elle reprit sa course, rencontrant parfois — trop rarement — la douceur de la mousse, grimaçant le reste du temps au contact de cailloux pointus. Les branches basses lui giflaient les mollets et les chevilles, les épines la griffaient. Elle finit par s'éloigner des chalets. La voix de Brayden devint de moins en moins forte, puis elle ne l'entendit plus. Elle continua quand même à courir.

Les buissons et les petits arbres cédèrent bientôt la place à de grands sapins dont les racines à fleur de sol la ralentissaient.

Lorsqu'elle arriva au pied d'une côte qu'il allait falloir grimper, elle était essoufflée et en nage. Elle s'arrêta pour reprendre sa respiration et regarder autour d'elle. En courant dans le sous-bois, elle avait laissé des traces qu'il serait facile de suivre. Devant elle, il n'y avait que des arbres énormes et de gros rochers.

Brayden avait-il compris qu'elle n'était pas retournée en ville ? Elle n'en savait rien. Ce dont elle était sûre, en revanche, était que, même s'il l'avait suivie, elle avait assez d'avance pour reprendre son souffle pendant trente secondes. Elle en avait absolument besoin.

Elle s'assit sur un rocher et examina ses pieds. Pas beaux à voir ! Entaillés, écorchés. De la terre et de la poussière entre les orteils. Le cocktail parfait pour qu'ils s'infectent.

Et en plus, maintenant, il faisait pour ainsi dire nuit noire.

Elle leva les yeux. La voûte formée par les arbres était si sombre qu'elle n'était même plus verte. Le peu de ciel qu'elle entrevoyait n'était pas étoilé. Quant à la lune, elle était invisible…

Elle ferma les yeux. Était-il raisonnable de continuer à courir ? Dans le noir ? Avec toutes ces racines qui lui faisaient des croche-pieds ? Elle avait peu à peu repris son souffle et respirait presque normalement. Un petit coup de vent sur le front lui donna la chair de poule et elle frissonna. Des frissons qui redoublèrent quand elle entendit, quelque part dans le sous-bois, le bruit de branches qui craquaient sous des pas. Des pas lourds et pressés.

Affolée, elle se leva. Ses pieds blessés lui firent tellement mal qu'elle ne put retenir un cri. Sous l'effet de la douleur, elle vacilla et ferma les yeux. Alors qu'elle était sur le point de tomber, une main se referma sur son bras. Elle tomba quand même, mais sur les genoux, au lieu de s'étaler face contre terre comme elle s'y attendait. Une deuxième main passa sous son autre bras et elle fut soulevée. Elle sut tout de suite que c'était Brayden. Sa façon de la toucher et son odeur étaient reconnaissables entre toutes. Curieusement, alors que pourtant elle le fuyait, elle éprouva le désir de se blottir contre lui. Comme elle l'avait déjà fait.

La raison reprenant toutefois le dessus, elle hurla :

— Lâchez-moi !

— Pour que vous vous enfuyiez et vous blessiez encore plus ? Ça, sûrement pas !

Il paraissait agacé. En colère, même.

— Et vous allez faire quoi ? Me porter jusqu'au chalet ?

— Vous voyez bien que vous êtes incapable de marcher.

— Vous n'avez aucun droit sur moi. Je fais ce que je veux !

— Évidemment, que vous pouvez faire ce que vous voulez. Mais, si vous vouliez quitter le chalet, vous n'aviez qu'à le dire. Je ne vous retiens pas de force, je vous aurais même conduite où vous voulez.

— Vous m'avez menti. Vous ne vous appelez pas Max.

— Ce n'est pas vraiment un mensonge. Et, si vous m'en aviez laissé le temps, je vous aurais expliqué.

Il inspira intensément, comme après un gros effort.

— En fait, mon vrai nom est Brayden Maxwell. Max, c'est mon surnom.

C'était stupide, sans doute, mais elle était tentée de le croire. Que faire quand sa raison disait non et que tout son corps criait oui ? Et puis il y avait le corps de cet homme, tout chaud contre le sien, et ce parfum… Ce parfum… Oui, c'était certainement plus facile de le fuir quand il n'était pas si près.

— Vous avez des papiers d'identité ? s'entendit-elle lui demander.

— Oui. Dans ma voiture. Qui est garée devant chez moi.

— Ça ne me va pas.

— D'accord. Que voulez-vous, alors ?

— Je ne sais pas.

Ils se turent.

— Tenez. Prenez mes clés dans ma poche.

— Pardon ?

— Mes clés. Servez-vous-en pour me frapper si vous voulez ou allez prendre ma voiture. Si ça peut vous rassurer…

Les yeux plissés, elle le dévisagea. Il cherchait à la calmer. Elle savait qu'elle ne faisait pas le poids à côté de lui. Il était grand et athlétique, et elle, plutôt menue.

— Quelle poche ? fit-elle.

— Intérieure, gauche.

Elle posa la main sur sa poitrine et fit courir ses doigts, lentement, sur les muscles bombés qu'elle devinait sous sa chemise. Il était bâti comme un bûcheron. Pas étonnant qu'il l'ait freinée aussi facilement dans sa chute. Comme s'il avait arrêté une plume. Chassant cette pensée, elle continua de chercher les clés. À en juger par ses petits soubresauts, il n'était pas insensible au contact de sa main sur son buste.

— Alors, ce trousseau ?

— Le voilà !

Elle le sortait de sa poche quand, posant un pied sur le rocher, il l'assit sur son genou. Il prit alors sa main, écarta ses doigts et glissa une clé entre chacun d'eux.

— Comme ça, dit-il. Une espèce de poing américain.

Elle regarda cette arme improvisée puis lui. Il avait des yeux dorés, caramel blond, plutôt, et la fixait avec un mélange d'intérêt et de curiosité.

— Je vous demande pardon, dit-elle.

— De quoi donc ?

Son étonnement semblait sincère.

— Vous vous moquez de moi ?

— Non. Pourquoi ?

Elle éclata de rire.

— Grâce à vous, j'ai échappé à Chuck. Vous m'avez ramenée au *diner* quand je vous l'ai demandé. Quand j'ai vu que vous ne vous appeliez pas Max et que vous me mentiez, je suis partie en courant comme une folle. Et vous me demandez pourquoi je m'excuse ?

Un sourire amusé releva les coins de ses lèvres, mais son regard se durcit.

— Non, vous n'êtes pas folle. Vous étiez en panique. Vous l'êtes encore. J'aurais préféré éviter ce jogging dans les bois en pleine nuit, mais je comprends que vous vous soyez enfuie. Vous n'avez pas à vous excuser.

— J'ai quand même honte.

— Si vous voulez. Mais je vous pardonne.

Il la regarda avec insistance, mais son visage restait indéchiffrable. Que se passait-il dans sa tête ? Elle crut qu'il voulait ajouter quelque chose mais qu'il n'osait pas.

De son côté, elle ressentait une folle envie de caresser sa joue et de lui dire qu'elle était d'accord avec tout ce qu'il voudrait.

Soudain, sans même s'en rendre compte, elle leva la main et la posa sur sa joue. Elle était rêche. S'était-il rasé ce matin ? se demanda-t-elle. Cette pensée en amenant une autre, elle l'imagina dans sa salle de bains. Il se penchait vers le miroir, un rasoir mécanique à la main. Avec l'autre main, il faisait mousser la crème à raser sur son visage. Pour tout vêtement, il portait une serviette autour des hanches.

Un rire gêné lui échappa. Elle laissa retomber sa main mais il la rattrapa au vol, la plaqua sur ses lèvres et l'embrassa. Un petit baiser papillon.

Elle sentit qu'elle rougissait, et replia les doigts comme pour emprisonner la délicieuse chaleur de ce contact.

Lorsqu'elle leva les yeux vers lui, elle s'aperçut qu'il semblait aussi étonné qu'elle par son geste mais il ne dit rien.

Il la serra encore une fois contre lui puis se redressa et se mit en marche.

4

Brayden s'en voulait d'avoir cédé à cette subite tentation. Ça avait été inconscient, spontané. Un geste automatique, incontrôlé. Une sorte de pulsion à laquelle il n'aurait jamais cédé dans des circonstances normales. D'ailleurs, ça ne se reproduirait plus.

N'empêche qu'il avait aimé. Il sentait encore le goût de sel et la fraîcheur de sa main sur ses lèvres.

— Mon… sieur Brayden ?

Il sortit de ses songes.

— Vous êtes sûr qu'on prend le bon chemin ? Je suis arrivée par l'autre côté.

— Oui. Et vous avez tourné en rond. C'est grâce à ça que je vous ai récupérée. Il m'a fallu trente secondes pour me dire que vous étiez trop intelligente pour retourner tout de suite en ville. Je suis revenu à la maison prendre une lampe-torche et je vous ai entendue marcher du côté des chalets.

— Je ne suis pas très douée pour jouer à cache-cache.

— C'est aussi bien. Enfin, la plupart du temps.

Ils finirent par apercevoir son chalet. Un spot, fixé à l'arrière, s'alluma dès leur approche.

— Et voilà, dit-il. Nous y sommes.

La lumière, violente, la fit cligner des yeux.

— Décidément, je ne sais pas comment on fait pour se sauver. Je suis nulle.

Il ne put s'empêcher de rire.

— Je vous expliquerai. Avec un peu de pratique, vous y arriverez, mais je ne suis pas certain que ça vous rassure.

Il contourna le chalet et s'arrêta en bas des marches.

— Êtes-vous prête à franchir le seuil dans mes bras ?

Il ne faisait pas très clair, mais il vit qu'elle avait rougi.

— Je peux essayer de marcher, répondit-elle.

Il regarda ses pieds, sales, meurtris.

— Je vous le déconseille. Sauf si vous voulez ajouter l'extraction d'échardes à la liste des soins que je vais devoir vous prodiguer. Et vous penserez peut-être que je suis fou, mais j'ai l'intention de vous examiner de pied en cap pour m'assurer que tout va bien et panser toutes vos plaies. J'en ai pour la nuit... Au moins.

Elle plissa le nez.

— C'est bon. Allons-y, dit-elle en soupirant.

Il monta les marches en la portant, poussa la porte qu'il avait laissée déverrouillée, entra, et alluma tout de suite. Il passa devant le coin-cuisine et la déposa sur le canapé du salon.

— Comment va votre tête ? demanda-t-il en reculant.

— Pas trop mal.

— Ça tourne toujours ?

— Un peu. Surtout quand je bouge trop vite.

— Vous avez des nausées ?

— Non.

— Fermez les yeux, comptez jusqu'à trente, rouvrez-les et regardez la lumière.

Elle ferma les yeux mais, sentant Brayden s'approcher d'elle, les rouvrit.

— Vous n'avez pas compté jusqu'à dix, encore moins jusqu'à trente. Comment voulez-vous que je vérifie, dans ces conditions, votre réaction à la lumière ? Vous voulez recommencer ?

— Oui.

Elle ferma les yeux une deuxième fois. Brayden compta tout bas. Une seconde par inspiration. Elle respirait vite, et sa poitrine, qui se soulevait sous son haut en coton, attirait malgré lui son regard.

Elle était adorable, avec ses longs cils noirs reposant sur ses joues toutes roses et sa lèvre inférieure qu'elle mordillait comme une enfant consciente qu'elle vient de faire une bêtise et qu'elle va se faire gronder. Il serait bien resté des heures à la regarder tant la scène qu'il avait sous les yeux était touchante.

— Cinquante-trois, dit-il, goguenard.

Elle rouvrit aussitôt les yeux et pointa le menton vers lui. Il lui releva la tête et la força à fixer la lampe au-dessus d'eux.

— Tout va bien, déclara-t-il quelques secondes après.

Elle avait des yeux d'une couleur unique, deux lacs d'un vert profond dans lesquel il se serait bien noyé.

— C'est sûr ?

— Absolument. Mais je vous conseille d'éviter de vous cogner dans d'autres voitures ce soir, si vous pouvez.

Rassurée, elle se redressa.

— Ne bougez pas, je vais chercher la trousse à pharmacie. Mais vous voulez peut-être d'abord boire quelque chose ?

— Un verre d'eau, je veux bien.

Il alla dans la kitchenette, fouilla dans le placard, heureux de pouvoir, le temps de prendre deux verres, distraire son attention de la femme dont la présence le perturbait décidément trop. Que lui arrivait-il ? Pourquoi éprouvait-il le besoin de la protéger ? Peut-être même plus…

Il referma le placard et se retourna. Elle était toujours sur le canapé, détendue, et ses cheveux, qu'elle avait lâchés, tombaient en vagues sur ses épaules. Il revint vers elle et lui tendit un verre.

— Votre eau, dit-il, effleurant involontairement ses doigts.

Croisant son regard, il y lut, crut-il, ce que lui-même ressentait. Un désir qu'il ne pouvait plus nier.

Gênée, elle but une gorgée d'eau pour se donner une contenance, mais cela ne le trompa pas. De son côté, impatient de s'occuper pour échapper aux pensées qui le tenaillaient, il se rendit dans la salle de bains pour y prendre la trousse à pharmacie.

— Vous allez me faire mal, je sens ça, marmonna-t-elle.

— Ça va peut-être piquer, convint-il. Pour ne pas y penser, racontez-moi ce que vous avez vu dans cette ruelle.

— Je vous ai déjà tout dit. Il y avait deux hommes et un revolver.

— Eh bien, redites-le-moi. Et commencez par le commencement. Je veux tous les détails.

Quand il commença à nettoyer ses plaies, elle poussa un petit cri, puis raconta la scène à laquelle elle avait assisté.

Penché sur son pied, il l'écouta sans l'interrompre.

— J'ai tout de suite reconnu Chuck, dit-elle.

Chuck qui menaçait l'autre homme avec son arme à bout portant. Leur échange. Bref. Et elle, de l'autre côté de la grosse poubelle, verte de peur.

Elle en tremblait encore, remarqua-t-il.

Bouleversé par son récit, il eut encore plus envie de la protéger. De caresser son visage. De remettre derrière son oreille la mèche qui lui barrait la joue… Ses doigts le démangeaient. Heureusement, il avait de quoi les occuper.

Chez lui, il avait la réputation d'être froid et calculateur. Il avait même entendu dire une fois, mais ça n'avait jamais été confirmé, que dans son service on le surnommait « le glaçon ». Ça ne le gênait pas. Être calculateur était une qualité dans son métier. Être froid, c'était mettre de la distance entre lui et l'événement, être capable de rester détaché. Ce n'était pas sans raison qu'il excellait dans sa partie. Tout le monde s'accordait à voir en lui un flic efficace. Cela lui avait valu d'être nommé, en premier lieu, à Whispering Woods. Ici, il observait, écoutait. Il entendait faire la lumière sur les magouilles de Garibaldi, qui, sous des airs de bienfaiteur, manipulait toute la petite ville touristique.

S'il était si froid, pourquoi sa froideur ne se manifestait-elle pas maintenant qu'il en avait besoin ? se demanda-t-il.

Il regarda encore Reggie et dut se faire violence pour ne pas poser sa bouche sur ses lèvres. La façon dont elles bougeaient quand elle parlait était très excitante. Se rendait-elle compte qu'on avait envie de les dévorer ? Il l'avait touchée cinq ou six fois — le contact avait été plus appuyé que nécessaire — et, chaque fois, il avait senti comme un courant électrique le tétaniser.

D'habitude, il n'ouvrait pas sa porte à n'importe qui. Il sélectionnait. D'ailleurs, il pouvait compter sur les doigts d'une main les femmes qu'il avait laissées l'approcher pendant ses trente années de vie.

Cette fois, il n'avait pas choisi. La situation était due au hasard. Un hasard heureux, car tenir la jeune serveuse dans ses bras ne lui avait pas coûté. Au contraire.

— Brayden ?
— Oui, ma belle.
— Vous pensez qu'il lui est arrivé quoi ?
— À qui ? Au type qui s'est fait tirer dessus ?
— Oui.

Il hésita. Le policier qu'il était n'aimait pas trop en

dire, surtout à un civil. Mais il risquait d'avoir besoin d'elle.

Il s'assit sur un coin de la table basse et chercha son regard.

— Je ne sais pas. La ruelle était propre. Je n'ai rien vu, sauf la traînée rougeâtre, mal effacée, sur le mur.

— Du sang.

— Ça en avait tout l'air.

— On ne peut donc pas dire que c'était propre. La ruelle avait été nettoyée.

Elle était aussi futée que jolie.

— C'est ce que je me suis dit.

Elle ferma les yeux une seconde, les rouvrit et le fixa.

— Chuck est policier, Brayden. Ça jette le discrédit sur toute la police de Whispering Woods.

Il ne chercha pas à lui mentir.

— Oui. On peut penser qu'ils sont tous complices.

— Il va pourtant falloir raconter ce qui s'est passé. À qui ? À la police de l'État ?

— On sait peu de chose, en fait. Pas assez pour qu'ils se déplacent jusqu'ici. À mon avis, ils transmettront nos déclarations à la police locale.

— Je fais quoi, alors ?

Il prit le temps de réfléchir. La chose la plus simple serait de lui dire la vérité, que lui-même était flic et ferait tout son possible pour savoir ce qui se passait. Qu'il n'était pas à proprement parler en mission secrète mais en opération exploratoire, sous couverture, plus facile à mener si personne ne savait qui il était.

Finalement, il jugea préférable de n'en rien faire. Décidant donc de ne pas se découvrir, il changea habilement de sujet.

— Quel était votre programme avant tout ce… bazar ?

— Rentrer chez moi. M'offrir un verre de vin et me préparer pour demain.

— Pour demain ?

— Oui. J'ai promis de maquiller les enfants demain matin. Ensuite, ce sera le coup de feu au restaurant. J'y serai, évidemment, et puis je rentrerai enfiler mes escarpins de torture pour aller au dîner de gala.

— Le coup de feu au restaurant, j'ai compris. Mais, le reste, c'est du chinois.

— Le gala Garibaldi, c'est demain.

Dans son excitation, il avait oublié la soirée Garibaldi. Pourtant, à Whispering Woods, on n'avait parlé que de ça toute la semaine. Il avait même demandé où il pouvait se procurer un billet d'entrée. On lui avait ri au nez et lancé : « C'est seulement sur invitation. » Il aurait dû s'en douter. Garibaldi ne recevait que les sommités, des hommes d'affaires triés sur le volet qui seraient tous présents, assurément.

— Personne ne va vous regretter, ce soir, au feu d'artifice ? demanda-t-il du ton le plus neutre possible.

Elle secoua la tête.

— Non. J'avais prévu de rentrer chez moi pour me reposer. C'est mal ?

— Non, au contraire. Inutile de trop attirer l'attention sur vous. Chuck doit être sur le qui-vive, se demander si vous avez été témoin de quelque chose. Vous pensez qu'il ne vous a pas vue, n'empêche qu'il avait votre chaussure… Ça ne prouve pas que vous étiez dans la ruelle au moment fatidique, mais c'est fâcheux pour lui. À sa place, j'essaierais de savoir ce que vous savez exactement.

Elle grimaça.

— Vous pensez qu'il va chercher à me voir ?

— Je pense que vous devriez lui faire savoir qu'il est inutile qu'il vous cherche.

— Comment ?

— Avez-vous une amie que vous pouvez appeler ?

Quelqu'un qui assiste au feu d'artifice et serait d'accord pour mentir sans poser de questions ?

— Oui, je crois. Pourquoi ?

— Vous allez dire que vous êtes malade. Rien de grave. Juste un prétexte pour ne pas vous montrer, sauf s'il le faut.

— OK. Je vais l'appeler tout de suite.

Elle plongea la main dans sa poche.

— Zut ! J'ai laissé mon portable au restaurant.

— Prenez le mien. Vous savez, celui que vous avez fait tomber.

— Oh ! pardon. Encore une fois.

— Vous êtes pardonnée. Encore une fois. Je finis avec vos pieds et je vais le chercher.

Il prit une compresse dans la trousse à pharmacie.

— Ainsi donc vous êtes invitée au gala. Je suppose que ça signifie que votre famille est proche de Garibaldi.

— Proche, non. On lui loue le restaurant. Vous connaissez l'histoire de Garibaldi ?

— Pas vraiment.

Ce n'était pas totalement faux. Il connaissait le passé de l'homme, mais mal sa vie actuelle. Il leur avait fallu deux ans, à lui et ses hommes, pour retrouver le personnage à Whispering Woods. Lorsqu'il s'était renseigné sur Garibaldi, il l'avait fait avec subtilité, et les réponses qu'il avait obtenues faisaient toutes son éloge. On le considérait comme le sauveur de la ville. Au ton de Reggie, il comprit qu'elle ne partageait pas l'enthousiasme général.

— Quand l'industrie du bois a capoté, il y a quatorze ans, poursuivit-elle, des gens ont tout perdu. Certains sont partis. Le tourisme, encore balbutiant, ne suffisait pas à nourrir ceux qui étaient restés. Là-dessus, Garibaldi a débarqué. Il a contracté une bonne douzaine d'emprunts.

Puis d'autres. Il a investi énormément d'argent dans la ville et construit le lodge.

Brayden referma le tube d'antibiotique et prit une boîte de pansements.

— Ça n'a pas l'air de vous impressionner.

— Je ne veux pas paraître ingrate. Sans lui, il ne nous restait qu'à partir aussi, c'est sûr.

— Mais ?

— Je ne sais pas... Je devais avoir dans les treize ans quand Garibaldi est arrivé, et j'ai tout de suite eu une drôle d'impression.

— Personne ne s'est interrogé sur ses intentions ?

— Honnêtement ?

— Oui.

— Deux ou trois entrepreneurs n'ont pas été très heureux. Ils l'ont fait savoir, mais on les a mis en garde.

— Vous les connaissiez ?

— Bien sûr.

Elle sourit, l'air entendu.

— Tous les trois étaient dans les affaires. L'un d'eux fait le Père Noël, chaque année, dans la parade.

Il appliqua le premier pansement puis en posa un autre.

— Personne ne les a écoutés ?

— Ils sont partis. Enfin, deux sont partis. Le Père Noël est resté.

— Ah. Le Père Noël s'est senti obligé de rester !

Il tapota le pied de Reggie et le reposa à terre.

— Voilà, c'est terminé.

Penchée en arrière, elle s'étira.

— Merci. Et maintenant ?

— Si vous vous sentez d'attaque, demain, faites ce que vous aviez l'intention de faire. Allez travailler et ensuite au gala Garibaldi.

— Je ne sais pas si je vais pouvoir. J'ai un peu peur.

— C'est normal. Mais, en faisant autrement, vous

allez attirer l'attention sur vous. Vous pouvez mentir ce soir, mais pas éternellement. Si vous ne faites pas comme d'habitude, on va penser que vous vous cachez.

— Justement, je veux me cacher.

— Quittez cette ville, alors. Allez-vous-en.

— Mais mon père…

— Et il y a le gala…

Elle se tut un moment et, brusquement pleine d'espoir, lança :

— Et si vous veniez avec moi ?

— Je ne suis pas sur la liste des invités.

— L'invitation valait pour deux.

Il allait protester, puis se dit que c'était une aubaine. À plusieurs niveaux. Un, il restait avec Reggie. Deux, il pourrait s'entretenir avec Garibaldi, qu'il essayait justement d'approcher depuis plusieurs semaines.

— D'accord.

— Vous avez un costume ?

— Oui, et je le mettrai. Mais, d'abord, le coup de téléphone à votre amie.

Avant de se lever, incapable de s'en empêcher, il lui remit une mèche de cheveux derrière l'oreille. Elle parut étonnée puis lui sourit.

— Merci, Brayden. Encore une fois.

— Je vous en prie.

Intéressé par ce qu'elle lui avait dit de Garibaldi et des hommes qui s'étaient opposés à sa mainmise sur Whispering Woods, il sortit du chalet. S'ils avaient tous les trois quitté cette ville dans les circonstances qu'elle lui avait relatées, il se serait posé des questions. Mais l'un d'eux était resté… Pour connaître le fin mot de l'histoire, il allait interroger le Père Noël. Il ne lui restait qu'à demander à la jolie serveuse de le présenter à ce monsieur.

Il ramassa son mobile et rentra.

— Reggie, pensez-vous pouvoir…

Il s'arrêta. Allongée sur le canapé, les bras croisés sur la poitrine, les yeux fermés, elle respirait tranquillement.

— Reggie ?

Elle ne bougea pas. Il faillit la réveiller mais, après le choc qu'elle avait subi, il valait mieux ne pas la brusquer. Cependant, il y avait ce coup de téléphone à passer…

Il fit un pas vers elle… s'arrêta. Elle semblait trop bien pour qu'il la dérange. Le coup de fil attendrait. Personne n'allait la rechercher ici.

Le canapé, en revanche, était trop inconfortable pour un repos vraiment réparateur. Il allait l'installer ailleurs.

Il se pencha pour la prendre dans ses bras. Elle balbutia trois mots incompréhensibles et se blottit au creux de son épaule comme si elle en avait l'habitude.

Très ému, trop à son goût, il la porta jusqu'à sa chambre et la déposa sur le lit. La voyant sourire dans son sommeil, il sourit à son tour et quitta la pièce.

Non, il ne pouvait pas la laisser. Il devait veiller sur elle, assurer sa sécurité. Revenant sur ses pas, il s'installa dans le gros fauteuil capitonné placé près de la fenêtre et ferma les yeux.

5

Reggie se réveilla en sursaut, le cœur battant. Il faisait nuit et elle était dans un lit inconnu. Prise de panique, elle fit le tour de la pièce des yeux. Où était-elle ? Elle ne connaissait pas cet endroit. Remarquant enfin une forme allongée près d'elle, elle se rappela ce qui s'était passé la veille.

Brayden. Le coup de feu. Chuck. La fuite dans la forêt.

Brayden encore. Et… Voyons… Que faisait-il dans le lit ? Avec elle !

Délicatement, elle lui effleura l'épaule.

— Brayden ?

Elle attendit. Rien. Elle essaya autre chose, pinça son coude en parlant plus fort.

— Brayden ?

Cette fois, il réagit. Roulant sur le côté, il passa un bras autour de ses hanches et la serra contre lui. Sidérée, elle le laissa faire et se retrouva plaquée contre le corps d'un homme qu'elle ne connaissait pour ainsi dire pas.

N'empêche, c'était bon et elle aimait ce contact. Il était chaud et elle se sentait en sécurité, ainsi.

Sans réellement le faire exprès, elle remua un peu, se serra davantage. Elle épousait exactement ses formes, celle de ses cuisses, entre autres, comme s'ils avaient été faits l'un pour l'autre.

Oui, vraiment l'un pour l'autre.

Comme il ne se réveillait toujours pas, elle souleva sa main et la reposa sur le drap. Puis, à regret, elle s'écarta de lui et s'assit. Cette fois, il ouvrit les yeux et, à moitié endormi encore, lui sourit. Il était tout enchifrené, avait l'air perdu et plus sexy que jamais.

— Ah, bonjour ! Vous allez mieux ? demanda-t-il.
— Mieux que quoi ?

Il s'étira et mit une main derrière sa tête.

— Vous avez fait un cauchemar. C'est pour ça que je suis venu, pour essayer de vous réveiller. Vous avez attrapé mon pull et ne vouliez plus le lâcher. Quelle poigne ! J'ai dû finir par m'endormir, moi aussi.

Gênée, Reggie rougit.

— Je suis désolée.
— Surtout pas. Il y a pire !

Elle rougit de plus belle.

— Je ne me rappelle même pas quand je me suis endormie. Au fait, quelle heure est-il ? Vous ne vouliez pas que j'appelle mon amie ?
— Si, mais je me suis dit que ça pouvait attendre.

Il roula sur le côté pour prendre son téléphone.

— Il est 7 heures.
— 7 heures, répéta-t-elle. Mais il fait nuit noire !
— C'est à cause des rideaux occultants.

Il saisit le pan d'un rideau et l'entrouvrit juste assez pour laisser passer un rai de lumière.

— On a dormi toute la nuit ?
— On dirait.
— C'est tout ce que ça vous fait ? lui demanda-t-elle. Ça n'a pas l'air de vous perturber.
— Non, pourquoi devrais-je m'en faire ? Nous sommes en sécurité, ici. La porte est verrouillée, l'alarme est branchée, et je ne suis sur le radar de personne. Vous pouvez appeler votre amie et lui raconter votre bobard rétroactivement.

Elle se rallongea près de lui mais sans le toucher, et tendit la main pour prendre le téléphone.

— Je vais lui envoyer un texto.
— Et moi je vais faire du café.

Elle attendit qu'il ait quitté la chambre pour taper son texto. Jaz était sa meilleure amie. Elle aussi louait une boutique à Garibaldi.

Salut, Jaz. C'est Reggie. T'es debout ?

Question inutile, elle savait que son amie serait réveillée. Avec un nouveau-né dans la maison, les nuits étaient courtes. La réponse arriva quelques secondes plus tard, confirmant ce qu'elle savait déjà.

Bébé réveillé à 5 heures du mat'. T'as le mobile de qui ?

Elle n'avait pas prévu la question, elle y répondrait plus tard.

Argh ! Épuisée hier soir. Endormie avant le début du feu d'artif'

T'as pas attrapé la grippe de tes copines, au moins ?

Je crois pas. Je vais me reposer. Ça ira mieux après.

Tu viens toujours à la fête ?

Si ça va mieux. Dis aux potes que je viens. Je veux pas qu'on pense que je me débine.

Et le restau ?

Vais demander à une des filles de me remplacer. Veux pas contaminer toute la salle !

T'as raison. Tu veux un truc à manger ?

Non merci, ça va.

Soulagée que son mensonge soit passé comme une lettre à la poste, elle soupira. Mais un nouveau texto arriva.

T'as le mobile de qui ?

— Mince ! grogna-t-elle.

On me l'a filé. Oublié le mien au restau.

Il y eut un blanc.

À 7 heures du mat' ?

Nouveau blanc.

T'as un mec !

Elle hésita. Que répondre sans mentir ? Oui, elle avait rencontré un « mec », mais il ne s'était rien passé. Enfin… Pas comme Jaz l'entendait.

Elle releva les yeux de l'écran et regarda du côté de la porte entrebâillée, par laquelle lui parvenait un bruit de vaisselle qu'on entrechoque et un vague bourdonnement. L'image de Brayden en train de préparer le petit déjeuner en fredonnant la fit sourire.

Le bourdonnement du portable la sortit de sa rêverie.

Comment tu le connais ? insistait son amie.

La question figea son sourire. Elle ne pouvait pas lui expliquer.

J'ai pas de mec. Juste emprunté un mobile.

À qui ?

Un client du restau ? Pas loin de la vérité…

Un homme ?

Oui.

Ha ha ! Tu bosses à midi aujourd'hui ?

J'ai pas dit quand je bosse au restau.

Reggie. Sérieux. Ça va ?

Super. Je n'ai pas été enlevée par les petits hommes verts.

Non. Les petits hommes verts ne l'avaient pas kidnappée et forcée à envoyer des messages à moitié faux.
Elle sourit en imaginant la mine que Jaz devait faire en lui envoyant le texto suivant.

Mes parents sont chargés du château gonflable aujourd'hui. Je leur dis de dire à tout le monde que t'es en vie et en forme.

Merci.

Bisous

Reggie posa le mobile sur ses genoux avec mauvaise conscience. Elle ne mentait jamais et surtout pas à sa meilleure amie. Mais que pouvait-elle faire d'autre ?
Et papa ? Il faudra bien que je lui parle, un jour.
Elle ne pouvait pas lui mentir. Il avait soixante-cinq ans et était encore fine mouche. Elle ne lui avait jamais raconté d'histoires, ni quand elle était petite ni à l'adolescence, et elle n'allait pas commencer maintenant.

Elle se redressa et inspira à fond. Pour ne pas avoir à lui mentir, elle avait besoin de savoir ce qu'il se passait avant de lui parler. Brayden pourrait sûrement l'aider. Il semblait savoir des choses.

— Vous avez l'air très concentré, dit-il.

Debout à la porte, un tablier noué autour de la taille, il portait un plateau avec deux tasses, un pot de crème, et une assiette de pain grillé. Un peu étonnée de le voir dans cette tenue, elle oublia ce qu'elle allait lui demander.

— Du pain grillé ? proposa-t-il, se penchant pour poser le plateau sur le lit.

Troublée par son parfum, qui se mêlait à l'arôme du café, elle ne répondit pas.

— J'en conclus que c'est oui ? reprit-il en riant.

Il prit l'une des tasses et désigna l'assiette.

— Mangez, c'est pour vous.

Elle dévora une première tranche de pain puis en prit une deuxième après avoir mis une bonne cuillerée de crème dans son café.

— C'est bon ? demanda-t-il.

— Fameux.

— Bien. Maintenant, vous allez me dire pourquoi vous faisiez cette tête quand je suis entré dans la chambre.

Pour se donner quelques secondes de réflexion, elle mordit dans son pain. Mais pourquoi tourner autour du pot ? C'était à lui qu'elle pensait.

— Je me demandais si vous accepteriez de m'aider… Encore.

Elle but une gorgée de café.

— Vous ne répondez pas… Ce n'est pas très encourageant, reprit-elle, cachant mal sa déception.

— Que pouvez-vous bien vouloir encore ? J'ai déjà failli vous écraser, je vous ai portée dans la forêt, j'ai accepté de vous servir de cavalier au bal de fin d'année. Non, au gala.

— Très drôle ! ricana-t-elle.

— Bon. Allez, dites-moi. En quoi puis-je vous aider ?

— Essayez de savoir à qui Chuck Delta s'en est pris hier soir.

Brayden se raidit.

— Ça, c'est du ressort de la police.

— Je sais. Mais vous dites vous-même que les policiers

de cette ville sont peut-être impliqués. Qu'est-ce qu'il y a de mal à enquêter discrètement ?

— Rien, à part mettre votre vie en danger !

Il posa sa tasse et chercha son regard.

— Il faut que je vous confie un secret.

Inquiète à la pensée de ce qu'il allait lui dire, elle attendit, le cœur battant, qu'il parle.

Brayden hésitait. Quelques longues secondes s'écoulèrent. Ne se décidant pas à parler, il se mit à arpenter la chambre puis, soudain, s'immobilisa. Fallait-il lui dire la véritable raison de sa présence ici ? Était-ce raisonnable ?

Il faut d'abord qu'elle me jure de n'en parler à personne.

— Je vois que vous hésitez, dit-elle. Dites-moi ce qu'il y a.

— Oui... Mais je ne sais pas comment vous le dire. Je crains de... Il faut d'abord que vous me juriez de n'en parler à personne

— Vous êtes marié !

Elle le regardait, interdite.

— C'est ça, vous êtes marié ! Et on a dormi ensemble. Enfin, dormi dans le même lit...

Il ne put s'empêcher de rire.

— Non, Reggie, je ne suis pas marié. Pas du tout.

— Quoi, alors ? fit-elle, manifestement soulagée.

— Je veux votre parole que ça restera entre nous.

— Comment voulez-vous que je vous promette quelque chose sans savoir de quoi il s'agit ?

— Si je vous le demande, c'est que je vous crois capable de garder un secret. Ce n'est pas grave, mais il faut que ça reste confidentiel.

Il l'observa. Pensive, elle se mordillait la lèvre.

— D'accord. À condition que ce ne soit pas illégal.
De nouveau, il éclata de rire.
— C'est entendu. Vous avez ma parole. Je ne dirai rien à personne. Promis.
— Je suis policier.
Elle eut un mouvement de recul. Pensait-elle à Chuck ? À tous les policiers véreux ?
— Mais un policier honnête, ajouta-t-il. Je suis inspecteur à Freemont City. Je peux vous le prouver, si vous voulez.
— Inutile, je vous crois.
— Aussi facilement ?
— Vous avez plus la tête d'un flic que d'un homme d'affaires.
Il haussa les sourcils.
— Vous voulez dire que ma couverture ne vaut pas un clou ?
— Je suis observatrice. Un faux nom sur votre mobile. Vous n'étiez pas en costume le soir où vous êtes venu dîner au restaurant. Ce soir non plus.
— Parce que les hommes d'affaires portent forcément un costume ?
— Tous ceux qui veulent convaincre les autres de leur vendre ou de leur acheter quelque chose.
— Tout le monde a dû penser comme vous, ici.
— J'avais du mal à croire à votre histoire de promotion immobilière. Mais ne vous inquiétez pas, les gens ici sont naïfs.
— Sauf vous, apparemment.
— Je me serais laissé abuser comme les autres sans ce qui s'est passé hier soir.
— Vous feriez un bon flic. Un bon enquêteur.
Elle haussa les épaules.
— Merci, mais je n'ai pas l'intention de changer de métier. Je m'occupe du restaurant et ça me plaît. C'est

sans doute moins lucratif, mais je préfère ma tenue au badge et au revolver.

— Dommage. Je vous vois bien en gilet pare-balles.

— Je ne sais pas si je dois le prendre pour un compliment, mais peu importe. Dites-moi plutôt : vous êtes ici pour une enquête ?

— Oui.

— Et vous ne pouvez pas me dire de quoi il s'agit.

— En effet, je ne peux pas. En revanche, je peux vous dire que je ne vais pas vous laisser traquer Chuck Delta, ni prendre de risques.

— Vous pouvez me dire si ce qui vous amène a un rapport avec ce que j'ai vu dans la ruelle ?

Il hésita. Trop en dire pouvait compromettre une enquête. Mais celle-ci était particulière, puisqu'elle les concernait, ses amis et lui.

— Je ne peux pas l'affirmer, répondit-il après un silence. L'individu que je cherche à coincer, je le traque depuis longtemps. Je le sais capable du pire. Je serais surpris que les deux choses ne soient pas liées, je vais donc les gérer comme si elles l'étaient.

— C'est pour ça que vous m'aidez.

— Aider les autres fait partie de mon métier. C'est aussi dans ma nature.

Il s'allongea sur le lit et lui prit la main.

— Ça me fait plaisir de vous aider, Reggie. Si je devais choisir quelqu'un à sauver en premier à Whispering Woods, ce serait vous.

Elle écarquilla les yeux.

— Si vous connaissiez mieux Whispering Woods, vous ne diriez pas ça. Avez-vous croisé Wanda ? Elle travaille dans la boutique bio. Et Sarah ? Elle tient la supérette.

— Non.

Il caressa son bras et remarqua qu'elle frissonnait.

— Il y a Olivia, aussi. À la station-service.

Sa main remonta plus haut sans qu'elle cherche à se dégager.

— Et Helen. À la boutique de location de vélos.
— Pas vue.

Il la regarda ; elle semblait ravie. Ses yeux verts pétillaient.

— Qu'est-ce qui vous fait sourire ?

Elle ne répondit pas mais le fixa, visiblement captivée par ses lèvres. Devait-il y voir une attente ? Du désir ?

Brusquement, elle lui caressa la joue et approcha son visage du sien. Ne suivant alors que son instinct, il se pencha vers elle et prit ses lèvres.

Le plateau qu'il avait posé sur le lit bascula, mais il ne chercha pas à le rattraper. Indifférent au bruit de vaisselle cassée, il attira Reggie à lui et approfondit son baiser. C'était magique, incroyable. Comme si sa place était là, comme s'il la connaissait depuis toujours. Pourtant, cela ne faisait que quelques heures que leurs routes s'étaient croisées.

— Reggie, dit-il en essayant de la repousser doucement. On a des choses à faire.

Elle écarquilla les yeux comme si elle revenait d'un lointain voyage.

— Je… Je sais, balbutia-t-elle, visiblement déçue.

— Ce n'est pas de gaieté de cœur. Je préférerais rester ici avec vous, mais nous devons respecter notre plan.

— Pour ne pas faire naître de soupçons, je sais. Il faut donc qu'on se sépare.

— C'est préférable. Même si je n'ai pas envie de vous laisser partir.

Il l'embrassa de nouveau, tendrement, cette fois, mais elle voulait plus. Empoignant sa chemise, elle retomba en arrière sur le lit, l'entraînant avec elle. Un genou entre ses cuisses, dressé sur un coude, il la regarda et se laissa aller sur elle. Son corps épousait ses rondeurs féminines. C'était étonnant, elle était si menue ! Et pourtant c'était comme s'ils avaient été conçus pour se compléter.

Elle laissa échapper un petit cri, un gémissement, plutôt. Il lâcha alors sa bouche et lui déposa un baiser dans le cou. Puis il mordilla son oreille, laissa sa langue s'attarder sur sa gorge, puis, emporté par son ardeur, il se mit à la caresser.

Comme elle était en short, ses doigts coururent sur ses cuisses nues, les pétrirent. Elle poussa de nouveau un petit gémissement, et il ne pensa plus qu'à ça…

Plus rien ne les séparait que l'épaisseur de leurs vêtements, mais c'était encore trop. Il voulait la sentir entièrement nue contre lui, peau contre peau. Il en brûlait d'envie mais savait que, s'il allait trop loin, elle l'arrêterait.

S'armant de courage, il se redressa et la regarda. Elle était rouge, avec les yeux brillants.

— Bonjour, dit-elle dans un souffle.
— Bonjour, répondit-il. Je vous ai déjà dit que j'étais heureux de vous avoir sauvée ?
— Oui.
— Eh bien, je vous le confirme.

Il se pencha pour l'embrasser puis s'assit.
— Je voulais juste en être sûr.

Elle s'assit à son tour, les yeux plissés.
— Brayden ?
— Oui, mon cœur.
— Tout va bien se passer, n'est-ce pas ?
— Oui. Je suis là pour y veiller.

Cette promesse faite, il fallait maintenant la tenir. Ce n'était pas gagné.

6

Profitant de ce que Brayden conduisait, Reggie étudia son visage. Ils étaient presque arrivés en ville, maintenant, et il n'avait pas dit grand-chose de tout le trajet. Il était tendu et regardait droit devant lui.

— Ne me conduisez pas à la fête, dit-elle pour la énième fois. On vous remarquera, et j'en entendrai parler toute la journée. On ne parlera que de ça.

— Je viens avec vous au gala, ce soir, lui répondit-il. Donc les gens parleront.

— Amener un ami à une soirée n'éveillera pas de soupçons. Mais venir avec un inconnu à la séance de maquillage, alors que nous sommes supposés ne pas nous connaître, paraîtra bizarre. Nous sommes censés nous rencontrer là-bas, non ?

— Je serai discret. Je suis flic, rappelez-vous.

— Et moi je vis à Whispering Woods. Et les ragots vont bon train dans les petites villes... Brayden, vous avez dit tout à l'heure que vous aviez du travail. Et que vous alliez essayer de savoir, pour Chuck.

— J'ai changé d'avis. Je ne veux pas que vous soyez seule.

— Seule ? Il y aura du monde, là-bas. Je ne serai pas seule.

— Vous serez seule entre l'endroit où vous voulez

que je vous dépose et celui où vous avez rendez-vous. Soit cinq minutes de marche.

Elle tapota sa poche.

— C'est pour ça que vous m'avez donné cette bombe au poivre ? Vous m'avez dit qu'il ne fallait pas que je change mes habitudes et que Chuck ne ferait pas de scène en public. Vous mentiez ?

— Bien sûr que non.

— Vous pourriez peut-être commencer par essayer de savoir ce que Chuck manigance.

Elle pointa un doigt sur le pare-brise.

— On est presque arrivés. Au prochain croisement, vous verrez un parking avec un conteneur pour les vêtements qu'on donne. Vous n'aurez qu'à vous arrêter là.

Il mit son clignotant et continua en sifflotant. Elle, crispée, regardait autour d'elle. Elle redoutait de croiser Chuck Delta. Heureusement, elle n'aurait que quelques petites rues à parcourir seule.

— L'endroit n'est pas très engageant, remarqua-t-il.

— C'est à l'abandon. Tout va être rasé. C'est pour ça que je vous ai demandé de me déposer ici. Personne ne devrait nous voir. Mais dépêchons-nous. Moins nous traînerons, moins on risquera de nous voir.

Ils descendirent de la voiture et continuèrent à pied, en silence. Brayden semblait perplexe.

— Pourquoi ici ? bougonna-t-il.

— Parce que j'ai pensé que ce serait mieux qu'aller chez moi. Il me faut de quoi m'habiller.

— Ne me dites pas que vous allez... vous servir dans le conteneur. Vous allez voler les vêtements des pauvres ?

— Je ne vole rien. Je reprends ce que j'y ai mis. C'est ramassé une seule fois par mois, et j'ai déposé des affaires à moi il y a quelques jours.

Elle souleva le couvercle et, hissée sur la pointe des

pieds, regarda dedans. Le sac qu'elle avait déposé était toujours là, sur le dessus.

— Vous voulez bien l'attraper ? lui demanda-t-elle.
— Vous plaisantez.
— Si vous refusez, j'irai seule, pieds nus, et dans ma tenue de serveuse. Comme ça, je suis sûre de passer inaperçue !

Elle se retourna, l'air furieux, mais il ne se laissa pas impressionner et la prit par le bras.

— Qu'est-ce que vous faites ?
— Ça, dit-il en déposant un baiser sur ses lèvres. Je suis inquiet pour vous. Dans mon métier, on voit des choses horribles, alors je suis prudent. Trop, parfois. Et avec vous…

Il haussa les épaules.

— Je suis doublement sur mes gardes.
— Si vous craignez vraiment qu'il m'arrive quelque chose, minauda-t-elle, je reste avec vous. Mais c'est vraiment pour vous faire plaisir.

Interloqué, il la regarda.

— De toute manière, je ne pourrai pas me cacher bien longtemps. Tôt ou tard, Chuck Delta trouvera un moyen de m'aborder.

Il sourit et lui ôta une mèche de cheveux des yeux.

— Vous êtes sûre que vous n'êtes pas flic, vous aussi ?
— À cent pour-cent.

Il secoua la tête en soupirant et sortit le sac du conteneur.

— Cinq minutes de marche, on est d'accord. Vous avez votre bombe au poivre et vous saurez l'utiliser ? Je vous donne ma carte bancaire, ajouta-t-il en joignant le geste à la parole. Vous m'appellerez de la cabine téléphonique qui se trouve près du terrain où ont lieu les festivités. Parfait. Vous n'oubliez rien ?

— Si, me changer.

Elle ouvrit le sac, écarta le jean et le T-shirt bleu qui se trouvaient sur le dessus, et prit une robe.

— Maintenant, tournez-vous pendant que je me change.

Il écarquilla les yeux.

— Ne me dites pas que vous allez vous changer en pleine rue ! Si vous faites ça, je ne vois pas pourquoi je devrais me retourner.

— C'est pour le principe.

— Nous n'avons pas la même définition du principe.

— On s'en fiche. Tournez-vous !

— J'ai une meilleure idée. Entrons dans une de ces maisons, et habillez-vous là.

— Inspecteur Maxwell, seriez-vous en train de suggérer que nous entrions par effraction dans une habitation ?

— Si c'est pour éviter qu'on vous voie vous déshabiller en pleine rue, oui !

Elle regarda autour d'elle.

— Il n'y a personne ! Et arrêtez de me regarder avec ces yeux de cocker !

— Et vous, arrêtez de vouloir vous changer en public et de m'interdire de vous regarder !

Elle plissa les yeux.

— Ça vous change de votre boulot habituel, non ? Brayden…

Brusquement, un doigt sur la bouche, il lui fit signe de se taire. Se tâtant instinctivement le côté pour vérifier s'il avait son revolver, il passa devant elle.

— Que se passe-t-il ? chuchota-t-elle en le voyant fixer bizarrement la maison qui était devant eux.

— Changement de plan. On va jusqu'à la cahute qui est là-bas, et on prend à gauche. Compris ?

D'autant plus inquiète qu'elle ignorait ce qui pouvait le troubler pour qu'il lui serre la main au point de lui faire mal, elle se laissa emmener vers leur nouvelle destination.

Brayden aurait voulu avoir son arme. Il pouvait se battre à mains nues s'il le fallait, mais sentir le métal froid de son arme sous ses doigts l'aurait rassuré. Il jeta un coup d'œil vers sa voiture garée en haut de la rue et grimaça. Il avait mis son revolver dans la boîte à gants mais n'osait pas y retourner. Pas avant d'avoir mis Reggie en sécurité.

Il regarda de nouveau devant lui. La cabane en bois qu'il avait repérée n'était plus qu'à quinze mètres, maintenant. Il accéléra le pas et, arrivé à la cahute, poussa Reggie à l'intérieur.

— Entrez vite.

Il entra à son tour et referma derrière eux.

— Ça va ? lui demanda-t-il.

— Vous plaisantez ! Je suis morte de peur. Qu'est-ce qui s'est passé ?

Il lui passa la main dans les cheveux.

— Je suis désolé. J'ai cru voir quelque chose bouger dans le buisson près de la maison, de l'autre côté de la rue, et j'ai réagi un peu violemment.

— C'était peut-être un raton laveur.

— À condition que les ratons laveurs soient beaucoup plus grands que dans mon souvenir et portent maintenant des sweats à capuche !

— Vous avez eu le temps de voir tout ça ?

— Oui. J'ai même vu quelqu'un s'arrêter et regarder de notre côté.

— On nous a vus ?

— J'espère que non. Le conteneur à vêtements devait nous cacher.

Il essaya de prendre un ton dégagé pour la rassurer.

— De toute manière, même si on nous a vus, on ne s'intéressait pas forcément à nous.

Elle le dévisagea, les yeux plissés.

— Vous ne croyez pas un mot de ce que vous dites.

— Et vous ? Vous connaissez les gens d'ici. Les probabilités que cet individu soit un simple squatter sont minimes, non ?

— J'en ai peur. Il n'y a pas de SDF à Whispering Woods, enfin, pas beaucoup. Et les maisons qui sont là vont être rasées dans deux semaines. Garibaldi n'a même pas jugé utile de les faire surveiller.

— Garibaldi ?

— Oui. C'est lui qui les a achetées.

Brayden tiqua. L'information était intéressante. Garibaldi ! Il sentait qu'il y avait une raison pour qu'il n'aime pas l'idée de laisser Reggie seule, même pour cinq minutes. Maintenant, il comprenait pourquoi.

S'il avait su que cet homme possédait toute la rue et la maison dans laquelle il avait vu une ombre disparaître furtivement, il aurait insisté pour que Reggie choisisse un autre endroit. À présent, l'existence d'un lien entre Chuck Delta et Garibaldi ne faisait plus de doute. Si la jolie serveuse n'avait pas été avec lui, il aurait poussé plus loin son investigation. Peut-être serait-il entré dans la maison. Mais laisser Reggie seule était hors de question. Il devait assurer sa sécurité avant tout.

— Nous allons attendre quelques minutes, dit-il. Puis vous vous changerez pendant que je m'assurerai que tout est clair.

— Comment ?

— Je vais surveiller les abords de la cahute.

— Brayden… Ne…

— Ne vous inquiétez pas. Je ne m'éloignerai pas beaucoup. Et je ne quitterai pas la cabane des yeux.

— Ce n'est pas pour moi que je suis inquiète, Brayden.

C'est pour vous. Je ne suis pas policier, mais je sais qu'il peut se passer des choses terribles.

Son inquiétude pour lui le toucha.

— Je ferai attention.

Elle haussa les épaules.

— Il n'empêche que vous pouvez recevoir une balle.

— Que feriez-vous à ma place ? Attendre que votre amie Jaz raconte que vous avez été enlevée par des petits hommes verts ?

— Oh ! Comment savez-vous... Mince ! s'exclama-t-elle. Vous avez lu mes textos.

Il tapota la poche qui contenait son mobile.

— C'est *mon* téléphone. Vous ne pensiez quand même pas que je ne les lirais pas ?

— Je n'ai rien pensé du tout. Et, très franchement, je me demande où vous avez trouvé le temps de les regarder.

— Je trouve toujours du temps pour ce qui m'intéresse.

— Mes textos vous intéressent ?

— Tout ce qui se rapporte à vous m'intéresse. Mais je dois reconnaître que je suis déçu.

— Par quoi ?

— Parce que vous ne me considérez pas comme un homme.

La cabane était plongée dans la pénombre, mais il vit qu'elle rougissait.

— Ce n'est pas ce que j'ai voulu dire.

— Non ?

— Non. Bien sûr, que vous êtes un homme.

— Mais pas un homme comme vous les aimez.

— C'est vous qui le dites.

Encouragé par sa réponse, il l'attira à lui.

— Dites-moi ce que je dois faire pour vous plaire vraiment.

— Mais je viens de vous dire...

Il ne la laissa pas finir. Il l'embrassa sur la bouche.
— Ça, dit-elle en reculant.
— Encore ? lui demanda-t-il.
Il l'embrassa une nouvelle fois.
Et, une nouvelle fois, elle recula.
— Vous ne m'avez pas dit que vous aviez quelque chose à faire ?
— Vous ne m'avez pas dit que vous ne vouliez pas que je vous laisse ?

Elle le regarda en riant et posa les mains sur sa poitrine.
— Pourquoi ? J'ai le choix ?
— Oui. À condition que vous acceptiez de rester enfermée dans cette cabane, le temps que je fasse ma petite enquête.
— Seule ?
— J'ai à faire.

Elle redevint sérieuse.
— Je sais. Vous en avez pour combien de temps ?
— Juste quelques minutes, ce ne sera pas long.
— Et pour l'enquête qui vous a amené ici ?
— Vous me demandez ça parce que l'idée que je reste ici vous plaît ou parce que vous voulez réellement savoir ?
— Franchement… Je ne sais pas. J'ai l'esprit trop occupé par tout ce qui s'est passé depuis hier soir. À ce propos, je me demande ce que vous ferez quand votre enquête sera bouclée. Partir ? Rester ? Freemont City n'est pas très loin d'ici, mais à quelques heures de voiture quand même. Je suppose que vous avez votre vie là-bas comme j'ai la mienne ici.

Elle baissa la tête puis se redressa.
— Je ne suis pas une fille… facile ou… je ne sais pas comment vous appelez une fille qui embrasse un quasi-inconnu en s'enfuyant pour sauver sa peau.

Il ne put s'empêcher de rire.

— J'ignore s'il existe un mot particulier pour ça.

— Et s'il y en a un ?

— Au masculin, il ne s'appliquerait pas à moi non plus.

— Bon... Tout ça nous mène où ?

Il n'hésita pas.

— Je travaille sur une enquête depuis quinze ans, Reggie. J'ai suivi une centaine de pistes qui n'ont rien donné, mais je ne me suis jamais découragé. Pas une fois je me suis dit que j'allais abandonner. Que je perdais mon temps. C'est une affaire personnelle. J'ai décidé que je saurais, et je ferai tout pour y arriver. Je m'y suis engagé et j'irai jusqu'au bout. Quand je décide quelque chose, je m'y tiens. Ce sera la même chose avec vous. Alors, si je ne vous intéresse pas, dites-le tout de suite.

Elle secoua la tête.

— Vous voulez *vraiment* que je vous raconte ma vie maintenant ?

— Pourquoi pas ? Cela dit, si vous ne voulez pas, ne vous forcez pas.

— Ce n'est pas ça. C'est juste que...

Elle soupira.

— On peut passer un accord ? Vous sortez faire votre tour. Vous revenez entier et, si la journée se passe bien, je vous raconterai mes vilains petits secrets ce soir.

Il déposa un baiser sur sa joue.

— Marché conclu.

Il s'éloigna mais elle le rappela.

— Brayden. Sérieusement. Faites attention à vous.

— N'ayez pas peur.

Il sortit, laissant ses sentiments de côté pour ne plus agir qu'en policier.

7

Reggie commença à se changer en essayant de ne penser qu'à ce qu'elle faisait, mais son esprit était ailleurs. Elle avait peur pour Brayden. Peur qu'il ne soit pas aussi prudent qu'il l'avait promis. Elle avait aussi mille questions à lui poser, après les bribes d'informations qu'il venait de lâcher.

Quinze ans.

C'était long, pour une enquête. Après quoi courait-il ?

Elle déplia la robe et la passa. Puis elle ôta son short et récupéra ses clés, qu'elle gardait toujours dans une de ses poches. Il avait dit qu'il travaillait sur une affaire personnelle. Il fallait qu'il soit vraiment concerné pour vouloir élucider une affaire vieille de quinze ans. De quoi, de qui pouvait-il s'agir ? Elle l'ignorait mais était certaine d'une chose, il ne lâcherait pas prise. Il venait de le dire, il allait toujours au bout de ce qu'il entreprenait.

Elle lissa la robe sur ses hanches et se passa la main dans les cheveux, tout en réfléchissant. Une affaire personnelle. D'accord. Mais elle ne l'imaginait pas cherchant à assouvir une vengeance. Il était trop calme pour cela. De plus, il était policier ; il avait donc prêté serment de respecter et de faire respecter la loi. Elle ne le voyait pas transgressant ce serment.

Il faudrait qu'elle lui pose des questions sur son

enquête et, s'il lui répondait franchement, elle lui raconterait son histoire de cœur bien qu'elle soit plutôt embarrassante, décida-t-elle en enfilant les chaussures.

— C'est long, qu'est-ce qu'il fait ? marmonna-t-elle en regardant la porte fermée.

Elle avait envie de l'entrebâiller, juste pour le voir et s'assurer que tout allait bien. Mais à peine cette idée lui traversa-t-elle l'esprit qu'un cri, la voix de Brayden, aurait-on dit, la fit sursauter. Un choc sourd suivit, puis un bruit de pas précipités, et un gémissement de douleur qui la cloua sur place.

Reprenant ses esprits, elle ouvrit la porte et faillit trébucher sur une forme allongée par terre. Brayden. Il la regardait, hagard,

— Reg… gie, balbutia-t-il.

— Qu'est-ce qui s'est passé ?

— Ça va ?

— C'est plutôt à moi de vous le demander.

Il parvint à s'asseoir.

— J'ai reçu un coup sur la tête. Ça me fait mal, mais à part ça je vais bien.

— On ne dirait pas.

— Je suis juste étourdi.

— Étourdi ? C'est tout ? Après un coup sur la tête !

Il essaya de se lever mais renonça.

— J'ai entendu quelqu'un partir en courant, dit Reggie.

— Je pense lui avoir fait peur, avec mon numéro de culbuto.

— Ce n'est pas drôle !

Il sourit puis se massa la nuque en grimaçant.

— Tenez, donnez-moi la main.

— Vous pensez que vous allez tenir debout ?

— Je pense qu'il faut qu'on disparaisse.

— Ça n'a pas tellement bien marché, la dernière fois.

— C'est vous qui n'êtes pas drôle, cette fois ! répliqua-t-il en tendant la main. Allez, tirez !

Elle prit sa main et tira. Ses doigts étaient tièdes et rassurants et la tenaient fermement. Il ne semblait pas trop sonné.

— Allons-y, dit-il en s'époussetant.
— Où ?

Il indiqua une maison voisine d'un mouvement de tête.

— Le type qui m'a frappé sortait de cette maison.
— Celle-là ? Avec sa moitié de toit… qui menace de s'effondrer ? Et que fait-on si on tombe nez à nez avec quelqu'un ?

— Je ne pense pas qu'il y ait quelqu'un. Le type a filé en laissant la porte ouverte. S'il avait laissé quelqu'un derrière lui, il l'aurait fermée.

— OK, je vous fais confiance. Mais, si on se fait surprendre, ne soyez pas étonné si je me sers de vous comme bouclier.

Brayden la serra un instant contre lui puis se mit en marche.

— De toute manière, j'ai bien l'intention de vous protéger.

Elle allait lui répondre qu'elle était touchée par tant de prévenance quand le spectacle, à l'intérieur de la maison qu'ils venaient d'atteindre, l'arrêta net. Elle avait été transformée en squat. Le sol était jonché de détritus de toutes sortes. Une bâche pendait là où il n'y avait plus de toit. Un matelas était debout contre un mur, près d'une plaque électrique et d'assiettes. Il y avait de la nourriture dans un saladier, pas avariée mais guère mieux, posé sur un plateau devant un téléviseur. Partout régnait un désordre indescriptible.

Reggie hésita à franchir le seuil.

— On dirait que quelqu'un habite ici.

— Vous aviez raison, il n'y a pas de SDF à Whispering Woods !

— Je n'ai pas envie de faire le tour. C'est…

— … sale, dangereux et déprimant, finit Brayden. Attendez-moi là, alors.

— Vous allez faire le tour ? Aller partout ?

— Partout, je ne sais pas. Mais je veux me rendre compte de ce qui se passe ici.

— Soyez prudent.

— Pas de problème.

Il lui donna un petit baiser et entra dans ce qui avait été un salon. Il examina le matelas. Inspecta les coins, les recoins, les quelques meubles, et jeta dehors un sac plein de vêtements sales.

— J'ai l'impression que, pour un homme petit, celui qui m'a tapé sur la tête aime les grands T-shirts.

— On n'est pas plus avancés. On ne sait toujours pas qui vit — ou vivait — là.

— Non. Rien qui nous mette sur la voie, dit-il en revenant vers la porte.

Brusquement, il s'arrêta, recula d'un pas et tapa du pied.

— Qu'est-ce qu'il y a ? demanda Reggie.

— Là, une lame du plancher n'est pas clouée…

Il se pencha et, sans trop de difficultés, souleva la planche.

— Il y a quelque chose de caché. On dirait du papier. Oui, c'est ça. Des coupures de journaux et des photos.

Il les sortit de leur cachette et commença à lire en se redressant.

— Quoi ? fit-elle, inquiète, en voyant son expression.

— Tyler Strange, ça vous dit quelque chose ?

— Bien sûr. Tout le monde ici a entendu parler de Tyler Strange. C'est le touriste qui a été accusé d'avoir lancé une bombe dans Main Street, il y a quelques années. Je ne me souviens pas de tous les détails, mais ce que je me rappelle parfaitement c'est que la bombe a provoqué un incendie qui a détruit un café et obligé toutes les boutiques de la rue à fermer pendant presque un mois. Pourquoi ?

— Tenez, regardez.

Il lui tendit un paquet de coupures de journaux, jaunies, qu'elle feuilleta. Il s'agissait d'articles parus dans la presse locale. Tous concernaient l'incendie et l'enquête. Il y avait une photo de Tyler, debout devant le poste de police. Reggie examina le cliché avec attention. L'homme était grand et baraqué, en haillons ou presque, avec les cheveux en bataille. C'était le genre de personnage qui donnait envie de changer de trottoir quand on le voyait approcher.

Tremblante, elle lui rendit les papiers.

— Il n'a jamais été condamné. À la dernière minute, l'avocat a découvert un vice de forme. Une erreur de procédure, je suppose.

— Non, un manque de preuves, rectifia Brayden. Allez, partons d'ici. Si on s'attarde trop, votre amie la parano va faire venir la cavalerie. Je vous accompagne.

— Vous venez avec moi à la fête ?

Il hocha la tête.

— Mais…

— Inutile de discuter. Je vais avec vous, mais je vous laisse à l'entrée. Je ferai en sorte que personne ne me voie. Je reviendrai seul et, ensuite, on suit le plan prévu.

— Et Tyler Strange ?

— C'est peut-être lui qui se cache ici.

Il chercha son regard.

— Quant au reste… Je vous expliquerai plus tard.

Le fait que son agresseur ait filé laissait à penser qu'il ne cherchait pas la bagarre, mais ce n'était qu'une supposition.

Il serra la main de Reggie. Tiède, douce, elle était plus rassurante encore qu'un revolver dans son holster. Il n'empêche, il était sur ses gardes. Ils sortirent de la maison. Devant eux, personne en vue. Derrière ? Difficile de savoir sans se retourner constamment.

— Vous deviez m'expliquer quelque chose, dit-elle au bout d'un moment.

— J'enquête sur une affaire de bombes. Le dossier remonte très loin en arrière, bien avant Tyler Strange et Main Street. En fait, mon équipe et moi sommes sur la piste d'explosions identiques depuis que nous sommes dans la police. Vous vous rappelez l'attentat à l'explosif de Freemont City, il y a quinze ans ?

— Le poste de police qui a sauté ? Je m'en souviens vaguement. J'étais jeune, mais ça a fait beaucoup de bruit. Il y a même eu quelques morts, je crois.

Oui, *quelques* morts, pensa-t-il.

Le ton indifférent sur lequel elle avait dit « quelques », comme si c'était banal, lui donna comme un coup de poignard dans le cœur, mais il s'interdit de le montrer. Un policier devait garder son sang-froid.

— Oui, s'entendit-il répondre. Trois policiers. Ils travaillaient tous les trois dans le local où sont conservées les pièces à conviction quand l'explosion a eu lieu. Ils enquêtaient sur la même affaire et suivaient une nouvelle piste quand le poste a sauté. Toutes les pièces à conviction qu'ils avaient réussi à rassembler ont été détruites.

Reggie fronça les sourcils.

— Et vous pensez que Strange a quelque chose à voir avec ça ? Il devait être jeune à l'époque, lui aussi. Il me semble qu'il n'a qu'un an de plus que moi

Il secoua la tête.

— Non, je sais que ce n'est pas lui qui a lancé la bombe dans le poste, et je suis quasiment sûr que ce n'est pas lui non plus pour Main Street. Nous avons un mode opératoire qui concorde avec l'affaire de Freemont, mais pas avec le suspect.

— Ce sont les pistes que vous suivez ? Vous pensez que celui qui a lancé les bombes se trouve à Whispering Woods ?

— Oui. Jusqu'à présent, nous n'avons rien trouvé qui semble lié à notre affaire. Mais Strange... Alors que la police n'avait rien contre lui, il a passé un temps fou en garde à vue. Beaucoup trop de temps. Et, après qu'ils l'ont relâché, il a disparu. Officiellement, il n'y avait pas assez de preuves contre lui pour le mettre en prison. Mais je pense que ce n'est pas vrai.

— Et vous croyez qu'il est revenu ?

— Je ne sais pas.

Il s'arrêta, hésitant à lui livrer l'hypothèse sur laquelle son équipe et lui travaillaient. Mais elle le devina.

— Vous pensiez qu'il était mort.

— Il y a un scénario soft, si je peux dire. Strange est accusé à tort, on le relâche, et on s'arrange pour qu'il disparaisse car c'est dans son intérêt.

— Et il y a l'autre scénario, le plus vraisemblable, dit-elle. Strange est témoin de l'explosion de Main Street, et celui qui tire les ficelles a fait ce qu'il fallait pour qu'il ne parle pas.

— Exactement.

— Mais s'il n'était pas mort et qu'il soit revenu à Whispering Woods...

— Il faut que je sache pourquoi, si on veut avancer dans notre enquête. Pour moi, tout est lié, conclut Brayden.

Reggie inspira profondément et se tut quelques secondes.

— Je change de sujet, reprit-elle. Vous n'arrêtez pas de dire « nous », « notre enquête ». Où est votre équipe ?

— Chez nous, à Freemont.
— Ils vous ont laissé venir tout seul ?
— Je suis là en éclaireur. C'est plus judicieux d'envoyer un loup solitaire qu'une équipe que tout le monde remarquerait. En plus, certains sont de fortes têtes ; ils sont capables de colères terribles. Pas moi. À côté d'eux, je suis un grand sage.

Elle soupira.

— Je peux vous poser une question ? Même si c'est personnel ?
— Oui.
— Votre enquête vous touche de très près ?

Il s'arrêta, lui prit le menton pour l'obliger à le regarder.

— Vous venez seulement de le comprendre ?

Vexée, elle rougit.

— Oui, ma belle, c'est très personnel.
— Une vengeance ?
— Justice, corrigea-t-il.
— Quelle différence ?
— C'est subtil. Dans vengeance, il y a colère, émotivité.
— Et, vous, vous ne vous mettez jamais en colère.
— Si, admit-il. Mais plutôt contre le système, contre ses dysfonctionnements. Contre le fait qu'on puisse laisser un crime impuni. Évidemment, je ne cherche pas à me venger du système, ce serait absurde. Si je l'avais voulu, je ne me serais pas engagé dans la police. Je suis devenu policier parce que j'ai vu une faille dans la façon de rendre la justice. Et je ne voulais pas que ça se répète. Un assassin s'en est sorti sans être inquiété. Et j'estime qu'il n'y a pas pire injustice. Mais je ne cherche pas à régler un compte, je veux juste que celui qui a commis un crime paie pour ce qu'il a fait. Comme ça aurait dû être le cas dans la première affaire.
— Vous voulez parler de l'attentat de Freemont ?

— Oui.

Il ferma les yeux un instant et continua.

— J'étais jeune, moi aussi, quand la bombe a explosé dans le poste de police. Et mon père se trouvait, avec d'autres, dans le local des pièces à conviction.

Émue, elle se hissa sur la pointe des pieds et l'embrassa.

— Je suis triste pour vous, Brayden. Vous avez dû être très malheureux.

Ce n'étaient pas des mots en l'air. Vu son expression, elle était sincère.

— Je sais ce que c'est que perdre un parent, dit-elle très bas. Maman est morte il y a dix ans. Un cancer.

Connaître cette épreuve les rapprochait encore.

— Je suis malheureux pour vous. La vie est cruelle. Quand j'ai perdu mon père, cela a été affreux.

Il posa le menton sur les cheveux de Reggie et soupira. Il avait du mal à contenir son émotion.

La sonnerie de son téléphone portable l'obligea à réagir.

— C'est un message, dit-il.

Elle recula et lut le texto.

Je te vois, espèce de menteuse.

— Je crois que c'est pour vous, reprit-il lui montrant l'écran.

— Oh ! Jaz ?

Il suivit son regard. L'air perdu, elle regardait au loin. Ils avaient quitté la rue déserte et suivaient de petits chemins envahis par la végétation. Ils finirent par arriver devant une haie qui cachait ce qu'il se passait derrière.

— Où est votre amie ? marmonna-t-il.

— Sûrement cachée dans un buisson avec des jumelles ! plaisanta-t-elle.

Incapable de savoir s'il devait la croire ou froncer les sourcils, il plaisanta à son tour.

— J'ignorais que votre amie était une espionne !
Elle grimaça.

— En fait, il y a un parc de l'autre côté. En avançant un peu, vous verrez les enfants en train de jouer. La grande place est une rue plus loin.

Le téléphone sonna encore.

— Que dit-elle, cette fois ?

Reggie regarda l'écran.

— Elle dit que vous êtes un super beau mec, que je suis folle de vous, et qu'on devrait aller à l'hôtel.

Le texto le fit rire.

— Je suis d'accord avec la première partie. Pour le reste…

— Vous devriez bien vous entendre, tous les deux, dit-elle. Mais à votre place, au lieu de rire, je serais ennuyé qu'on nous ait vus ensemble.

— C'est vous qui ne le vouliez pas, lui rappela-t-il.

— Parce qu'on ne voulait pas que Chuck sache.

— Ça n'a pas d'importance, sauf s'il pense que nous cachons quelque chose. Quant à ma couverture, ça va. Je lui fais confiance. Ah ! j'imagine votre papotage pendant la séance de grimage des gamins.

— Vous pensez qu'on ne fait que ça, parler des hommes ?

— Oui.

Il la prit par le bras, la fit pivoter et happa sa bouche. Un baiser tendre d'abord, puis très fougueux. Vite encouragé par ses gémissements, il s'enhardit, mordilla ses lèvres, fouilla sa bouche. Elle se serra contre lui, laissant échapper d'autres gémissements, quand son mobile sonna une fois de plus.

— Non, grommela-t-il, approfondissant encore son baiser.

Son cœur cognait, il le sentait battre de plus en plus vite, de plus en plus affolé.

Le mobile qu'elle tenait tomba ; cela ne l'arrêta pas. Il continua de l'embrasser, caressa son dos, empoigna ses hanches et la plaqua contre lui. Puis, tout à coup, il recula pour la regarder. Elle était toute rouge.

Il se pencha pour ramasser le téléphone.

— C'est votre amie. Je cite : « Oh ! la la ! » une dizaine de fois.

— Évidemment.

— Vous n'avez qu'à me présenter.

— Génial ! fit-elle, sarcastique.

— C'est une bonne idée, non ?

Son expression le fit sourire. Il entrelaça leurs doigts.

— C'est ça ! répliqua-t-elle. Au lieu de dire des bêtises, qu'allez-vous faire pendant que nous papoterons ?

— Manger de la barbe à papa, dit-il d'un ton qui se voulait léger.

Mais il ne souriait plus.

— Si vous vous faites blesser pendant que je grime les enfants…

— Mais non, l'interrompit-il. Il n'y a aucun risque. Maintenant, j'aimerais que vous me racontiez votre histoire. Vous avez promis, vous vous rappelez ?

Elle sourit.

— Ah oui ! Captivant !

— Jusqu'à présent, chaque seconde avec vous a été captivante.

Il se remit en marche et longea la haie avec elle.

8

Debout à l'entrée de la tente, Reggie regarda avec regret Brayden s'éloigner. Elle aurait aimé qu'il reste avec elle. Sa présence était apaisante. Sans lui, elle éprouvait une sensation de vide. En sa compagnie, elle se sentait en sécurité et n'éprouvait pas le besoin de se retourner sans cesse comme maintenant. Il lui avait donné des instructions : sourire, être naturelle, et faire comme si de rien n'était. Difficile. Elle avait peur de Chuck et savait qu'elle paniquerait s'il l'approchait.

Brayden avait disparu dans la foule, maintenant, et elle ne le voyait plus. Triste, elle lâcha le rabat de la tente.

— Tu regardais ses fesses, hein ? lança Jaz.

Reggie rougit et s'approcha de son amie.

— Non.

— Menteuse !

— Tais-toi.

— Ce n'est pas un reproche. Il a de jolies petites fesses.

— Je te dis de te taire, gronda Reggie. Tu es sourde ?

— D'accord, d'accord. Je me tais si tu parles. Je veux que tu me racontes tout avant que les gamins arrivent.

— Je n'ai rien à raconter.

— Allez, ne fais pas de chichis ! Sois gentille, je suis enfermée depuis une semaine avec le bébé, j'ai envie de m'amuser un peu.

— Tiens donc ! Bon, où sont les enfants ?

À cet instant, une première frimousse s'encadra dans l'ouverture de la tente. Reggie prit aussitôt un pinceau.

— Demande à Reggie de te peindre un papillon sur les joues, dit Jaz. Et gronde-la si elle ne le fait pas bien.

— J'adore les papillons ! s'exclama la petite fille.

— Et toi ? demanda Jaz au petit garçon qui entrait.

— Moi, je suis un lion.

— Oh ! fit soudain Jaz.

Reggie releva la tête. Concentrée sur sa peinture, elle n'avait pas vu le volet de la tente se soulever. Brayden fit un pas à l'intérieur. Sans doute venait-il s'assurer que tout allait bien.

— C'est lui ? demanda Jaz.

— Chut ! souffla Reggie, rougissante, à son amie.

Les yeux écarquillés, Jaz dévisageait Brayden.

— Il est beau gosse ! Je te comprends.

Reggie sourit. Décidément, Jaz était une vraie amie. Au lieu de la critiquer pour avoir suivi chez lui un homme qu'elle ne connaissait pas, elle admirait son choix.

— Il est super ! poursuivit Jaz. Et…

L'enthousiasme de Jaz était excessif mais certainement plus agréable à entendre que les reproches que n'auraient pas manqué de lui adresser certaines « amies » bien intentionnées. Comme elle ne semblait pas vouloir s'arrêter, Reggie dut se résoudre à lui faire quelques confidences pour la faire taire. C'était vrai, Brayden l'avait tout de suite intriguée. Vrai aussi, elle l'aimait beaucoup.

— Tu le lui as dit ?

— Pas encore.

— Qu'est-ce que tu attends ? Je suis sûre que tu penses à lui tout le temps.

Jaz fit des traits qui figuraient une moustache sur le

visage du petit garçon, qui sourit, satisfait, en se voyant dans la glace et partit en courant.

— Pas à lui, corrigea Reggie. À ensuite.

— Si tu penses à la suite, c'est que c'est important pour toi.

— Mais je ne le connais que depuis... même pas un jour, dit-elle très bas.

— C'est la qualité qui compte, pas la quantité, répliqua Jaz.

Reggie ricana.

— Tu te moques de moi ? Tu trouves que je parle comme un vieux sage ?

— Je ne me permettrais pas, assura Reggie.

— Je te rappelle que j'ai toujours eu raison en matière de sentiments. Je t'avais mise en garde contre qui tu sais.

— Tu peux dire son nom, tu sais.

Jaz fit la grimace.

— Je préfère pas.

Cette fois, Reggie rit de bon cœur. Brayden ne risquait plus de les entendre. Le pan de la tente était retombé et il avait disparu.

— Le revoilà ! s'enthousiasma Jaz, voyant la tente s'entrouvrir de nouveau.

Reggie tourna la tête et pâlit. Chuck Delta entrait.

Brayden mit son portable dans sa poche et leva les yeux. La fête battait son plein. Enfants et parents faisaient la queue pour accéder au château gonflable, un guitariste grattait en chantonnant des airs que tout le monde fredonnait, une odeur de beignets régnait partout. C'était joyeux.

Il avait eu des nouvelles, frustrantes, de son équipe. Leurs recherches dans la base de données de la police s'étaient révélées infructueuses. Et il n'avait rien de plus que ce qu'il avait déjà. Neuf ans plus tôt, Tyler Strange était venu à Whispering Woods pour une raison inconnue — peut-être en touriste, peut-être pas. Il y était depuis moins d'une semaine quand l'explosion avait eu lieu. La police l'avait placé en garde à vue pendant dix jours. Des principales pièces à conviction ressortaient deux choses. D'abord, sa présence à proximité du lieu de l'explosion. Ensuite, le fait qu'il n'avait pas pu fournir d'explication à cette présence. Sans adresse fixe, mais avec un casier judiciaire pour des délits mineurs — vandalisme, ivresse sur la voie publique, larcins —, il avait tout du coupable idéal. À ceci près qu'il ne l'était pas.

La police de Whispering Woods l'avait relâché sans la moindre explication. L'explosion était vite passée au second plan, la réparation des dégâts devenant l'unique sujet de préoccupation. Garibaldi était alors entré en scène. En grand seigneur, il avait pris en charge les dépenses que l'assurance refusait de rembourser et promis monts et merveilles. Les nouvelles constructions seraient infiniment plus belles que les anciennes, et une somptueuse fête serait organisée à l'occasion de la réouverture du quartier.

De cette façon, il s'est attiré les bonnes grâces des habitants du coin, songea Brayden.

Ce qui avait suivi confortait ses soupçons : Garibaldi n'avait qu'un objectif, faire oublier l'événement.

Tyler Strange disparut.

L'inspecteur de police en charge du dossier prit sa retraite.

Son successeur ne poursuivit pas l'affaire.

On classa le dossier.

Brayden ne savait pas encore comment tout cela s'articulait. De quel méfait Garibaldi cherchait-il à détourner l'attention ? Quels liens y avait-il entre Tyler

Strange et la silhouette entrevue ? Et, plus important sans doute, existait-il un lien entre cela et ce dont Reggie avait été témoin ?

En soupirant, il regarda la foule, puis la tente dont l'entrée disparaissait derrière un groupe de personnes arrêtées devant. Reggie s'y trouvait depuis moins d'une heure, et déjà son absence lui pesait. Incapable de résister à l'envie de la rejoindre, il décida d'y aller.

Les personnes qui lui bouchaient la vue venant de se séparer, il voyait mieux, maintenant. Un homme se tenait à l'entrée et en bloquait l'accès. Chemise bleu foncé frangée. Cheveux blonds mal coiffés. Campé sur ses jambes écartées pour bien intimider. Brayden le reconnut tout de suite. Chuck Delta.

Partagé entre colère et inquiétude, il pressa le pas en essayant de ne pas courir pour ne pas attirer l'attention, mais c'était difficile. Le temps qu'il mit pour parcourir les quelques dizaines de mètres qui le séparaient de la tente lui parut des heures.

Je n'aurais jamais dû la laisser, se reprocha-t-il. *Je devais m'attendre à ce qu'il vienne.*

Il savait qu'il viendrait. Il avait même donné des consignes à Reggie.

Arrivé près de lui, dominant sa colère, il se racla la gorge.

— Inspecteur. Je n'aurais pas parié que vous voudriez vous faire grimer.

Surpris, Delta se retourna et le dévisagea. Au même moment, le rire de Reggie éclata dans la tente. Comme un seul, les deux hommes se tournèrent dans sa direction.

La jolie petite serveuse était un peu pâlotte, et son sourire, mitigé, mais elle semblait aller bien.

— Bonjour ! dit-elle, la voix joyeuse. Justement, on parlait de vous.

— Ah ? laissa tomber Brayden d'un ton faussement dégagé.

Reggie opina.

— L'inspecteur Delta me disait qu'il y a eu du ramdam près du *diner,* hier soir. Et je lui disais que j'étais contente d'avoir fermé tôt pour aller me changer avant notre rendez-vous.

Delta se frappa la cuisse.

— Je n'avais pas compris que c'était vous, le rendez-vous.

— Vous vous connaissez, tous les deux ? intervint Jaz.

— On s'est croisés hier soir, répondit Brayden. Quand j'allais chercher Reggie. Vous savez pourquoi il y a eu tout ce ramdam ? On est concernés ?

— Non. Et il n'y a pas de quoi vous inquiéter. Je commence à croire que c'était un canular. Personne n'a rien entendu.

— Heureux de l'apprendre. Décidément, tout roule quand vous êtes de service, inspecteur Delta.

Rassuré, Delta se détendit visiblement.

— Je ne fais que mon métier. Amusez-vous bien.

— On ne va pas se priver.

Brayden s'effaça pour laisser passer Delta puis s'approcha de Reggie. Penché sur elle, il plaqua son front contre le sien.

— Ça va ?

Elle hocha la tête.

— Je suis rassurée, le *diner* n'a pas subi de dégâts. J'avais peur.

— Apparemment, tout est rentré dans l'ordre... Si désordre il y a eu. L'inspecteur est formel, en tout cas, répondit-il.

Il recula et la dévisagea.

— Je pense qu'il fait bien son métier, reprit-elle.

— C'est ce qu'il paraît.

Elle se blottit contre lui et ronronna.

— Dites donc, là, vous deux ! Vous n'avez pas envie de vous reposer ? lança Jaz, qui n'avait pas perdu une miette de leur échange.

Reggie se redressa, les joues rouges.

— On a l'air si fatigués ?

— Absolument. Sérieusement, absentez-vous une heure et revenez après votre somme.

— Non, je ne te laisse pas, protesta Reggie.

— Mais si. Fais-moi plaisir.

— Pour t'entendre ensuite en parler pendant vingt ans ?

Brayden s'immisça dans la conversation.

— Et si je m'asseyais là, dans un coin, pendant que vous finissez de maquiller les enfants ? Je n'en bougerai pas, promis.

— Vous croyez que vous en êtes capable ? ricana Jaz.

— Je peux essayer.

— Ne soyez pas étonné si on vous demande de prendre un pinceau et de nous aider.

— Je veux bien, mais ça n'ira pas très loin. Vous allez vite voir que je n'ai aucun talent artistique.

— Ne vous inquiétez pas. Je ne m'attends à rien.

— Dans ce cas, ça va.

— Parfait, dit Jaz, un doigt pointé sur lui. Mais pas d'œillades ni de petits bisous.

Il leva les mains en signe de reddition.

— Compris.

Un groupe d'enfants excités surgissant dans la tente mit un point final à leur conversation.

— Qu'est-ce que vous nous avez raconté ? lança Reggie. Vous êtes un vrai artiste.

En dépit de ses dénégations, Brayden avait un don pour le dessin.

— Je vous admire, ajouta-t-elle.

Avec leur tête de chat, de chien, leur minois grimé en fleur, ou en tortue, les enfants quittèrent la tente en poussant des cris de joie. L'air presque déçu d'avoir fini, Brayden reposa ses pinceaux. Reggie et lui raccompagnèrent Jaz auprès de son mari et de leur bébé et revinrent se mêler à la foule. Brayden ne semblait pas pressé de s'en aller. Même quand toutes les trois secondes des gens s'arrêtaient et demandaient à être présentés. Il paraissait même heureux de répéter son discours de chef d'entreprise en déplacement pour affaires.

— Tout va bien ? demanda-t-elle quand enfin ils se retrouvèrent seuls.

— Oui.

— Vraiment ? Parce que moi j'ai l'impression d'être dans le calme avant la tempête.

— Plutôt dans l'œil du cyclone.

Brayden lui prit la main.

— Vous voulez grignoter quelque chose ?

— Et vous ? Moi, je n'ai pas très faim…

Un bras autour de ses épaules, il l'emmena vers un food truck.

— Allez, tout va bien. Pour le moment, du moins.

— Comment pouvez-vous dire ça ?

— Votre amie m'aime bien, apparemment. Nous nous sommes affichés en public. Il y a encore l'histoire Tyler Strange à tirer au clair mais, pour ça, j'attends des infos de mes hommes. En attendant, ayons l'air naturel et amusons-nous.

Reggie ne put s'empêcher de rire.

— Ça ne vous arrive pas souvent ?

Il haussa les épaules.

— Non, c'est plutôt rare. Je passe le plus clair de mon

temps à travailler. Quand je ne liquide pas les affaires courantes, je bosse sur l'attentat de Freemont City.

— Et vos amis ? Votre famille ?

— Tous des policiers ! Enfin, non, pas ma mère. Mais son mari était policier et ses deux fils le sont aussi. On fait des fêtes formidables tous ensemble.

— Je m'en doute !

— Vous n'avez pas l'air de me croire. Je vous jure qu'on s'amuse bien.

Son visage s'assombrit brusquement.

— Pour être tout à fait honnête, je dois dire que l'attentat de Freemont City nous a tous dévastés.

— Tous ?

— Oui, tous les fils des policiers tués dans l'explosion.

— Pardon, fit-elle, regrettant d'avoir insisté. On n'est pas obligés d'en parler.

— Si, au contraire, ça me fait du bien. Je vous en ai dit plus en un jour qu'à mon psy, à l'époque. Difficile de savoir si ce psy était efficace ou pas, ou si c'est vous qui me donnez envie de parler.

Elle prit sa réponse comme un compliment.

— Les deux, peut-être.

— Moi, je pense que c'est vous.

Arrivés au food truck, ils commandèrent des hot-dogs et des boissons et allèrent s'installer sur un banc un peu à l'écart. Ils commencèrent par manger en silence puis elle se lança.

— À votre avis, y a-t-il une chance pour que Chuck Delta nous ait crus ?

Brayden hocha la tête.

— Je connais bien les gens. J'ai tous mes diplômes ! ajouta-t-il en riant. L'inspecteur Delta préférerait croire que vous n'étiez pas au *diner*. Ce serait plus facile pour lui. Mais il doit faire partie de ces gens qui ont besoin de preuves pour croire, et qui ne négligent aucune piste.

Dommage qu'il soit pourri, il aurait pu faire un bon flic. À mon avis, il n'en restera pas là. Il trouvera une autre occasion de vous interroger.

— Voilà qui n'est pas rassurant.

— Si ça peut vous rassurer, je peux rester plus près de vous.

Gênée, elle hésita.

— Je ne sais pas comment c'est possible.

Il alla jeter papiers et cannettes dans une poubelle, revint s'asseoir et, lui passant le bras autour des épaules, l'attira vers lui.

— Je peux essayer.

Elle se blottit contre lui et inspira son parfum.

— On ne sait toujours pas sur qui il a tiré, ni pourquoi.

— Je vais essayer de le savoir, mais ça peut prendre du temps.

— *Vous* allez essayer ? Et moi ?

— Je ne vais pas vous mêler à une enquête si ce n'est pas nécessaire.

Reggie se crispa. Au lieu d'être soulagée, elle était déçue et incapable de le cacher.

— Je ne vais pas vous lâcher n'importe où mais dans un endroit sûr. Je ne peux pas faire autrement, mon cœur. Il y va de votre sécurité. Et, même si je ne le faisais pas pour une raison personnelle, je le ferais par obligation professionnelle.

Il laissa sa main glisser sur son épaule et la caressa.

— C'est la vérité. Votre vie compte beaucoup pour moi. Et je fais sérieusement mon métier.

Il se pencha vers elle et repoussa ses cheveux pour lui mordiller l'oreille.

— Et si, au lieu de me déposer chez moi, vous entriez ?

Il l'embrassa dans le cou.

— Je vais peut-être me laisser convaincre.

— Peut-être ?

Du bout des lèvres, il effleura sa joue.

— Et votre histoire ? Vous avez promis de me la raconter, lui rappela-t-il.

— Ah ? Je vous ai promis ça ?

— Oui. Une relation torride qui s'est mal terminée.

— Ah, ça ! Je crains de ne pas pouvoir me concentrer.

— J'arrête, alors ?

— Je préfère parce que... Regardez... Il y a un gamin là-bas qui parle de nous avec sa mère.

Brayden se leva si brusquement qu'elle faillit tomber du banc.

— Où ?

Elle éclata de rire.

— Je plaisantais. Mais quelle importance ? Je croyais que vous vouliez qu'on nous voie ensemble.

Il se rassit et l'attira à lui.

— Oui, mais je ne veux pas être à l'origine de ragots sur vous.

— De ragots ? C'est ce que...

Elle se tut.

— Finalement, reprit-elle, je ne vais pas vous raconter ce qui m'est arrivé.

— C'est si horrible ?

— Ça dépend de ce que vous entendez par horrible, répondit-elle en soupirant.

— Racontez-moi. On verra.

Calée contre lui, elle inspira profondément et commença par réfléchir à ce qu'elle allait lui révéler. Son histoire était courte, en fait, et pas si terrible. Si elle en avait eu honte, elle ne serait pas revenue à Whispering Woods.

Elle baissa les yeux et, voyant leurs doigts enlacés, ressentit une pointe d'angoisse. Qu'allait-il penser, lui, l'incarnation de la raison ? Qu'allait-il penser de sa légèreté ? De son inconséquence ? Que ferait-il, lui qui se proclamait roi de l'engagement, quand il comprendrait qu'elle était juste le contraire ?

Elle essaya de trouver une façon subtile de lui expliquer pour tenter de paraître moins frivole qu'elle l'avait été et, finalement se chercha une excuse.

Tu étais jeune, se dit-elle. *En tout cas, pas bien vieille.*

Après une brève hésitation, elle décida de ne pas édulcorer.

— Il y a cinq ans, j'allais en fac avec l'intention de devenir psychologue. J'en avais déjà fait trois ans quand, un été, je suis revenue pour les vacances. J'aidais mon père au restaurant quand j'ai fait la connaissance d'un garçon. Un dingue de la nature. Couvert de tatouages. Qui m'a convaincue de laisser tomber mes études. Et ma famille. Nous nous sommes mariés — spirituellement, pas devant le maire, au cas où vous vous poseriez la question — dans la communauté « alternative » où il entendait me faire vivre.

— Ça a duré longtemps ? demanda-t-il de sa voix la plus neutre.

— Trois mois. Et puis j'ai repris mes esprits. Je me suis rendu compte que je m'étais mariée avec un homme qui rêvait de passer toute sa vie dans une yourte. J'aime bien la nature, mais pas au point de vivre en sauvage toute l'année.

Elle le regarda pour voir sa réaction ; il avait un sourire énigmatique sur les lèvres.

— Je vois. Vous êtes plutôt du genre eau courante et couette, se moqua-t-il.

— C'est vrai, je n'ai pas honte de le dire. Bref... Je suis revenue à la maison la tête basse. D'autant plus que mon père m'avait mise en garde, et qu'à vingt et un ans on n'a pas envie d'entendre la ritournelle : « Je te l'avais bien dit. » En fait, je serais même revenue plus tôt si je n'avais pas redouté les reproches. Vous pouvez me croire. J'ai passé toute l'année suivante à entendre des « Je t'avais prévenue » ou « Si tu avais bien voulu m'écouter ».

— Vous avez repris vos cours à la fac, alors ?

— Non. Et c'est ce que j'ai fait de mieux à l'époque. Je me suis rendu compte que je n'avais plus du tout envie d'être psychologue. Et, mieux, que je ne voulais plus étudier.

Elle haussa les épaules.

— Les meilleurs souvenirs que j'ai de ma jeunesse, ce sont les moments où ma grand-mère m'autorisait à l'aider dans sa cuisine. Et celui où je n'ai plus mis les pieds en cours. D'ailleurs, pendant ces trois années de fac, je n'étais heureuse que lorsque je revenais à la maison. Je ne pensais qu'à ça.

— Impressionnant.

— Pardon ?

— Vous m'impressionnez. Être capable de vivre dans une yourte pendant trois mois pour prouver Dieu seul sait quoi. Si, il faut un certain courage…

Elle commença à se détendre.

— C'est la première fois que je rencontre cette réaction.

— Vous vous attendiez à quoi ? À ce que je vous repousse et parte en courant /

— Plus ou moins.

Il sourit.

— Il m'en faut plus pour me faire fuir ! En plus, je pense que j'ai mieux.

C'est elle qui sourit.

— Vous pensez avoir mieux qu'un faux mariage, qu'un retour honteux chez mon père, où j'ai vécu une année entière, la tête dans un sac, la risée de toute la ville ?

— D'accord, mon histoire ne vaut peut-être pas la vôtre, mais elle n'est pas mal non plus.

— OK. Alors, à votre tour.

— Oui, mais pas avant que…

Il se tut, se raidit, serra encore plus fort ses doigts. Surprise, elle le dévisagea. Il fixait quelque chose, visiblement en colère. Qu'avait-il bien pu voir qui ébranle son calme habituel ?

Elle tourna les yeux et vit alors, dans la foule, ce qui avait capté son regard. Un homme.

Jesse Garibaldi.

Prise d'angoisse, elle sentit s'accélérer les battements de son cœur. Cela ne faisait aucun doute, maintenant, le gros propriétaire terrien de Whispering Woods était la cible de l'homme qui lui tenait la main. Garibaldi, *la* figure de la ville, était au cœur de l'affaire que son beau policier essayait d'élucider. Garibaldi était l'homme qu'il pourchassait depuis quinze ans.

9

Brayden aurait aimé ne pas réagir à la vue de cet homme. Il aurait aimé ne pas être ramené quinze ans en arrière, à l'époque où, trop jeune pour pouvoir agir, il avait dû se résoudre à accepter. Momentanément. Il aurait aimé, aussi, ne pas revivre l'instant où il avait aperçu le visage de Jesse Garibaldi, celui qui avait causé la mort de son père.

Tu es faible, se dit-il, incapable de refouler sa rage et son chagrin à la pensée de son père disparu.

L'homme qui souriait, qui riait, qui tapait amicalement dans le dos des uns et des autres, était le responsable de la mort de son père. Et il se pavanait là, avec sa fortune insolente, son assurance, personne à Whispering Woods ne se doutant de rien.

Ulcéré par les simagrées du personnage, il se leva brusquement, mais une pression de Reggie sur sa main l'arrêta net.

— Coucou, fit-elle, se forçant à sourire.

Elle sait, pensa-t-il.

Si personne d'autre dans cette ville ne l'avait deviné, elle, elle avait compris. Et cela lui suffisait.

— Désolé, marmonna-t-il en s'adossant au banc.
— De quoi ?

Essayant de réfléchir à une explication, il se passa la main dans les cheveux. Elle le devança.

— C'est lui, c'est ça ? C'est Garibaldi que vous traquez. La bombe dans le poste de police où travaillait votre père, c'est lui.

— Oui, dit-il, la gorge nouée par l'émotion.

Elle observa un instant Garibaldi puis reporta son attention sur lui.

— Rien ne nous force à rester ici.

— Pas de problème. Ça va.

— Ça n'a pas l'air. J'ai l'impression que vous allez lui sauter à la gorge.

— Je pense pouvoir me dominer.

Il soupira.

— Il y a longtemps que je ne l'avais pas vu d'aussi près, et je ne pensais pas que ça me ferait encore cet effet.

Reggie se tourna vers lui.

— Allons ailleurs, Brayden. Vous me parlerez si vous voulez ou vous ne me direz rien si vous préférez, mais allons-nous-en.

— Votre proposition d'aller chez vous tient toujours ? demanda-t-il.

— Oui.

— Alors allons-y.

Ils se levèrent et se mirent en marche.

— J'avais quinze ans, commença-t-il, et mon frère Harley, treize, quand c'est arrivé. L'atmosphère était tendue à la maison parce que mon père travaillait sur un dossier secret, difficile, et qu'il passait plus de temps au bureau qu'avec nous.

Leur mère en avait assez de Harley et de lui. De ce mari toujours absent. De son travail qui l'épuisait. Ce jour-là, leurs parents s'étaient disputés une nouvelle fois. Une dispute plus vive encore que les précédentes. Avant de sortir, leur père avait dit à leur mère que le dossier allait bientôt être bouclé et que, lorsqu'il serait classé, il aurait sûrement une promotion.

— Ma mère lui a répondu : « Ça veut dire que tu auras encore plus de dossiers comme celui-là ? » Elle a ajouté que, si c'était ça, elle ne le supporterait pas. Je me rappelle leur altercation comme si c'était hier.

— Ça a dû être pénible, commenta Reggie.

Il fit oui de la tête.

— Ce jour-là, quand il est parti, je lui ai couru après et je lui ai dit un tas de sottises que je regrette aujourd'hui.

Comme ils arrivaient à la voiture, il se tut. Elle monta à bord et lui donna l'adresse. Il démarra et reprit aussitôt.

— J'étais furieux. Convaincu que j'avais raison. Et à cent pour cent du côté de ma mère. Mais quand j'ai eu fini de lui dire des horreurs, tellement fort que tout le voisinage en a profité, il ne s'est pas fâché. Pas du tout. Il m'a répondu d'un ton très calme qu'il fallait que justice soit rendue. Qu'il fallait qu'il mette un sale type hors d'état de nuire, que beaucoup de personnes étaient en danger tant que l'individu ne serait pas sous les verrous. Il m'a dit que sa famille était un des éléments qui le motivaient, et qu'un jour je comprendrais.

Bien entendu, il lui avait crié que jamais il ne comprendrait.

— Mais ça a changé.

Il opina une nouvelle fois au souvenir de la tête de sa mère quand il était revenu à la maison quelques minutes après leur altercation. Il était encore hors de lui et avait cogné dans tout ce qu'il avait sous la main. Les portes, les murs, le mobilier. Et il avait juré comme un charretier.

— Ce n'était pas mon comportement habituel, et ma mère n'a pas apprécié ma crise. Je me suis aussi disputé avec elle. Et puis Harley s'est joint à moi. Au bout d'un moment, on a fini par tous se calmer et ma mère nous a alors expliqué qu'elle s'était défoulée sur mon père de la mauvaise journée qu'elle avait passée. Elle nous a rappelé qu'il faisait un métier exigeant, l'un des plus importants du monde.

Ensuite, elle avait appelé leur père et les avait obligés, son frère et lui, à écouter les excuses qu'elle lui avait adressées pour avoir perdu patience et s'être énervée.

— Ce sont les mots qu'elle a employés et son attitude qui m'ont ramené à la raison, poursuivit-il. Si elle avait encore été en colère quand la bombe… quand la bombe a explosé, je…

Il ne put continuer.

— Vous en auriez voulu à son métier, compléta Reggie.

— Exactement. Alors que là j'ai vu les choses différemment. Il faisait ce qu'il fallait pour que nous vivions dans un monde meilleur. Résultat, il est mort. Son regret aurait été, à part le fait de perdre sa famille, évidemment, de ne pas boucler le dossier sur lequel il travaillait.

— Et c'est ce que vous voulez faire. Rendre justice à votre père et aussi boucler le dossier à sa place.

— Oui, parce que tout me dit que ces affaires sont liées. Pour moi, ça ne fait aucun doute, Jesse Garibaldi est derrière l'attentat à la bombe de Freemont City. Et, si mon père était dans le local des pièces à conviction, c'est parce qu'il avait découvert quelque chose et qu'il allait le prouver.

— Quelque chose de pire qu'un meurtre ? demanda-t-elle. Votre équipe a une idée ?

— Oui, mais ce n'est qu'une hypothèse de travail.

Il tapa sur le volant.

— Il est question de grosses sommes d'argent. Cependant, rien n'est certain. Tous les éléments dont disposaient mon père et ses enquêteurs ont été détruits.

Et l'auteur de l'attentat n'a jamais été vraiment inquiété. Pire, son identité est toujours restée secrète.

— Secrète ? Comment ça, secrète ?

— Il était mineur. Il a eu dix-huit ans quatre jours après l'attentat. Notre avocat nous l'a dit quand ma mère a voulu intenter une action en justice.

— Il a donc été jugé en tant que mineur.

— Oui. Son nom n'a jamais été divulgué. Et compte tenu de la lenteur de la justice — un an entre les faits et le procès ! — il avait déjà purgé sa peine et a été libéré.

— Donc vous l'avez recherché.

— À partir des quelques éléments que nous avions — la date de naissance, la nature du crime —, on a pu garder le dossier ouvert. On a fait ce qu'il fallait pour qu'on en reparle dans la presse, sur Internet, dans les réseaux sociaux. On a alerté toutes nos connaissances dans la police. Et je savais à quoi il ressemblait puisque, un jour, j'ai réussi à m'introduire dans la salle d'audience au tribunal. Au bout de cinq minutes, on m'a surpris et flanqué dehors, mais j'avais eu le temps de le voir. Et je l'ai mémorisé, ce visage.

Il marqua un temps d'arrêt.

— Je l'ai fixé, fixé, et je me suis juré qu'il ne s'en tirerait pas à si bon compte, même si plein de choses ne collaient pas.

— À présent que vous l'avez retrouvé, que comptez-vous faire ?

— Mon frère travaille aussi sur l'affaire. Puisqu'on a son nom, maintenant, on fouille dans son passé pour réunir un maximum d'informations. C'est pour ça que je suis ici. Et je resterai ici jusqu'à ce que ce Garibaldi soit coincé.

— Je suppose que vous avez déjà trouvé des choses ?

— Oui.

Il se tut, ils étaient arrivés dans sa rue et, tout de

suite, il s'était mis en mode alerte, à l'affût de signes, de détails signalant quelque chose d'anormal. Une voiture suspecte ou une personne bizarre. Mais la rue était déserte, et la rangée de petits immeubles qui la bordait, tranquille. Très tranquille, car la plupart des habitants étaient à la fête.

Satisfait de voir que personne ne les guettait, il mit son clignotant pour se garer devant l'immeuble de Reggie.

Avant de couper le contact, il lui jeta un coup d'œil. Les yeux rivés sur son immeuble, elle se mordillait la lèvre et ne semblait pas pressée de descendre. Il ôta une mèche de cheveux de sa joue et la coinça derrière son oreille.

— Qu'y a-t-il ?

— Je pensais à la robe que j'ai l'intention de mettre ce soir et je me disais que ce ne serait pas joli avec un gilet pare-balles dessous. En fait, je devrais me demander si mes chaussures iront avec mon sac, et c'est ce gilet pare-balles qui m'a traversé l'esprit.

— Contentez-vous de penser à votre sac et à vos chaussures. Je m'occupe du reste. J'ai l'habitude.

Il serra sa main puis la lâcha et descendit de la voiture. Il venait de lui ouvrir sa portière quand il vit son regard, de nouveau rivé sur son immeuble.

— Quelque chose qui ne va pas ? demanda-t-il.

— Regardez. Premier étage, la troisième fenêtre à gauche. C'est mon salon. Il vient de s'allumer…

Brayden se tourna vers la fenêtre. Effectivement, une petite lumière brillait dans la pièce qu'elle avait indiquée.

Il hésita. En temps normal, il aurait appelé des hommes en renfort et serait entré, mais les circonstances n'étaient pas normales. Et il ne pouvait pas laisser Reggie seule dans la voiture, pas plus qu'il ne voulait qu'elle vienne avec lui.

Que faire ? Remonter en voiture et aller se cacher quelque part ? Retourner à la fête et faire comme s'il n'avait pas vu la lumière ?

Il réfléchit. Whispering Woods n'était pas l'endroit idéal pour se cacher. En dehors de la saison touristique, rester anonyme tenait du rêve. Impossible. Peu d'habitants, cela signifiait peu de chances de passer inaperçu. Et puis, si quelqu'un était entré dans l'appartement de Reggie, il voulait savoir qui et pourquoi.

Était-ce Delta ?

À son avis, rien ne pouvait jamais être à cent pour cent certain.

Peut-être est-ce le type qui t'a assommé près du repaire de Tyler Strange. Ou Strange en personne ? songea-t-il.

Il regarda de nouveau l'immeuble. La seule chose à faire était de surprendre son visiteur indésirable.

— Reggie, dit-il en la regardant. Voit-on le parking depuis votre appartement ?

— Vous voulez savoir, si quelqu'un est chez moi, s'il peut nous voir ?

— Exactement.

— Si je suis à la fenêtre du salon, je vois jusqu'au bosquet qui est là, répondit-elle en le montrant du doigt.

Le bosquet était haut et cachait la fenêtre.

— Et si on traverse le parking à pied, reprit-il, est-ce qu'on peut nous voir ?

— Si on passe sur le bord et qu'on longe le mur...

Elle indiqua un muret devant une pelouse.

— ... ça doit aller. En revanche, si quelqu'un regarde par la fenêtre quand on traverse, il peut nous voir. Mais mal.

— Y a-t-il un endroit où on peut se cacher dans l'entrée ?

— Se cacher ? Encore !

— Quand vous aurez votre permis de port d'armes, huit ans d'expérience sur le terrain et serez ceinture noire de karaté, faites-le-moi savoir et on reparlera de ne pas vous cacher.

Elle soupira.

— Il y a un placard pour l'homme de ménage.

— Parfait.

Il lui tendit la main pour l'aider à sortir. Profitant de ce qu'il tenait sa main, il l'embrassa puis la lâcha pour prendre son revolver dans la boîte à gants. Il prit aussi son holster de ceinture, le boucla et y glissa son arme.

— Prête ?

— Plus que prête ! Ravie d'aller m'enfermer dans un placard !

Il lui reprit la main et, serrés l'un contre l'autre, ils longèrent le muret. Arrivée devant la porte de l'immeuble, elle plongea les doigts dans son décolleté pour en tirer ses clés, qu'elle lui tendit.

— Quand j'étais petite, je posais tout le temps mes clés n'importe où et je les perdais. Maintenant, je les garde toujours sur moi, et comme cette robe n'a pas de poches…, expliqua-t-elle, un peu embarrassée.

Brayden sourit et ouvrit la porte.

— Allez-y, reprit-elle. Entrez.

— En général, je laisse les femmes passer d'abord. Mais là je vais vous demander de rester derrière moi. Prenez-moi par la taille, que je vous sente bien.

Elle obéit.

Tirant son revolver de son holster, Brayden avança en regardant partout. Deux canapés flanqués d'un arbre artificiel planté dans une grande poterie occupaient le centre du hall. Une batterie de boîtes aux lettres et un tableau d'affichage occupaient le mur de droite. En face de l'entrée se trouvaient le couloir donnant sur les appartements du rez-de-chaussée et la porte de l'escalier. La porte dans le mur de gauche devait être celle du placard dont Reggie avait parlé.

Elle comportait des petits volets d'aération dans le haut mais pas de serrure. Tant pis. En cas de besoin, il faudrait bien que ce placard fasse l'affaire.

— Pas d'ascenseur ? chuchota-t-il.

— Non. Vu qu'il n'y a que deux étages, ce n'est pas indispensable.

L'idée qu'il n'y ait qu'un escalier le contraria. S'il y avait un intrus chez elle et qu'il s'enfuie, ils se croiseraient fatalement.

Il se dirigea vers le placard.

— Vous connaissez tout le monde dans l'immeuble ?

— Oui, mais de vue.

— Décrivez-les-moi vite. Je n'ai pas besoin des noms.

Les yeux fermés, elle récapitula.

— Au rez-de-chaussée, appartement n° 1, un couple d'Asiatiques. Au 2, un type en fauteuil roulant. Le 3 est inoccupé. Il y a une brune avec un york au 4. Au premier étage, le 5 et le 6 sont un seul et même appartement, occupé par un artiste. Il en a bien la tête. Queue-de-cheval, barbe et de la peinture partout. Porte n° 7, un vieux monsieur tatoué. Une ancre sur la main gauche. Et au 8 c'est moi. Deuxième étage, porte 9, deux vieilles filles qui ne mettent jamais le nez dehors. 10, la dentiste locale. Une rousse avec des cheveux qui lui tombent jusqu'aux fesses. Au 11, son petit copain, un piercing dans la paupière et la boule à zéro. Et le 12. Là, c'est une mère célibataire avec un bébé de six mois.

Elle rouvrit les yeux.

— Ça vous va ?

— Parfait.

Il ouvrit le placard et constata qu'il était grand et ne sentait pas le renfermé. Tant mieux pour Reggie, se dit-il. Il recula pour lui laisser le passage, mais au lieu d'entrer elle resta à le regarder avec ses grands yeux verts étonnés.

— Qu'y a-t-il ? lui demanda-t-il.
— Vous ne répétez pas ?
— Quoi ?
— La liste. Vous avez tout enregistré ?
— Vous avez peur que j'assomme un de vos voisins ?
— Vous n'êtes pas drôle, vous savez.
— Je sais. Bon, pour vous faire plaisir, un couple d'Asiatiques, un fauteuil roulant. Un york, de la barbe, un tatouage, une ancre de marine, des vieilles filles, une rousse et un copain avec un piercing, une mère et un bébé.

Il s'arrêta et fit un sourire en coin.

— Ah si ! J'oubliais, et la plus jolie fille de Whispering Woods.

Elle s'empourpra.

— Je suis impressionnée.

Il se tapota la tempe de l'index.

— Carnet de notes virtuel.
— Notez dans votre carnet… virtuel qu'il y a une femme dans le placard qui n'a pas l'intention d'y finir ses jours, dit-elle en y entrant. Et qui ne veut pas qu'il vous arrive malheur.
— Nous sommes à égalité sur ce deuxième point, plaisanta-t-il. Je reviens dans cinq minutes. Sept, maxi.
— Je vais compter.

Alors qu'il refermait la porte, elle le rappela, le prit par le col de sa chemise et déposa un baiser très appuyé sur ses lèvres.

— C'est pour vous souhaiter bonne chance.
— Une bonne raison pour revenir, ajouta-t-il en riant.

Il l'embrassa sur le front puis sur la bouche et ferma le placard en souriant, mais son sourire s'effaça très vite. Dans ce genre de situation, il y avait des dizaines de scénarios catastrophes possibles. Il pouvait prendre un résident pour un cambrioleur ou l'inverse, être pris lui-même pour un intrus.

Arrête, s'ordonna-t-il. *Envisager le pire ne sert à rien.*

Il refoula tous les « et si » qui lui venaient à l'esprit. Remettant son arme dans son holster, il prit l'escalier sans faire de bruit, détendu en apparence mais prêt à dégainer en cas de besoin. C'était désert et silencieux, mis à part le bourdonnement de l'éclairage au néon.

Très bien, se dit-il en montant les marches deux par deux. Plus vite il serait en haut, moins il risquerait d'être vu. Arrivé devant la porte desservant l'étage, il s'arrêta. Aucun bruit. Méfiant malgré tout, il la poussa doucement et s'engagea dans le couloir.

Alerté par un bruit de chute et un juron étouffé en provenance de l'un des appartements, il dégaina son arme.

Doucement, se dit-il. *Pas de précipitation.* Rappel à l'ordre inutile. De toute sa carrière, il n'avait utilisé son arme que deux fois et, chaque fois, en état de légitime défense. Si tirer un coup de feu ne lui faisait pas peur, il ne s'y résolvait qu'en dernier ressort, quand la négociation n'avait plus aucune chance d'aboutir.

Dans la situation actuelle, il y avait plusieurs éléments en jeu. Préserver sa vie, celle de Reggie, et appréhender l'homme qu'il recherchait depuis quinze ans. Il n'était pas question de rater un seul de ces objectifs à cause d'un comportement inapproprié.

Immobile, il attendit, l'oreille tendue. Plus rien puis, quelques secondes plus tard, le son familier d'un jeu télévisé. Il provenait d'à côté. Porte n° 7.

L'ancre tatouée. Il joue devant son écran en même temps que le candidat.

Laissant échapper le souffle qu'il retenait, il attribua le bruit et le juron qu'il avait entendus à quelque maladresse domestique. Son revolver à la main et toujours sans faire de bruit, il approcha de la porte de Reggie et tourna lentement la poignée. À droite, à gauche. Rien. Il recommença. Elle était bel et bien verrouillée.

Bizarre, se dit-il, inquiet.

Il sortit la clé de sa poche, la glissa dans la serrure et la tourna. Le *clic* du mécanisme le fit grimacer. Il attendit, nerveux. Rien. Silence. Il poussa la porte, qui s'ouvrit normalement. Aussitôt entré, il regarda très vite des deux côtés et s'aplatit contre le mur. Toujours rien. L'appartement était plongé dans la pénombre. Alors ? Cette lumière que lui-même avait vue de dehors ? Il n'avait pas rêvé, quand même !

Machinalement, il serra la crosse de son arme, et continua d'avancer à pas de loup. Il passa près d'une étagère à chaussures, longea le vestiaire bourré de vêtements et s'arrêta près de l'arche qui ouvrait sur la cuisine, s'attendant à chaque instant à être agressé ou à recevoir une balle. Rien ne se passa. Devant lui, un évier, des appareils électroménagers en inox, et des plats laissés sur le comptoir. Au-dessus de l'évier se trouvait une sorte de passe-plat qui donnait sur le salon. Tout semblait on ne peut plus normal.

Il soupira et poursuivit son inspection. Comme le reste, le salon était tranquille. Le lustre était éteint et un aquarium, dans un coin, diffusait une lueur bleutée.

Sans relâcher sa vigilance, il se remit en marche. La salle de bains était ouverte, personne ne s'y cachait. Venait ensuite ce qui devait être la chambre. Bien que curieux de voir où dormait la jolie serveuse, il s'arrêta devant la porte. Draps de soie ou flanelle ? Rangée ou en désordre avec des post-it partout ? Dans son métier, il en avait souvent trouvé, insignifiants en apparence, qui lui avaient fourni des indices précieux pour la poursuite de ses enquêtes.

Dans le cas présent, c'était l'intérêt qu'il portait à Reggie qui piquait sa curiosité. Faisait-elle son lit le matin ou partait-elle en le laissant défait ?

Repoussant ses interrogations, il se concentra sur sa tâche et, finalement, entra.

Bien que tirés, les rideaux laissaient passer assez de lumière pour qu'il voie sans allumer. La chambre était plutôt grande, surtout pour un petit appartement comme celui-là. Malgré le lit d'un mètre soixante — il imagina tout de suite un visage auréolé de cheveux bruns sur l'oreiller —, il restait de la place pour un grand fauteuil, une grosse armoire et une coiffeuse vintage. L'armoire ouverte laissait voir de nombreux vêtements dans un camaïeu de verts.

Assortis à ses yeux, se dit-il.

Profitant de ce qu'il inspectait la chambre, il nota quelques détails, symboles de moments marquants de sa vie, sans doute : un ruban sur lequel était imprimé RESTAURANT FROST accroché à un miroir, la photo encadrée d'un couple âgé posée sur l'unique table de nuit.

Le lit n'est défait que d'un seul côté, nota-t-il en se penchant pour regarder dessous.

Dernier coup d'œil à l'unique oreiller, et, convaincu que tout était normal, il se retournait pour s'en aller quand quelque chose capta son regard. Par terre, près du rideau, se trouvait une chaussure qu'il avait déjà vue. La même que celle qui était coincée dans la ceinture de Chuck Delta.

Son sang ne fit qu'un tour. Il ramassa la chaussure et se dépêcha de sortir.

10

Cachée dans le placard de l'entrée, Reggie attendait que Brayden revienne. Le temps lui semblait long, mais elle en profitait pour penser à lui.

Pauvre Brayden ! Les quinze dernières années de sa vie n'avaient pas été faciles. Perdre son père, rechercher le criminel… Malgré ses soucis, il avait fait de belles études et réussi. Apparemment, il était très sérieux et apprécié dans son métier. Ce qui voulait dire qu'il était capable de mettre ses ennuis de côté pour aider les autres. Cela demandait un beau sang-froid et de la générosité.

Était-elle capable d'en faire autant ? Elle avait eu le temps — une année de chimiothérapie, plus une année de rémission, et encore quatre mois de maladie — pour se préparer au départ de sa mère ; son décès l'avait quand même dévastée. Elle avait tenté de se reconstruire, mais cela s'était soldé par un vrai-faux mariage raté, un point final à ses études, et le besoin permanent de prouver ce qu'elle était.

Jusqu'à aujourd'hui.

Bizarrement, sa rencontre avec Brayden avait changé tout cela. Non seulement il l'écoutait, mais il était accessible. Il avait suffi d'une journée pour qu'elle se sente tellement à l'aise avec lui qu'elle s'était racontée. Jamais

depuis la mort de sa mère elle ne s'était autant livrée.
Incroyable, ce que le cœur peut faire ! songea-t-elle.
Le cœur ?

Attribuer son bien-être à son cœur était fou, à l'image de ce qui se passait actuellement. Brayden lui plaisait. Cependant, ce qu'elle ressentait pour lui allait au-delà d'une simple attirance physique. Il tissait sa toile autour d'elle. L'envahissait. S'imposait.

Sentant qu'elle commençait à s'ankyloser, elle changea de position. Quel dommage ! Se cacher alors qu'elle aurait tant aimé être avec lui et l'aider...

En soupirant, elle ouvrit les yeux, qu'elle avait fermés sans s'en rendre compte, et regarda à travers les lamelles des volets d'aération. Elle faillit hurler. Comme tombée du ciel, une silhouette à la tête couverte d'une capuche venait d'atterrir dehors, devant la porte de son immeuble. Prise de peur, elle recula.
Bon sang ! Qu'est-ce qui se passe ?

Cherchant à se calmer, elle inspira par le nez, souffla par la bouche comme on lui avait appris, et regarda encore. Là où elle était, elle ne risquait pas grand-chose. Qui pouvait la trouver là ?

La silhouette se baissa et se releva plusieurs fois. Elle semblait chercher quelque chose. Ou quelqu'un ?

Paniquée à cette idée, elle faillit sortir du placard en courant, puis elle se raisonna.

Dehors, la silhouette s'était tournée vers la porte et avait sorti un téléphone de son sweat-shirt. L'individu était barbu.

Au moins, elle savait que c'était un homme. D'où venait-il ? Que faisait-il là ?

Elle continua à l'observer. Il parlait dans son mobile en faisant de grands gestes. Brusquement, il cessa de gesticuler, montra quelque chose en l'air comme si la personne qui était au téléphone pouvait le voir.

De plus en plus nerveuse, elle essaya de mieux distinguer, mais son champ de vision ne dépassait pas la porte en verre de l'immeuble et l'endroit où se trouvait le barbu. C'était sûr, il arrivait de chez elle. Brayden était-il tombé nez à nez avec lui ? L'immeuble semblait très tranquille. S'il y avait eu une bagarre, on les aurait entendus. Les cloisons étaient tellement minces dans ce genre d'appartement ! Un jour, elle s'était trouvée aux prises avec un oiseau entré par la fenêtre de la cuisine. Moins de deux minutes plus tard, deux voisins avaient accouru pour lui proposer leur aide. Si, aujourd'hui, ils avaient entendu quelque chose, ils auraient réagi.

Une inquiétude chassant l'autre, une idée lui vint. Et si l'inconnu avait attaqué Brayden par surprise ? Et s'il l'avait blessé ?

Il a peut-être besoin de moi, se dit-elle.

Elle réfléchit. Peut-être pouvait-elle se glisser hors du placard sans se faire remarquer et… Elle regarda dehors et jura tout bas. Mince ! Le barbu avait disparu.

Hissée sur la pointe des pieds, elle tenta sans succès d'en voir davantage. Elle ne vit rien mais entendit une voiture démarrer dans un crissement de pneus. Elle connaissait quelqu'un qui conduisait comme ça.

Elle soupira. Il fallait qu'elle sache si Brayden allait bien. Alors qu'elle s'apprêtait à sortir du placard, la porte de l'escalier claqua brusquement contre le mur, comme sous l'effet d'une violente bourrasque. Épouvantée, Reggie se figea. Un homme surgit.

Brayden !

Le revolver à la main, les yeux fous, il se précipita vers le placard et l'ouvrit.

— Brayden ! s'exclama-t-elle. Brayden !

En larmes, elle se jeta dans ses bras. Il la serra contre lui. Jamais étreinte n'avait été plus douce, plus réconfortante. Il la repoussa un peu, lissa ses cheveux, puis la regarda.

— Ça va ? demanda-t-il.
— Moi ? Oui. Mais vous ? J'ai vu…

Soudain, quelque chose dehors attira son regard. Sans réfléchir, elle lui prit la main et l'entraîna vers le placard.

— Chu-u-ut !

Elle le poussa à l'intérieur et referma la porte sur eux.

— Qu'y a-t-il ?
— J'ai vu quelqu'un avant que vous arriviez, et je…
— Qui ?
— Un homme que je n'ai pas reconnu. Avec un sweat-shirt et une capuche, et…

Elle se tut. La porte de l'immeuble venait de s'ouvrir. Brayden recula avec elle au fond du placard.

— Bruiser, ici ! ordonna une voix de femme.

Reggie et Brayden étouffèrent un fou rire. Manifestement soulagé, Brayden la serra contre lui. Elle le sentait contre elle, fort et tellement rassurant. Oubliant sa voisine, elle le regarda. Il la dévorait des yeux. Des yeux brillant dans la pénombre, pleins de désir.

— Oh ! oh ! fit-il, troublé.
— Oh ! oh ! répondit-elle, troublée, elle aussi.

Elle passa les bras autour de son cou et joua avec les mèches qui bouclaient sur sa nuque. Son petit jeu le fit rire en même temps qu'il la faisait sourire.

Son cœur s'emballa.

Elle avait envie de lui au point d'en avoir mal partout de désir.

Elle ne résista pas. Dressée sur la pointe des pieds, elle effleura ses lèvres. À vrai dire, elle voulait plus. Elle s'enhardit donc. Son baiser se fit plus pressant, plus brûlant. Elle lâcha sa bouche, descendit le long de son cou et se mit à trembler.

— Brayden...

Resserrant son étreinte, il l'attira à lui avec violence. Il la voulait tout près, encore plus près, mais c'était impossible.

Que c'était bon ! Plus que bon. Incroyable. Trop bon pour que ça s'arrête.

L'aboiement du york la ramena d'un coup à la réalité. Reculant à regret, elle regarda par les volets d'aération ce qui causait l'énervement du chien, qui tirait sur sa laisse pour s'approcher du placard.

— Qu'est-ce qui t'arrive, Bruiser ? demanda sa maîtresse en essayant de le ramener à elle. Tu as un problème avec les balais, tout d'un coup ?

Devant le comique de la situation, Reggie appuya le visage contre la poitrine de Brayden pour étouffer son rire. Le chien continua de japper, mais sa maîtresse le tira vers l'escalier.

— Allez, Bruiser. Viens ! Ne fais pas de caprice !

Reggie resta le nez contre la chemise de Brayden jusqu'à ce qu'elle entende claquer la porte de l'appartement 4. Mme York venait de s'enfermer chez elle avec sa bestiole adorée.

Elle releva les yeux Brayden cherchait son regard.

— Je n'ai pas vu d'homme à capuche, se moqua-t-il.

— Non, dit-elle en secouant la tête. Encore que... Mon bonhomme était à peu près aussi poilu que le chien.

— Ce n'est pas quelqu'un que vous connaissez ?

— Non. Il était trapu. Plutôt âgé, me semble-t-il. Et barbu. À part ça, je n'ai pas vu grand-chose. Il a parlé au téléphone, avait l'air énervé, et, là-dessus, il est parti. J'ai entendu une voiture s'éloigner assez vite. Brayden...

— Oui ?

— Je crois qu'il descendait de mon balcon.

— Je n'ai pas vu de balcon.

— Si. Dans ma chambre. Il est petit, on peut à peine s'y tenir à deux. Il est caché par le rideau.

L'air soucieux, Brayden fronça les sourcils.

— Qu'y a-t-il ? s'inquiéta-t-elle.

— Il était dans la pièce en même temps que moi.

— Vous êtes sûr ?

Il sortit une chaussure de sa poche.

— Je viens de la trouver dans votre chambre. L'autre, celle que j'ai ramassée quand je courais après vous dans la forêt, est chez moi. Vous savez où j'avais déjà vu celle-ci ?

Soudain oppressée, Reggie se mit à bafouiller. C'était effrayant de savoir que quelqu'un s'était introduit chez elle. C'était comme un viol. Le placard, exigu, lui parut soudain plus étouffant qu'une prison. Un cachot.

Se sentant mal, elle s'appuya au mur mais vacilla. Pour ne pas tomber, elle agrippa au-dessus d'elle une étagère, qui céda. Effarée, elle vit basculer un seau en fer qui reposait dessus. Elle le reçut sur la tête avant d'avoir pu lever les bras pour se protéger. Sa vue se brouilla. Tout autour d'elle se mit à tourner et, comme elle perdait connaissance, elle sentit des bras la retenir.

Mal à l'aise dans le placard compte tenu de son exiguïté, Brayden dut se contorsionner pour empêcher Reggie de tomber.

— Désolé, mon cœur, dit-il. Je n'aurais pas dû vous dire pour la chaussure. Je ne pensais pas vous…

La voyant s'effondrer dans ses bras, il s'interrompit. Il croyait qu'elle voulait se blottir contre lui, pas qu'elle se sentait mal.

— Reggie ?

Comme elle ne répondait pas et avait les yeux révulsés, il s'inquiéta.

— Chérie ?

Il lui tapota la joue.

Rien. La soutenant d'un bras, il saisit la poignée de la porte de sa main libre mais attendit avant d'ouvrir. Entre la chaussure qu'il avait trouvée et l'inconnu encapuchonné qu'elle avait vu, mieux valait être prudent. Elle avait entendu une voiture partir, avait-elle dit. Mais était-ce cet individu ? Il ne pourrait le vérifier qu'en allant inspecter les alentours. Il regarda Reggie. Il ne pouvait pas la laisser là dans cet état.

— Espérons que c'est lui qui est parti, dit-il tout bas.

Il poussa la porte d'un coup de hanche avec l'espoir que personne ne les surprenne. Puis il se baissa pour la relever et, ce faisant, se fit mal au bras. Préoccupé, il traversa le hall, écouta. Pas de bruit. Il fallait quand même se dépêcher. Le mieux était de monter plutôt que de sortir et d'aller à la voiture. Là-haut, il pourrait sécuriser l'appartement, sachant qu'il avait déjà été visité et que l'intrus avait préféré filer plutôt que risquer une confrontation.

Tenant Reggie fermement, il monta les marches. Celui qui l'avait frappé à la tête avait fait le même choix : fuir. Ce détail, plus la description qu'avait faite Reggie — capuche, petit gabarit —, laissait penser qu'il s'agissait de la même personne. Peut-être Tyler Strange, si ce n'est que la taille ne correspondait pas et qu'il n'était pas sûr qu'il soit à Whispering Woods.

Et il y a la chaussure, se rappela-t-il.

La présence de cette chaussure signifiait-elle que l'homme à la capuche travaillait avec Chuck Delta ? Le flic corrompu confiait-il les sales besognes à un homme de main ?

Brayden imaginait mal Garibaldi dans ce genre de combines. L'homme n'était pas apparu sur les radars pendant plus de dix ans et demi. Il était peu probable qu'il prenne le risque d'attirer l'attention — une attention négative — sur lui aujourd'hui. Du moins, si, comme il en donnait l'impression, il désirait établir solidement sa réputation à Whispering Woods.

Par conséquent, si la chaussure n'avait rien à voir avec cette piste-là, d'où venait-elle ?

Une idée germa alors dans son esprit. La chaussure qu'il avait ramassée dans l'appartement n'était pas celle qu'avait Delta. C'était celle qui était chez lui. Cela voulait dire que celui qui s'était introduit chez Reggie, Tyler Strange ou pas, représentait une menace distincte de l'autre.

Il jura. Il n'avait vraiment pas besoin de ça en plus. Garibaldi et Chuck Delta suffisaient amplement à son bonheur !

Reggie commença à s'agiter alors qu'il arrivait à sa porte.

— Tout va bien, ma chérie, lui dit-il.

Il ouvrit son appartement et fila droit vers la chambre. Après l'avoir allongée du côté déjà défait du lit, il remonta drap et couverture sur elle et, rassuré de voir qu'elle respirait normalement, s'agenouilla près d'elle et lui caressa la joue. Sa peau était fraîche, son front, lisse. Sa blessure à la tête, là où le seau l'avait heurtée, ne semblait pas très grave et ne laisserait sans doute pas de trace. Il passa doucement les doigts sur le bleu. Puis de nouveau sur sa joue satinée qui appelait le baiser.

Sans réfléchir, il se pencha et l'embrassa. Alors qu'il reculait, elle battit des paupières, comme aveuglée, et ouvrit ses grands yeux verts.

— Vous me réveillez par un baiser ? Vous êtes le prince charmant, alors ?

Il l'embrassa encore, un baiser tendre, léger.

— C'est un seau que j'ai pris sur la tête ? demanda-t-elle.

— Oui. Je suis désolé. J'aurais dû anticiper.

— Vous ne pouviez pas prévoir. C'était un seau.
— J'aurais dû inspecter le local avant de vous y enfermer.
— Arrêtez ! Vous m'avez sauvé la vie, hier. Chuck…

Elle poussa un soupir.

— Chuck m'aurait tuée. Alors arrêtez de vous flageller.

Il se passa la main dans les cheveux, ennuyé. Il se sentait coupable.

— Je vais appeler mes hommes. Leur demander de vous trouver un endroit sûr.

Elle se redressa. S'assit.

— À Freemont City ? Non. Je ne pars pas d'ici.
— Vous restez même si c'est dangereux pour vous ?
— Je suis chez moi. C'est moi qui décide.
— Vous êtes têtue comme une mule, soupira-t-il.

Sa remarque la fit sourire, mais son sourire s'évanouit presque aussitôt.

— Mon père… Oh ! la la !
— Que se passe-t-il ? Vous êtes toute pâle.
— Mon père. Si quelqu'un est venu chercher quelque chose ici et ne l'a pas trouvé, il va aller chez lui. J'aurais dû y penser, Brayden ! Qui dit que Chuck n'est pas allé là-bas ?

Elle repoussa drap et couverture pour se lever mais il l'en empêcha. Elle était capable de lui subtiliser ses clés de voiture pour se rendre chez son père. Elle avait un sens de la famille développé, ce qui était louable, mais il ne voulait pas qu'elle prenne de risques, pas même pour ses proches.

— Écoutez-moi, dit-il calmement. Vous avez parlé avec Chuck ? Vous a-t-il paru bizarre ? Vous a-t-il dit des choses qui vous auraient mis la puce à l'oreille si vous n'aviez pas su ce que vous savez ?

— Franchement, non. Mais l'individu qui est venu ici...

— Ne voulait pas être vu.

— Je veux être sûre que tout va bien pour mon père.

— Passez-lui un coup de fil.

— Oui, mais je n'ai pas récupéré mon mobile.

— Prenez le mien.

Comme elle tapait le numéro, il s'éloigna par discrétion et vit alors le fameux balcon. Il s'approcha pour jeter un coup d'œil, puis recula. Si on les épiait d'en bas, mieux valait ne pas se montrer. Par sa faute, Reggie était menacée. Lui aussi. Quand il avait inspecté son appartement, il avait négligé un détail important parce qu'il avait la tête ailleurs... Parce que c'était *sa* chambre.

Il se gratta la tête. Pouvait-il continuer d'assurer sa sécurité ? Pourrait-il même remplir la mission pour laquelle il se trouvait à Whispering Woods ? Il connaissait Reggie Frost depuis un jour, et déjà il accumulait les erreurs. C'était inhabituel chez lui, et il devait en prendre acte.

Agacé contre lui-même, il regarda Reggie. Elle avait défait sa queue-de-cheval et ses cheveux flottaient librement sur ses épaules. Tout en téléphonant, elle enroulait machinalement une mèche autour de ses doigts.

Sentant le regard de Brayden posé sur elle, elle lui montra le téléphone d'un air exaspéré.

— Oui, papa... Non, je ne t'en avais pas parlé, mais je vais à la fête avec un ami... Mais non, je viens de le rencontrer... Non... Écoute, papa, je suis plus près de trente ans que de vingt !

La conversation entre le père et la fille, amusante au début, commençait à s'envenimer.

— Non. Tu es sérieux ? Non. C'est non, papa.

Brayden lui demanda tout bas ce qui se passait.

— Il veut vous parler.

Il tendit la main. L'air honteux, elle lui donna l'appareil. À l'autre bout du fil, un homme grondait.

— Oui, monsieur ? dit Brayden d'un ton très officiel.

— Vous êtes son chevalier servant pour la soirée Garibaldi ?

Cette idée ne lui souriait pas — d'ailleurs, vu son état, serait-elle capable d'y aller ? — mais il répondit par l'affirmative.

— Vous vous êtes rencontrés hier soir derrière le restaurant. C'est ça ?

— Oui.

— Et vous lui avez proposé de sortir, et elle a accepté.

— En réalité, c'est elle qui me l'a proposé, rectifia-t-il.

— De mieux en mieux !

— Je ne vous suis pas bien, monsieur.

— C'est sa vie, pas la mienne, mais je sais que ma fille n'a pas pour habitude de sortir avec le premier venu. Elle ne s'est pas vantée auprès de moi de ce que vous venez de m'apprendre. Je me demande ce qu'elle peut bien avoir dans la tête !

Je sais maintenant de qui elle tient, se dit Brayden en s'approchant de la fenêtre pour qu'elle n'entende pas.

— Elle a des ennuis ? reprit le père.

— Je fais en sorte qu'elle n'en ait pas.

Il y eut un silence.

— Je peux vous faire confiance pour veiller sur elle ?

— Je ferai de mon mieux, monsieur.

— J'y compte. C'est ma fille unique, et…

— Vous avez ma parole, monsieur, l'interrompit Brayden. Voulez-vous que je vous la passe ?

— Non, ça va comme ça. On se voit bientôt, j'espère.

— Moi de même.

Brayden mit fin à la conversation et se tourna. Reggie n'était plus dans la chambre. Inquiet, il sortit dans le couloir.

— Reggie ?

Par la porte grande ouverte de la salle de bains, il la vit devant le lavabo, enroulée dans une serviette, en train de se tartiner de crème. Tétanisé par cette scène, il en oublia l'échange qu'il venait d'avoir avec son père.

11

Avant même de lever les yeux, Reggie sentit le regard de Brayden posé sur elle.

Gênée d'être surprise, elle bafouilla une vague excuse.

— Pas de souci, dit-il. Vous avez le droit de laisser la porte ouverte. C'est moi qui n'aurais pas dû venir. Mais quand j'ai raccroché et que j'ai vu que vous n'étiez plus là… Bon, je vous laisse.

— Non. Attendez. Vous pourriez…

Elle s'arrêta et reprit.

— Je voudrais prendre une douche mais… Comment dire ? Je ne suis pas tranquille. Vous pourriez rester le temps que je me fasse un shampooing ? Près de la porte. Et parlez-moi, que je sois sûre que vous êtes là.

La demande lui parut étrange mais il accepta.

— Merci.

Il tira la porte sans la fermer complètement et attendit.

— Au fait, qu'est-ce que mon père vous a dit ?

— Que vous ne sortez avec personne. Je crois qu'il a des doutes sur notre petit arrangement.

— Ça ne m'étonne pas. J'aurais dû lui raconter un truc plus plausible.

— Comme un enlèvement par un petit homme vert ?

— Par exemple !

Elle était dans la douche, et il entendait l'eau gicler.

— Mais… C'est vrai ?

— Quoi ?

— Que vous ne sortez jamais avec personne.

— Oui, en quelque sorte. Je vous ai raconté mon aventure.

— Oui, mais vous m'avez aussi dit que c'était il y a cinq ans. Cinq ans, c'est assez pour rencontrer quelqu'un.

— Je vous ai aussi dit que Whispering Woods était un petit village.

— D'accord, mais un petit village qui se remplit de touristes en saison. Deux fois par an.

Il ricana.

— On dirait que vous vous cherchez des excuses !

— Je ne vous entends plus, je me lave les cheveux.

Il patienta quelques secondes.

— Vous vous cher-chez des ex-cuses !

— Pour quoi ? Quelle honte y a-t-il à rester seule... à vingt-six ans ? Et puis j'ai mes raisons.

Son ton déterminé le fit éclater de rire.

— OK. Je vous écoute.

— Je suis allée en classe parce que mes parents m'ont forcée. Je me suis mariée, enfin, si on veut, pour leur faire comprendre que j'étais libre de faire ce que je voulais. À la suite de quoi j'ai décidé de ne plus fréquenter personne. Je ne tenais pas à ce qu'on ragote sur moi. J'avais assez fait parler de moi à Whispering Woods. Et puis tout est rentré dans l'ordre. Un beau jour, je me suis rendu compte que je n'avais jamais réfléchi à ce que *je* voulais. Jusque-là, tout ce que j'avais fait, c'était soit pour plaire aux autres, soit pour les contrarier... Ça y est, j'ai presque fini.

Elle devait être en train de se rincer car il entendait le jet d'eau couler normalement.

— En fait, je ne voulais ni sortir ni ne pas sortir. Je voulais seulement faire des choses qui soient... moi.

— Et maintenant ? Vous vous êtes... trouvée ou pas ?

Elle coupa l'eau. Il la vit tendre le bras pour prendre une serviette et sortir de la douche, enroulée dedans.

— Bonne question ! Je pense que oui. Je pense aussi que je n'éprouve pas le besoin de sortir à tout prix avec quelqu'un. Mais que si je rencontre l'homme idéal…

— Vous lui demanderez de vous accompagner au cocktail Garibaldi.

— Pourquoi pas ?

— Même s'il ne vous a pas sauvée des griffes d'un policier corrompu ? S'il ne vous a pas couru après dans la forêt ? S'il n'a pas séduit votre meilleure amie ? Et s'il a laissé un seau vous tomber sur la tête ?

Elle ouvrit la porte de la salle de bains et lui lança un regard noir.

— Arrêtez avec ce seau. Vous faites de l'obsession.

Il lui fit un sourire en coin.

— Peut-être. À moins que je sois obsédé par une femme dans un drap de bain.

— Si c'est ça, vous n'aviez qu'à demander. Tenez, venez. Plus près.

Il avança d'un pas.

— Plus près.

Un autre pas.

— Encore plus près.

Il avança tellement qu'il touchait maintenant sa serviette avec sa chemise.

— C'est assez près, là ? demanda-t-il.

Elle le regarda droit dans les yeux.

— Presque.

Elle leva les bras et croisa les doigts sur sa nuque.

— Je vous aime beaucoup, Brayden. Vraiment beaucoup.

— Je vous aime beaucoup, moi aussi, Reggie. Est-ce que cela veut dire… qu'on peut sortir ensemble ?

— Je ne demande qu'à être convaincue.

— Ah ! C'était un piège ! Vous venez de me faire un speech sur votre goût pour l'indépendance, sur votre besoin de ne faire que ce que vous voulez. Si je dois vous convaincre…

Dubitatif, il laissa sa phrase en suspens.

— C'est peut-être à moi de vous convaincre, alors ? dit-elle.

— Oui, mais comment ?

En guise de réponse, elle lui mordilla les lèvres.

— Reggie…, fit-il, la plaquant contre lui.

Sa voix était rauque. Son regard, trouble.

— Brayden…

Elle ne put s'en empêcher. Plongeant les mains dans ses cheveux, elle attira son visage, reprit sa bouche. Son cœur battait, ses poumons brûlaient, mais rien n'aurait pu l'arrêter.

Sans la lâcher, Brayden recula jusqu'à la chambre. Toujours à reculons, il alla vers le lit, heurta le matelas avec le creux de ses genoux et tomba sur le dos, l'entraînant avec lui. En route, le drap de bain s'était dénoué et elle était complètement nue sur lui. Mais il était habillé, lui ! Ce n'était pas juste.

— Il faut m'arranger ça, murmura-t-elle.

Il la dévorait du regard, les yeux brûlants de désir.

— Arranger quoi ?

— Ça. Enlevez-moi ça !

Sans ajouter un mot, elle commença à déboutonner sa chemise. Arrivée au quatrième bouton, elle trouva que ça n'allait pas assez vite. Empoignant l'ourlet, elle la lui passa par la tête. Qu'il était beau ! Musclé juste ce qu'il fallait, avec des cicatrices qui ajoutaient encore à sa virilité.

— Le reste, dit-elle.

Le regard rivé au sien, il défit sa ceinture, puis son pantalon. En deux temps trois mouvements, aussi impatient qu'elle, il avait tout enlevé. Il lui prit alors les poignets et la fit rouler sur le dos puis sur le côté. Ils restèrent un moment allongés face à face, nus tous les deux, les yeux fiévreux, débordants de désir. Il posa la main sur son visage et le caressa, ajoutant à la magie de l'instant.

— Vous m'avez convaincu. Mais, s'il vous plaît, dites-moi que nous pouvons sortir ensemble.

Elle voulut rire, mais son rire s'étrangla dans sa gorge.

— Nous pouvons sortir ensemble.

Rassuré, il se mit à la caresser, explorant chaque centimètre carré de sa peau. C'était une découverte merveilleuse qui excitait tous ses sens. Il n'avait jamais rien expérimenté de tel, n'aurait pas cru cela possible. Et elle se laissait faire, émerveillée, transportée par ses mains sur son corps, par ses caresses, par ses baisers, par son ardeur. Brusquement, elle sursauta. De toute évidence, elle ne pouvait plus attendre. Il tendit la main vers la table de nuit.

— Chérie ?
— Oui ?

Il s'éclaircit la voix.

— Tu as des protections ?
— Oui, dans le tiroir. Jaz m'en a donné il y a quelque temps au cas où...

Il fit une mimique amusée.

— Merci, Jaz !

Il prit un préservatif dans le tiroir et le déroula sur lui. Sans cesser de l'embrasser, il se cala entre ses jambes et la pénétra lentement, bien déterminé à ne pas se précipiter. Elle gémit et se laissa emporter.

***

Brayden enroula une mèche de cheveux de Reggie sur son doigt et la relâcha. Elle rebondit sur son épaule nue, ce qui le fit rire — bêtement, se dit-il —, mais peu importait. Il était heureux. Ils avaient succombé ensemble au désir qu'ils avaient l'un de l'autre. La fusion avait été totale. Magique.

— Est-ce que je t'ai dit que tu me plaisais ? lui demanda-t-il.

Elle lui sourit, ses yeux verts pétillant de malice.

— Oui, au moins cinquante fois.

— Et t'ai-je dit que tu étais belle au moins cinquante fois ?

— Non. Seulement quarante-neuf.

— Veux-tu que je te le redise ?

— Je ne me lasse pas de l'entendre.

— Reggie Frost, tu es si foutument belle que je crois que ma mère me pardonnerait mon écart de langage !

— Je te remercie, et pardon à ta mère.

Il effleura sa bouche puis passa la langue sur ses lèvres.

— J'accepte tes excuses en son nom. Et je vais changer de sujet, car ça me gêne de parler d'elle, nu dans un lit.

Elle éclata de rire.

— Je te signale que c'est toi qui as parlé d'elle le premier.

— Tu as raison. Plus sérieusement, de quoi veux-tu que nous parlions ?

— Et toi ?

— Je ne sais pas... Ah, si. Explique-moi. Reggie, c'est un diminutif pour Regina ?

Elle se lova contre lui.

— Non. C'est Reggie. Rien d'autre. Mon arrière-grand-mère, côté paternel, s'appelait Regina. Mon père voulait me donner son nom, mais ma mère n'était pas vraiment conquise. Elle préférait un prénom plus mignon, plus moderne.

Il cala son menton sur sa tête.

— Elle a gagné.

— Et voilà ! On recommence à parler de nos mères.

— À ce propos, je pense que tu devrais rencontrer la mienne.

— Ha ha !

— Si. Je suis sérieux.

Reggie se releva sur les coudes et le dévisagea, surprise.

— Tu l'aimerais beaucoup, dit-il. Et je suis sûr qu'elle t'aimerait aussi.

— Mais on n'est ensemble que depuis cinq minutes !

— J'aimerais que ce soit depuis très longtemps, dit-il, l'air coquin.

Du bout du doigt, il lissa la ride qui s'était formée sur son front.

— Je te l'ai dit : quand je m'investis dans quelque chose, je le fais à fond. Je ne suis pas du genre à perdre du temps avec une femme si je pense que la relation ne pourra pas durer.

— Oh la la ! Tu parles déjà de relation...

— Oui. Je suis comme ça.

Elle fit la moue, mais ses joues étaient roses et ses yeux qui brillaient très fort trahissaient le fond de sa pensée.

— Mais... Ton job à Freemont ?

Il se caressa le nez.

— Je sais de source autorisée qu'un des policiers de Whispering Woods va se faire limoger.

— Tu veux dire que tu pourrais demander ton transfert ? C'est si facile que ça ? Et si tu t'aperçois que je suis une espèce de folle qui veut vivre dans une yourte ?

— Un brin de folie ne me fait pas peur. Bien au contraire.

— Ah ? Vraiment ?

— Comment dire ? Il faut être un peu fou pour accepter de faire sa vie avec un policier.

Elle écarquilla les yeux.

— J'ai vraiment l'impression que tu penses que notre relation va durer.

Il posa la main sur sa poitrine, là où battait son cœur.

— Bien sûr, Reggie. Je...

Son téléphone, qui sonnait quelque part dans les plis des draps, l'interrompit.

— C'est la sonnerie de mon frère, dit-il.

— Réponds.

— Je ne suis pas obligé.

— Je ne vais pas commencer à t'empêcher de faire ton métier. Ce serait un mauvais départ pour notre relation. D'autant que nous avons des affaires en cours.

La gorge de Brayden se serra. Il souleva le drap, trouva son mobile et prit l'appel.

— Salut, Harley. Du nouveau ?

— Tu ne regardes plus tes textos ?

— Je suis très occupé.

— En bien ou en mal ?

Brayden ne put s'empêcher de rire.

— En bien.

Son frère attendit un moment avant de poursuivre.

— Raconte-moi ce qui se passe.

— C'est toi qui m'as appelé, non ?

— Oui. Je t'ai envoyé une photo il y a une heure. Tyler Strange.

Brayden se redressa dans le lit.

— Récente ?

— Ça m'a donné du mal. C'est un fantôme, ce bonhomme. Pas d'employeur. Pas de permis de conduire, ni de passeport. Donc aucun papier d'identité. Rien dans les données de reconnaissance faciale. Quand tu verras la photo, tu comprendras pourquoi.

— Il est différent ?

— Méconnaissable.

— Mais tu es sûr que c'est lui ?

— C'est une photo de l'identité judiciaire. On a la preuve par ses empreintes.

— On l'a dans notre système depuis longtemps ? demanda Brayden. Pourquoi ne l'a-t-on pas repéré plus tôt ?

— Il n'était pas dans cet état, au début. On lui a reproché des petits vols dans une épicerie, mais c'était un malentendu, dit le rapport, et rien n'a été retenu contre lui. On a même demandé que la plainte soit retirée. Et le rapport aussi.

— Strange l'a demandé en personne ?

— Un avocat l'a fait, mais à sa demande, répondit Harley. On a de la chance. Deux semaines de plus et le rapport passait à la trappe sans qu'on le voie.

— Il faut saisir la chance quand elle se présente.

— Tu as raison. Rien d'autre ? Les photos que tu m'as envoyées hier collent bien avec notre affaire ? Le témoin vaut quelque chose ?

Brayden chercha le regard de Reggie.

— Possible, mais j'attends d'en être sûr pour faire un rapport.

Il y eut un soupir sur la ligne.

— Bon. Tâche de regarder ce que je t'ai fait suivre. Et appelle-moi si tu as besoin d'autre chose.

— D'accord.

Il allait raccrocher quand son frère reprit la parole.

— Au fait, tu l'as vu ?

Son estomac se noua.

— Oui.

Silence.

— Ça t'a fait quoi ?

Rongé par la colère et l'impuissance, Brayden eut du mal à se retenir.

— Tu peux imaginer.

— Je ne sais pas comment j'aurais fait.

— Comme moi, je suppose. Pétrifié pendant dix secondes. Prêt à tout envoyer péter. Et, finalement, résigné mais déterminé. Ne plus penser qu'à la raison de notre enquête et suivre notre plan.

— Ouais…

— On se reparle très vite.

— Ouais.

Brayden mit un terme à la conversation et consulta aussitôt ses textos. Comme annoncé par Harley, les photos étaient là. Il avait raison, l'homme ne ressemblait à personne de connu. C'était pourtant Strange, Harley l'avait affirmé. Alors que les journaux le présentaient comme un personnage imposant et rébarbatif, la photo montrait un individu maigrichon, abattu. Plus question de cheveux épais, coiffés n'importe comment. Sur le cliché, il était chauve. Rasé. Il avait un regard hanté, injecté de sang, et la peau du visage, flasque. Brayden ouvrait la bouche pour s'étonner d'un tel changement — qu'avait-il pu lui arriver pour que le malheureux soit dans cet état ? — quand Reggie intervint.

— C'est lui. C'est le type sur qui Chuck Delta a tiré dans la ruelle.

— Tu es sûre ?

— Oui.

Il la regarda, surpris par son assurance.

— Donc on est sûrs qu'il était à Whispering Woods.

— Je ne comprends pas, reprit Reggie, perplexe. Je ne comprends pas pourquoi il est revenu.

— Certaines situations justifient qu'on prenne des risques.

Il lâcha son mobile et lui prit la main.

— Dis-moi, mon cœur. Tu n'aurais pas un ordinateur ?
— Si, un portable. Tu le veux ?
— Oui, s'il te plaît.

Elle ramassa le drap de bain, s'en enveloppa, et sortit de la chambre. En attendant son retour, Brayden repensa à ce qu'il venait de lui dire, que certains motifs valaient bien quelques risques. À son avis, il y en avait peu. L'amour. La famille. Ou, à l'autre bout du spectre, la haine. La vengeance.

Dans le cas de Strange, quelque chose avait dû agir comme un catalyseur, songea-t-il. Sinon, pourquoi serait-il revenu ? Sans raison ? Après s'être terré pendant des années ? Inconcevable. Quelque chose avait changé, mais quoi ?

Reggie, qui revenait avec son ordinateur portable, s'assit sur le lit.

— Tiens, mon chéri. Mon mot de passe est SantaClaus. Tout attaché. Et ne me demande pas pourquoi. Veux-tu du café ?
— Volontiers.
— Je vais en faire.

Avant qu'elle reparte, il lui prit la main et l'attira à lui pour l'embrasser. Il aurait bien poussé le portable pour lui faire… Mais elle dégagea sa main.

— Tu as intérêt à faire vite, sinon, Chuck ne sera pas inquiété. Il ne sera ni limogé ni mis en prison, et il n'y aura plus d'ouverture pour toi dans la police de Whispering Woods.
— Tu as raison. Va faire le café, je poursuis mon enquête.

Elle lui souffla un baiser en sortant et disparut. Il prit le portable et tenta de se concentrer. C'était difficile quand il n'avait qu'une envie, la poursuivre et arracher le drap dans lequel elle s'était entortillée.

— SantaClaus, dit-il tout haut en tapant le mot de passe. Quelle drôle d'idée !

Retrouvant son sérieux, il tapa ensuite « Tyler Strange ». Le moteur de recherche moulina et une page s'ouvrit. Il n'y avait rien de plus que ce qu'il avait vu avant de venir ici. Aucune allusion à un quelconque lien entre lui et Whispering Woods ou Jesse Garibaldi. Essayer de lire la page avec des yeux neufs ne changeait rien.

Pas découragé pour autant, il insista, lut tout ce qui avait trait à Strange avant l'explosion du poste de police. L'homme avait grandi à Freemont, réussi son bac et travaillé dans une épicerie du pays avant d'en devenir le responsable. Rien de spécial sur ses parents, mère infirmière et père chauffeur de maître, divorcés à l'amiable quand il était au collège. Plus tard, peu de temps avant ou après son arrivée à Whispering Woods, son père avait trouvé la mort dans un accident de la route.

Brayden marqua une pause. La mort de son père l'avait-elle incité à déménager à Whispering Woods ? Ce détail ne l'avait pas frappé la dernière fois qu'il avait lu son parcours, mais aujourd'hui la coïncidence des dates… Intrigué, il réfléchit.

Il avait dit à Reggie tout à l'heure que certaines situations justifiaient une prise de risques. La famille en faisait partie. Et si… ? Tout excité, il chercha le nom du père de Tyler. Il obtint trois avis de décès, dont un de l'entreprise qui l'employait.

A priori, les deux premiers étaient identiques. Même photo de l'homme, aucun doute à ce sujet. Même date de naissance, même cause de la mort — un accident de voiture — neuf ans plus tôt. Brayden allait passer à autre chose quand un détail attira son attention. En réalité, les deux nécros étaient légèrement différentes.

Ce n'était pas frappant, il fallait vraiment être attentif pour le remarquer.

Sur la seconde photo, Strange père était plus âgé que sur la première. Les tempes plus grisonnantes et le front creusé de rides profondes.

— Bizarre, dit-il tout haut.

Intrigué, il cliqua sur le premier avis. De la part de son fils et de son ex-femme, de sa sœur — exilée quelque part en Europe. Et rien d'autre. Il ferma et cliqua sur le second avis.

— « De la part de sa compagne, Cindy Stuart. De sa fille, Nadine Stuart. Chagrin éternel », lut-il tout haut.

Alerté par l'arôme du café, il releva la tête. Reggie était entrée, un plateau dans les mains.

— Nadine Stuart ? releva-t-elle en posant le plateau sur la table de nuit.

— Oui. Pourquoi ? Ce nom te dit quelque chose ?

— Elle habitait à Whispering Woods quand nous étions ados. Elle est revenue récemment, je crois.

— Si ce que je lis est exact, c'est la demi-sœur de Strange.

12

Pas sûre de ce qu'elle avait entendu, Reggie ne réagit pas tout de suite.

— C'est la demi-sœur de Strange, répéta Brayden.

Interdite, elle le regarda.

— Tu es sûr de ça ? Parce que… Je ne comprends pas. Elle a plus ou moins grandi ici et je l'ignorais.

— Tu la connais bien ?

— Non, pas vraiment. Nous n'étions pas amies. Et je ne lui ai pas parlé depuis son retour, il y a un mois environ. Je sais qu'elle a un poste à l'école primaire.

— Intéressant.

Brayden tourna l'ordinateur vers elle.

— Tu le reconnais ?

— Oui, c'est le père de Nadine. Il venait parfois dîner au restaurant.

— C'est aussi le père de Tyler.

— Tu plaisantes ?

— Pas du tout. En fait, il avait deux foyers.

— En même temps ?

Brayden haussa les épaules.

— Il y a six ans d'écart entre Tyler et Nadine. Je n'ai pas vu de papiers de divorce, mais je sais de façon certaine qu'il a quitté sa première femme quand Tyler avait six ans.

Elle resta en arrêt devant l'écran.

— Ce serait pour ça qu'il est revenu à Whispering Woods. Parce qu'il l'a appris.

— Pas impossible. Je vais interroger Nadine Stuart. Essayer de savoir si c'est à cause d'elle qu'il est là, et si elle est au courant d'un quelconque lien entre lui et Garibaldi.

Assise au bord du lit, elle prit une tasse sur le plateau et la tendit à Brayden.

— Tiens, mon amour. C'est pour toi.
— Merci, ma chérie.
— Comment vas-tu faire pour l'interroger ? C'est délicat.
— Rappelle-toi ce que je t'ai dit, je suis subtil ! C'est le moment de le montrer.

Elle prit l'autre tasse et but une gorgée de café.

— Hum, c'est chaud ! Explique-moi. Comment vas-te débrouiller pour la faire parler sans avoir à raconter comment nous nous sommes rencontrés ?
— Je vais lui dire que nous attendons un enfant et que j'aimerais des renseignements sur son école.

Elle se sentit rougir.

— J'aimerais autant autre chose. Je ne tiens pas à ce qu'elle pense que je suis folle.

Il la prit par la taille et lui embrassa le bras.

— Peut-être, mais, moi, un brin de folie ne me déplaît pas.

Faisant les yeux ronds, elle se pencha vers son épaule, qu'elle embrassa.

— Elle n'était pas assez folle pour toi ?
— Qui ?
— Ton histoire pire que la mienne. Je suppose qu'il s'agissait d'une femme.
— Ah, c'est vrai. Je ne te l'ai pas racontée… Ça t'intéresse ?
— Bien sûr.

— Commençons par le commencement. Pendant tout le temps où j'étais au lycée, je suis sorti avec une certaine Chandra. On se quittait, ça reprenait, bref... En terminale, on était ensemble. Enfin, moi, j'étais mordu. Deux mois après le bac, elle m'a annoncé qu'elle était enceinte. « Et ce n'est pas de toi », a-t-elle ajouté.

— Effectivement, c'est pire que mon mariage de hippie.

— Tu vois ? Je déteste employer la phrase que tu n'aimes pas mais... je te l'avais bien dit !

— Très drôle !

Elle caressa son bras nu.

— Je suis désolée pour toi. Enfin, non, ce n'est pas vrai. Je suis même contente que tu sois libre ! Je sais, c'est égoïste, mais tant pis.

— C'est de l'histoire ancienne, tout ça. Douze ans. Depuis, je me suis fait à l'idée d'avoir été pratiquement cocufié !

— « Pratiquement cocufié ». Vraiment ?

— Si je l'avais épousée, comme je pensais le faire, ce serait le mot juste.

— Si tu t'étais marié avec elle, comme tu pensais le faire, ce serait toujours un vilain mot.

— Peu importe. Eux sont mariés, maintenant. Ils ont cinq gosses. Alors, cocufié ou pas...

— Tu ne regrettes pas ?

— Non. Pas le temps de m'apitoyer. Pas de gosse. Pas de mariage hippie. Je n'ai jamais cherché à connaître d'autres femmes. Ou, plutôt, celles que j'ai connues n'étaient pas assez folles pour moi.

Il se tut. Elle ne voyait pas son visage, mais elle sentit qu'il ricanait.

— Sauf celle avec qui on a parlé de bébé, il y a cinq minutes !

— Tais-toi !

— Pourquoi ? Ça ne serait pas une mauvaise idée.
— Tu as bu ou quoi ? Est-ce que j'aurais versé du whisky dans ta tasse au lieu du café ?
— Je voulais dire que ce n'était pas une mauvaise idée de faire croire qu'on attend un enfant.
— Faux mariage. Faux enfant. Décidément, ça me poursuit !
— Il n'y aurait rien d'illogique à ce qu'on s'informe sur les écoles.
— De toute manière, nous sommes samedi. L'école est fermée. Et, lundi, c'est loin.
— Sais-tu où elle habite ?
— Plus ou moins.
— Quelque chose dans le coin qui permettrait de faire croire au hasard si on tombe sur elle ?

Reggie se concentra. Dans quel coin Nadine avait-elle emménagé ? A priori, ce n'était pas loin de chez elle. L'ennui était que rien dans le secteur ne justifiait que Brayden et elle s'y promènent. Pas un parc, pas un terrain de sport.

— Je ne vois rien.

Brayden n'hésita pas.

— T'inquiète ! Je vais trouver une idée.
— Comme quoi ? La faire venir au restaurant pendant mon service ?
— À part le fait que j'aimerais que tu n'ailles pas travailler, je trouve que ce n'est pas une mauvaise idée.

Elle le regarda.

— Je suis de service demain. Il faut absolument que j'y aille, parce que je me suis déjà fait remplacer hier.
— Je sais. Mais, je te préviens, je serai dans un coin et je te surveillerai. Pour qu'il ne t'arrive rien.
— Mon garde du corps ?
— Oui, parce que tu es importante pour moi.

Elle rougit une fois de plus.

— Toi aussi, tu es important pour moi.

— C'est pour ça qu'il faut qu'on mette un plan sur pied.

Il fronça les sourcils et réfléchit quelques secondes.

— Qu'est-ce qui te ferait aller dans un restaurant pour rencontrer un inconnu ?

— Rien.

— Vraiment rien ?

Elle reposa sa tasse de café sur la table de chevet et s'assit plus confortablement sur le lit.

— Je ne sais pas… Si j'avais perdu mon porte-monnaie et qu'un inconnu l'ait retrouvé, j'irais le récupérer. Mais je demanderais sans doute à Jaz de m'accompagner.

— Et si l'inconnu était une femme ?

— J'irais seule.

— Donc il faut que ce soit toi qui aies retrouvé son porte-monnaie. De toute manière, elle te connaît, elle sait où tu travailles et n'a aucune raison de se méfier.

— Bien sûr. Sauf que ni toi ni moi n'avons son porte-monnaie.

— Exact. Il faut trouver autre chose. Un truc qui l'incite à venir.

Une idée germa dans la tête de Reggie.

— La tombola ! On en organise une de temps en temps au restaurant. Le lot est un bon d'achat dans un des magasins de la ville. Je vais l'appeler pour lui dire qu'elle a gagné. Évidemment, elle va me dire qu'elle n'a pas joué et je lui répondrai que quelqu'un a joué pour elle et qu'il faut qu'elle vienne au restaurant retirer son lot. Quand je serai de service, bien entendu. Personne ne refuse quelque chose de gratuit.

— C'est juste.

— Je vais l'appeler tout de suite. Prête-moi encore ton téléphone.

Sans trop savoir pourquoi, elle se sentit subitement

soulagée. Les événements de la veille n'étaient pas oubliés, mais ils progressaient dans leur enquête. Pour Chuck, même s'ils étaient encore dans le flou, ils pensaient savoir à qui il s'en était pris. Logiquement, avec Nadine, ils allaient en apprendre davantage.

Prenant soin de masquer le nom de Brayden pour que Nadine ne puisse pas le voir sur l'écran de son mobile, elle composa le numéro et attendit. Nadine n'avait aucune raison de soupçonner quoi que ce soit. Hélas ! L'appel bascula sur la boîte vocale. Prenant sa voix la plus enjouée, Reggie laissa un message, avec force détails sur la chance extraordinaire de son amie, puis raccrocha.

— Voilà qui est fait, dit-elle, tournée vers Brayden. C'est quoi, la suite ? Nous avons quelques heures avant le grand dîner Garibaldi. Si on y va toujours.

— Oui, on y va.

— Et qu'est-ce qu'on fait d'ici à ce soir ? On joue les inspecteurs Columbo ?

— Non, j'ai une meilleure idée.

Il posa sa tasse à côté de celle de Reggie avec un grand sourire.

Avant même qu'il s'allonge à côté d'elle et lui ôte le drap de bain, elle se mit à trembler, impatiente à la pensée de la magie de ce qui allait suivre.

Brayden descendit l'escalier, traversa le hall et se dirigea vers la porte de l'immeuble en tenant Reggie par la main. Elle était belle. La robe qu'elle avait choisie était courte — au-dessus du genou —, serrée à la taille, et largement décolletée, tout ce qu'il fallait pour l'exciter encore plus. Elle s'était maquillée, et ça lui allait bien. Avoir à son côté une femme aussi élégante le flattait, mais ce n'était pas l'objectif. S'il l'accompagnait, ce soir, c'était pour la protéger.

Sans la lâcher, il sortit. La nuit était fraîche. Il jeta un regard aux alentours et pressa le pas jusqu'au parking. Bien qu'il n'y ait personne en vue, l'idée que quelqu'un pouvait les épier ne le quittait pas. Mieux valait donc éviter de traîner à découvert. C'était peut-être de la paranoïa, mais il se méfiait. Les fusils *long range* et les bâtiments un peu sombres, surtout à cette heure — cachettes idéales pour les voyous —, il connaissait. Ce n'est que lorsqu'ils furent installés dans sa voiture qu'il se détendit un peu.

— Ça va ? lui demanda-t-il.

— Aussi bien que possible, répondit-elle, sarcastique. Tu sais où se trouve le Garibaldi Hall ?

— Oui, un peu à l'écart de la ville. C'est un grand bâtiment annoncé à grand renfort de LED. Impossible de le manquer !

Brayden roula en silence jusqu'à ce qu'il voie, en grosses lettres illuminées par de puissants néons rouges, « Garibaldi Hall ». La bâtisse était grande et de très mauvais goût, avec ce fronton clinquant.

— Tout va bien ? demanda Reggie.

Il hocha la tête et mit son clignotant pour entrer dans le parking déjà très encombré. Des gens endimanchés, spectacle surprenant dans cet environnement rural, allaient et venaient autour du bâtiment, une sorte de grange, où la soirée se déroulait.

— Il y a du monde, dit-il en se dirigeant vers le fond du parking dans l'espoir d'y trouver une place.

— C'est l'événement de l'année. Le buffet est super, et Garibaldi fait des cadeaux somptueux. Personne ne voudrait manquer ça.

— Il y a beaucoup d'invités ?

— Comme les trois quarts de la surface commerciale

de la ville lui appartiennent, ça fait du monde. Plus l'hôtel. Il emploie beaucoup de personnel, qui est invité, évidemment. Oui, ça finit par faire beaucoup de gens.

L'homme a manifestement mis la main sur quasiment tout le pays, songea Brayden sans se rendre compte qu'il pensait tout haut.

— Absolument, dit Reggie, le tirant de ses songes.

Ils restèrent un moment silencieux, tendus, observant ce qui se passait dehors, quand un coup sur la vitre les fit sursauter. Réflexe immédiat, Brayden empoigna son revolver. Un jeune garçon, souriant, leur faisait un geste de la main en guise de bienvenue. Il disait quelque chose, mais ils ne l'entendaient pas.

— Qu'est-ce qu'il nous veut ? marmonna Brayden.

Le garçon portait un uniforme rouge et noir avec « Garibaldi » brodé sur la poche de poitrine.

— Il doit être responsable du parking, répondit Reggie.

Brayden soupira. Elle devait avoir raison. Il lâcha son arme et baissa sa vitre.

— Je peux vous aider ? lança le garçon.

— Bonjour, fit Brayden.

— Il commence à pleuvoir, reprit le garçon. Venez sous mon parapluie, je vais vous accompagner jusqu'à l'entrée.

— Merci, dit Reggie en ouvrant sa portière.

Bousculant presque le jeune homme, Brayden descendit de voiture et se précipita pour aider Reggie.

— Il a l'air maladroit, murmura Brayden. Il va te crever un œil.

— Tu crois ? C'est un prétexte pour me prendre la main ?

— Peut-être !

Elle rit et regarda le garçon, qui en ouvrant le parapluie faillit le lâcher et le rattrapa de justesse.

— Tu vois ! chuchota Brayden.

Abrités tous les trois sous le parapluie, ils traversèrent le parking en courant. Les invités se pressaient à la porte pour tenter d'échapper à la soudaine averse.

Une femme, petite cinquantaine, bronzée comme une bassine en cuivre, les arrêta dès leur entrée.

— Bonjour, mademoiselle Frost, dit-elle la main sur le bras de Reggie mais les yeux papillonnant vers Brayden. Vous remplacez votre père, cette année ?

— Oui, dorénavant, ce sera moi, répliqua Reggie. Enfin, je l'espère.

— Vous avez fini par le convaincre de prendre sa retraite ?

— Pas encore, mais ça ne saurait tarder.

La femme lâcha le bras de Reggie.

— Je vous souhaite beaucoup de succès, ma chère, minauda-t-elle en faisant les yeux doux à Brayden. N'oubliez pas de signer la feuille sur la table, là-bas, dans l'angle.

— Il n'y a pas de risque.

Comme ils se dirigeaient vers la table en question, on les arrêta plusieurs fois pour les saluer sans que personne demande jamais qui était Brayden.

— Ils ne sont pas curieux, tes amis, lui dit Brayden à l'oreille pendant qu'ils faisaient la queue.

Elle lui sourit.

— Détrompe-toi. Ils sont curieux, mais ils ont eu le temps de s'informer. Quant à ceux qui ne le savent pas encore, ils doivent penser que tu es un touriste et sont trop polis pour demander. Et puis je pense que ce qui les intéresse surtout c'est de savoir si je ne vais pas encore partir me marier en douce,

— Ah ? Tu crois vraiment ?

— Oui. Désolée de te décevoir !

— Pas du tout. Tu veux les tenir en haleine ? J'ai plusieurs techniques…

— Tu ne m'as pas dit qu'on devait faire profil bas ?

Il soupira.

— Si. Mais avance, ça va être à nous. Tu écriras un pseudo pour moi. Ça va les faire jaser encore plus.

— D'accord, ça m'amuse. Elvis, ça te va ? Elvis… Jones.

Il opina avec un petit sourire amusé puis observa les lieux. La pièce était vaste, murs blancs, tables alignées le long des murs. Une piste de danse était aménagée au centre. Tout à fait au fond se trouvait un podium, encadré de lourdes tentures rouges et surmonté d'une grosse boule à facettes. C'était le genre de décor qui convenait à toutes sortes d'événements — mariages, anniversaires, remises de prix scolaires, réunions paroissiales…

Quelque chose le titillait. Les yeux plissés, il regarda avec plus d'attention. Les invités riaient, se déplaçaient, parlaient, fort pour certains. Ils buvaient, grignotaient les zakouski que les serveurs présentaient sur des plateaux bien garnis. Des haut-parleurs diffusaient une musique tantôt douce, tantôt entraînante. Tout semblait parfait. Hommes et femmes avaient revêtu de beaux atours. Les conversations étaient animées. Et pourtant…

Finalement, presque convaincu de sa paranoïa, il allait abandonner quand un mouvement sur l'estrade attira son regard. Une apparition très fugitive, une silhouette encapuchonnée qui disparut très vite derrière les tentures rouges. Trois secondes plus tard, Chuck Delta apparut là où la silhouette avait disparu, scruta la foule des invités, puis se glissa à son tour derrière le rideau.

Instruit par l'expérience, Brayden comprit que les choses allaient se gâter et qu'il n'avait pas le choix. Soit il poursuivait l'homme à la capuche, soit il se sauvait. C'est la main de Reggie dans la sienne qui décida pour lui. Dès qu'ils pourraient partir sans se faire remarquer, ils le feraient.

13

Bien que Brayden n'ait rien fait de particulier, Reggie sentit un changement dans son attitude. Machinalement, elle regarda l'endroit qu'il fixait. Ne voyant rien de spécial, elle se hissa sur la pointe des pieds pour lui chuchoter à l'oreille :

— Que se passe-t-il, mon cœur ? C'est Garibaldi ?

Il baissa la tête.

— Non. Ce n'est pas lui. Enfin, si, mais pas directement.

— Explique-moi. Je ne comprends pas, dit-elle, agacée.

— Ce n'est rien.

— Tu sais, je fais la différence entre rien et quelque chose.

— Tu es têtue. Et avance, on y est presque.

Il n'y avait plus que deux personnes avant eux. Elle avança donc un peu puis, essayant de se persuader que tout allait bien, elle se tourna de nouveau vers Brayden. Avec lui, rien ne pouvait lui arriver. Il était policier, armé, et avait de l'expérience. C'était son métier de voir si tout était normal. Et pourtant… Elle avait beau essayer de se convaincre, elle était inquiète. Bêtement, sûrement.

Il ne te ferait pas prendre de risques, se dit-elle.

Finalement rassurée, elle concentra son attention

sur la personne assise derrière la table, qui tenait le registre. C'était une femme qu'elle ne connaissait pas, probablement une employée du traiteur.

— Bonjour. Reggie Frost. Restaurant Frost.

La main aux ongles vernis de la femme glissa sur la liste des invités.

— Ah ! fit-elle en fronçant les sourcils. Je vois *une* personne.

— C'est exact. Je ne pensais pas être accompagnée. Mais mon ami est arrivé, et je me suis dit que ça ne poserait pas de problème de l'amener. Il songe à s'installer définitivement à Whispering Woods. Je crois que le fait de compter un homme d'affaires de plus dans cette ville ne déplaira pas à M. Garibaldi.

Bouche pincée, la femme nota quelques mots sur sa feuille, releva les yeux, et finalement sourit.

— Table 8. Passez une bonne soirée.

Ostensiblement accrochée au bras de Brayden, Reggie survolait les convives des yeux quand son regard se posa sur la table 2. Chuck Delta était là, une main sur le dossier d'une chaise, l'autre dans celle de leur hôte, qui la serrait énergiquement. Certaine que ni Chuck ni Garibaldi ne les avaient vus, elle s'éloigna, entraînant Brayden.

— Je vais te demander quelque chose, dit-il subitement. Mais ne panique pas.

— En me parlant comme ça, tu es sûr de me faire paniquer, répliqua-t-elle.

— Désolé, ma chérie. Mon but n'était pas de te faire peur. Je voulais juste savoir si tu connaissais une autre sortie que la porte par laquelle nous sommes arrivés.

— Oui. Derrière l'estrade.

— Non, pas là. Ailleurs.

Elle commença à s'inquiéter.

— Attends… Tu vois la porte là-bas, au fond ?

Avec une espèce de tenture noire sur le côté ? C'est là qu'on range les tables, les chaises et du matériel de toute sorte. En fait, c'est une sorte de débarras tout en longueur avec une sortie de secours au bout. Mais il y a peut-être une alarme.

— Parfait, ça fera l'affaire. Viens.

La main sur le dos de Reggie, il la poussa discrètement vers l'endroit qu'elle venait de lui indiquer. Arrivé près du rideau noir, il se retourna, l'air de rien, jeta un coup d'œil alentour et se faufila rapidement avec elle dans le débarras.

L'endroit était sombre, la seule source de lumière provenait de la borne indiquant la sortie de secours. Plusieurs secondes après, le temps que leur vision s'accommode à la quasi-obscurité, Brayden lui prit la main et l'entraîna vers la sortie. Ils n'avaient parcouru que quelques mètres lorsqu'il s'immobilisa

— Qu'est-ce qui se… ? demanda-t-elle.

Sans lui laisser le temps de finir sa phrase, il posa une main sur sa bouche tout en la plaquant contre le mur entre deux piles de sièges. Quelqu'un venait d'ouvrir la porte par laquelle ils étaient arrivés.

Reggie se pétrifia. Le sang battait à ses tempes, rugissait dans ses oreilles. Son cœur cognait tellement fort qu'elle se dit que l'homme qui était entré allait l'entendre. Un homme qui, au vu des vêtements qu'il portait, devait être le même que celui qui était descendu de son balcon. Heureusement, occupé par un détail près du rideau, il n'alla pas plus loin. Il leur tournait le dos et semblait écouter quelque chose. Quelques instants s'écoulèrent, puis il se retourna et partit vers la sortie de secours. La capuche rabattue sur la tête, il passa non loin d'eux sans remarquer leur présence. S'attendant à ce que l'alarme se déclenche, Reggie retint son souffle. L'inconnu se fondit dans la nuit et il n'y eut que le sifflement d'une rafale de vent qui entra par la porte restée ouverte.

— Sauvés ! murmura-t-elle après avoir laissé échapper un soupir de soulagement.

Au même moment, un bruit de pas, lourds et lents, dehors, résonna.

— Où est le feu, inspecteur ? demanda une femme avant d'éclater de rire. Oh ! pardon ! Je me trompe, ajouta-t-elle.

— Je laisse le feu aux pompiers. Moi, je m'occupe des fauteurs de troubles.

Impossible de se tromper, c'était la voix de Chuck.

— Il n'y a pas de fauteurs de troubles ici, répliqua la femme. Du moins, je l'espère. Vous voulez que je surveille ?

— Non, merci. Je suis là pour ça, répondit Chuck. Évidemment, si vous tombez sur quelque chose de suspect, ou sur quelqu'un de douteux, c'est moi qu'il faut appeler.

— Reggie Frost, par exemple ?

Brayden eut un haut-le-corps, et Reggie frissonna. Pourquoi, mais pourquoi, fallait-il qu'on commère sans cesse dans cette ville ? Sa vie privée ne regardait qu'elle, non ? Surtout sa vie amoureuse.

La femme continua, en riant.

— Vous n'êtes pas au courant ? Tout Whispering Woods en parle. Elle a amené un homme d'affaires, ce soir. Elle a même passé la journée avec lui à la fête.

— Ah oui, bien sûr. Je l'ai même rencontré.

Chuck avait pris un ton dégagé qui contrastait avec son intonation précédente. La femme dut le noter car elle releva, sarcastique.

— Tiens, tiens ! Un peu jaloux, peut-être, inspecteur ?

Le flic admit qu'il n'était pas insensible aux charmes de la fille.

— Elle est jolie, ajouta-t-il. Mais, maintenant que vous me parlez d'elle, ça me fait penser que je ne l'ai pas vue... Elle devait occuper la table 3, mais je suis passé devant il y a un instant et elle n'y était pas. Vous l'auriez vue, par hasard ?

— Pourquoi ? Vous allez lui dire qu'elle n'avait pas le droit d'amener un homme qui n'est pas du pays ? Aussi beau soit-il...

— Ce ne serait pas loin de ce que la majorité des gens d'ici pensent, dit Chuck. Les habitants de Whispering Woods sont comme ça.

— C'est juste. Oh ! Excusez-moi, inspecteur. J'aperçois Mary, la responsable du traiteur. Je lui ai passé commande de fromages, mais j'ai peur qu'elle oublie cette fois encore, si je ne le lui rappelle pas.

— Bien sûr, faites.

— Je vous souhaite une bonne soirée. Et, si vous cherchez vraiment Reggie et son beau cavalier, je suppose qu'ils se sont éclipsés discrètement pour... Vous savez quoi !

Elle s'esclaffa.

— Vous la trouverez sans doute dans un buisson...

— Merci pour le conseil, répondit Chuck.

Il y eut un silence puis Chuck grommela :

— Dans un buisson...

Reggie retint son souffle. Chuck devait déjà commencer à inspecter les abords du bâtiment.

— Il faut sortir d'ici, dit-elle tout bas.

— Trop tard, murmura Brayden.

Il avait raison. Des pas approchaient. Ils les entendaient résonner. Puis il y eut un coup, suivi d'une bordée de jurons. Aucun doute possible, c'était encore Chuck.

L'estomac de Reggie se noua. Mentalement, elle se prépara à l'affronter.

À cet instant, Brayden la poussa de nouveau contre le

mur. La main plaquée sur sa bouche, la serrant très fort contre lui, il l'immobilisa. Au lieu de la peur qui aurait dû l'envahir, ce fut un désir immense qui monta en elle.

Au fond de lui, Brayden savait que c'était un prétexte, qu'il aurait pu trouver un autre moyen de sortir de cette situation. En allant bavarder avec Delta, par exemple.

Mais il n'en avait pas envie. Ce qu'il désirait, c'était embrasser Reggie, savourer ses lèvres, les dévorer. Il voulait la serrer contre lui, sentir ses rondeurs dans ses creux, comme il le faisait à cet instant. Profiter de la situation pour caresser ses bras, ses hanches, et la serrer violemment contre lui pour qu'elle mesure son désir. Encouragé par le gémissement qui lui échappait, il continua. Descendit plus bas, caressa sa cuisse. N'y tenant plus, elle enroula une jambe autour de la sienne. Dans son enthousiasme, Brayden nota à peine que Chuck Delta venait d'entrer. Il entendit vaguement des pas, furtifs, puis un raclement de gorge étouffé. Mais Chuck Delta, Tyler Strange, le monde entier... Tout lui était égal. Il ne pensait qu'à la femme qu'il tenait dans ses bras, qui avait enroulé une jambe autour de la sienne et qui ondulait contre lui. Elle était douce, sentait encore la cannelle. Tout dans son attitude laissait à penser qu'elle se sentait bien dans ses bras. Comme si sa place avait toujours été là.

Ne l'avait-il vraiment rencontrée que vingt-quatre heures plus tôt ? Ça semblait impossible, comme lui paraissait insensée l'idée qu'ils doivent un jour se séparer.

Se séparer ? Cette pensée le fit réagir. Spontanément, il recula.

— Il faut nous en aller, dit-il.

Reggie soupira.

— Ça ne va pas paraître étrange, que nous disparaissions ?

Il secoua la tête.

— À ce stade, ce qui est important, c'est de savoir ce que fabrique notre ami à la capuche.

— Parce que c'est notre ami, maintenant ?

— En tout cas, il ne semble pas copain avec Delta. Ça ne fait pas de lui un ami, mais tu sais ce qu'on dit, les ennemis de mes ennemis sont mes amis.

— Si je te suis bien, on va essayer de travailler avec lui ? Il s'est introduit chez moi, t'a donné un coup sur la tête, et…

— Je sais tout ça mais…

— Tu veux quand même le faire.

— Oui.

Il déposa un petit baiser sur ses lèvres.

— Allez, chérie, on se chamaillera plus tard. Pour l'instant, sortons par l'entrée principale au cas où il serait à la porte du fond. Et, si je lui parle, je veux que ce soit comme je l'entends.

La prenant par le bras, il sortit du débarras après s'être assuré que personne ne regardait dans leur direction. Ils traversèrent la salle sans que quiconque paraisse leur prêter attention. Presque arrivé à la sortie, il aperçut derrière un groupe d'invités Delta et Garibaldi qui se tenaient non loin de la porte. Garibaldi paraissait contrarié tandis qu'il s'adressait au policier. Sans doute s'apprêtait-il à envoyer son acolyte à leur recherche.

Reggie sembla en arriver à la même conclusion.

— Et maintenant ? dit-elle.

Il réfléchit deux secondes.

— Retour au plan A.

— Par l'issue de secours ?

— Pas idéal, mais on sait déjà que M. La Capuche ne

cherche pas la bagarre. Il ne pense qu'à s'enfuir. Je n'en dirais pas autant de Garibaldi et de ton copain Chuck.

— D'accord.

— Regarde devant toi et ne t'arrête pas. Je ne tiens pas à ce qu'on nous arrête pour nous parler. On ne court pas mais on marche d'un pas décidé. Quand on sera de nouveau dans le débarras, on sort très vite et on file droit à la voiture.

— Compris.

Ils étaient à un mètre de leur destination quand il éprouva un picotement désagréable dans la nuque. Il n'eut pas besoin de regarder, il savait. Delta les avait repérés. Il accéléra le pas, écarta le rideau et ouvrit la porte. Il entendit Chuck dire : « Reggie », fit comme si de rien n'était, traversa le débarras en toute hâte, poussa doucement Reggie dehors et referma la porte derrière eux. Toujours en mode alerte, il hésita entre aller directement à la voiture et chercher l'individu encapuchonné. Il scruta rapidement les alentours. La Capuche n'était pas là ou, s'il y était, c'était bien caché. Près de la porte, il vit un parapluie qui allait lui être utile pour mettre en œuvre l'idée qu'il venait d'avoir.

Il lâcha Reggie. La première averse avait été brève, mais une autre se préparait. De grosses gouttes tombaient déjà.

— Tu as peur de te faire mouiller ? lui demanda-t-elle en désignant sa trouvaille.

— Non.

Au lieu d'ouvrir le parapluie, il l'utilisa pour bloquer la poignée de la porte. Heureusement, cela ne lui prit que quelques instants, car il était temps. Quelqu'un essayait de sortir. Ce quelqu'un s'arrêta. Recommença. Jura. L'idée de Brayden fonctionnait, mais ils n'avaient que peu de temps pour courir à la voiture.

Sans dire un mot, Brayden prit Reggie par la main et

ils s'élancèrent, sans chercher à éviter les flaques d'eau. Au-dessus de leur tête, il y eut un éclair qui illumina tout le parking, puis un coup de tonnerre. Reggie poussa un petit cri. Il lui jeta un coup d'œil.

— Qu'est-ce qu'il y a ?
— Mon talon ! J'ai cassé mon talon.

Elle continua en boitant. Un nouvel éclair zébra le ciel, accompagné d'un coup de tonnerre. Brayden eut le temps de voir qu'elle était crispée. Puis un cri retentit derrière eux. Leur poursuivant avait réussi à sortir. Il souleva Reggie pour la porter.

— Première chose, te trouver des chaussures de marche, dit-il. Pas de talons, pas de tongs. Des chaussures à lacets, comme autrefois.

Le vent forcit et des trombes d'eau s'abattirent soudain sur eux. Aveuglé, essoufflé, il essaya de s'abriter derrière une rangée de voitures pour continuer. Lorsqu'il arriva enfin au fond du parking, il s'arrêta, hors d'haleine. Sa voiture se trouvait une rangée plus loin, mais un grand espace séparait l'endroit où ils se trouvaient et cette rangée-là.

— On fait quoi, maintenant ? demanda Reggie.
— Je vais courir.

Il attendit que l'éclair suivant meure, que le ciel redevienne noir et que le tonnerre gronde pour traverser en courant, Reggie serrée contre lui. Arrivé à sa voiture, il la posa, sortit ses clés de sa poche et s'immobilisa, les clés à la main.

— Que se passe-t-il ? fit Reggie.
— Je ne sais pas comment faire pour sortir d'ici. Même si Chuck ne m'a pas bien vu et ne connaît pas ma voiture, s'il en voit une quitter le parking, il fera le lien.
— Il y a une autre issue. Si tu continues par là, tu verras, il y a un chemin pas goudronné mais carrossable.

Il est surtout fréquenté par les cyclistes en VTT. En voiture, on passe, c'est assez large.

— Tu es sûre ?

Elle fit oui de la tête.

— Il y a plus facile et moins long. Par ce chemin, on mettra vingt minutes de plus, mais on débouchera sur la grand-route.

Il déverrouilla la voiture et lui dit de monter.

— Attention à ne pas te faire voir, ajouta-t-il.

— On n'a qu'à partir en roue libre, puisque c'est en pente. Avec cette pluie, on ne nous entendra pas. En bas, on pourra démarrer, et le tour sera joué.

L'idée était excellente, mais elle avait négligé un détail.

— Quand on va déverrouiller et ouvrir les portières, les phares vont clignoter et le plafonnier va s'allumer, lui fit-il remarquer.

— Donne-moi les clés, dit-elle. Fais-moi confiance.

Il lui donna les clés et la regarda. Debout près de la portière, immobile et les yeux fermés, elle semblait attendre. Il ouvrait la bouche pour lui demander ce qu'elle faisait quand un éclair zigzagua dans le ciel. Aussitôt, elle déverrouilla, ouvrit la portière du conducteur, leva vivement la main et éteignit le plafonnier.

— Ça y est ! s'exclama-t-elle en lui rendant ses clés.

Il la serra contre lui et l'embrassa.

— Tu es géniale !

Elle lui sourit puis se dégagea.

— On s'en va ou on reste flirter ici jusqu'à ce qu'on se fasse prendre ?

Elle fit le tour de la voiture et s'installa sur le siège passager tandis qu'il se mettait au volant. Il mit le levier de vitesses sur « neutre ». Penché en avant, un pied par terre, il fit rouler l'auto. La visibilité était très mauvaise mais il ne pouvait rien faire sous peine d'attirer l'attention. L'auto commença à bouger puis, la descente amorcée, roula toute seule jusqu'aux arbres. Là, il l'arrêta. Il faisait nuit noire et le chemin était vraiment étroit.

Il va falloir faire avec, pensa-t-il.

— Prête ? demanda-t-il à Reggie, qui s'était tournée vers lui.

— Si je dis non, tu as autre chose à me proposer ?
— Pas vraiment.
— Alors, je pense que je suis prête.
— D'accord. On y va.

Il mit le contact et démarra sans allumer les phares.

L'auto, fantôme sur roues, s'enfonça en cahotant dans la nuit noire.

14

Bien que Brayden conduise lentement et soit prudent, Reggie restait accrochée à la poignée de sa portière. Par instants, l'obscurité était déchirée par des éclairs qui, loin de la rassurer, achevaient de l'effrayer et faisaient paraître ensuite la nuit encore plus noire. Après leur passage, complètement aveuglée, elle ne voyait plus rien. Et elle savait qu'il suffisait d'un rocher, d'un nid-de-poule trop profond ou de Dieu sait quoi pour les bloquer sur place.

Peut-être. Mais tout valait mieux que se retrouver nez à nez avec Chuck Delta.

Elle se faisait cette réflexion quand brusquement, *bang !*, la voiture, qui venait de heurter quelque chose, tressauta.

— Ça va ? s'inquiéta Brayden.

— J'ai peur.

— Tu veux que j'allume les phares ? Tu te sentiras mieux ?

— Est-on assez loin du Garibaldi Hall ?

— C'est toi qui peux me le dire.

Elle baissa sa vitre et passa la tête à l'extérieur, comme si cela pouvait l'aider, et fit mine d'estimer la distance.

— Je pense que c'est bon, dit-elle.

Brayden alluma les phares.

— Ça va mieux, ma chérie ?

Elle hocha la tête et soupira.

— Ce n'est pas ta conduite qui me fait peur, c'est le reste.

— Quel reste ? Dis-moi tout ce qui te fait peur.

— D'abord, Chuck. Depuis que je l'ai vu viser quelqu'un, il me terrorise.

— Quoi d'autre ?

— J'ai peur qu'il devine que je n'étais pas dans le restaurant quand il a tiré.

— Arrange-toi pour qu'il ne s'en doute pas.

— C'est facile à dire.

— Essaie de coller le plus près possible à la vérité. Tu changes juste un détail. Un seul. L'heure à laquelle tu es sortie du restaurant, par exemple. Une demi-heure plus tôt, et tu n'aurais rien vu. Tu comprends ? Autrement, si tu mens sur trop de points, tu t'embrouilleras.

Reggie resta pensive un moment, les yeux rivés sur le va-et-vient des balais d'essuie-glaces. Ce que venait de dire Brayden était saisissant. Trente minutes. Trente minutes pouvaient changer le monde. Son monde. Faire la différence entre être témoin d'une agression et n'avoir assisté à rien. Cela pouvait même être moins. Dix minutes. Cinq.

Et si elle avait passé plus de temps à lire ses textos ? Et si, au lieu de faire du zèle au restaurant, elle était rentrée tout de suite prendre sa douche ?

— Hé ! Reggie !

L'interjection de Brayden la ramena sur terre.

— Je te vois toute chiffonnée. Je ne t'ai pas dit ça pour t'ennuyer. Au contraire.

Elle essaya de ne plus faire grise mine mais n'y parvint pas.

— Je sais. En fait, je pensais à ce que ça m'a coûté de vouloir en faire trop. C'est bête. Ma mère me l'a souvent répété, le mieux est l'ennemi du bien.

— Tu préférerais ne rien savoir ?

Elle ne répondit pas. Réfléchit. D'un côté, ne pas savoir qu'on courait un danger était commode. Mais était-ce bien malin d'ignorer les menaces qui planaient ? Elle servait du café et des toasts à Chuck Delta tous les matins. Sous son amabilité polie, ce policier cachait un être abject. Sans parler de son association avec Jesse Garibaldi.

Elle se mit à trembler. Très franchement, elle ne savait pas ce qui valait mieux. Faire l'autruche ou… ?

— Je ne sais pas, dit-elle enfin. Pour toi, c'est différent, c'est ton métier. Tu dois avoir l'œil à tout, surveiller, intervenir.

— Il n'y a pas que des voyous et du danger dans ma vie. Je fais aussi de belles rencontres. On peut tomber sur une jolie femme et l'embrasser… Et la sauver.

Elle se frappa brusquement le front.

— Brayden. Le parapluie ! Si Chuck me pose des questions à ce sujet, qu'est-ce que tu veux que je réponde ?

— Ne t'inquiète pas, j'en prends la responsabilité. Je dirai que j'avais une bonne raison de vouloir être sûr que personne ne nous suivait.

— Et s'il veut savoir pourquoi nous n'étions pas dans la salle ensuite ?

— Je lui raconterai que ma bonne raison a tourné court.

Elle ne put s'empêcher de rire.

— D'accord. Mais à part tes mensonges libidineux… Tu m'accompagneras, si Chuck décide de m'interroger ?

— S'il le faut.

— Brayden…

— Oui ?

— Tu ne dois pas perdre ton temps à cause de moi.

— Je suis multitâche.

Sa remarque le fit rire lui-même. Il poursuivit.

— Il ne pourra pas nous accuser de mensonge à propos du parapluie s'il n'a pas un argument pour le faire.

— C'est un policier. Ça suffit, non ?

— En principe, oui, mais c'est un pourri. Et justement parce qu'il est pourri il doit faire doublement attention.

— Il peut toujours inventer. Trouver un prétexte.

— Tu as enfreint la loi, récemment ?

— Non.

— Tu as des impayés pour fautes de stationnement ?

— Non.

— Il n'a donc aucune raison de t'interroger.

— À t'entendre, tout est simple.

— Imagine qu'il nous accuse de mensonge et qu'on aille trouver son patron. Ou, pire, qu'on étale l'affaire sur la place publique... Je suis simplement logique, Reggie. J'avance étape par étape. C'est plus facile de régler un problème avant qu'il te déborde.

— C'est comme ça que tu procèdes, dans ton métier ?

— Oui, presque toujours. Je rassemble les pièces du dossier, les pistes, tous les indices, et je considère l'ensemble.

— Comme un puzzle, en somme.

— Exactement.

— Il faut être patient.

— C'est ma force. Un flic ne peut pas se permettre de faire n'importe quoi.

Il sourit puis fit une drôle de moue.

— Sauf lorsqu'il s'agit de Garibaldi. Avec lui, je ne me reprocherai jamais de perdre mon sang-froid.

Comprenant la rage qu'elle avait lue sur son visage quand il avait vu Garibaldi et bouleversée par son émotion, Reggie n'eut qu'une envie, alléger sa peine. La gorge serrée, les larmes aux yeux, elle se pencha vers lui pour l'étreindre. Elle le savait, maintenant, ce qu'elle souhaitait par-dessus tout, c'était que son dossier soit bouclé pour qu'il trouve enfin la paix.

— Je crois que c'est la première fois que je dis tout haut ce que j'ai toujours pensé, avoua-t-il.

Elle posa la main sur son bras.

— Je n'aurais jamais pu garder ça pour moi.

— Je ne sais pas si je peux dire que j'ai gardé ça pour moi. Non, j'ai avancé en robot, avec un seul objectif en tête. Je ne me suis même jamais demandé ce que je deviendrais si je réussissais.

Il serra le volant très fort.

— Ça paraît ridicule, mais je ne mesurais pas l'immensité de ma colère.

— Tu as le droit d'être en colère, Brayden. Garibaldi est responsable de la mort de ton père.

Il soupira.

— Je sais. Je sais aussi que je ne pourrai jamais le mettre en taule, ni lui balancer mon poing dans la gueule pour son crime. Mais je reste convaincu qu'un jour je le coincerai pour autre chose. Et ce jour-là je te garantis qu'il le sentira passer.

— Tu crois ?

— Oui, je suis sûr de le coincer un jour pour un truc qu'il aura fait ici, à Whispering Woods. Un truc énorme. C'est tout ce que je veux.

— Ce sera une bonne chose, non ? De le coincer.

— C'est la seule chose.

— Et ce n'est pas bien ?

— Ça me rend égoïste.

Elle écarquilla les yeux.

— Qu'est-ce que tu veux dire ?

— J'ai un peu peur de ce que je ferai quand tout sera fini… Je me suis donné corps et âme à cette affaire. J'ai consacré toute mon énergie à le retrouver. Mon seul but était de le mettre à genoux…

Il laissa sa phrase en suspens et haussa les épaules, l'air abattu.

— J'ai peur de me trouver « vidé » quand le dossier sera classé. De me trouver devant un gouffre et, finalement, de ne jamais trouver la paix.

— Je ne sais pas ce que c'est que trouver la paix. En revanche, je connais des personnes qui ont perdu des êtres chers à cause d'ordures comme Garibaldi. Ces gens-là ont besoin de bons policiers comme toi, Brayden.

Il se redressa un peu.

— Je sais. Mais je ne suis pas aussi sûr que toi de pouvoir changer de vitesse aussi facilement.

À son tour, elle hésita. Ce qu'elle éprouvait était confus, et sans doute déraisonnable compte tenu du peu de temps depuis lequel elle le connaissait. Mais, déraisonnable ou pas, le fait était là, bien là : elle l'aimait.

— Brayden…

Sa voix était si douce que le bruit du moteur, des essuie-glaces et de la pluie qui s'abattait sur le toit la couvrait presque.

— Je sais qu'on vient tout juste de se rencontrer. Pourtant, j'ai l'impression de te connaître depuis des années. Je ne pense pas avoir été un jour aussi bien avec un homme. J'ai souvent eu des doutes dans ma vie, mais, en ce qui te concerne, je n'en ai aucun. Tu es un homme bien. Tu es tendre et attentionné. Et je ne t'imagine pas changeant une fois le dossier Garibaldi classé. Tu te fixeras de nouveaux buts dans la vie et tu te consacreras à ces nouveaux objectifs comme tu l'as fait pour ce dossier.

— Tu crois ?

— Je le sais.

Il se tourna vers elle, et lui adressa un sourire à faire fondre la glace.

— Où serais-je, si je ne t'avais pas rencontrée ?

Elle lui rendit son sourire.

— Tu aurais sans doute déjà bouclé ton dossier parce que tu n'aurais pas perdu de temps à me sauver la vie.

— Ce n'est pas vrai. Et, même si ça l'était, ça en valait la peine.

— Attention ! Je vais m'habituer à ce que tu me flattes. Ce n'est pas bon pour mon ego. Je vais vouloir des compliments toute ma vie.

À peine avait-elle prononcé « toute ma vie » qu'elle le regretta, bien que ces mots n'aient pas dépassé sa pensée. Elle venait de lui confier tout haut ce qu'elle espérait dans le secret de son cœur.

Brayden eut du mal à retenir son envie de rire.

— C'est mauvais pour ton ego ?

— Oui… Enfin, non… Je plaisantais, bafouilla-t-elle. Ce qui était idiot, c'était de dire que je t'en réclamerais toute ma vie. De parler de toute une vie quand on se connaît depuis même pas deux jours.

Elle haussa les épaules.

— Au fait, si tu penses qu'il faut être fou pour sortir avec un policier, j'ai une nouvelle pour toi. Je connais des tas de gens sains d'esprit qui fréquentent des policiers.

— Sur quoi te fondes-tu pour affirmer une chose pareille ?

— Tu veux mes sources ? OK. Demain, tu les auras.

— Je ne te lâcherai pas.

Ils rirent tous les deux.

— Et si ça tourne mal entre nous ? demanda-t-elle, retrouvant son sérieux.

— Qu'est-ce qui te fait penser que ça pourrait mal tourner ?

Il la vit regarder ses mains, qu'elle serrait nerveusement sur ses genoux.

— Tu sais bien que j'ai déjà fait des trucs de dingue !
— Tu veux parler du fiancé à la yourte ?
— Oui. Cette tranche de ma vie ne te gêne pas ?
— Non. Pourquoi ça me gênerait ? Tu m'as dit toi-même que tu t'étais enfuie avec lui pour prouver quelque chose. Tu m'as aussi dit que, tout ça, c'était du passé.
— Je sais. Mais j'ai quand même peur de recommencer.

Il arrêta la voiture, tira le frein à main, puis, se tournant vers elle, prit son visage entre ses mains.

— Tu l'aimais ? Je veux savoir si tu l'aimais.

Les yeux agrandis de stupeur, elle essaya de faire non de la tête.

— Je ne sais pas.
— Alors c'est que tu ne l'aimais pas. Si tu l'avais aimé, tu le saurais, Reggie.
— Et toi ? Tu aimais Chandra ?

Il hocha la tête.

— Oui, mais comme un gamin qui sait que ça n'ira pas loin. Le premier amour, c'est toujours comme ça.
— Comment le sait-on, si on est amoureux ? Ou si on est en train de tomber amoureux.

Il lui tapota le front de l'index.

— C'est en partie là-dedans… et en partie là-dedans, ajouta-t-il en pointant sa poitrine.
— Et tu crois qu'on le sait, quand ça nous arrive ?
— Pas forcément tout de suite. Et puis l'amour peut grandir au fur et à mesure qu'on découvre l'autre. Ce que je crois, c'est que lorsqu'on rencontre quelqu'un on sait tout de suite s'il peut se passer quelque chose ou pas.
— C'est ce que tu sens maintenant ?
— Pas toi ?

Elle leva les yeux vers lui. Ses yeux vert émeraude avaient viré à un vert sombre qui rappelait les sapins de la forêt.

— Si.

— Tu vois !
— Quoi ?
— Il n'y a pas eu d'hésitation dans ton « si ». Quand on sait, mon cœur, on sait.

Il se pencha vers elle et prit sa bouche.

— Si on rentrait, maintenant ?
— Oui. Mais où ? On n'a encore rien décidé.
— Bon point, dit-il. Tu as raison.

Quitter la soirée sans encombre les ayant amplement occupés, ils n'avaient pas discuté de l'endroit où ils allaient aller.

— Alors ? On va…

Son portable qui se mit à sonner l'interrompit.

— Oui, Maxwell, répondit-il sans même regarder l'écran.

À l'autre bout du fil, la voix semblait anxieuse.

— Vous êtes toujours avec ma fille ?
— Vous êtes monsieur Frost ?
— Oui. Vous êtes avec elle ?
— Elle est en voiture à côté de moi. Vous voulez lui parler ?
— Oui, s'il vous plaît.

Intrigué, Brayden passa le téléphone à Reggie.

— Allô, papa ? Qu'est-ce qui se passe ?

Elle écouta quelques secondes sans rien dire puis soupira.

— Oui, papa. On y sera dès qu'on pourra.

Un silence puis :

— Je ne sais pas. Dix minutes.

Nouveau silence.

— Non, pas besoin de venir voir. Je te promets qu'on y va.

Elle raccrocha et rendit son portable à Brayden.

— Désolée.

— Pas besoin de te demander où tu veux qu'on aille, dit-il.

— Je suis sûre qu'il va venir vérifier qu'on y est.

Il redémarra.

— Qu'est-ce qui s'est passé ?

— L'alarme du restaurant s'est déclenchée il y a dix minutes. Je suis la première prévenue par l'agence de sécurité si elle se déclenche. Comme ils n'ont pas pu me joindre, ils ont appelé la police. Un agent y est allé, heureusement pas Chuck. Il a trouvé la porte déverrouillée. Mon sac et mon portefeuille étaient là-bas, ils sont donc allés chez mon père, qui leur a dit que tout allait bien, que j'étais au gala. Mais, quand il a téléphoné à une amie qui y était, elle lui a dit que je n'y étais plus. Il m'a demandé si tu m'avais enlevée !

Elle secoua la tête.

— Ce serait comique si ce n'était pas aussi tragique.

Tout à sa réflexion, Brayden garda le silence. Elle avait raison. La réalité n'avait rien de comique. Le déclenchement de l'alarme était-il normal ? Sinon, que signifiait ce nouvel incident ? Était-ce une mise en scène ? Un piège ?

Comme il quittait le chemin caillouteux pour s'engager sur la grand-route, Reggie soupira.

— Tu penses que Chuck a pu manigancer quelque chose ?

— Pour pouvoir te parler ? C'est possible, mais ce serait maladroit. Simuler une effraction pour te faire venir et te parler peut paraître judicieux alors que c'est absurde, en fait. Parce que d'autres personnes peuvent venir sur les lieux. S'il a fait ça, il est aux abois ou complètement idiot. Il doit bien se douter que d'autres policiers iront sur place et verront que ça a été monté de toutes pièces. Dans ce cas, il…

Bouillant d'impatience, elle l'interrompit.

— Bon. On fait quoi, alors ?

— Commençons par parler à ton père. Voyons ce que la police lui a dit et vice versa.

Elle se tut un instant puis reprit.

— Le type à la capuche ne serait pas entré dans le restaurant, par hasard ?

Surpris qu'elle n'y ait pas pensé tout de suite, il lui lança un regard étonné.

— C'est possible. J'ai comme l'impression qu'il nous suit.

— Qu'il *me* suit, corrigea-t-elle. Il est entré chez *moi* avec *ma* chaussure. Il est venu au restaurant quand j'aurais dû y être...

— Et, moi, il m'a frappé à la tête, ajouta-t-il, espérant minimiser la peur qu'il entendait dans sa voix.

— À ton avis, qui est-ce, et qu'est-ce qu'il veut ?

— Je n'en sais rien, mais le savoir vient en tête de ma *to do list*.

Il lui demanda l'adresse de son père puis réfléchit. Pour commencer, il avait la sécurité de Reggie à assurer. Venait ensuite la nécessité de découvrir l'identité de leur « copain » à la capuche. Et il fallait éclaircir le motif de la présence de Tyler Strange à Whispering Woods. Peut-être pourrait-il soutirer quelques infos à sa demi-sœur et établir le lien entre ce qui s'était passé dans la ruelle et Garibaldi. Après quoi il chercherait un moyen de faire tomber ce personnage très trouble. L'idée de mettre Garibaldi à genoux lui plaisait plus que tout. Surtout quand le dénouement était à portée de main.

Poursuis cette affaire, se dit-il. *Relie les éléments entre eux et ça va marcher.*

— Brayden, l'interpella Reggie. Tu en fais, une tête !

— Je réfléchissais.

Elle n'insista pas et ne reprit la parole que quand ils arrivèrent à proximité de la maison de son père.

— La prochaine à gauche et la troisième maison à droite.

Il suivit ses instructions et se gara. Comme il s'apprêtait à descendre de la voiture, elle l'arrêta.

— Je suis désolée. Regarde la terrasse.

— La terrasse ou le barbu qui s'y promène ?

— C'est mon père.

— Hum… À mon avis, il est armé. Attends, je fais le tour pour t'ouvrir la portière. Si on doit m'accuser d'enlèvement, je tiens à ce qu'il soit dit que je t'ai enlevée avec style.

Elle pouffa. Solennel jusqu'au bout, il la prit par le bras et traversa la cour avec elle. Arrivés sur la terrasse, ils saluèrent son père, qui les attendait de pied ferme.

Détendu jusque-là, Brayden commença à se sentir nerveux. C'était curieux, cette impression de connaître cet homme. Où l'avait-il vu ? Au restaurant, peut-être ?

Il se concentra. Cet homme ressemblait à son grand-père : mêmes cheveux blancs, même barbe hirsute et mêmes lunettes posées sur le bout du nez. Le regard était perçant. Il le jaugeait, et c'était désagréable. Il regarda Reggie et son expression s'adoucit. Il avait de la tendresse pour sa fille, cela se voyait. Son passé agité n'était plus que de l'histoire ancienne, oubliée depuis longtemps.

Brayden finit par se détendre. M. Frost protégeait jalousement sa fille, mais c'était par amour plus que par suspicion. L'intention était louable.

Il lâcha Reggie pour serrer la main de son père.

— Ah ! C'est vous, le mystérieux nouveau petit ami de ma fille, lança M. Frost.

— Inspecteur de police Brayden Maxwell, précisa Brayden.

Le père parut surpris.

— Vous n'êtes pas sérieux ?

— Si, monsieur. Pourquoi vous mentirais-je ?

Le vieil homme fronça les sourcils.

— Inutile, vous avez raison. Eh bien, ce n'est pas pour me déplaire. Je me fais tellement de souci pour elle ! C'est ma fille unique, et ça me rassure de la savoir avec un policier. Vous devez vous en douter.

— Oui, monsieur.

Frost hocha la tête.

— C'est bien, d'être franc avec son futur beau-père.

— Papa ! fit Reggie, gênée. Papa !

Brayden allait dire quelque chose quand, soudain, la ressemblance de M. Frost avec un personnage célèbre s'imposa. Bien sûr, c'était lui, le Père Noël !

— Mais… Vous êtes le Père Noël de la parade ! ne put-il s'empêcher de s'exclamer.

— Je ne vois pas ce que ça vient faire là, rétorqua le vieil homme en se grattant la barbe. Mais, oui, un jour par an, c'est moi.

— C'est Reggie qui me l'a dit.

— Ah ? Parce qu'elle vous confie déjà nos petits secrets… Bien, inspecteur Maxwell. Il fait un peu froid ici, alors entrez. Je vais faire du thé et, pendant qu'il infusera, vous m'expliquerez pourquoi, le jour où ma fille vous croise, mon restaurant est attaqué pour la première fois depuis son ouverture. Avouez que c'est une drôle de coïncidence, non ? Je ne sais pas pourquoi, mais je pense que ce n'est pas un hasard. Et je me trompe rarement.

— Je partage votre opinion, monsieur Frost.

— Heureux de savoir que nous sommes sur la même longueur d'onde. Appelez-moi Cyrus, s'il vous plaît. Ce sera plus simple.

Brayden sourit à Reggie, qui s'était recroquevillée dans un coin, visiblement gênée.

— Tout va bien, lui dit-il en s'approchant d'elle.

M. Frost, il le savait, s'était opposé à Garibaldi, à qui il reprochait sa mainmise sur la ville. Grâce à ce contact, il espérait obtenir de précieuses informations.

Étrange comme, subitement, il mourait d'envie d'un thé !

15

Alors que son père s'était rendu dans la cuisine pour préparer le thé, Reggie observait le manège de Brayden. L'air de rien, il inspectait les lieux, passant en revue le moindre détail. Les bibelots sur la cheminée, la plante dans un coin du salon… Que s'imaginait-il ?

Sans trop savoir pourquoi, elle était nerveuse, comme elle ne l'avait jamais été depuis leur rencontre. Était-elle préoccupée par ce que son père penserait de Brayden ? Par ce que Brayden penserait de son père ? Si c'était le cas, c'était la première fois que ce genre de préoccupation l'effleurait.

Oui, mais, aujourd'hui, tout était différent. C'était la maison de son enfance, ici. C'était entre ces murs qu'elle avait vécu tous les bons et les mauvais moments de ses vingt premières années d'existence. Dans cet endroit, elle avait grandi, s'était construite. Et reconstruite. Et voilà que l'homme dont elle était amoureuse se trouvait là, au milieu de la pièce, pendant que son père, l'homme qui l'avait élevée, faisait du thé dans la cuisine. C'était surréaliste.

Elle regarda Brayden qui s'attardait devant une photo et se crispa. Sur cette photo, elle était assise au premier plan. Elle était jeune et fraîche. Derrière elle, une main sur son épaule, se tenait son père, les cheveux aussi blancs qu'aujourd'hui. Près de lui, toute frêle, il y avait une femme aux grands yeux verts, les mêmes que les siens.

— Ta maman ? demanda-t-il.

Elle s'avança.

— Oui.

— Tu lui ressembles beaucoup.

— Merci.

Elle poussa un soupir.

— Ils avaient quarante ans tous les deux quand je suis née. Mon père m'a toujours dit qu'il regrettait de ne pas m'avoir eue plus tôt car on aurait passé plus de temps ensemble.

Elle fit encore un pas et prit sa main. Elle était chaude et rassurante, et c'était bon. Ils restèrent ainsi un moment, doigts enlacés, silencieux, les yeux fixés sur la photo.

— Ton père ressemblait déjà au Père Noël, à l'époque.

De nouveau, elle soupira.

— Quand je t'ai raconté ça, je ne pensais pas que tu aurais l'occasion de le rencontrer.

— Pas avant que je lui demande ta main ? plaisanta-t-il.

Elle rougit comme un coquelicot, ce qu'il trouva charmant. Se penchant alors vers elle, il prit ses lèvres et l'embrassa tendrement. Ils furent interrompus par M. Frost qui revenait et dont les pas résonnaient dans le couloir.

— Le thé arrive, dit-il. On me fait une place, s'il vous plaît.

— Tout de suite, répondit Brayden tandis que Reggie poussait de côté quelques revues posées sur la table basse.

Puis, plus bas pour ne pas être entendu, il ajouta :

— Ou que je te kidnappe, pour de bon, cette fois, et qu'on s'enfuie aussi pour de bon ?

— Allez ! Ne fais pas de promesses que tu ne tiendras pas.

— Je crois que tu te trompes, Reggie ! Méfie-toi !

Troublée mais heureuse, elle s'assit au bout du canapé, laissant son père servir le thé. Elle était aussi excitée qu'une gamine de seize ans qui se prépare pour le bal de fin d'année. Restait à espérer que les valeurs de son père coïncident avec celles de son amoureux.

Premier bon point pour Brayden, qui, bien que n'aimant que le café, accepta de bonne grâce la tasse de thé offerte. Reggie s'en réjouit. Son père, qui était profondément attaché à ses racines britanniques, aurait vu d'un mauvais œil qu'il ne se conforme pas à l'une des traditions de la Couronne.

Deuxième bon point, Brayden admira un coffret en bois posé sur la cheminée.

— Belle pièce, n'est-ce pas ? dit son père. C'est l'œuvre d'un artisan local.

Et d'expliquer qu'il l'avait commandé à l'artiste pour l'offrir à sa femme à l'occasion de l'un de ses anniversaires.

Le vrai test arriva ensuite quand son père, décidant de couper court à cet assaut d'amabilités, lança de but en blanc :

— Bien, inspecteur Maxwell. Je pourrais vous demander quelles sont vos intentions concernant ma fille, mais elle est assez grande pour gérer sa vie elle-même. En vérité, je suis surtout curieux de savoir ce qui vous amène chez nous.

Brayden n'hésita pas.

— Je suis en mission de reconnaissance, monsieur. Je remonte une piste que je suis depuis longtemps.

— Secret-défense, j'imagine.

— Autant que possible.

— Et Reggie ne vous facilite pas la tâche. Je m'en doute.

— Vous connaissez bien votre fille, monsieur.

Les yeux ronds de stupeur, Reggie s'exclama :

— Je vous rappelle que je suis là !

Il y eut un semblant de gêne qui se dissipa très vite. Reggie se prit à rêver à d'autres scènes comme celle-là. À des réveillons de Noël avec son père et Brayden, tout le monde se chamaillant gentiment comme le font ceux qui s'aiment vraiment.

— Je mettrai du poison dans votre dinde, grommela-t-elle.

— Pardon ? firent-ils en chœur.

— Rien, répondit-elle, refrénant une envie de rire. Je ne fais rien pour entraver l'enquête de monsieur !

— Rien ?

— Oh ! Papa !

— Elle a raison, elle n'entrave rien, dit Brayden, volant à son secours. Au contraire, elle m'aide.

— Ah ? En vous invitant à une soirée tralala !

— Par exemple !

— Et pour quoi faire ?

— Parler à Jesse Garibaldi, répliqua-t-elle.

Elle vit la mine de son père s'assombrir. Celle de Brayden aussi.

— J'ai comme l'impression que vous ne faites pas partie de ses admirateurs, remarqua Brayden.

Hésitant à répondre, son père se tourna vers elle.

Ce n'était un secret pour personne, Cyrus Frost n'aimait pas celui qui se posait en bienfaiteur de Whispering Woods. Il ne le criait peut-être pas sur les toits, cela aurait nui à son affaire, mais c'était de notoriété publique. Il n'avait jamais cherché à s'en cacher, allait-il commencer maintenant ?

— Papa ? Tu réponds ?

— Cet homme gère cette ville comme son propre compte en banque, finit-il par dire en soupirant.

Il se redressa et fixa Brayden.

— Non, ce n'est pas exactement ça. En fait, c'est un requin. Il prête de l'argent aux personnes aux abois et les étrangle si elles ne le remboursent pas dans les délais.

Reggie soupira intérieurement. Elle savait à quoi il faisait allusion.

— Tu m'as toujours dit que tu lui avais vendu le restaurant parce que c'était ta décision, dit-elle. Que ça valait mieux que souscrire un nouvel emprunt.

Son père soupira de nouveau.

— Que voulais-tu que je te dise, ma petite fille ? Que je m'étais fait arnaquer ? Tu avais seize ans. Ta mère était malade, et les factures d'hôpital s'accumulaient. Les taxis pour aller la faire soigner, rien que ça, c'était ruineux.

— J'étais au courant de vos problèmes d'argent, papa. Mais j'ignorais qu'il avait fallu choisir. Qu'a fait Garibaldi ?

— Il est arrivé au restaurant un soir, et m'a fait une offre. Un prêt. Il m'a dit qu'il avait appris qu'on avait des ennuis et qu'il voulait nous aider. En fait, c'était un prêt sous forme de bail qui devait nous permettre de nous remettre à flot. Mais, quand ta maman est morte, il est revenu me voir avec un chiffon qu'il m'a mis sous le nez. Il s'agissait d'une clause dont il n'avait jamais été question. La durée du bail, justement. Une invention. Bref, il s'est institué propriétaire du restaurant et a fait disparaître le bail original.

— Donc tu as continué à lui payer un loyer…
— Oui.
— Plus de dix ans de loyers !
— Je sais, ma petite fille. Mais que veux-tu que j'y fasse ?

Le visage de Brayden s'était assombri.

— J'imagine que vous n'êtes pas le seul à qui il a fait ça.

— Ce serait étonnant que je sois le seul…

— Pourquoi ne pas être allé voir la police, papa ?

— J'ai été trop honnête J'ai demandé à un avocat de Freemont de mettre le nez dans cette affaire. J'étais certain que le document qu'il était venu me présenter était un faux, rédigé après la signature du bail original, mais ça a été sa parole contre la mienne. Et c'était lui — c'est toujours lui — qui avait l'argent. En plus, à cette époque, j'avais mille autres choses en tête… Des choses qui me semblaient diablement plus importantes.

Reggie fit un effort pour ne pas s'effondrer. Sa naïveté, pour ne pas dire sa bêtise, lui faisait honte aujourd'hui. Voilà dix ans que les soucis de son père duraient. Dix ans pendant lesquels elle avait cru qu'il s'était délibérément séparé de son restaurant. Peut-être pas de gaieté de cœur, mais que c'était son choix. Encore plus naïvement, elle croyait que, d'une manière ou d'une autre, il leur reviendrait. En fait, elle n'avait pas vraiment cherché à savoir. Elle n'avait pas creusé. Son père avait tenté de le racheter, mais son dégoût de Garibaldi l'avait freiné. C'était ce qu'elle avait toujours pensé. C'était de ça qu'elle voulait discuter avec Garibaldi, ce soir.

Le cœur en miettes et le moral en berne, elle se laissa aller contre le dossier du canapé. Son père et Brayden continuaient de bavarder.

— Qui sont les autres ? demanda Brayden. Vous les connaissez ?

— Je ne pourrais pas vous en dresser la liste, même si je le voulais.

— Accord confidentiel ou vous l'ignorez ?

— Les deux. De plus, je ne suis pas sûr à cent pour cent de savoir qui était d'accord et qui s'est trouvé forcé, comme moi. J'ai essayé de rallier les troupes, si j'ose dire ; j'ai fait le tour des commerçants — ou d'anciens commerçants, plus exactement — et leur ai demandé s'ils avaient traversé la même épreuve que moi. J'ai frappé à quelques mauvaises portes au passage. Ce que je sais pour sûr, c'est que l'avocat de Garibaldi m'a menacé d'un procès.

— Et vous avez reculé.

— Oui. Mais deux des personnes à qui j'avais parlé ont décidé de ne pas se taire. Elles voulaient récupérer leur affaire et étaient prêtes à intenter un procès à cette vermine. J'avais l'espoir qu'il en sortirait quelque chose de positif pour nous.

— Et alors ?

— Rien. Ils ont perdu. Ils ont perdu leur entreprise et quitté Whispering Woods dans la foulée.

Brayden chercha le regard de Reggie.

— Ce sont les personnes dont tu m'as parlé quand nous étions au chalet ? Celles qui s'interrogeaient sur les motivations de Garibaldi ?

Elle lança un regard plein de tristesse à son père et opina.

— Oui. Mais je ne savais pas tout.

— Cyrus, reprit Brayden, avez-vous gardé le contact avec ces anciens commerçants ?

Cyrus secoua la tête.

— Je les ai plus ou moins perdus de vue.

— Vous permettez que je prenne leur nom ? Je peux le faire en tant que policier, si vous préférez.

— Ce n'est pas nécessaire. Il s'agit de Francis Taulk et Vincent Overgaard.

Cyrus esquissa un petit sourire.

— Allez-y. Je vois que ça vous démange de les appeler.

Brayden sourit, lui aussi, se leva et sortit du salon, la laissant seule avec son père. Au lieu du flot de questions, de conseils et d'accusations auquel elle s'attendait, elle vit son père prendre tranquillement sa tasse de thé et en boire une gorgée.

— Il me plaît, dit-il.
— Il… Quoi ?
— Je l'aime bien.
— Mais tu ne le connais que depuis dix minutes !
— Peut-être, mais je suis bon juge.
— Dix min…
— Et toi ? Tu l'aimes bien ? l'interrompit son père.
— Ce n'est pas pareil.
— Comment ça ?
— C'est que… Bof, peu importe… Je sais que tu penses que j'ai mauvais goût, tu me l'as déjà dit des centaines de fois.
— Oui, mais ça concernait Gaston.
— Non, papa. Gaspar.
— Tu as raison.
Il but une nouvelle petite gorgée de thé.
— Tu veux que je te dise quelque chose ?
Elle soupira.
— Quoi ?
— Je veux juste te faire remarquer un truc.
— Je ne suis pas sûre d'avoir envie de savoir.
— Un tout petit truc.
— D'accord. Dis-moi.
— Tu vois, c'est drôle ! Brayden, c'est un prénom que j'arrive à me rappeler.

Tout en sortant son mobile de sa poche, Brayden entra dans la pièce la plus proche pour téléphoner tranquillement. Absorbé par son affaire, il ne se rendit pas compte qu'il entrait dans une chambre. Une fois la lumière allumée, il comprit tout de suite que c'était celle de Reggie. La décoration lui ressemblait. Dans le cadre d'un miroir accroché au-dessus d'un bureau, elle avait coincé des billets de concerts auxquels elle avait dû assister. Un poster défraîchi — signé et daté — et encadré ornait le mur proche du lit. Sur un des montants de celui-ci pendait une collection de colliers fantaisie.

Ce décor le fit sourire. Reggie avait dû être une ado rebelle, obsédée par le rock, et forte tête. Une photo posée sur une étagère la montrait en train de faire la grimace à l'objectif entre ses cinq doigts écartés. Elle avait une longue natte qui lui tombait à la taille. Son jean troué et son T-shirt noir en disaient long sur son comportement de l'époque. Mais avait-elle vraiment changé ?

Ému malgré tout, il caressa la photo.

— Brayden ?

Surpris par la voix, il sursauta. Elle provenait de son téléphone. Il avait appuyé par mégarde sur la touche d'appel direct à Harley.

— Brayden ?

Il porta l'appareil à son oreille.

— Excuse-moi, Harley.

— Toujours distrait, alors ?

— On peut le dire.

— Quelque chose à voir avec le témoin discutable dont tu m'as envoyé les photos hier ?

— Je n'ai pas dit qu'elle était discutable, protesta Brayden.

— Je n'ai pas dit que c'était une femme, répliqua Harley. Elle est mignonne ?

— Son physique importe peu.

— C'est qu'elle n'est pas jolie, conclut Harley. Mais je ne te crois pas.

— Oh ! Harley !

— Désolé, mon vieux. Mais tu es transparent.

Son frère pouffa.

— Sérieusement, maintenant, reprit-il. Tu as trouvé

le lien entre ce qu'elle a vu et Garibaldi ? Tu sais ce qu'il magouille ?

— Pas encore, mais j'y travaille. Dis-moi, j'ai un service à te demander. Tu peux fouiller dans le passé de deux types ? Francis Taulk et Vincent Overgaard. Essaie de voir où ils ont traîné ces jours-ci. Essaie…

À son ton, Harley comprit qu'il n'espérait pas grand-chose de sa recherche car il l'interrompit.

— Dis tout de suite que mes recherches ne mèneront à rien.

Il jeta un coup d'œil vers la porte pour s'assurer que personne n'écoutait.

— La ville est pleine de types qui doivent quelque chose à Garibaldi. Mais il y en a au moins trois qui ne sont pas heureux de cette situation.

— Je regarde pour ces deux-là, alors. Et le troisième ?

— Il est dans la pièce d'à côté avec sa fille.

— Ah ! La petite mignonne ?

— Oui, Harley, la charmante ! Son père et elle sont de notre bord. Le reste de la ville pense que Garibaldi fait des miracles.

Il s'arrêta un instant puis reprit.

— Au fait, Tyler Strange aurait une demi-sœur.

Harley siffla entre ses dents.

— Non, tu plaisantes ? Comment tu as su ça ?

— C'est compliqué. Bref, j'ai rendez-vous avec elle demain. Espérons que ça donnera quelque chose.

— Bien, je m'occupe de tes deux bonshommes dès que j'arrive au poste.

Il allait raccrocher mais se ravisa.

— Oh ! Brayden ? Tâche de rester objectif !

— Il n'y a rien d'objectif dans notre affaire depuis le début.

Nouveau silence. Plus long. Lourd de quinze années de recherches, de plans, d'espoirs et d'échecs.

— On va y arriver, Brayden. Je te jure qu'on va y arriver. Je t'appelle dès que j'ai du nouveau.

Brayden raccrocha et ferma les yeux. Comment rester objectif quand la sécurité de Reggie était engagée ? Cela ne voulait pas dire qu'il faille laisser tomber l'affaire Garibaldi. Il était capable de mener deux combats de front.

Vraiment capable ?

Il soupira. S'il devait choisir, que ferait-il ? Reggie ou sacrifier son objectif, venger son père ?

Il protégerait Reggie. Quoi que ce monstre de Garibaldi mérite, ce serait la vie avant tout.

En soupirant, il remit son mobile dans sa poche et, se retournant pour sortir, heurta quelqu'un.

— Reggie. Oh ! pardon ! Je t'ai bousculée.

— Je t'en prie.

— Un problème ?

— Euh... Non. Mon père pense que je suis dans la salle de bains. C'est ce que je lui ai dit.

— Mais pourquoi lui avoir menti ?

— Je voulais te prévenir. J'ai gaffé. J'ai dit que tu allais passer la nuit chez moi. J'ai raconté qu'il était tard et que je voulais à tout prix rentrer chez moi. Il a insisté pour que je reste, mais j'ai dit non. Je l'aime beaucoup, mais, puisqu'il n'est pas menacé, je ne vois pas pourquoi je resterais ici, enfermée à double tour.

— Pourquoi as-tu fait ça ?

— Je ne sais pas. Moi, je voulais partir, et lui n'arrêtait pas de me dire qu'il t'appréciait, etc. J'en ai eu assez, j'ai dit ce qui m'est passé par la tête.

— Tu veux donc que je lui mente moi aussi ? Ça, c'est non.

— Si tu ne mens pas, je vais être obligée de rester.

— Ce ne serait peut-être pas une mauvaise chose.

Elle secoua la tête.

— En restant, je fais courir un risque à mon père. Donc, à moins que tu veuilles dormir sur son canapé…
Elle le regarda.
— Tu le ferais ?
— Je ne lui mentirai pas. Je vais lui dire que je vais dormir chez toi. Sur *ton* canapé.
— Sérieusement ? Tu…
La voix de Cyrus les interrompit.
— Brayden ? Votre thé est servi. Il va refroidir.
Il déposa un petit baiser sur le bout du nez de Reggie et retourna au salon. Cyrus se tenait devant la cheminée, un cadre photo dans les mains.
— Elle en a encore pour longtemps, dans la salle de bains ? demanda-t-il, impatient.
— Je ne sais pas. Peut-être deux minutes.
— Elle doit croire que je vous ai appelé pour vous donner mes consignes si vous dormez là-bas.
— Ah ?
— J'imagine que vous savez à quoi pensent tous les pères, mais ce n'est pas ça. Ce que je voulais vous dire, c'est que je vous fais confiance. Je veux dire, pour sa sécurité.
— Je vous remercie.
— Ne me remerciez pas. Je le pense. C'est une lourde responsabilité que vous prenez. Garibaldi est dangereux. Je vais vous confier une chose que je n'ai jamais dite à ma fille, et je ne veux pas qu'elle en entende parler. Quand il y a eu toute cette histoire, il y a neuf ans, qu'il nous a escroqués, mes amis et moi, il est venu en personne au restaurant. Au même moment, il y a eu une explosion dans Main Street, vous le savez, j'imagine ?
— Oui.
— Je n'ai donc pas besoin de vous expliquer et ça ne vous surprendra sûrement pas, mais Garibaldi y a fait allusion pendant notre rendez-vous.

— En effet, ça ne me surprend pas.

— Avec une arrogance détestable, il m'a dit qu'à quelques dizaines de mètres près c'était mon restaurant qui sautait. Que nous avions tout intérêt à quitter Whispering Woods. Alors, quand je lui ai dit qu'il n'en était pas question, il m'a franchement menacé. Si je ne gardais pas mes opinions pour moi, ça me coûterait cher. Et pas seulement à moi, mais à d'autres... Le sous-entendu m'a fait peur.

— Et vous avez quand même choisi de rester ?

Cyrus se cabra.

— Je n'aime pas les manœuvres d'intimidation. Et je ne suis pas un lâche. Mais il avait dépassé les bornes, alors j'ai explosé. Enfin, disons que je n'ai pas mâché mes mots. Je lui ai fait comprendre que je savais des choses concernant Francis et Vincent, et sur l'explosion. Je lui ai dit que j'avais pris des dispositions dans mon testament. Que j'avais indiqué que, s'il m'arrivait malheur, il faudrait aller voir de son côté.

— Et ça a marché ?

— Oui. Ça ne lui a pas fait plaisir, vous vous en doutez. Il est parti très vite, ce jour-là. Je me suis méfié ensuite, pendant des mois, et j'avoue que j'ai été soulagé quand Reggie est partie étudier ailleurs. Finalement, il ne s'est rien passé. Les menaces de Garibaldi sont restées sans suite. Je dois même reconnaître que la vie est devenue agréable.

Il haussa les épaules.

— Il faut dire les choses telles qu'elles sont, n'est-ce pas ?

— Merci, Cyrus.

Le père de Reggie reposa la photo, hésita, et reprit.

— Je ne sais pas si j'ai bien fait. J'aurais peut-être dû quitter la ville, comme il me l'avait dit. Ou informer la police.

Brayden lui posa la main sur l'épaule.

— La situation n'était pas facile. Moi, je pense que vous avez fait ce qu'il y avait de mieux pour vous et pour Reggie. En ce qui me concerne, j'avoue que je suis heureux que vous ayez pris cette décision. C'est égoïste, je sais.

— Heureux ? Parce que ça vous aide dans votre enquête ou parce que vous êtes amoureux de ma fille ?

La question, directe, ne déstabilisa pas Brayden.

— Les deux, répondit-il avec la même franchise.

Cyrus allait répliquer quand le parquet craqua. Reggie s'éclaircit la voix, sans doute pour s'annoncer.

— Désolée de vous interrompre, dit-elle, mais nous sommes partis de la soirée avant le dîner, et maintenant j'ai faim.

Son père fit un clin d'œil complice à Brayden, qui ne put s'empêcher de rire.

— Vous avez remarqué l'appétit qu'elle a ? Préparez-vous à avoir tout le temps vos placards vides !

Rougissante, Reggie protesta qu'elle n'était pas gourmande. Que c'était une légende.

— Tu vas faire peur à Brayden, papa. Il va me fuir.

— Il n'y a aucun risque, ma petite fille, crois-moi. Bien, alors, des spaghettis ?

— Tu n'espères tout de même pas m'amadouer avec des pâtes ! plaisanta-t-elle.

— Qu'est-ce que tu paries ?

Ils continuèrent à se taquiner tandis que Cyrus les emmenait dans la cuisine et commençait à distribuer les rôles.

— Brayden, appela-t-il discrètement.

Le prenant par le bras, il chuchota :

— Faites ce que vous devez faire, jeune homme. Et

que ma fille soit en sécurité, c'est tout ce que je vous demande.

Il le lâcha et fit mine de fouiller dans un placard.

— Tu sais où est l'égouttoir, Reggie ?

16

Reggie déposa drap, couverture et oreiller sur le canapé et lança à Brayden un regard mauvais.

— C'est incroyable, que tu acceptes ça !

— Mon beau-père n'aimerait pas que je lui mente, répliqua-t-il.

— Ha ha, très drôle !

Il passa derrière elle et déplia le drap.

— Je crois qu'il m'aime bien.

Elle haussa les épaules en ricanant.

— C'est tout juste s'il n'a pas déjà écrit son discours de père de la mariée !

— Tu préférerais qu'il ne m'aime pas ?

— Non. Mais j'aurais aimé que tu fasses preuve de plus de personnalité.

— Je croyais que tu avais dépassé le stade de la rébellion.

Elle se laissa tomber sur le canapé et serra l'oreiller contre elle.

— Il n'y en a plus que pour toi. J'ai l'impression de compter pour des prunes, pour lui !

Brayden s'assit à côté d'elle et lui prit la main.

— Ne dis pas ça, mon cœur. Tu es ce qu'il a de plus précieux. Ça le rassure de savoir que quelqu'un veille sur toi. Le fait que je sois flic, et que je partage son opinion sur Garibaldi, lui plaît aussi.

— J'ai été surprise que tu lui dises qui tu étais.

— J'ai pensé qu'il valait mieux ne pas mentir au père de la mariée.

— Arrête avec ces âneries, Brayden ! Tu m'entends ?

Il la calma avec un baiser.

— Non, je n'arrêterai pas. Tu ne vois pas que je suis fou de toi ? Je suis certain que notre relation va durer.

Sous le choc, Reggie plaqua la main sur son cœur.

— S'il te plaît, arrête de me parler de mariage.

— Non, je n'arrêterai pas. Je vais même te forcer à en parler.

Son expression, subitement très sérieuse, la fit éclater de rire.

— Et tu penses y arriver ? Moi, me forcer à quelque chose ?

Sans crier gare, il posa les mains sur ses épaules et l'allongea sur le canapé. Il prit alors ses poignets et les bloqua.

— En étant violent, s'il le faut.

Elle s'agita pour se dégager, mais il ne céda pas.

— Ah, je vois ! Monsieur peut être brutal ! Drôle de façon de demander une femme en mariage !

— Il le faut bien, si elle ne voit pas ce qui est bon pour elle.

— Il faut peut-être commencer par lui demander si elle est d'accord.

Il la lâcha et tomba à genoux.

— Dans cette position, un homme ne fait que deux choses. Soit chercher une chaussette qui s'est glissée sous le lit, soit demander sa main à une jolie femme.

— Et alors ? Tu as perdu une chaussette ? demanda-t-elle en feignant de rire alors que son cœur battait comme un fou tant elle était émue.

— Non, mais écoute-moi.

— C'est un ordre ?

— Oui. La vie à deux est faite de compromis.

— Peut-être. Mais moi, dans ma vie à deux, je refuserai de tomber dans un puits dont je ne pourrai pas sortir.

— Ça, c'est dur, dit-il. Mais, enfin, tu parles de vie à deux.

Il prit sa main et l'embrassa. Ses lèvres étaient si douces, si chaudes, et il embrassait si bien qu'elle frissonna.

— Que voulais-tu dire à propos de compromis ? reprit-elle.

— Je voulais que tu réfléchisses à une éventuelle demande en mariage.

— C'est un piège ? Parce que, je te préviens, je suis intelligente *et* jolie.

— Intelligente et belle, rectifia-t-il. Pourquoi veux-tu que je te piège, Reggie ?

Il lui caressa la joue.

— Je suis honnête. Je ne cherche pas à te tromper. Je vais tout te dire de moi. Si du moins tu veux bien m'écouter.

— Je t'écoute.

— Je pense avoir déjà été clair sur la raison qui m'a amené ici. Toute ma vie a été dominée par un objectif, faire tomber l'homme qui a tué mon père. Tu es la première personne à m'avoir remis dans la tête que ma vie ne peut pas se cantonner à ça.

Reggie écarquilla les yeux. Où voulait-il en venir ?

— Je ne tiens pas à passer toute ma vie comme une boule de rancune, de rancœur. C'est juste le contraire, ma chérie. En ce moment, par exemple, je maudis presque moins Garibaldi parce que je ne pense plus qu'à toi. Toute mon attention est centrée sur toi.

Il s'arrêta et se passa la main dans les cheveux.

— Ne le prends pas mal, surtout.

Il reprit.

— Je ne plaisante pas. Je ne sais pas depuis quand, mais je suis devenu une espèce de… misérable chiffe molle.

Elle éclata de rire.

— Tu veux que je te dise ? Franchement ? Tu es comme ça depuis qu'on se connaît, et…

Elle n'acheva pas sa phrase.

— C'est moche, reprit-il. Il n'y a plus que toi, que toi, que toi. Ça me ramène à ce que je te disais précédemment. Je ne te demande pas de m'épouser. Pas encore, en tout cas. Mais je te dis franchement que c'est mon intention.

— Tu ne lâches jamais prise, alors ?

— Je suis enquêteur. Je suis quelqu'un qui ne baisse jamais les bras.

Reggie sentit son cœur se serrer, sa gorge aussi. Elle baissa les yeux.

— Tu te rappelles quand nous étions dans la voiture et que tu m'as demandé de te faire la liste de tout ce qui me fait peur ?

— Oui.

— J'ai quelque chose à ajouter. Ça.

— Ça ? dit-il très bas. Ou moi ?

— Ça. Ce que tu dis. Ce que je ressens.

— Que tu ressens… À cause de moi ? Pour moi ?

— Les deux.

Elle se pencha et l'embrassa.

— Viens, lui dit-elle. Viens près de moi.

Il s'allongea près d'elle et s'appuya sur un coude.

— J'aime te sentir près de moi, reprit-elle. J'aime te toucher.

— Et ça te fait peur ?

Elle ferma les yeux.

— Ça me terrifie. Mais peut-être que j'aime ça.

— Je le savais.

Il posa un doigt sur ses lèvres, descendit le long de son cou.

— Tu aimes ?

— C'est magique.

Il descendit encore, effleura sa gorge avec sa langue. Elle ne put s'empêcher de gémir.

— Explique-moi comment tu peux trouver magique quelque chose qui te fait tellement peur.

— As-tu déjà fait de la plongée ?

— Non. Et toi ?

— Oui. Une fois, à dix-huit ans. J'étais très excitée, mais au moment de sauter dans l'eau j'ai eu la peur de ma vie.

Elle rouvrit les yeux pour le regarder.

— Jusqu'à aujourd'hui.

Il hocha la tête. Son regard n'avait jamais été aussi tendre.

— Je préférerais ne pas t'effrayer.

— Si, si, dit-elle. Je te jure que c'est bien.

— Dois-je comprendre que tu vas cesser de refuser de voir l'évidence et considérer la question que je t'ai posée ?

Elle soupira.

— Tu sais très bien que j'ai déjà accepté.

Le visage de Brayden rayonna.

— Bon. J'ai encore deux questions pour toi. La première, es-tu une femme à diamants ou préfères-tu quelque chose de plus original ?

Elle devint toute rouge.

— Euh... Puis-je connaître la seconde question avant de répondre à la première ?

Le regard de Brayden, brillant un instant plus tôt, se voila.

— Combien de temps te faut-il pour enlever ta robe ?

Décidant d'oublier la première question, elle lui montra la réponse.

Un bruit d'eau dans la salle de bains réveilla Brayden, qui s'étira. Une délicieuse odeur de café flottait dans l'air. Il se tourna dans le lit et, désorienté dans un environnement qu'il ne reconnaissait pas, mit une seconde avant de se rappeler où il était.

Bien sûr ! Reggie.

Ils avaient dormi sur le canapé. Dormi ? Le désordre qui régnait dans le salon trahissait la nuit qu'ils avaient passée. La table basse était renversée, un drap entortillé entre deux des pieds. Des livres — avaient-ils vraiment eu l'intention de passer une soirée culturelle ? — gisaient par terre. Les restes de ce qu'ils avaient grignoté à minuit traînaient sur le support du téléviseur.

Tout sourire devant ce désordre, Brayden ne pensa plus qu'à reposer la tête sur l'oreiller et à revoir ce qu'ils avaient vécu. Les courbes de Reggie, parfaites, l'avaient subjugué. Elle n'était pas belle, elle était splendide et sensuelle à souhait. Ce qu'il avait ressenti était étrange, comme si elle avait été la pièce manquante d'un puzzle qui n'attendait qu'elle pour prendre tout son sens.

Il ferma les yeux, se demandant combien de temps il lui faudrait pour boucler le dossier Garibaldi. Il lui tardait de classer cette affaire. Oui, il voulait toujours venger son père. Oui, il voulait toujours voir le sinistre individu derrière les barreaux. Mais il voulait aussi avancer. Construire son avenir, ici, à Whispering Woods, avec Reggie Frost auprès de lui. Combien de temps lui faudrait-il pour avoir un poste dans cette petite ville ? Et, d'abord, était-il sûr de vouloir poursuivre sa carrière dans la police ? Il aimait son métier et n'avait jamais songé à faire autre chose, mais…

Mais, une fois Garibaldi sous les verrous, n'aurait-il pas envie de changer de voie ?

Il soupira et croisa les bras sur sa poitrine. Reggie lui avait fait remarquer, avec justesse, que Whispering Woods avait besoin de policiers aussi déterminés que lui. Au cours des dix dernières années, il avait permis l'arrestation de délinquants notoires. Non, il ne voulait pas laisser tomber. Peut-être pourrait-il envisager une activité parallèle, moins prenante, comme consultant en sécurité, qu'il lui serait possible d'exercer de n'importe où. À sa guise. Ainsi, si Reggie devait reprendre le restaurant et le gérer comme elle l'entendait, il pourrait lui prêter main-forte en cas de coup de feu.

— Tu es en train de penser aux prénoms que tu donneras à nos enfants ? lui lança-t-elle de but en blanc.

— Je pensais à ce que ça me ferait de travailler dans un restaurant.

— Facile de le savoir. Je pars justement prendre mon service.

Elle lissa sa jupe d'uniforme sur ses hanches.

— J'étais en train de penser aux affaires que j'ai laissées dans la remise près du repaire de Tyler Strange.

À l'évocation de Strange, il s'assit au bord du lit.

— Il vaudrait mieux aller les récupérer, dit-il. Après le petit déjeuner.

Elle secoua la tête.

— Je n'aurai pas le temps. Je commence dans un quart d'heure.

— Je sens une odeur de café, pourtant.

— Oui, ça fait une heure qu'il attend. Le bacon et les œufs aussi. Tu dormais comme un loir, je ne t'ai pas réveillé. Je te servirai un petit déjeuner au restaurant. On aura comme ça un prétexte pour se voir.

Il se leva.

— Je pourrai avoir des gaufres ?

— Oui.

— Alors, allons-y.

— Brayden…

— Oui, ma chérie ?

Elle lui jeta un coup d'œil amusé.

— Tu pourrais peut-être envisager de t'habiller.

Il se regarda et réalisa qu'il était en caleçon.

— Puisque je ne suis pas encore habillé…, dit-il en s'avançant vers elle.

Elle recula.

— Non, non ! Moi, je le suis, et je ne veux pas être en retard.

— Tu viens de dire que tu avais un quart d'heure devant toi.

Il voulut l'attraper mais, en tentant de lui échapper, elle heurta la table basse, tituba, et lui tomba dans les bras.

— Tu vois ! s'exclama-t-il. La Providence veut que nous restions encore un peu ici.

Il lui prit le menton pour la forcer à le regarder — il avait les yeux brillants — mais son portable sonna.

— C'est ton frère. Je reconnais la sonnerie.

— Oui, mais la Providence ne me dit pas où est mon téléphone.

— Dans la poche de ton pantalon, accroché au lampadaire.

Hissée sur la pointe des pieds, elle l'embrassa.

— Habille-toi et réponds au téléphone.

Il trouva son mobile et prit l'appel.

— J'espère que c'est pour de bonnes nouvelles, Harley.

— Pourquoi ? Je te dérange encore ?

— On peut dire ça comme ça.

Son frère se mit à rire.

— OK. Il y a du bon et du moins bon. Je commence par le moins bon. Tes commerçants, Taulk et Overgaard, sont toujours bien en vie.

— C'est ça, ta mauvaise nouvelle ? s'étonna Brayden en sautillant pour enfiler son pantalon.

— Oui. On ne pourra pas accuser Garibaldi de les avoir tués.

— La bonne nouvelle, alors ?

— Vincent Overgaard est malade. Phase terminale.

— Tu as une drôle de notion du bon et du mauvais.

— Je t'explique. Overgaard voulait me parler alors que Taulk m'a raccroché au nez. Deux fois.

Le téléphone dans une main, Brayden essaya de boutonner sa chemise mais, n'y parvenant pas, il grogna.

— Bonne nouvelle, si on veut. Qu'a dit Overgaard ?

— Que Garibaldi, qui était déjà pratiquement propriétaire de sa boutique, la lui a repayée deux fois son prix. En liquide. Il pense qu'il a fait la même chose avec Taulk.

Revenue dans la pièce, Reggie lui tendit une tasse de café avec un couvercle.

L'escroc avait-il proposé le même deal au père de Reggie, qui aurait, malgré tout, refusé de quitter le pays ? Pour en avoir le cœur net, il allait lui poser la question. Cyrus, il s'en souvint alors, lui avait dit qu'il avait menacé Garibaldi. Et que la menace n'était pas tombée dans l'oreille d'un sourd.

Mais les deux autres sont toujours en vie, se rappela-t-il.

Cela voulait dire que, si la mise en garde de Cyrus avait fonctionné, c'était la preuve qu'il en savait plus sur l'explosion que ce qu'il lui avait dit. Non que Brayden ait besoin de s'entendre confirmer ce qu'il savait déjà — que Garibaldi tirait les ficelles —, mais ce fait démontrait qu'ils étaient parvenus à un accord.

— Oh ! Brayden ! Tu entends ce que je te dis ?

Réalisant qu'il avait raté quelque chose, il s'excusa.

— Pardon, Harley, j'étais dans la lune. Tu peux répéter ?

— Tu es vraiment distrait, frérot.

Brayden lança un regard à Reggie, qui lui disait tout bas qu'il était temps de partir.

— Je te disais que les magasins de Main Street qui ont sauté dans l'explosion appartenaient à Taulk et Overgaard. L'incendie n'était pas encore éteint que Garibaldi en était déjà propriétaire. Mais pourquoi mettre le feu à des biens qui lui appartenaient ? Pour toucher l'assurance ? Ça ne valait pas le coup, compte tenu du liquide qu'il avait déjà versé.

— Il a refait ce qu'il avait fait quinze ans plus tôt.

— Éliminer toute trace de preuve ? Je ne sais pas.

— Tu n'es pas d'accord ?

Brayden prit sa veste et suivit Reggie en bas.

— Quand notre père a été tué…

Son frère ne termina pas sa phrase. Il se racla la gorge.

— L'explosion qui a tué papa, reprit-il, était l'acte désespéré d'un jeune. Garibaldi a maintenant un mode opératoire beaucoup plus sophistiqué. C'est mon avis.

— Tu veux dire qu'il a cherché à faire passer l'explosion pour l'acte de désespoir d'un jeune.

— Peut-être…

— Tu ne crois pas ?

— Garibaldi possède presque tout Whispering Woods.

— On peut le dire.

Il barra la route à Reggie avec le bras pour l'empêcher de sortir la première puis, après avoir scruté les alentours, se dirigea rapidement avec elle vers sa voiture.

— Ça n'a pas de sens, dit Harley. Il avait cinquante-six mille façons de faire porter le chapeau à quelqu'un d'autre. Il a presque tous les hommes de loi d'ici dans la poche. Tyler Strange a été un bouc émissaire, mais Garibaldi a préféré payer un avocat pour s'en débarrasser. Il y a sûrement une raison pour qu'il ait décidé de faire les choses comme ça.

Agacé, impatient, Brayden se mit au volant en soupirant.

— Oui, tu as sans doute raison. Il nous manque des éléments.

— Mais tu as rendez-vous avec la demi-sœur, aujourd'hui, non ?

— C'est ce qui est prévu.

— Avec un peu de chance, on en saura plus.

— Espérons-le.

Brayden pressa la touche « fin » et resta un instant sans bouger, le regard fixé droit devant lui.

— Ça va ? lui demanda Reggie.

— Il n'y a pas grand-chose de changé.

— Tu es sûr ?

— Oui, ma chérie.

Sur ces mots, il tourna la clé dans le contact en se demandant pourquoi il avait cette boule d'angoisse dans la poitrine.

Reggie prit la cafetière et se dirigea vers la table où Brayden avait pris place quelque quarante minutes plus tôt. Il avait un journal ouvert devant lui à la page des mots croisés, qu'il avait presque terminés.

Malgré une apparente décontraction, il était tendu. Cela se voyait à sa posture et à la manière dont il tenait son crayon. Il avait eu beau lui assurer que tout allait bien, elle avait du mal à le croire. Et, puisqu'il refusait de se livrer, elle ne voyait pas comment l'aider.

Penchée vers lui, elle remplit sa tasse et lui dit à l'oreille de boire doucement.

— Sinon, tu n'auras aucune raison de t'attarder ici, ajouta-t-elle.

— C'est ma petite amie qui sert. Je pense que c'est une raison suffisante, plaisanta-t-il.

— Ta petite amie espère que tu lui laisseras un gros pourboire parce que tu occupes la meilleure place.

Il regarda autour de lui. Le restaurant était aux trois quarts vide.

— D'accord, il n'y a pas grand monde, admit-elle. Surtout pour un dimanche.

De nouveau, il balaya la salle des yeux.

— Toujours pas de Nadine, dit-il.

— Non. Elle n'a peut-être pas eu mon message, ou alors elle l'a reçu mais a décidé de ne pas venir.

— Tu crois qu'elle refuserait cinquante dollars ?

— Moi, non. Mais qui sait ?

Elle allait repartir avec sa cafetière quand elle se ravisa.

— À ton avis, sait-elle que son frère est ici ?

— Peut-être, ou peut-être pas. Et toi ? Tu en penses quoi ?

— Je pense que, si Tyler était censé venir vendredi soir et qu'il n'est pas venu, Nadine a dû faire quelque chose.

— Comme quoi ? Appeler la police ? Sûrement pas, si elle s'est dit qu'il s'était encore fichu dans de sales draps.

Brayden lui prit la cafetière et l'invita à s'asseoir à côté de lui.

— Impossible. Je suis de repos seulement dans une heure.

— Mais tu n'es pas ton patron ?

— Si, et c'est pour ça que je dois donner l'exemple. À ce propos, faut que j'aille proposer du café à mes clients.

— Attends, dit-il, la retenant par le poignet. Est-ce un mauvais exemple d'embrasser un client ?

— Oui.

— Tu es bien sûre ?

— Tout à fait sûre. Plus longue sera l'attente, meilleur sera le baiser !

Il lui coula un regard qui en disait long sur leur prochaine étreinte.

— Si tu savais…

Elle éclata de rire, reprit la cafetière et s'éloigna.

Après avoir rempli des tasses, pris des commandes, elle se dirigea vers la cuisine et, avant d'y entrer, se retourna pour faire un clin d'œil à Brayden. Il ne l'avait pas quittée des yeux. Elle aimait tout de lui, son rire, son sérieux, son assurance. Sa force et sa douceur, songea-t-elle comme il lui souriait.

Mais elle le sentait toujours tendu, et sa tension était communicative. Pensive, elle entra dans la cuisine, se versa une tasse de café, puis passa dans l'office pour se détendre et souffler.

— Vivement que le dossier soit bouclé ! marmonna-t-elle.

Quant à Nadine… Si elle avait noté l'absence de son frère, et si cela l'inquiétait, elle avait peut-être préféré ne pas venir au restaurant. Que savait-elle, au juste ? Était-elle au courant des agissements de Garibaldi ? Ou accusait-elle secrètement Brayden, nouveau venu à Whispering Woods, de la disparition de Tyler ?

Il y avait une autre possibilité : elle ignorait le retour de son frère. Peut-être même ignorait-elle que Tyler et elle étaient parents.

Trop de « peut-être », se dit-elle en posant sa tasse.

Décidée à penser à autre chose jusqu'à la fin de son service, elle pivota pour retourner dans la salle et… se pétrifia.

Une silhouette, capuche sur la tête, sortie de nulle part, venait de surgir, bras tendu, arme au poing.

17

Brayden termina sa grille de mots croisés et regarda du côté de la cuisine. Deux minutes plus tôt, Reggie lui avait fait un clin d'œil avant de pousser les portes battantes. Si elle ne réapparaissait pas, c'était qu'elle avait eu besoin de souffler un peu. Elle ne s'était jamais départie de son sourire, ce qu'il aimait le plus chez elle, depuis qu'elle avait pris son service. Aucun client ne pouvait soupçonner la situation dans laquelle elle se trouvait depuis vendredi soir.

Ça va s'arranger, mon ange, lui promit-il en silence.

Délaissant les portes battantes, il se tourna vers la vitrine et regarda la rue, espérant voir Nadine arriver. Pendant le trajet, tout à l'heure, Reggie la lui avait décrite petite, blonde, en précisant toutefois qu'elle ne l'avait pas vue depuis plusieurs années.

Personne en vue. Depuis leur arrivée, rien n'avait bougé. Mêmes rangées d'arbres, mêmes boutiques, et les trois mêmes voitures.

Impatient, il reporta son attention sur les portes battantes dans l'espoir de voir revenir Reggie. Personne là non plus. Cela faisait vraiment longtemps qu'elle était partie. Bizarrement, bêtement sans doute, il commença à s'inquiéter. Mince ! Il devenait complètement parano. Tant pis, mieux valait être trop prudent que pas assez, on le lui avait souvent répété.

Comme il allait se lever, la porte d'entrée s'ouvrit sur une petite blonde. Sûrement Nadine.

Pour la cent unième fois, il regarda les portes battantes. Rien. Pas de Reggie. Si la demi-sœur de Tyler ne la voyait pas, elle allait partir.

En ronchonnant, il se leva et, sourire forcé aux lèvres, se dirigea vers la nouvelle venue en réfléchissant à ce qu'il allait lui dire. Il s'apprêtait à lui tendre la main quand une rousse plantureuse passa devant lui.

— Ah, Ilsa ! Je commençais à croire que tu ne viendrais pas. Comment s'est passée la nuit ? Est-ce qu'il…

Il s'arrêta net. Méprise ! Ce n'était pas Nadine Stuart ! Se sentant stupide, il se retournait pour regagner sa table quand il vit passer une voiture rouge avec deux personnes à bord. L'une, encapuchonnée, au volant. L'autre, à la silhouette informe, plus ou moins bleu turquoise avec du marron au niveau des épaules, tassée sur le siège passager.

Son sang ne fit qu'un tour. L'uniforme de Reggie était turquoise. Ses cheveux, bruns. Aucun doute possible, c'était elle.

Sous le regard stupéfait des clients, il se rua vers la porte et sortit en trombe. Trop tard. La voiture rouge tournait déjà au bout de la rue.

Que faire ? La poursuivre en courant, comme le lui criait son instinct ? Absurde et vain. Mieux valait garder son calme et réfléchir.

Première chose, vérifier qu'elle n'est plus là, se dit-il, même s'il était certain de ce qu'il avait vu.

Comme un fou, repassant devant les clients médusés, il s'engouffra dans les cuisines pour constater ce qu'il savait déjà, puis se rua vers la porte arrière et courut vers sa voiture, garée à l'entrée de la ruelle.

Les pensées se bousculaient dans sa tête. Il n'avait

pas la moindre idée de la direction qu'avait prise la voiture rouge. Allait-elle rester en ville ? En sortir ?

Fou d'angoisse — il n'avait pas peur, il *était* la peur —, il déverrouilla sa voiture et, comme dans un brouillard, se mit au volant.

Reprends-toi, bon sang ! Ne reste pas comme ça ! s'ordonna-t-il.

Il prit une profonde inspiration pour se ressaisir et s'efforça de réfléchir à ce qu'il allait faire. D'abord, aller jusqu'au bout de la rue, là où l'autre avait disparu. Ensuite…

Ensuite, il aviserait.

Il venait de mettre le contact quand son mobile sonna. Plein d'espoir, il regarda l'écran. Non, ce n'était pas Reggie mais encore son frère.

Sois aimable, il n'y est pour rien, se dit-il.

— Brayden ?

— Oui ! Vite !

— Eh ben dis donc ! Pas aimable… Bon, si tu n'as pas encore vu Nadine Stuart, méfie-toi. Après t'avoir parlé tout à l'heure, j'avais un peu de temps, je l'ai cherchée sur le Net. Après l'explosion de Main Street, elle a passé deux semaines à l'hôpital, à Freemont, pour blessures et brûlures. Prétendument un accident de voiture. Mais le médecin n'y a pas cru. Il a fait un rapport à la police. C'est comme ça que je sais ça. Ce n'est pas tout.

— Vite, vieux. Vite !

— Oh ! Brayden ! Le toubib en question, bizarrement, a été muté. Et, le clou de l'affaire, c'est que ce prétendu accident de voiture est celui où le père de Nadine a été tué. Je veux dire, c'est le même accident… Et son père est aussi, comme tu l'as découvert, celui de Tyler Strange.

— Ça ne me plaît pas, tout ça.

— T'as tort ! Nadine n'avait pas de mutuelle de santé. Sa mère était à sec. Mais quelqu'un a payé ses factures d'hôpital. Le même quelqu'un qui a payé pour les obsèques de son père et pour sa fac.

— Jesse Garibaldi, évidemment. Le bienfaiteur devant l'Éternel !

Il était arrivé au stop où il avait vu la voiture rouge tourner à droite. Il prit donc à droite. Grâce au ciel, la rue ne comportait ni virages ni croisements majeurs, juste des impasses donnant sur de petites résidences.

— Que raconte-t-il pour expliquer sa générosité ?

— Que Strange père conduisait une de ses voitures quand c'est arrivé.

— Sauf qu'il n'y avait pas de voiture.

— C'est ce que je pense.

À l'approche d'une intersection, il ralentit et regarda les véhicules stationnés là. Rien qui ressemble à du rouge. Et pas de garage où cacher une voiture. Il continua.

— Donc Nadine doit être amie avec Garibaldi.

— Reconnaissante, au moins, grinça Harley.

Une idée germa alors dans l'esprit de Brayden.

— Harley, tu es devant ton ordi ?

— Oui.

— Regarde donc ce qu'on dit sur Nadine Stuart.

— OK.

Brayden entendit le *tac tac tac* des touches du clavier puis la voix de son frère.

— J'ai une adresse. 44 Pine Way, porte B.

— Couleur de sa tire ?

— Euh… Attends… Oui, rouge.

— Merci. Faut que j'y aille.

— Mais…

— Plus tard.

Il tapa l'adresse sur son GPS et fit demi-tour sur les chapeaux de roues.

412

***

Sous le bandeau qu'elle avait sur les yeux, Reggie pleurait.

— S'il vous plaît, vous n'avez pas le droit de me faire ça.

C'était au moins la dixième fois qu'elle répétait cette phrase, mais sa supplique restait sans effet. Malgré tout, elle insistait.

— Je vous en prie ! L'homme avec qui je suis ne va pas cesser de me rechercher. Alors, laissez-moi partir. Je vous jure que je ne dirai rien.

En guise de réponse, son kidnappeur la poussa en avant. Surprise, elle tituba mais parvint à garder l'équilibre et fit quelques pas hésitants.

Depuis qu'il lui avait dit d'une voix déformée : « Un cri et je te descends » avant de lui bander les yeux et de l'entraîner hors du restaurant, dans la ruelle, l'homme à la capuche était resté silencieux. Il l'avait ensuite fait monter dans une voiture. Ils n'avaient pas roulé longtemps et devaient donc toujours être en ville. Mais où ? Impossible de le deviner. Son ravisseur venait de la tirer de la voiture et de la faire entrer dans un endroit plus chaud. Sans doute une maison. Ou une boutique. Ou… En fait, elle n'en savait rien.

Une main s'abattit sur son épaule et l'homme parla de nouveau.

— Assieds-toi.

Peu rassurée, elle se baissa jusqu'à ce que son fessier rencontre quelque chose de dur.

Une chaise, se dit-elle, contente de reconnaître quelque chose de familier. Elle la toucha, remua un peu pour s'assurer de sa solidité, mais son soulagement fut de courte durée. Son ravisseur s'affaira auprès d'elle. Manifestement, il avait tout prévu, notamment une corde pour la maintenir en place. Tandis qu'il l'enroulait autour de son corps, elle se mit à pleurer de plus belle.

— S'il vous plaît…, implora-t-elle entre deux sanglots.

Ce fut sans effet. L'homme poursuivit implacablement sa tâche, termina par un nœud très serré et se redressa.

Le sentant immobile à côté d'elle, elle retint son souffle, s'attendant au pire. Il ne se passa rien pendant quelques instants, puis une main abaissa son bandeau. Aveuglée par la lumière soudaine, elle cligna plusieurs fois des yeux.

Où suis-je ? se demanda-t-elle.

Au bruit de quelqu'un qui se raclait la gorge, elle tourna la tête à gauche. Quelqu'un se tenait là, tout près, un revolver pointé dans sa direction. Elle se demanda alors s'il ne valait pas mieux qu'elle ferme les yeux, comme elle l'avait vu faire au cinéma, car les ravisseurs avaient toujours peur d'être identifiés. L'ennui, c'était qu'elle n'arrivait pas à détacher son regard de la personne qui se trouvait là tant elle était sous le choc. Son kidnappeur, à moitié dissimulé par la capuche de son sweat-shirt, et qui la surveillait, n'était pas un homme. Ni un inconnu.

La petite blonde ne ressemblait plus à la jeune fille dont elle se souvenait. Son regard s'était durci. Ses traits aussi. C'était pourtant elle. Aucun doute possible.

— Nadine ? fit-elle, incrédule.

La réponse tomba, à la fois douce et froide.

— Désolée pour tout ça.

— Tu es désolée ?

Nadine retira sa capuche, arrachant à Reggie un « oh ! » de stupeur. Elle avait la moitié gauche du visage, le côté qu'elle avait aperçu lorsqu'elle était cachée dans le placard de son immeuble, marron, ridée, ravagée.

Des cicatrices, comprit Reggie, qui plissa les yeux pour mieux voir.

Du côté cicatrices, elle avait laissé pousser ses cheveux pour masquer son visage, mais ils étaient très courts de l'autre côté.

— Si je fais ça, c'est parce que j'y suis obligée, dit-elle en ramenant ses cheveux sur sa joue.

— Tu n'étais pas obligée de nous poursuivre, répliqua Reggie. Tu n'étais pas non plus obligée d'assommer Brayden.

Elle crut lire du remords sur le visage de Nadine, mais ça ne dura pas.

— Si. Et, avant que tu me poses la question, je t'ai enlevée et je t'ai ligotée parce qu'il le fallait.

— Dis tout de suite que tu travailles pour Garibaldi.

— Non.

Nadine lui lança un regard soupçonneux.

— Ton restaurant lui appartient.

Reggie secoua la tête.

— On lui verse un loyer, mais il est à nous. Mais tu ne m'as pas répondu. Travailles-tu pour lui ?

— Je suis enseignante. Les petits de sixième.

— Je sais, mais…

— Est-ce qu'il me tient ?

— Oui.

— Non. Enfin, oui, pratiquement.

Nadine esquissa un sourire mais Reggie n'était pas d'humeur à rire.

— « Pratiquement » ? Ça veut dire… ?

— Je veux être sûre que tu ne roules pas pour Garibaldi. Mais je veux pouvoir te croire. Alors il me faut une preuve.

— Une preuve ? Tu es là avec un revolver pointé sur moi alors que je suis saucissonnée sur une chaise, et tu me demandes une preuve ! s'exclama Reggie, furieuse. Une preuve de quoi ?

— Dis-moi ce que tu as vu vendredi soir.

Reggie ouvrit la bouche pour répondre et s'arrêta. Admettre qu'elle avait vu Chuck agresser Tyler ne prouvait rien. Et, si Nadine travaillait pour Garibaldi, elle la cuisinait pour lui. Elle se tut donc.

Nadine soupira, impatientée.

— Je sais que tu étais au *diner*. J'avais suivi Tyler là-bas. Mais si je n'arrive pas à savoir si tu lui as tendu un piège…

Malgré la corde qui la retenait ficelée sur la chaise, Reggie bondit. Nadine la menaçait.

— Je n'ai pas tendu de piège à ton frère !
— Ah ! Tu savais que c'était mon frère.
— Pas à ce moment-là. Je l'ai appris après.
— Comment ?
— Tu as entendu parler d'Internet ? répliqua Reggie, ironique.
— Je doute que mon arbre généalogique s'étale noir sur blanc sur la Toile !
— Non. Mais il se trouve qu'il y a eu deux faire-part de décès de ton père. N'est-ce pas comme ça que Tyler a découvert votre parenté ?
— Il n'a rien découvert du tout ! J'ai trouvé une photo de famille dans les affaires de mon père, juste avant que Garibaldi l'assassine. Mais ce n'était pas ma mère sur la photo. Ni moi.

Reggie fronça les sourcils.

— Pourquoi ? Garibaldi a assassiné ton père ?
— Tu ne le savais pas ? s'étonna Nadine.
— Comment l'aurais-je su ?

Nadine se frappa la cuisse avec le canon de son arme.

— Tu as vu les faire-part. Tu n'as rien remarqué d'amusant, à part le fait qu'il y en ait deux ? Mon père aurait dû revenir du travail le lundi soir. Il était le chauffeur de Garibaldi. Ma mère n'a pas voulu appeler la police tout de suite. Ça aurait dû me mettre la puce à l'oreille, mais j'étais jeune et naïve. C'est le mercredi que j'ai commencé à m'inquiéter vraiment. Beaucoup plus que ma mère.

Reggie plissa le front.

— Je ne vois pas le rapport avec les faire-part…

— Je viens de te le dire, mon père n'est pas rentré le lundi soir. Le mercredi soir, j'ai compris qu'il y avait quelque chose d'anormal et j'ai commencé à fouiller. C'est alors que je suis tombée sur la fameuse photo : la photo de Tyler avec sa mère et *notre* père. Là, j'ai commencé à comprendre. Je suis allée voir ma mère et j'ai pris contact avec mon frère Tyler. Le vendredi, il est venu à Whispering Woods. Et tu sais ce qu'il avait avec lui en arrivant ? Un faire-part de décès de mon père, découpé dans le journal de Freemont du matin, avec comme date de son décès le jour suivant !

Abasourdie par l'incongruité de ce qu'elle entendait, Reggie écarquilla les yeux.

— Convaincu que notre père était mort, Tyler a cru qu'il s'agissait d'une faute d'impression du journal. Il a pensé que c'était moi qui avais fait passer l'annonce. Sauf que ce n'était pas moi. Lui non plus, évidemment. Quant à sa mère, elle était au Mexique ; il savait donc que ça ne pouvait pas être elle.

Nadine s'arrêta. Nerveuse, elle se mordillait la lèvre. Après quelques secondes, elle reprit.

— Tu t'imagines faisant la connaissance de ton frère dans ces conditions ? En soixante-douze heures, je suis passée de fille unique de parents normaux menant une vie normale à un monde étrange où j'avais un demi-frère plus âgé que moi dont la première question a été : « Notre père est-il vraiment mort ? »

Reggie était sur le point de dire que non, qu'elle n'imaginait pas ça, mais, réfléchissant un peu, elle s'arrêta. Les deux journées juste écoulées venaient de lui démontrer que tout pouvait changer brusquement. Qu'il était trop facile de croire les choses figées une fois pour toutes quand, du jour au lendemain, tout pouvait basculer.

— Je vois, finit-elle par dire. Le vendredi matin, je me réveille en pensant au programme de mon week-end, et au lieu de ça…

— Dimanche, tu te retrouves ficelée sur une chaise.

— Exactement.

Sentant que Nadine commençait à s'amadouer, Reggie, malgré l'envie de lui demander de la détacher, se dit qu'il valait mieux ne rien précipiter.

— Alors ? C'était quoi, ce faire-part ?

— Après un pétage de plombs, excuse-moi pour l'expression, on a appelé le journal de Freemont pour demander des explications. Ils se sont excusés et nous ont dit que l'avis de décès ne devait paraître que le lendemain, samedi. Mais ils ont beaucoup insisté sur le fait que la personne qui avait payé l'annonce avait bien indiqué la date du lendemain pour le décès. Ils se sont beaucoup excusés mais ont bien dit qu'ils n'étaient en rien responsables de cette histoire de date, qu'ils avaient cru à un canular. Tyler, lui, a appelé ça un présage. Moi, un avertissement.

— Tu as pensé que quelqu'un avait décidé de le tuer ?

Nadine fit oui de la tête.

— Ça pouvait être ça. J'avais seize ans et je regardais beaucoup de films policiers. Je ne voyais pas pourquoi quelqu'un pouvait vouloir le tuer. Franchement, je ne voyais aucune raison. Mais je n'aurais jamais cru non plus qu'il puisse avoir deux familles. À partir de là, tout m'a semblé possible. Je me suis dit qu'il ne me restait qu'à trouver qui avait passé l'annonce.

— Simple, non ?

— Pas du tout, parce que, le vendredi soir, je me suis réveillée à l'hôpital de Freemont avec ça…

Elle leva la main vers son visage abîmé.

— Et ce n'est pas ce qu'il y a de pire.

Reggie, totalement captivée, en oubliait la situation dans laquelle elle se trouvait.

— Quoi donc ?
— Je ne me rappelais rien.

Elle pensa avoir mal entendu.

— Rien ?
— Rien. À l'hôpital, on m'a dit que j'avais eu un choc à la tête pendant l'accident. Ça ne m'a pas paru farfelu. Mon dernier souvenir, c'est le moment où je monte en voiture avec Tyler, le vendredi matin. Je ne sais pas où nous allions. Quand je me suis réveillée, je suis restée entre deux eaux pendant plusieurs jours. On m'a dit que mon père était mort dans l'accident. Je me suis dit qu'ils se trompaient, qu'ils voulaient dire mon frère, pas papa. Alors ils ont fait venir le psy.

— Mais tu avais la preuve.

— Je croyais. Mais j'étais complètement désorientée. Autour de moi, tout le monde, ma mère, les médecins, semblait tellement soucieux que j'ai commencé à penser que j'étais devenue folle. Bref, je suis restée un mois enfermée dans cet hôpital à cause de mes blessures. À la fin, tout est devenu comme une espèce de rêve lointain. Ma mère nous a fait déménager à Freemont, sous prétexte de repartir sur de nouvelles bases.

Écœurée, nauséeuse, Reggie fit une grimace de dégoût.

— Et le faire-part ? demanda-t-elle.

— Tyler était parti avec. Envolé ! Quand je me suis sentie mieux et que j'ai pu reprendre mes recherches, Garibaldi est venu me trouver. Vu ce qu'il me racontait, j'ai tout de suite su que c'était lui qui avait passé l'annonce.

Malheureusement pour lui, il a fait une erreur dans la date, sinon, on n'y aurait vu que du feu. Et…

Elle s'interrompit et l'observa.

— Tu es bien sûre de ne pas travailler pour lui ?
— Je t'ai dit que non.
— Si je te détache, tu vas t'enfuir ?
— Non.

Nadine sembla soulagée.

— Je suis désolée de t'avoir enlevée.

Reggie ne put s'empêcher de s'esclaffer.

— En d'autres temps, je t'aurais dit de garder tes excuses. Mais aujourd'hui je les accepte parce que, depuis vendredi…

Elle se tut. Nadine parut troublée.

— Je pense qu'on peut s'entraider, toi et moi. Enfin, j'espère.

Reggie la regarda approcher et attendit calmement pendant qu'elle défaisait le nœud de la corde. Elle voulait connaître la suite de l'histoire, voir comment le passé et le présent s'imbriquaient. Et, plus que tout, elle voulait aider Brayden. Dans le récit de Nadine, il y avait matière à faire arrêter Garibaldi. Pour de bon.

La corde défaite tomba à terre, libérant Reggie, qui s'étirait quand un fracas fit vibrer les murs. Nadine s'accroupit vivement tandis que Reggie regardait derrière elle. La porte, à moitié dégondée, tremblait.

18

Pour la deuxième fois, Brayden recula de trois pas puis, prenant son élan, se jeta sur la porte en grognant. Les gonds grincèrent. Le bois craqua, se fendit. La porte trembla, plia un peu, mais ne céda pas. Refusant de baisser les bras, il recula de nouveau, et donna un violent coup de pied, juste sous la poignée. Cette fois, le bâti explosa et la porte tomba. Il s'aplatit sur le côté, dos au mur, et dégaina.

— Inspecteur Maxwell, police de Freemont ! dit-il. Je suis armé. Identifiez-vous.

Il parlait d'une voix aussi calme que les battements de son cœur étaient affolés.

Personne ne répondit. S'armant de patience, il attendit, inquiet, aux aguets, dans l'espoir d'entendre une respiration, un souffle, un murmure. Un bruit qui dénote une présence. Rien.

Prudent, il avança un pied et le canon de son revolver, prêt à bondir. Rien ne se passa.

— Si vous êtes là, parlez, lança-t-il. Sinon, je tire.
Toujours rien.

Se détachant du mur, il s'accroupit, son arme brandie. Pas de réaction. Sur ses gardes, il entra dans la pièce et constata qu'elle était vide. Si Nadine avait emmené Reggie de force et l'avait enfermée quelque part, ce n'était pas là.

Luttant contre un mélange de rage, d'impuissance et de déception, il regarda autour de lui. Il régnait chez Nadine un désordre indescriptible. Des bibelots et des cadres partout. Une odeur de moisi. De la poussière sur les meubles. Sur la table basse était empilé du courrier, ouvert, qui semblait attendre que quelqu'un revienne le trier.

Il se dégageait de cet endroit une impression de vide. Une jeune femme de vingt-cinq ans ne pouvait pas vivre là. Ses dix ans de métier lui avaient appris à reconnaître des lieux habités.

Conscient qu'il n'allait rien trouver là, il prit son téléphone pour appeler son frère quand il lui sembla entendre un bruit étouffé dans le couloir. Aussitôt, il remit son mobile dans sa poche et crispa la main sur la crosse de son revolver. À pas de loup, il avança dans le couloir, très sombre, et le longea jusqu'à une porte entrouverte. C'était une salle de bains, vide. Plus loin, il y avait deux portes. La première, ouverte, donnait sur une pièce aussi sombre que le couloir. Sous l'autre, bien fermée, passait un rai de lumière.

Hourra !

Brayden posa la main sur la poignée et la tourna lentement. La porte n'était pas verrouillée. Il lâcha la poignée et recula un peu, se demandant comment opérer. La ou les personnes qui se trouvaient de l'autre côté — pourvu que ce soit Reggie et qu'elle aille bien ! — devaient savoir qu'il était là, son arrivée avait été bruyante. Pourtant, chose étrange, personne ne se manifestait. Pourquoi se cachait-on ? En l'entendant arriver, ils auraient aussi pu tenter de s'enfuir... Que se passait-il là-dedans ?

En guise de réponse, il entendit une quinte de toux. Puis un juron suivi d'un silence de mort.

Intrigué, il se plaqua contre le mur et saisit de nouveau la poignée de la porte.

— J'entre et je suis armé, annonça-t-il d'une voix forte. Si vous êtes armé, dites-le.

Une voix faible, un chuchotement, plutôt, répondit.

— Je n'ai pas d'arme.

Méfiant, il ouvrit brusquement la porte en grand et attendit, toujours plaqué contre le mur, son revolver à la main. Comme il ne se passait rien, il risqua un coup d'œil, l'arme brandie.

— Inutile, dit la voix étouffée. Je ne peux pas me lever.

Il abaissa son arme et regarda la forme étendue sur le lit. Un homme au visage émacié, gris, aux cheveux emmêlés. Son T-shirt, blanc à l'origine, était taché de rouge et de marron, sauf sur les manches et le col. Il était déchiré devant et laissait apparaître, sous les côtes, une plaie béante recouverte de cellophane.

Brayden s'approcha et dévisagea l'homme.

— Tu es Tyler Strange.

L'homme toussa.

— On dirait.

— Où est Reggie ?

— Sais pas, souffla Strange en fermant les yeux.

— Tu ne sais pas ou tu ne veux pas le dire ?

Pas de réponse. L'homme respirait faiblement.

Brayden reprit, plus conciliant, cette fois.

— Tu as besoin de soins, mais ce n'est pas mon domaine. En attendant l'arrivée de l'ambulance, dis-moi ce que tu sais pour Reggie.

— Je suis déjà mort.

— Qu'est-ce que t'en sais ?

— J'étais déjà mort avant la balle dans le ventre. Nécrose du foie. L'addiction est la mère de tu sais quoi. L'alcool, surtout, sans compter le reste. À ce propos…

Il fit un geste vague de la main et rouvrit les yeux.

— J'ai des médocs quelque part par là. Si tu pouvais…

Brayden repéra un petit flacon avec des comprimés qui traînait sous une chaise. Il le ramassa et le lui donna gentiment.

— Tiens, tes antidouleur, dit-il après avoir lu l'étiquette.

Strange en avala une poignée et referma le flacon.

— Merci.

Brayden grinça des dents. Chaque minute qui passait, chaque seconde, était autant de temps perdu pour retrouver Reggie.

— C'est elle ? demanda Strange.

— Elle quoi ?

— Elle qui a vu Chuck et moi l'autre soir.

— Oui, répondit Brayden.

— Chuck a eu tellement la trouille qu'il n'a pas vérifié si j'étais mort avant de filer. Alors j'ai pu me cacher. Je peux la remercier ! Grâce à elle, je meurs lentement et en souffrant.

— Si tu me dis où elle est, je ferai passer ton message.

Le blessé ricana.

— Ma sœur.

— Nadine ?

— Oui. T'es inspecteur de police. Je t'ai entendu le dire. D'habitude, je n'aime pas les flics. Je n'ai pas confiance. Pourris, pas pourris, tous, vous détestez les gars comme moi.

Il ferma les yeux.

— J'ai mal…

— Je vais appeler quelqu'un.

— Non, je ne veux pas la mettre en danger.

— Qui ? Ta sœur ?

— Tu peux l'aider ? C'est le boulot des flics, non ?

— Je n'aide personne tant que je ne sais pas où est Reggie.

— Tu as qu'une idée en tête, hein.

— Oui, la vie de mon amie.

Strange rouvrit les yeux. Son regard était vitreux.

— Ça fait quoi, d'avoir une amie ?

— Ça fait qu'on ne peut plus penser à autre chose.

Et il continua, s'étonnant lui-même de s'entendre raconter que c'était nouveau pour lui et plutôt violent.

— Penser qu'elle est peut-être en danger me fait peur, poursuivit-il. Et, le pire, c'est que je n'ai pas pu lui dire exactement ce que je ressens pour elle.

— Elle va bien, marmonna Strange. Je crois bien.

Brayden reprit espoir mais essaya de ne pas le montrer.

— Tu peux m'en dire plus ?

— Nadine… Elle est après vous parce qu'elle veut savoir avec qui vous êtes.

— Je ne roule pas pour Garibaldi. Et je n'ai rien à voir avec Chuck.

Strange soupira puis inspira bruyamment.

— Je suppose que ta copine est comme toi. C'est tout ce que Nadine veut savoir. Elle t'a dit ce qui est arrivé ?

— Je ne lui ai pas parlé. Qu'est-ce qui est arrivé ?

— Je ne sais pas. J'oublie. J'oublie tout. Ah si ! Il y a eu une bombe. Elle lui a pété à la figure. J'aime bien ma sœur. Je l'ai aimée tout de suite. J'aurais pas voulu en avoir une autre qu'elle.

— Je ne te suis pas bien, Tyler. Je ne vois pas le rapport avec Reggie.

Strange ne s'arrêtait plus. Il n'était plus qu'un flot ininterrompu de paroles.

— Quand elle a appris que j'existais, ça l'a rendue folle. Ça a été pire quand elle a compris que notre père n'était pas l'homme irréprochable qu'elle avait toujours cru. Il est tombé de son piédestal et, ça, elle ne l'a pas digéré.

Il se tut un instant puis reprit :

— Nos pères étaient amis, tu le savais, ça ?

De qui parlait-il ? Brayden n'y comprenait rien.

— Les pères de qui ? demanda-t-il, perplexe.

— Notre père à Nadine et à moi, et son père à lui… Le père de Garibaldi.

Pour la première fois, Tyler piqua la curiosité de Brayden.

— Ton père était ami avec le père de Garibaldi ?

— Oui, à Freemont. Ils ont grandi ensemble. Dealé ensemble. Sont morts ensemble, il y a quinze ans. Une explosion.

— Une explosion ? répéta Brayden, intrigué.

— Je ne connais pas les détails. J'étais qu'un gosse. Mon vieux s'en est tiré sans une égratignure. Réputation intacte. Trop malin. Comme ma sœur, j'imagine. Ma mère et moi, pas aussi bien. Je pense qu'elle a su ce qui s'était passé. Elle l'a mis dehors. Ah ! la bagarre ! J'ai tout entendu. Elle lui a dit de partir vivre avec sa bonne femme. C'est comme ça que j'ai su que ma mère était la maîtresse.

Brayden commençait à éprouver une certaine sympathie pour Tyler.

— Ça a dû être dur.

— J'sais pas si c'est le bon mot. J'ai grandi dans une maison avec un père qui trafiquait et qu'était là quarante pour cent du temps seulement. On était une couverture pour lui, ma mère et moi. Quelle farce ! J'ai rien connu de mieux que quand il est parti.

— Et le père de Garibaldi ?

— Il n'a pas eu autant de chance. À cause de lui, ils se sont fait prendre. Il est resté derrière pour nettoyer. Mais il a été tué dans la bagarre, et les flics ont tout raflé. Ils ont placé Jesse en famille d'accueil et lancé une enquête.

— Mais après la bagarre ? Qu'est-ce qui s'est passé ?

— Sais pas. Je n'ai pas revu mon père après. C'est Nadine qui m'a appelé et m'a dit qu'on ne savait pas où il était. Je ne l'ai jamais revu et je n'ai pas écouté ce qu'on racontait. J'étais sur mes gardes, après, jusqu'à il y a neuf ans, quand tout a explosé. C'est là que j'ai appris que j'étais vraiment le fils de mon père.

— Mais tu l'as vu.

— Oui. Une fois. Nadine et moi, tous les deux. L'explosion…

Il s'exprimait de plus en plus lentement, de plus en plus doucement. Il dit encore quelques mots, inaudibles, trembla et ne parla plus.

— Tyler ?

Pas de réponse. Brayden eut envie de le faire réagir, mais il s'abstint de crainte de le voir mourir là, sous ses yeux. Sa respiration était faible. Sa poitrine se soulevait à peine.

— Écoute-moi, Tyler, reprit-il. Je ne sais pas ce qui s'est passé il y a neuf ans avec cette bombe sur Main Street. Je ne sais pas si tu étais dans le coup ou pas. Et puis je vais te dire, là, à l'heure où je te parle, je m'en moque. Tout ce que je veux, c'est que tu m'aides à retrouver Reggie. Je veux une piste.

— La bombe de Main Street…, dit faiblement Tyler.

— Je m'en fous.

— Non. C'est la piste… C'est plus qu'une piste… C'est la réponse.

Strange avait à moitié rouvert les yeux, mais il était si faible que Brayden se demanda s'il devait l'écouter ou le laisser déraisonner. Ce qu'il racontait était tellement flou, mystérieux. Tyler toussa, cracha du sang. Brayden pensa qu'il ne parlerait plus, que c'était la fin.

— Dis-m'en plus, supplia-t-il. Dis-moi où la chercher.

— Je voulais juste sauver Nadine. Je ne me suis pas montré parce que j'avais promis. C'était l'accord.

— Tu dis n'importe quoi ! Nadine. Où est Nadine, Tyler ?

— C'est moi…

— C'est toi quoi ?

— C'est moi qui ai tout fait… Quand ma sœur m'a appelé… je suis venu. Je pensais que mon père était déjà mort… et que Nadine se trompait en disant… qu'il avait disparu. Et puis Jesse m'a appelé…

Il était essoufflé mais parlait encore, contre toute attente.

— Il m'a dit d'amener ma sœur. OK, je l'ai amenée.

Il se mit à pleurer.

— Il m'a dit que mon père travaillait pour lui… sur un projet secret… et qu'il allait nous y emmener… Je ne me rappelle pas ce que j'ai pensé… Une réunion, un truc bien. Je suis tellement bête que j'ai pas compris… que c'était un piège. Trop pressé… On est descendus dans une cave… Notre père était là… Dans le potage, ficelé. On a voulu le détacher… mais il y a eu une odeur de fumée et une explosion… Il voulait tous nous tuer. Je crois… Il a fallu choisir. Ma sœur ? Je suis derrière elle tout le temps, depuis… C'est pas la peine qu'elle s'en souvienne.

Brayden écoutait tout en essayant de trier dans la bouillie que Tyler déversait. Mais pouvait-il accorder du crédit à ses propos ? Il était dans un tel état…

Récapitulons, se dit-il. Nadine et le père de Tyler — un ami de longue date de Garibaldi — avaient disparu. Nadine avait entrepris des recherches mais on avait essayé de l'éliminer. Tyler aussi. Leur père, au départ, devait être la cible. Pourquoi ? Et pourquoi Garibaldi avait-il cherché à détruire ses biens ?

— Mais pourquoi t'avoir laissé en vie après tout ça, Tyler ? murmura-t-il, plus pour lui que pour l'homme gisant sur le lit.

— Le corbeau…, souffla Tyler. Le chantage.

— Tu ne pouvais pas le faire chanter, puisque tu étais mort.

— Pas moi.

— Je ne te suis pas, Tyler.

— Elle ne se rappelle pas.

— Tu veux dire qu'elle ne se souvient pas de l'accident ?

— J'avais promis… de jamais l'amener… à Whispering Woods.

Tyler cracha encore du sang.

— Va-t'en, dit-il.

— Où veux-tu que j'aille, Tyler ? Faut que tu me dises.

— Elle pourrait mais… se rappelle pas.

Il se mit à trembler et ses yeux se révulsèrent. Il lâcha le flacon de comprimés, qui roula à terre. C'était fini. Cette fois, il ne parlerait plus.

Brayden prit son poignet à la recherche de son pouls. Rien. Inutile de lui faire un massage cardiaque. À quoi bon ? Regrets, remords, la perte d'une vie, quelle qu'elle soit, était toujours un drame. Il se promit de veiller à ce que Tyler Strange ait des obsèques décentes. Un dernier regard au mort, et il se retourna pour partir, ne sachant toujours pas où aller. Il n'était pas encore à la porte que son mobile sonna. Espérant que c'était Reggie, il le sortit précipitamment de sa poche. Coup d'œil à l'écran, ce n'était pas elle.

— Maxwell, dit-il.

— Monsieur Maxwell, je crois que j'ai quelque chose à vous.

Cette voix, déplaisante, il ne la connaissait que trop bien. Saisi, il se racla la gorge.

— Inspecteur Delta ! Que puis-je pour vous ?

— Moi ? Mais je n'ai besoin de personne.

Il y eut un silence. Tendu.

— Dis quelque chose à ton amoureux, ma cocotte.

Il n'y eut plus rien, puis un filet de voix, étouffé, suppliant.

— Brayden, s'il te plaît, je…

Chuck Delta dut plaquer la main sur la bouche de Reggie, car elle se tut brusquement.

— Ça suffit !

— Que voulez-vous ? demanda Brayden.

— Je veux savoir ce qui se passe. Je veux savoir qui vous êtes vraiment, et je veux savoir ce que ça a à voir avec mon employeur. Je ne parle pas de la police de Whispering Woods.

— Dites-moi où vous êtes.

— D'accord, mais je pose mes conditions. Je suppose que vous avez un flingue. Vous le laisserez dans votre voiture. Je vérifierai. Je suppose que vous pensez à appeler du renfort. Ne le faites pas. Je ne peux pas vérifier, mais je saurai. Enfin, j'imagine que vous allez chercher à entrer sans que je le sache. N'y pensez pas. J'ai des gars qui surveillent.

— D'accord sur toute la ligne.

— Ça n'a pas été difficile, ricana Delta.

— Fallait me demander quelque chose de plus compliqué, ricana Brayden à son tour. L'adresse, maintenant ?

— Des instructions avant. Vous voyez le cinéma, à la sortie de la ville ?

— Je trouverai.

— Bien. T'y vas. Là, il y a un parking qui doit être vide. Gare-toi au milieu.

Tiens, Delta le tutoyait, maintenant !

— Une fois là-bas, descends de bagnole et soulève ta chemise et tes jambes de pantalon. Tourne-toi lentement. Si mes gars voient quelque chose de suspect, ils tireront et poseront les questions après. Après ce gentil tour de piste, tu files derrière le cinéma. Là, il y a une issue de secours. Pas verrouillée. Tu entres. Il fera noir mais tu verras, sur la droite, il y a un bandana qui attend. Mets-le en bandeau sur les yeux. Quand c'est fait, tu attends. Je ne sais pas encore qui je vais envoyer te chercher. Pigé ?

— Vous croyez vraiment que tout ça est indispensable ?
— Je ne sais pas. Tu demanderas ça à ta copine quand t'y seras.

Et la communication fut coupée.

19

Tétanisée par l'angoisse, Reggie regarda Chuck raccrocher et se tourner vers elle. Savoir que Brayden allait venir n'atténuait pas la peur qu'elle ressentait sous le regard du flic corrompu. Il avait resserré la corde avec laquelle Nadine l'avait ficelée et qui lui sciait les membres. Nadine elle-même…

Elle se mit à trembler.

Nadine était recroquevillée par terre, une blessure à la tête, mais elle respirait. Au lieu de lui tirer dessus, Delta l'avait frappée avec la crosse de son revolver parce qu'elle avait osé faire un pas vers lui pendant qu'il était au téléphone.

— Sois heureuse que je ne t'aie pas tiré dessus ! aboya Chuck.

Pourquoi l'avait-il laissée en vie ? C'était un mystère. Il aurait été plus simple de la tuer comme il avait tué Tyler Strange vendredi soir.

Il commença à faire les cent pas et, dix secondes plus tard, s'arrêta et désigna Nadine d'un mouvement de la tête.

— Descendre son frère, c'était plus simple. Avec lui, je savais ce que je risquais. Enfin, il me semble. Mais toi… Ce serait plus simple de me dire ce que tu sais. Tu sais que j'ai tiré sur Tyler.

La gorge nouée par la menace à peine voilée, Reggie

s'interdit, malgré sa peur, de pleurer. Apparemment, le fait qu'elle sache qu'il avait tué Tyler ne l'inquiétait pas. Cela signifiait que, dès qu'il lui aurait extorqué les informations qu'il voulait, il se débarrasserait d'elle.

— Je ne sais pas ce que vous voulez.
— Savoir où il est.

Il se pencha sur Nadine, qui gisait au sol, inconsciente, et fouilla ses poches.

— Il y en a une des deux qui sait, gronda-t-il en se redressant, le mobile de Nadine à la main.

Tyler était donc toujours en vie. C'était une bonne nouvelle, mais pas question de manifester la moindre émotion.

— Je n'ai rien à vous dire, répondit-elle. Et Nadine non plus, vu son état. Vous êtes fichu !

Chuck plissa les yeux et lui lança un regard mauvais avant d'examiner le téléphone de Nadine.

— Qui est Brayden Maxwell, mademoiselle Frost ?
— Mon petit ami.
— Je ne suis pas d'humeur à jouer, mademoiselle Frost. Le dernier appel qu'a reçu Nadine sur son portable vient de l'homme avec qui tu t'es affichée pendant tout le week-end. On ne l'avait jamais vu à Whispering Woods avant l'autre jour et, comme par hasard, il se trouvait devant le *diner* vendredi soir.

— Ah ? Brayden Maxwell ? Mais je ne vous ai pas présentés ?

Il faisait passer le téléphone de Nadine d'une main à l'autre.

— OK. Homme d'affaires. Promoteur immobilier. Acquéreur de terrains à construire. Mais, tout ça, ce sont des bobards ! Il n'y a personne de ce nom-là à Freemont City. Ni dans les affaires ni nulle part ailleurs. Bizarre, non ?

— Il est peut-être discret.

— C'est peut-être inventé.
— Pourquoi est-ce qu'il inventerait ?
— À cause de deux mots : mon boss.
— C'est qui, votre boss ? Je vous croyais policier. C'est peut-être vous qui inventez.

Il cligna des paupières.

— T'as une idée de ce que gagne le petit fonctionnaire que t'as devant toi ?
— J'ai toujours entendu dire qu'on gagnait bien sa vie dans ce métier, répliqua-t-elle sans hésiter.
— T'as la langue bien pendue, pour une petite serveuse.
— Et, vous, vous êtes drôlement répugnant pour un inspecteur chargé de faire respecter la loi.
— Ça va mal se terminer pour toi si tu ne coopères pas. Je suis policier. Et toi t'es que la fille d'un type en rogne parce que Jesse Garibaldi a réussi mieux que lui.

Il montra Nadine en secouant la tête.

— Elle, c'est une folle. Elle ne te l'avait pas dit, bien sûr. Et son frère c'est un alcoolo qui en plus se shoote. Je parie que ton Maxwell est du même tonneau. Une fois que je saurai ce que vous quatre vous complotez…
— Il n'y a pas de complot. Je dis la vérité.
— On se fout de la vérité. Ce qui compte, c'est ce qui sera écrit dans le rapport et dans les journaux.

À l'entendre et à le voir ricaner, elle comprit qu'il n'avait aucune intention de les laisser en vie. Il écrirait l'histoire à sa sauce, tordrait la vérité pour qu'elle colle à son discours. Mais Brayden aurait une autre version.

Brayden était un vrai policier. Un policier honnête. Sa mort ne serait pas facile à justifier. Évidemment, Chuck ferait valoir les liens qu'il avait eus dans sa jeunesse avec Garibaldi. Il penserait que ça le servirait, mais il déchanterait vite. Cela ne ferait qu'éclairer le vrai visage de son patron. En fin de compte, Brayden obtiendrait ce qu'il cherchait : Garibaldi serait jeté en prison.

Et Chuck se fera passer pour un martyr, se dit-elle.

Cette pensée en amenant une autre, elle se sentit subitement très, très calme.

— Avant de commencer tout votre cirque, vous devriez demander à votre patron ce qu'il est prêt à perdre. Demandez-lui si la vérité *vraie* l'intéresse.

Il lui sembla voir Chuck hésiter. Elle poursuivit donc.

— Évidemment, il ne sait rien de tout ça.

— Il n'a rien à savoir.

— Vous avez tout loupé. Vous avez laissé Tyler en vie.

— Aucune importance. Bientôt, tout sera réglé.

Il appuya sur les trois derniers mots en la regardant méchamment, mais le sous-entendu ne lui fit pas peur. Elle savait maintenant qu'il ne la tuerait pas tout de suite. Il fallait d'abord qu'il rattrape le coup. Il avait commis une erreur et ne pouvait pas risquer d'en faire une autre.

— Vous vous figurez que vous allez tout régler ? Vous vous trompez, dit-elle. Garibaldi vous tuera, vous aussi.

Chuck ne put cacher sa peur. Son regard s'était troublé.

— Tu ne sais pas ce que tu dis.

— Vraiment ?

Il ouvrait la bouche pour répondre quand son téléphone sonna. Le sortant de sa poche, il consulta l'écran et se mit à rire. Un rire jaune.

— Notre ami commun est là. Ne bouge pas. Je reviens très vite.

Sur ces mots, il pivota sur les talons et sortit, fermant à clé derrière lui. Loin de désespérer Reggie, le bruit de la serrure — et ce qu'il signifiait — lui donna un sursaut d'énergie. Il y avait une solution. Il ne pouvait en être autrement.

Elle tendit l'oreille. Une fois sûre ou presque qu'il ne revenait pas, elle fit l'inventaire de la pièce. Ce n'était pas grand, une dizaine de mètres carrés tout au plus. Murs nus en béton. Une grande table poussée contre l'un d'eux, couverte de rames de papier. Sur un autre, des étagères du sol au plafond, mais tellement étroites qu'elle ne voyait pas ce que l'on pouvait ranger dessus. En face d'elle, il y avait la porte, avec, à côté, un clavier et une espèce de reproduction. Sauf erreur, ils se trouvaient dans un sous-sol ou quelque chose d'approchant. L'endroit était quand même curieux.

Se mordillant la lèvre, elle réfléchit. Logiquement, elle aurait dû songer tout de suite à un plan pour s'enfuir, mais l'endroit l'intriguait. Elle leva les yeux, vit qu'il y avait des grilles de ventilation dans le plafond. Au même moment, un courant d'air froid tomba sur elle, lui ébouriffant les cheveux. Elle en profita pour inspirer de l'air frais et nota alors qu'il n'était pas seulement frais mais aussi humide.

— Mais où sommes-nous ? marmonna-t-elle en regardant la malheureuse Nadine toujours étendue par terre.

En guise de réponse, Nadine gémit. Reggie reprit alors espoir.

— Nadine ? Réveille-toi, s'il te plaît ! Nadine ?

N'obtenant pas de réponse, elle essaya de se débarrasser de ses liens. Si elle pouvait parvenir à défaire le nœud, elle aurait déjà fait un pas. Mais la corde était tellement serrée qu'elle pouvait à peine bouger, encore moins se détacher. Au moindre de ses mouvements, la corde lui sciait les poignets.

Ah non, tu ne vas pas baisser les bras ! se dit-elle.

Elle inspira à fond, rassembla ses forces, et tira sur ses liens. Ses mains devinrent toutes blanches, l'effort lui fit monter les larmes aux yeux. N'empêche, elle aurait juré que la corde avait donné un peu de mou.

— Allez, allez…, grommela-t-elle.

Elle recommença et, cette fois, la corde se détendit vraiment. Encouragée par le début de succès de sa manœuvre, elle recommença.

Inspire et tire ! Encore, encore, encore !

— À ce rythme-là, il va te falloir la journée pour te détacher.

Surprise, elle relâcha d'un coup tout l'air qu'elle avait retenu. C'était Nadine qui, assise par terre et tenant son front ensanglanté, avait recouvré ses esprits.

Agacée par la réflexion, Reggie gronda :

— Ou tu m'aides ou tu retombes dans les pommes.

Nadine se leva et, instable sur ses jambes, s'approcha.

— Où est notre copain Chuck ?

— Il est allé ouvrir à Brayden.

— Ouvrir à Brayden ? répéta Nadine, qui commençait à tripoter la corde. Il vient ici ? Sous Main Street ?

Reggie haussa les épaules.

— Sous Main Street ? Mais non ! Chuck a parlé du parking devant le cinéma. Main Street est exactement à l'opposé.

Nadine s'attaqua au premier nœud.

— Tu te rappelles que je t'ai dit que Garibaldi était venu me voir ?

Ne voyant pas quel rapport la question avait avec le sujet qui la préoccupait, Reggie fit la moue.

— Il est venu pour deux raisons, reprit Nadine. Primo, pour voir si j'avais vraiment perdu la mémoire ou si je faisais semblant. Secundo, pour me faire une proposition qui était en fait une menace déguisée.

Le premier nœud céda. Elle passa au deuxième.

— Il voulait acheter mon silence. Il avait déjà réglé mes notes de médecin et était prêt à payer pour notre déménagement de Whispering Woods à Freemont. Il voulait aussi créer un fonds qui aurait financé mes études à la fac. Il m'a dit qu'il faisait ça parce qu'il se sentait responsable de l'accident de voiture dans lequel mon père avait été tué, et moi, blessée.

— Mais tu savais que ce n'était pas un accident.

— Je n'étais pas sûre. Et j'avais le souvenir bizarre — qui était, selon mes médecins, le produit de mon imagination — de Tyler qui me sortait des décombres en feu.

— Tu as raconté ça à Garibaldi ?

— Oui. Et il m'a dit que c'était à cause de ce qu'on avait raconté à propos de l'explosion à Whispering Woods. Que la télévision était venue dans ma chambre et que l'info avait fuité, on ne savait comment.

— Et tu l'as cru ?

— Non. Mais tu te rappelles comment tu étais à seize ans ? Tu te prends pour une adulte, alors que les adultes autour de toi te prennent pour une gosse.

— Tu veux dire qu'on aurait dû t'écouter.

— Oui. Et personne ne l'a fait.

Le deuxième nœud finit par lâcher et Reggie put plier les bras.

— Attends, lui dit Nadine. Ce n'est pas fini.

— Donc tu sors de l'hôpital. Et, ensuite, que se passe-t-il ?

— Je te l'ai dit, j'y suis restée un certain temps. Quand ils m'ont laissée partir, ma mère m'a gardée à la maison et m'a surveillée comme du lait sur le feu. Moi, je n'avais qu'une envie, reprendre ma vie d'avant. Mon père était mort. Je commençais l'année dans une nouvelle école. Je ne savais plus trop si je n'avais pas tout inventé. Et plus le temps passait, plus tout devenait flou.

— Je vois. Mais j'ai l'impression que tu voulais déjà savoir la vérité avant d'aller à l'hôpital… Pourquoi ne pas avoir essayé de retrouver ton frère à ce moment-là ?

— Je l'ai cherché. Une fois. Presque un an plus tard. Je me suis enfuie de l'école, j'ai pris un bus qui allait dans la cité où il habitait avec sa mère et on s'est vus. Au début, il a fait celui qui ne savait pas qui j'étais. Mais quand j'ai abandonné et que je suis partie, il m'a suivie, m'a emmenée dans une ruelle, et m'a dit qu'on se ferait tuer si on continuait à se voir.

Partagée entre l'empathie et la peur, Reggie frissonna.

— Tu as dû avoir peur.

— J'étais terrifiée. Pour être tout à fait honnête, j'avais presque aussi peur de Tyler que de ce qu'il disait. C'était une épave. Complètement différent de ce qu'il était un an plus tôt. Il m'a dit qu'on devait être surveillés, qu'il fallait que je l'oublie comme j'avais oublié l'accident de voiture, et que je ne revienne jamais. Là-dessus, il a disparu et je n'ai plus entendu parler de lui.

— Jusqu'à maintenant.

Elle défit un troisième nœud et entreprit de lui détacher les jambes.

— En fait, ça s'est fait presque par accident. Ma mère est morte il y a un an et, il y a un mois environ, j'ai découvert en triant des papiers qu'elle était propriétaire de son appartement, ici, à Whispering Woods. L'accident avait eu lieu très longtemps auparavant. L'entrevue avec Tyler aussi. C'était le destin. Mon contrat avec l'école de Freemont avait expiré, mon ex m'avait mise à la porte... Me retrouver propriétaire d'un appartement, même à rafraîchir, tombait à pic. Mais, quand je suis arrivée, mon frère m'attendait... pour me dire de partir. Garibaldi allait me trouver et ce serait la fin de tout, m'a-t-il dit.

Elle se baissa pour finir de dérouler la corde et se redressa.

— Ça y est, tu es libre.

Reggie allongea les jambes pour se détendre et soupira. C'était bon d'être libre de ses mouvements ! Mais ce n'était que la première étape. Elle se leva et alla à la porte, qui bien sûr était verrouillée. Elle se retourna. Nadine était derrière elle, la main sur le plan affiché au mur.

— Tu vois ça ? C'est par là qu'on va sortir, dit-elle.

Sans attendre de réponse, elle tira la table jusqu'au milieu de la pièce, monta dessus et souleva une des grilles de ventilation.

— Tu plaisantes ! fit Reggie.

— Non. J'ai vu sur le plan que la grille de ventilation donnait sur l'extérieur.

— Mais…

— Mais quoi ? Tu as une autre idée ?

— Non, mais on ne passera jamais par ce trou.

— Après ces trois semaines de stress, j'ai perdu au moins cinq kilos. Quant à toi, t'es épaisse comme une sole ! On va passer !

Reggie s'approcha et regarda le trou, noir, vraiment peu engageant.

— Allez, grimpe et aide-moi au lieu de rechigner.

Reggie monta sur la table en essayant de faire tomber le moins de papiers possible. D'ailleurs, à quoi pouvaient-ils servir ?

— Tu ne m'as toujours pas dit ce que c'était que cet endroit, lança-t-elle.

— Je comptais sur toi pour me le dire.

Après s'être glissée dans l'ouverture, Nadine tendit la main à Reggie, qui se hissa à son tour et passa dans le trou. Le passage n'était ni grand ni facile mais, en s'aidant, elles réussirent.

— Pourquoi sur moi ? s'étonna Reggie.

— Parce que, d'après le plan, on est presque sous ton restaurant. C'est pour ça que je t'ai amenée ici. Je me suis dit que si tu roulais pour Garibaldi tu reconnaîtrais l'endroit et que, sinon, tu aurais peut-être une idée.

— Je pense que ce plan est mal fichu. Et Brayden ? Qu'est-ce qu'on fait pour lui ?

— Tu crois qu'il n'est pas capable de se débrouiller seul ?

— Si, mais… Je ne veux pas l'abandonner.

— On va leur barrer la route.

— Quoi ?

— Réfléchis. C'est facile d'aller de Main Street au cinéma… Mais il y a ces satanés croisements sur le trajet.

Reggie n'eut pas besoin de réfléchir. Du cinéma au restaurant, c'était tout droit.

— C'est vrai, ce serait rapide mais… Garibaldi n'a tout de même pas construit une espèce de réseau sous la ville ?

Nadine sourit, triomphante.

— Tu as tout compris.

— Pour quoi faire ?

— Pour transporter des choses clandestinement. Quoi ? Pas la moindre idée. Mais ça ne veut pas dire que je ne vais pas en profiter.

— Je ne suis pas un peu folle de te suivre ?

— Possible.

— Merci de me rassurer.

Reggie jeta un dernier regard dans la pièce.

— C'est étrange… Il me semble que je devrais savoir à quoi sert cette pièce, mais je n'arrive pas à mettre un nom dessus.

— Moi non plus. Tout ce que je sais, c'est que c'était une cave.

Nadine attrapa la grille pour la remettre en place.

— Allons-y. C'étaient les caves des deux magasins qui ont sauté dans l'explosion.

— C'est Garibaldi qui les a ajoutées quand il a reconstruit les magasins ?

— Je ne sais pas. Je n'y comprends rien.

Elles avancèrent dans le noir, Reggie se fiant à Nadine avec l'espoir qu'elle la conduise à Brayden. Mais où se trouvaient-elles, au juste ? Et quand y aurait-il une issue ? Soudain, un peu plus loin, elle aperçut une lueur provenant d'une fente dans le plafond de la pièce qui se trouvait en dessous. Elle commença à le dire à Nadine mais Nadine lui pinça le bras.

— Chut !

Une lumière était allumée en dessous et quelqu'un parlait. La voix montait. Le ton était ironique, mais les mots, incompréhensibles. Elle s'approcha. La fente était suffisamment large pour qu'elle distingue une tête avec des cheveux châtains qu'elle connaissait bien.

Brayden !

Aussitôt, elle plaqua la main sur son cœur, qui battait comme un fou.

20

Bien qu'il ne soit pas coincé entre quatre murs, Brayden se sentait devenir claustrophobe. Savoir qu'il était dans un sous-sol suffisait à l'oppresser.

Jusque-là, il n'avait rien vu. Pas l'ombre de l'auto rouge de Nadine Stuart. Aucune trace de la femme blonde, ni de Reggie. À son avis, l'équipe que Delta avait prétendu envoyer pour le surveiller était du bluff. Sinon, pourquoi ce flic corrompu serait-il venu seul au parking ?

Brayden souffla et essaya de garder son calme. C'était difficile. Il se sentait plus mal à chaque pas. Avancer avec un canon de revolver dans le dos n'était pas fait pour atténuer la tension qui l'étouffait.

Attends d'avoir retrouvé Reggie pour agir, se dit-il. *Et pour régler son compte à ce pourri.*

Comme si l'autre avait flairé ses mauvaises intentions, il s'énerva.

— Je t'ai dit de te magner, Maxwell ! Tu ne fais que retarder l'inévitable.

Irrité, Brayden se cabra.

— Si t'arrêtais de m'enfoncer ton flingue dans les côtes, je serais peut-être plus coopératif.

— Peut-être que, si je sentais que t'as peur de mon flingue, je reculerais. Je sais pas vraiment qui t'es, mais je le sais quand un mec n'a pas peur d'une arme. Et je sais que ça ne joue pas en ma faveur. Alors, magne-toi.

Brayden fit un pas et s'arrêta, troublé par un relent de cannelle. Persuadé que Reggie se trouvait derrière une porte, quelque part par là, il suivit le couloir des yeux mais ne vit rien. Il inspira de nouveau. À fond. Pas de doute possible. Il régnait une odeur de cannelle qu'il connaissait bien.

— Avance ! aboya Delta.

Brayden fit encore un pas et trébucha volontairement. Il tomba sur un genou et se tordit de douleur. Le temps que Delta réagisse, il avait roulé sur le dos. Son regard se posa sur le plafond, et ce qu'il vit alors lui fit oublier tout le reste. Deux yeux verts, écarquillés, le regardaient par une grande fente. Reggie ! Elle dut reculer un peu car il ne vit bientôt plus que sa bouche sur laquelle elle plaquait un doigt.

Chuut !

Puis elle disparut.

Que faisait-elle là-haut ?

Soudain, un panneau du plafond se souleva et Brayden comprit.

— Debout ! ordonna de nouveau Delta.

Détachant les yeux du plafond, il regarda le flic corrompu.

— Ça y est, grogna-t-il en faisant mine de se relever maladroitement.

— C'est ça que t'appelles *debout* ? T'es vautré comme un veau, les yeux au plafond !

Faisant des moulinets avec son arme, Delta regarda en l'air. Brayden ne fit ni une ni deux, il donna un violent coup de pied dans la cheville de son accompagnateur, qui fit un bond en arrière et hurla.

— Qu'est-ce que tu fous, mec ?

— J'ai glissé.

L'expression de Delta passa de la surprise à la fureur.

— T'as vraiment envie que je te bute ?

Brayden n'eut pas besoin de chercher une réponse. Une femme blonde, Nadine Stuart, sans doute, sauta du plafond et atterrit sur le dos du flic, qui s'affala sur le sol. Son revolver lui échappa et rebondit par terre avant d'aller s'immobiliser quelques mètres plus loin. Puis ce fut le silence.

Sonné, Delta ne bougeait plus, et Nadine souriait, triomphante. Brayden n'avait d'yeux que pour Reggie, penchée dans l'ouverture du plafond et qui le regardait, à la fois terrifiée et ravie.

Le répit fut de courte durée. Chuck se releva en jurant et poussa Nadine tellement fort qu'elle heurta violemment le mur. À demi assommée, elle s'effondra, mais Brayden avait plus urgent à faire que la relever.

Le revolver.

Alors qu'il s'apprêtait aller à le ramasser, Delta se rua sur lui. Une bagarre s'ensuivit. Violente. Bras et jambes empêtrés, ils roulaient l'un sur l'autre, sans pitié, chacun cherchant à prendre le dessus pour récupérer l'arme. Tant bien que mal, Brayden parvint à se dégager et se releva. Delta en fit autant. Ils se jetèrent sur le revolver, l'empoignèrent en même temps. L'arme virevoltait de droite à gauche au gré de leurs gestes de défense, mais ni l'un ni l'autre ne parvenait à s'en emparer.

Soudain, couvrant le bruit de leur lutte, un choc sourd, semblable à celui d'une chute, les fit sursauter.

Comme tombée du ciel, Reggie venait de surgir et se jetait telle une furie échevelée sur son adversaire. Coups de pied, coups de poing, sur la tête, l'épaule, le bras, la main…

Étourdi par la soudaineté et la brutalité des coups, Delta lâcha prise. Brayden en profita. Il saisit le revolver et, le doigt sur la détente, lança un ordre. Delta n'avait cependant pas dit son dernier mot. Se relevant, il lança un coup de pied qui ne rencontra que le vide car

Brayden, qui avait anticipé, eut le temps d'esquiver. Reggie aussi. Sans demander son reste, il se mit à courir vers l'extrémité du couloir. Furieuse, Reggie voulut le poursuivre, mais Brayden la retint.

— Non, lui dit-il.

À cet instant, Nadine passa à côté d'eux à toute allure, rattrapa Delta et lui fit un placage digne d'un rugbyman. Surpris, il tomba lourdement en avant en jurant et en se débattant. Arrivant à son tour, Brayden l'empoigna fermement par les cheveux.

— Stop ! Reste tranquille ! ordonna-t-il d'un ton étonnamment calme tandis que Nadine se relevait et s'écartait d'eux.

— Plus d'importance, répliqua Delta en se redressant. Je suis un homme mort, maintenant. Quoi que tu fasses. Que tu me mettes au trou ou que Garibaldi apprenne ce qui est arrivé.

— Je peux t'aider, répondit Brayden.

— Si je fais quoi ? Si je le dénonce ? Ça, sûrement pas.

Soudain, alors que Brayden le tenait toujours par les cheveux, Delta lui assena un violent coup de tête en plein front. Déséquilibré et sous le choc, Brayden lâcha prise. Delta en profita pour détaler.

— Ça va ? lui demanda Reggie, qui s'était précipitée auprès de lui et lui caressait le front.

— Ça pourrait aller mieux, mais il faut lui courir après.

— Inutile, intervint Nadine. Il n'ira pas loin…

Elle brandit un trousseau de clés.

— … sans ça.

— Tu peux lui faire confiance, lui assura Reggie.

— Mais, ma chérie, elle t'a enlevée !

— Je sais, mais elle a autant de raisons que toi de haïr Garibaldi. Et elle veut nous aider.

— Je me suis déjà excusée, dit Nadine.

— Et je lui ai pardonné.
— Si tu le dis… Maintenant, poursuivit-il s'adressant à Nadine, fais-nous sortir d'ici.

Reggie avait peur. Une peur irraisonnée d'être séparée de Brayden. Elle venait de passer une heure loin de lui et refusait de revivre cette expérience.

— Tout ça est ma faute, lui dit Brayden à l'oreille. Je n'ai rien vu venir.

Reggie regarda devant elle. Nadine avait pris de l'avance et ne pouvait les entendre.

— Tu sais que ça fait plus de dix ans qu'elle s'interroge…

— Je sais. Son frère m'a dit qu'elle ne se souvenait pas de l'accident.

— Pourquoi ? Tu lui as parlé ? Il est vivant ?

Il secoua la tête.

— Il l'était, mais il ne l'est plus.

— Oh ! fit Reggie, triste à la pensée du chagrin qu'allait avoir Nadine. Comment…

Brayden lui résuma sa conversation avec Tyler. Le malheureux avait eu une vie très perturbée. Complètement cabossé, il était mort pour avoir tenté de protéger sa sœur, histoire de compenser pour le passé. C'était d'autant plus triste.

— Selon lui, Garibaldi ne pouvait pas les éliminer, ni lui ni sa sœur, à cause d'une histoire de chantage. Mais, si c'est vrai, je ne comprends pas pourquoi il a laissé Delta tirer sur Tyler.

— Peut-être que Garibaldi l'a seulement envoyé parler à Tyler. Je n'en suis pas sûre, mais il semblerait que Garibaldi ne sache rien sur nous. Par contre, Chuck enquêtait sur nous et pour ça il a agi à l'insu de son patron. Pour le reste, ce que tu viens de me dire colle avec ce que Nadine m'a dit. Tu vas lui demander ce que c'est que cette histoire de chantage ?

Il lui répondit que non. Que, lorsque Chuck serait arrêté, il prendrait du champ.

— Tu n'es pas curieux ! lui reprocha-t-elle.

— Si, mais j'ai trouvé l'assassin de mon père et ça me suffit. J'ai même trouvé autre chose. Quelque chose de beaucoup plus important.

Il s'arrêta et la regarda. Elle se sentit rougir.

— Mais encore ? minauda-t-elle.

Trop tard. Penché vers elle, il prit sa bouche et s'en délecta. Quand il reprit son souffle et recula, elle tenta de le ramener à elle mais il résista et regarda Nadine qui se raclait la gorge pour parler.

— Nous y sommes. Il y a un monte-charge de l'autre côté.

— On y mettrait une voiture ! s'exclama Reggie en le voyant. Je ne sais pas quel trafic fait Garibaldi, mais il doit s'agir de marchandises très volumineuses ou de plein de petites choses.

Nadine appuya sur un bouton et l'appareil monta. La porte s'ouvrit devant une autre porte, très large.

— Je suis convaincue que c'est pour une voiture, dit Nadine.

À cet instant, la porte s'ouvrit sur le garage de Main Street.

— Allez, venez, ma voiture est là, ajouta-t-elle.

— Papa faisait toujours réparer sa Ford ici, dit Reggie.

Quelques instants plus tard, à bord de la voiture de Nadine, ils débouchaient dans Main Street et se dirigeaient vers le cinéma.

La voix de Nadine, soudain, s'éleva.

— Je suis désolée. Ces derniers jours ont été… Je ne sais pas s'il y a un mot pour les décrire. J'ai partagé mon temps entre me cacher et essayer de mener une vie normale. En revenant ici, je ne pensais pas être obligée de vivre comme ça. Je ne pensais pas non plus que mon frère… Je ne sais pas s'il est toujours en vie, mais, si c'est le cas, ça ne durera pas longtemps.

— Je suis désolée pour toi, dit Reggie.

— Quoi ? Tu lui as parlé ?

— Il voulait à tout prix te protéger.

— C'est ce qu'il m'a dit, en effet, avant de partir affronter Garibaldi, murmura Nadine.

Reggie aperçut bientôt le cinéma, et la voiture de Brayden, seule au milieu du parking.

— Tu penses que Chuck est venu ici ? demanda-t-elle.

— Il ne va pas nous lâcher comme ça. Il va sûrement se dire que je vais vouloir récupérer ma voiture.

— Il est peut-être là, alors, dit Nadine en s'engageant sur le parking pour faire demi-tour. Mais où ?

Une voiture qui venait de l'autre extrémité de Main Street leur donna la réponse.

— Je croyais que tu avais ses clés, fit remarquer Reggie.

— Il devait avoir le double quelque part. Ou il a bidouillé le contact, répondit Nadine.

— Qu'est-ce qu'on fait ? demanda Reggie d'une voix où perçait la peur.

— Vous descendez. Il ne peut pas savoir qu'on est déjà là, je vais l'écraser. Allez, dépêchez-vous ! Dans deux minutes, il est là. Cette voiture est notre seule arme.

— C'est moi qui vais le faire, dit Brayden.

— Non ! s'écria Reggie.

Se penchant vers le siège avant, il lui posa la main sur l'épaule.

— J'ai l'expérience des courses-poursuites, pas Nadine. Ça va aller, mon ange, ne t'inquiète pas.

Lui et Reggie venaient juste de descendre lorsque

Nadine démarra sur les chapeaux de roues, faisant crisser ses pneus sur le gravier. Un nuage de poussière s'éleva.

— Non ! s'exclama Brayden.

— Tu…

Tétanisée à la vue du cruiser de Chuck qui approchait, Reggie resta sans voix. Il roulait à tombeau ouvert et fonçait sur la voiture de Nadine, qui, elle aussi, accélérait. Refusant d'assister à l'inévitable catastrophe, elle voulut fermer les yeux, mais ses paupières ne lui obéirent pas. Un cri s'étrangla dans sa gorge. Traînée rouge contre traînée blanche, les deux voitures filaient inexorablement l'une vers l'autre. Elle se raidit, serra les bras sur sa poitrine comme pour amortir le choc. Au moment où il allait se produire, la voiture de Chuck fit une embardée. Nadine la frôla, accrochant au passage son pare-chocs arrière.

Pendant quelques secondes, tout sembla se dérouler au ralenti. Le cruiser bascula, fit plusieurs tonneaux, rebondit contre un muret, fit encore un tonneau avant de s'arrêter sur le toit et de tourner comme une toupie en vibrant de toutes ses tôles. Enfin, il s'immobilisa, tandis que le toit s'affaissait sous le poids de la carcasse. Reggie sut alors qu'il était impossible que Chuck ait survécu à pareil accident.

Cent mètres plus loin, la voiture de Nadine avait fini sa course contre un arbre. De là où elle était, Reggie distinguait la tête de Nadine, effondrée sur le volant.

— Vite ! dit-elle à Brayden en partant en courant.

Arrivée à la voiture, elle saisit la poignée et s'acharna. La portière coincée finit par s'ouvrir avec un grincement. Un silence de mort régnait dans l'habitacle.

— Nadine ! Nadine ! Réponds-moi ! appela Reggie.

Craignant le pire, elle posa la main sur le bras de la jeune femme. À cet instant, Nadine releva légèrement la tête et demanda d'une voix très faible, un murmure, plutôt :

— J'ai réussi ?
— Oui, répondit Brayden. Vous avez réussi.
— C'est fini ?
— Oui.

La tête de Nadine retomba sur le volant et Reggie se jeta dans les bras de Brayden.

— Pour l'instant, dit-elle tout bas.

Chuck était sans doute mort, le meurtre de Tyler Strange n'était plus un mystère, mais Jesse Garibaldi était toujours en liberté.

Épilogue

Cinq jours plus tard

Reggie regarda l'enveloppe que Brayden venait de lui donner et, intriguée, fronça les sourcils.

— Qu'est-ce que c'est ?
— Regarde. Allez, ouvre.

Les yeux brillant d'excitation et de curiosité, elle déchira l'enveloppe.

— Oh ! Des billets d'avion... Pour le Mexique ! Mais...
— Mais quoi ?

Elle balaya le restaurant du regard au cas où on les aurait écoutés.

— L'affaire...

Penché vers elle, il prit sa main et la serra.

— Quand je t'ai dit que je tournais la page, c'était vrai. J'ai rempli ma mission. Enfin, nous avons tout fait à deux, toi et moi. Pour la suite, j'ai briefé mes hommes, et l'enquête va se poursuivre. Les gars d'Anderson sont déjà là.

— Déjà ? releva Reggie, étonnée par tant de rapidité.

— Oui. Je veux un peu de temps à moi. Pour être avec ma chérie. Je veux la voir se détendre et ne plus se retourner à tout bout de champ pour s'assurer qu'elle n'est pas suivie. Et puis j'espère qu'après quelques semaines de margaritas, de plongée sous-marine et de repos à lézarder au soleil elle acceptera le bouchon de carafe que j'ai l'intention de lui passer au doigt.

Elle sentit la chaleur lui monter au visage.

— Elle peut faire tout ça ici.

— De la plongée à Whispering Woods ?

— Non, mais… Mais… Et mon travail ? Le restaurant ?

— J'ai beaucoup de congés à prendre. Quant à ton père, il accepte de sortir de sa semi-retraite et de reprendre du service. Pour un temps. Ensuite, il se retirera complètement.

— C'est vrai ?

— Oui. Il a décidé de te céder l'affaire. Dès que tout sera réglé, évidemment.

Tout excitée à cette idée, elle se jeta au cou de Brayden.

— Quand partons-nous ?

Il se gratta le menton.

— Très vite.

— Cette semaine ?

— Dans deux heures. Jaz a fait ta valise et l'a mise dans le coffre de ma voiture.

— Tu plaisantes ?

— Non, regarde les billets. Demain, à cette heure-ci, tu seras en bikini sur la plage en train de siroter une margarita.

— Mais… Garibaldi ?

— Mes hommes s'occupent de lui.

Elle se leva avec l'intention d'aller vérifier ses bagages, mais il la retint.

— Oh ! Tu n'oublies pas quelque chose ? Un baiser.

Elle se pencha et effleura ses lèvres.

— Autre chose ? demanda-t-elle.

— Oui, une. Je ne pense pas te l'avoir dit officiellement, ce qui est totalement fou, mais, Reggie… Je t'aime.

Sa déclaration lui sembla aussi naturelle que s'il l'avait déjà faite des millions de fois.

— Il faut vraiment que j'aille vérifier mes bagages.

Elle déposa un nouveau baiser sur ses lèvres et disparut.

Brayden attendit d'être sûr qu'elle ne pouvait pas l'entendre pour prendre son téléphone.

— Déjà dans l'avion ? lui demanda son ami Anderson.

— Non. Je voulais juste savoir où tu en es avec…

— Miss Trou de Mémoire ?

— Non, Anderson, ne l'appelle pas comme ça. Souviens-toi, tu dois être patient, compréhensif et tout et tout.

— Ne t'inquiète pas. Je fais tout ce que je peux et ça ne marche pas si mal. Elle est prof, intelligente, et veut la même chose que nous. Voir cette crapule derrière les barreaux.

— Je te rappellerai du Mexique pour savoir la suite. Prends soin d'elle.

— Je vais essayer.

— Non, pas essayer. Je veux la revoir — en vie — à mon retour, et puis… Pour Garibaldi, essaie de comprendre ce qu'il magouille. Je compte sur toi.

— Pas de problème.

Brayden raccrocha et, pensif, songea aux événements de ces derniers jours. Chuck était mort « accidentellement », avaient affirmé les autorités. Le patron de Brayden s'était arrangé pour que Reggie et lui ne soient appelés — discrètement — à la barre que comme témoins. Sans surprise mais mystérieusement, le corps de Tyler avait disparu de chez la mère de Nadine. Brayden savait que Garibaldi allait devoir faire le ménage !

Il but un peu de café et commença à réfléchir à la

suite. Anderson allait veiller sur Nadine et, qu'elle recouvre ou non le pan de mémoire envolé, il la protégerait. Il allait aussi tout faire pour comprendre le manège de Garibaldi et la vocation de ses étranges entrepôts souterrains.

— Tu as l'air bien sérieux, pour quelqu'un qui part en vacances !

Au son de la voix de Reggie, il sourit.

— Je cherchais la meilleure formulation pour ma demande en mariage.

— Tu me racontes des histoires. Je suis sûre que tu penses à ton dossier.

Il se leva et la prit par la taille.

— Tu préfères ça ?

Elle éclata de rire.

— De beaucoup.

— Viens, alors. Ne ratons pas l'avion. J'ai pensé à plein de façons de te distraire et j'ai hâte d'arriver pour te les faire découvrir.

— C'est vraiment ce que tu veux ?

— Oh oui !

C'était la vérité.

Il prit Reggie dans ses bras et l'emmena. Le futur, dorénavant, l'intéressait bien plus que le passé. Et le futur s'annonçait sous de très bons auspices.

Ne manquez pas dès le mois prochain dans votre collection BLACK ROSE

La série
Les protecteurs de Cade County

Prêts à tout pour remplir leur mission…

La série intégrale en mars 2019

Retrouvez en mars 2019,
dans votre collection

BLACK ROSE

bras pour refuge, de Julie Anne Lindsay - N°523
LES PROTECTEURS DE CADE COUNTY 1/2

sa saisit le papier posé sur son pare-brise et murmure d'une voix blanche : « Il m'a
vée… » Croisant à ce moment-là le regard terrifié de Marissa, Blake comprend que le
qui la traque vient de lui laisser un message. Un message qui signifie : « Je suis là, dans
re, prêt à attaquer… » Mais ce que le criminel ignore, c'est que Marissa n'est plus seule
sa peur. Blake veille désormais à ses côtés, déterminé à la protéger et à effacer à jamais
ur de désespoir qui voile son beau regard…

téger Lily, de Julie Anne Lindsay
LES PROTECTEURS DE CADE COUNTY 2/2

a enlevé Lily ! Tandis qu'il enfreint toutes les limites de vitesse, le shérif West Gar-
ntend encore le cri de Tina au téléphone. Le film des événements des derniers
défile alors dans sa tête : d'abord la fusillade du centre médical, œuvre d'un
nel qu'il n'a pas réussi à arrêter ; puis la découverte, parmi les survivants, de
Ellet, de retour en ville après des années d'absence ; enfin sa propre stupéfaction
oprenant qu'elle est veuve et mère d'une fillette de quatre mois. Un bébé qui a
ru et qu'il va retrouver pour le bonheur de celle qu'il n'a jamais cessé d'aimer…

tentation du danger, de Jennifer D. Bokal - N°524

issez-moi faire… », chuchote Roman Black en se penchant vers elle pour
rasser. Madelyn tente de le repousser. Puis, elle avise les trois individus qui
nent d'entrer dans le bar louche où elle enquête pour retrouver sa sœur disparue
e se tait, attendant qu'ils s'éloignent. Consciente du danger auquel elle vient
happer et persuadée que Roman n'est pas le barman qu'il prétend être, elle
orête à le questionner lorsque les hommes reviennent vers eux. Paniquée, elle sent
s Roman la prendre par la main pour l'entraîner avec lui dans sa fuite…

poison de la suspicion, de Delores Fossen

cieux, Court McCall écoute le plaidoyer de la femme qu'il est venu arrêter.
ant, il s'interroge : se peut-il que celle qu'il a tant aimée autrefois ait tenté
sassiner le shérif de la ville pour assouvir une vieille vengeance ? Ou est-elle
me d'une machination ainsi qu'elle le prétend ? Hésitant, il se demande soudain
amour qu'elle lui inspire encore n'est pas en train de fausser son jugement…

HARLEQUIN   BLACK ROSE

Retrouvez en mars 2019,
dans votre collection

BLACK ROSE

La maison secrète, de B.J. Daniels - N°525

En arrivant dans le Montana où elle est venue vendre la maison de sa grand-m
Annabelle n'a qu'une idée en tête : repartir au plus vite en Californie. Mais
rangeant la vieille demeure, elle trouve une boîte en métal contenant des coup
de journaux et des photos de son aïeule au bras d'un truand notoire. Bien déc
à percer ce secret, elle retarde son départ et, au cours d'une promenade en vill
retrouve nez à nez avec Dawson, son amour de jeunesse. Dawson, plus sédu
encore que dans son souvenir. Dawson dont le regard brun semble lui dire :
t'attendais… »

Les disparues de Turquoise Canyon, de Jenna Kernan

Sexy, sensuel, viril… Décidément, pour un suspect, le Dr Kee Redhorse est beau
trop séduisant. Pourtant, Ava sait que si elle veut enquêter efficacement s
disparition de sa nièce elle va devoir garder ses distances avec lui. Un challe
difficile car elle a le plus grand mal à imaginer que le beau médecin au reg
intense soit mêlé à une sombre affaire d'enlèvements de jeunes filles. Un trafic au
elle en est persuadée, la clinique de Turquoise Canyon est intimement liée…

Ennemis intimes, de Amanda Stevens - N°526

Pour Grace, la sentence vient de tomber : ce sera Brady Morgan qui la protég
Témoin capital d'un règlement de comptes, elle est désormais la femme à abattre.
Grace est hantée par ce qui s'est passé entre eux : leur passion, la préparation d'
opération de police importante. Puis, l'affaire qui s'évente, la rumeur de la trah
qui court… et Brad, convaincu qu'elle l'a utilisé, qui disparaît de la circulation
laissant seule, désespérée et impuissante à s'expliquer. L'heure est-elle enfin ve
pour eux de se parler ?

Le prix de la vérité, de Elizabeth Sinclair

Enceinte de trois mois et demi, Karen Ellis est effondrée quand elle apprend la r
de Paul, son petit ami, dans un incendie. D'autant que celui-ci, très secret, ne lui
jamais rien confié ni sur son passé, ni sur sa famille. Désireuse néanmoins de t
les proches de Paul au courant de sa grossesse, elle décide d'entrer en contact
Jesse Kingston, son meilleur ami, le seul qu'il ait jamais évoqué. Quelle n'est
pas sa stupeur quand Jesse lui révèle non seulement que Paul ne lui avait jamais p
d'elle, mais aussi que sa mort n'est sans doute pas accidentelle…

Retrouvez en mars 2019,
dans votre collection

ance coupable, de Elle Kennedy - N°527

spect numéro un... C'est en ces termes qu'on lui a décrit Cole Donovan - illionnaire soupçonné d'avoir assassiné son ex-femme. Mais selon Jamie, ologue au FBI, les choses ne sont pas si simples. C'est vrai, tout semble accuser mais aucune preuve tangible ne le confond réellement. Et puis, l'instinct de ne l'a jamais trahie et, dès le premier entretien, elle a su que Cole était cent. À moins qu'elle ne se laisse perturber par l'attirance inexplicable qu'elle a diatement ressentie pour lui ?

question de confiance, de Joanna Wayne

us voulez rester en vie, faites-moi confiance...

d l'un de ses ravisseurs – dont elle ne connaît que le prénom, Rio – lui souffle ots à l'oreille, Jaime est interloquée. Comment ose-t-il lui parler de confiance, que lui et ses acolytes l'ont enlevée, et la séquestrent depuis dans une cabane e au fond des bois ? Ce Rio est plus attentionné envers elle que les autres, elle bien le reconnaître. Mais peut-elle pour autant le croire ? Après tout, lui aussi che à extorquer une somme indécente à son père en échange de sa libération. endant, lorsque quelques jours plus tard, il la sauve des avances brutales d'un s compagnons, elle sent l'espoir la gagner. Et si, comme il le lui disait, il était ement de son côté ?

OFFRE DE BIENVENUE !

Vous êtes fan de la collection Black Rose ?
Pour prolonger le plaisir, recevez gratuitement

1 livre Black Rose gratuit
et 2 cadeaux surprises !

Une fois votre colis de bienvenue reçu, si vous souhaitez continuer à recevoir nos romans Black Rose, cela se fera automatiquement. Vous recevrez alors chaque mois 3 volumes doubles inédits de cette collection au tarif unitaire de 7,60€ (Frais de port France : 1,99€ - Frais de port Belgique : 3,99€).

➡ **ET AUSSI DES AVANTAGES EXCLUSIFS :**

➡ **LES BONNES RAISONS DE S'ABONNER :**

Aucun engagement de durée ni de minimum d'achat.
◆
Aucune adhésion à un club.
◆
Vos romans en avant-première.
◆
La livraison à domicile.

Des cadeaux tout au long de l'année.
◆
Des réductions sur vos romans par le biais de nombreuses promotions.
◆
Des romans exclusivement réédités notamment des sagas à succès.
◆
L'abonnement systématique et gratuit à notre magazine d'actu ROMANCE.
◆
Des points fidélité échangeables contre des livres ou des cadeaux.

➡ **REJOIGNEZ-NOUS VITE EN COMPLÉTANT ET EN NOUS RENVOYANT LE BULLETIN**

N° d'abonnée (si vous en avez un) ⊔⊔⊔⊔⊔⊔⊔⊔   I9ZEA3 / I9ZE3B

Mme ☐ Mlle ☐ Nom : .... Prénom : ....

Adresse : ....

CP : ⊔⊔⊔⊔⊔ Ville : ....

Pays : .... Téléphone : ⊔⊔⊔⊔⊔⊔⊔⊔⊔⊔

E-mail : ....

Date de naissance : ⊔⊔ ⊔⊔ ⊔⊔⊔⊔
☐ Oui, je souhaite être tenue informée par e-mail de l'actualité d'Harlequin.
☐ Oui, je souhaite bénéficier par e-mail des offres promotionnelles des partenaires d'Harlequin.

Renvoyez cette page à : Service Lectrices Harlequin – CS 20008 – 59718 Lille Cedex 9 – France

Date limite : **31 décembre 2019.** Vous recevrez votre colis environ 20 jours après réception de ce bon. Offre soumise à acceptation et réservée aux personnes majeures, résidant en France métropolitaine et Belgique. Prix susceptibles de modification en cours d'année. Vous pouvez demander à accéder à vos données personnelles, à les rectifier ou à les effacer. Il vous suffit de nous écrire en nous indiquant vos nom, prénom et adresse à : Service Lectrices Harlequin - CS 20008 - 59718 LILLE Cedex 9. Harlequin® est une marque déposée du groupe HarperCollins France – 83/85, Bd Vincent Auriol – 75646 Paris cedex 13. Tél : 01 45 82 47 47. SA au capital de 1 120 000€ - R.C. Paris. Siret 31867159100069/APE5811Z.

Rendez-vous sur notre nouveau site
www.harlequin.fr

Et vivez chaque jour,
une nouvelle expérience de lectrice connectée.

- ♥ Découvrez toutes nos actualités, exclusivités, promotions, parutions à venir...
- ♥ Partagez vos avis sur vos dernières lectures...
- ♥ Lisez gratuitement en ligne, regardez des vidéos...
- ♥ Échangez avec d'autres lectrices sur le forum...
- ♥ Retrouvez vos abonnements, vos romans dédicacés, vos livres et vos ebooks en pré-commande...

L'application Harlequin
Achetez, synchronisez, lisez... Et emportez vos ebooks Harlequin partout avec vous.

Suivez-nous ! facebook.com/HarlequinFrance
twitter.com/harlequinfrance

OFFRE DÉCOUVERTE !

Vous souhaitez découvrir nos collections ? Recevez **votre 1er colis gratuit** **2 cadeaux surprises !** Une fois votre colis de bienvenue reçu, si vous so continuer à recevoir nos livres, cela se fera automatiquement. Vous recevre vos livres inédits** en avant-première.

Vous n'avez aucune obligation d'achat et cette offre est sans engagement de d

*1 livre offert + 2 cadeaux / 2 livres offerts pour la collection Azur + 2 cadeaux.
**Les livres Ispahan, Sagas, Hors-Série, Allegria et Best Féminins sont des rééditions.

☛ **COCHEZ la collection choisie et renvoyez cette page au**
Service Lectrices Harlequin – CS 20008 – 59718 Lille Cedex 9 – Franc

Collections	Références	Prix colis France* / Belgique*
❏ AZUR	Z9ZFA6/Z9ZF6B	6 livres par mois 28,49€ / 30,49€
❏ BLANCHE	B9ZFA3/B9ZF3B	3 livres par mois 23,35€ / 25,35€
❏ LES HISTORIQUES	H9ZFA2/H9ZF2B	2 livres par mois 16,49€ / 18,49€
❏ ISPAHAN	Y9ZFA3/Y9ZF3B	3 livres tous les deux mois 23,20€ / 2
❏ HORS-SÉRIE	C9ZFA4/C9ZF4B	4 livres tous les deux mois 31,65€ / 3
❏ PASSIONS	R9ZFA3/R9ZF3B	3 livres par mois 24,79€ / 26,79€
❏ SAGAS	N9ZFA4/N9ZF4B	4 livres tous les deux mois 35,35€ / 3
❏ BLACK ROSE	I9ZFA3/I9ZF3B	3 livres par mois 24,79€ / 26,79€
❏ VICTORIA	V9ZFA3/V9ZF3B	3 livres tous les deux mois 25,69€ / 2
❏ ALLEGRIA	A9ZFA2/A9ZF2B	2 livres tous les mois 16,49€ / 18,4
❏ BEST FÉMININS	E9ZFA2/E9ZF2B	2 livres tous les mois 18,55€ / 20,5
❏ MAGNETIC	K9ZFA4/K9ZF4B	4 livres tous les 2 mois 29,39€ / 31,

N° d'abonnée Harlequin (si vous en avez un) ⬜⬜⬜⬜⬜⬜⬜⬜

Mme ❏ Mlle ❏   Nom : _____

Prénom : _____   Adresse : _____

Code Postal : ⬜⬜⬜⬜⬜   Ville : _____

Pays : _____   Tél. : ⬜⬜⬜⬜⬜⬜⬜⬜⬜⬜

E-mail : _____

Date de naissance : _____

❏ Oui, je souhaite recevoir par e-mail les offres promotionnelles des éditions Harlequi
❏ Oui, je souhaite recevoir par e-mail les offres promotionnelles des partenaires des éditions Harlequi

Date limite : 31 décembre 2019. Vous recevrez votre colis environ 20 jours après réception de ce bon. Offre soumise à acceptation et réservée aux personnes majeures, résidant en France métropolitaine et Belgique dans la limite des stocks disponibles. Prix susceptibles de modification en cours d'année. Vous pouvez demander à accéder à vos données personnelles, à les rectifier ou à les effacer. Il vous suffit de nous écrire en nous indiquant vos nom, prénom et adresse à : Service Lectrices Harlequin CS 20008 59718 LILLE Cedex 9. Service Lectrices disponible du lundi au vendredi de 8h à 18h : 01 45 82 47 47 ou 33 1 45 82 47 47 pour la Belgique.

Composé et édité par HarperCollins France.

Achevé d'imprimer en janvier 2019.

Barcelone

Dépôt légal : février 2019.

Pour limiter l'empreinte environnementale de ses livres, HarperCollins France s'engage à n'utiliser que du papier fabriqué à partir de bois provenant de forêts gérées durablement et de manière responsable.

Imprimé en Espagne.